唐伯虎笔墨惊奇

书画案

王悬 著

上海社会科学院出版社

图书在版编目（CIP）数据

唐伯虎笔墨惊奇·书画案 / 王悬著 .— 上海 : 上海社会科学院出版社，2020
ISBN 978 - 7 - 5520 - 3168 - 3

Ⅰ.①唐… Ⅱ.①王… Ⅲ.①长篇小说—中国—当代 Ⅳ.①I247.5

中国版本图书馆 CIP 数据核字（2020）第 081013 号

唐伯虎笔墨惊奇·书画案

著　　者：王　悬
责任编辑：邱爱园　陈如江
封面设计：郭　子
出版发行：上海社会科学院出版社
　　　　　上海顺昌路 622 号　邮编 200025
　　　　　电话总机 021-63315947　销售热线 021-53063735
　　　　　http://www.sassp.cn　E-mail:sassp@sassp.cn
照　　排：上海紫焰文化传媒有限公司
印　　刷：上海景条印刷有限公司
开　　本：890 毫米 ×1240 毫米　1/32
印　　张：11.75
字　　数：295 千字
版　　次：2020 年 9 月第 1 版　　2020 年 9 月第 1 次印刷

ISBN 978 - 7 - 5520 - 3168 - 3/I·404　　定价：48.00 元

目录

别离楼是苏州城最神秘的所在，传言每一个来到这里的人，都能忘记世间所有的烦恼。别离楼的主人莫厉，更是深不可测。与此同时，昔日的才子唐伯虎却遭遇着家破人亡的折磨，靠着替莫厉临摹仿画维持生计。这一日，莫厉命令唐伯虎亲自前往京城，替人复原一幅烧毁的古画……

唐伯虎：落魄的江南才子，曾经狂放不羁惹下大祸，间接造成父亲之死，继而过上醉生梦死的生活麻痹自己。在一起替人模仿画作的事件中，重拾昔日的抱负与才华。

莫　厉：别离楼的幕后人，掌握着整个江南的娱乐脉络，从事着最黑暗的地下交易。

莫小棋：莫厉之女，性格爽朗纯真，对唐伯虎情有独钟。

唐伯虎前往京城进行复原古画的工作，很快便得到了雇主宁王的信任。在临摹的过程中，唐伯虎时刻觉得自己处于他人的监视之中，他漫步京城，试图寻找整个事件的破绽。就在此时，一个刺客突然在深夜闯入宁王府进行谋刺，误打误撞进入唐伯虎卧房，看到了桌上的古画……

宁　王：当朝皇帝的叔父，权势通天，性格狠辣却爱惜人才，雇用唐伯虎来为自己复原古画，背后却藏着不可告人的秘密。

朱宸濠：宁王之孙，桀骜不驯，初看唐伯虎极不顺眼，但逐渐为他的才华和身世所动容。

王　申：宁王幕僚，阴魂不散，身世成谜，对唐伯虎的出现十分在意。

第三章 花满楼 / 171

唐伯虎陪同朱宸濠参加花满楼一年一度的诗画大赛，胜者将获得与花魁歆瑶共饮“醉生梦死”的机会。唐伯虎不知道的是，文徵明、祝枝山、徐祯卿等昔日旧友早已出于各种原因分别来到京城，汇聚一室，即将于花满楼上演未来四大才子的首次对决……

文徵明：唐伯虎旧友。以诗作闻名于江南，因父亲文林意外失踪而前往京城，擅长易容之术。

祝枝山：六根手指的书画大家，与唐伯虎、文徵明亦兄亦友，陪同文徵明赴京寻找文林。

徐祯卿：唐、祝、文等人的小徒弟，年纪轻轻已才华横溢，和莫小棋一同寻找唐伯虎。

杜红娘：花满楼的掌门，每年举办诗画大赛，与京城权贵牵扯颇深。

第四章 桃花坞　/ 255

数条线索交织在一起，唐伯虎逐渐触摸复原古画和京城各种事件之间的蛛丝马迹，隐藏在事件背后的“桃花坞”势力也浮出水面，为了寻找到被囚禁的族人——林奴儿，唐伯虎、“桃花坞”和宁王势力展开了或明或暗的角逐。当看到林奴儿的那一刻，唐伯虎尘封的记忆被一一打开了……

林奴儿：一直出现在唐伯虎梦中的女子，突然失踪引发桃花坞内部震动，只因其手中拥有着外人进入桃花坞的关键线索。

纪　辰：桃花坞的神秘剑客，武艺高强，性格冷漠，为了寻找意中人林奴儿而来到京城。

楼　华：桃花坞中人，地位颇高，人称“鬼医”，掌握着江湖失传的技艺与医术，与文林关系匪浅。

第一章
别离楼

1

弘治八年，大年三十，苏州城。

城西北阊门内街侧巷旁廊中均是青楼，每一幢都装饰考究，雕廊画柱，流光溢彩，处处透着富贵风流。平日但凡入夜之后，总是灯火辉煌、莺声燕语，多少文人才子、商贾官差到此都会像是丢了魂儿，迫不及待地溜进那温柔之乡。

也许是大年三十的缘故，比起以往，这里显得异常寂寥。

风月涧囿于街尾，二层楼阁相比别处要破旧许多。老鸨和姑娘们正围聚在大厅吃着火锅，上空飘荡着氤氲雾气。

沉香大汗淋漓，脸上的脂粉也已有些花了，她透过雾气，看到锅中唯一那块快要滚碎的里脊肉。思忖片刻，便毫不犹豫地伸出了筷子。

不料，另一双筷子出现在她的眼前。

她微微抬起双眸，看到英娘那张肥润白腻、微露嗔怒的面容，尴尬笑道：“嘿嘿，英娘，您先来！”

老鸨英娘当仁不让，冷哼一声，将滚烫的里脊肉直接放入口中，混合了胡椒粉的肉香使她甚为满足。

周遭其他姑娘看着沉香，一阵窃笑。

沉香食欲殆尽，为了打破尴尬，没话找话道：“英娘，楼上那个乞丐是谁啊，大年三十都不回家吗？”

英娘视线仍落在砂锅中，像在寻觅什么，没好气答道：“你都说他是乞丐了，又哪里来的家！”

沉香放下筷子，鼓着双腮，不服气道：“这几日生意本就惨淡，好不容易来个客人，还被那呆头呆脑的小宛抢了先。”

“怎么？”坐在沉香旁边的姑娘揶揄道，“连一个乞丐你都看得上眼？”

“你懂什么。”沉香道，“苍蝇再小，那也是肉。”

又一个姑娘吃饱了，不禁加入进来：“说来也怪。要说样貌，我们都不比小宛差，他为何偏偏挑了小宛。”

“丑也就罢了。但凡明眼人都看得出来，小宛这里有问题。”沉香不依不饶接着道，指了指自己的太阳穴，一副幸灾乐祸的样子。

小宛双颊圆润，窄眼粗眉，下颌生有一粒米谷大的黑痣，更加衬得样貌有些粗鄙。此刻她右手托腮，面带笑意，怔怔望着对面坐着的那个年轻人——棱角分明的双颊，鼻下两撇黑亮的胡须，黑白相间、四散凌乱的发丝在昏黄灯光下，闪烁着华光。一双细眉下的眼眸，却清虚阴郁。小宛觉得，那眼神仿佛经历过人生起伏，心中再无所挂碍。她实在想象不出，“翠袖三千楼上下，黄金百万水西东”这般至情至性的诗句，竟是出自眼前这落魄书生的手笔。

“故事讲完了！”年轻人瞟了小宛一眼，笑着抬臂去拿桌案上的酒壶。他手背皴裂，宽袖边沿丝线断线，还遍布孔洞，白色对襟上同样沾着数块酒渍油污，腰间悬挂着一个酒葫芦。

“唐公子，”小宛如同木偶，仍保持着之前的姿势，“大年三十，你为何不回家过节呢？”

年轻人将酒壶缓缓放在桌案上，之前的笑意被一层苦涩所取代，但转瞬消逝。他看着小宛，反问道：“怎么？小宛姑娘希望在下此刻离开吗？”

“怎么会？”小宛挺直腰身，双腮泛起红晕，笑道，“我真没想到，有生之年，竟能与江南第一才子唐伯虎同桌共饮。而且，还能听到这么多趣闻逸事。开心还来不及，又怎会希望你离开呢？”

唐伯虎仰头又喝了一大口酒，嘴角重新牵起一抹苦笑。

小宛仿佛想到什么，身子微微前倾。“人们都说唐公子诗书画三绝。但是……”她视线落在一片狼藉的桌案上，略微有些失望，“这里太过局促，也没有文房四宝。所以……”

她又恢复到之前模样，笑道：“不如你作首诗吧！”

“作诗？”唐伯虎听罢，狡黠笑道，“可以。”

小宛恨不得拍手叫好。

“但我有个条件。”唐伯虎歪着嘴，故作神秘。

“什么条件？”

唐伯虎站起身子，褴褛的衣衫快要垂到地面，他附在小宛耳边低语。小宛先是面露忧虑，而后，又逐渐恢复笑意。

“不知小宛姑娘意下如何？”唐伯虎重新坐在圆凳上，将一粒花生掷入口中。

小宛双眸转动，思忖片刻，似是故作精怪，打趣道：“那就要看唐公子所作的诗，本姑娘是否喜欢了。”

唐伯虎暗自思忖，视线不禁落在小宛粗拙的面容上。他拿起酒壶，说道：“那在下就以《花酒》为题如何？”

小宛连连点头。

“戒尔无贪酒与花，才贪花酒便忘家。多因酒浸花心动，大抵花迷酒性斜。”唐伯虎手中拿着酒壶，在房中来回踱步，朗声轻吟。诗句孟浪轻佻、直白露骨，但他转过身去时，藏在暗处的面颊却尽显颓废凄凉。

似是不愿被小宛看到，唐伯虎再次转身之后，已然眼带笑意，走到她身前，接着道：“酒后看花情不见，花前酌酒兴无涯。酒阑花谢黄金尽，花不留人酒不赊。”吟毕，他将酒壶轻轻放在小宛身前。

整首诗意趣婉转，欲扬先抑，使得短短一首诗情致尽显，像是拨云见日般舒爽畅快。

小宛心领神会，从唐伯虎蒙眬的双眸中，似是看到了那抹含苞待放的情意。此间有酒，却无花。诗中的“花”，莫不是指代自己？

正如沉香所说，小宛的确痴傻，但比起“骗酒”，她更愿相信这首《花酒》正是江南第一才子唐伯虎为自己所作。

突然，唐伯虎拽住小宛衣袖，用力向下撕扯。

小宛不惊不惧，心如小鹿乱撞，似是透不过气。

“多谢小宛姑娘！”唐伯虎笑意温柔旖旎。接着他伸出双臂，轻轻推向小宛。

小宛心领神会，任凭自己仰倒在闺床上，眼看着对方夺窗而出，一边不由低声呢喃：“戒尔无贪酒与花，才贪花酒便忘家。”

她的笑容中充斥着满足与向往，与平日里无人问津的落魄模样全然不同，而后神色变化，方才扯声肆意叫喊起来。

唐伯虎跳出窗外，小心翼翼地站在楼层中间的瓦檐之上。小宛撕心裂肺地哭喊之后，他能隐隐听到老鸨英娘的咒骂声。他似是刻意驻足而立，幸灾乐祸倾听着对方的骂词秽语。片刻之后，才纵身跳在下方那个土垛之上。

“好一个骗酒的贼人，有种给老娘别跑！”这时，英娘推窗而望，看到正在拍打身上灰尘的唐伯虎。

他意兴阑珊之下，不忘朝她挥手作别。同样他也见识过青楼打手的手段，不再多作停留，急忙拐进一条陋巷。

戌时刚过，空中飘洒起撕絮裂帛的鹅毛大雪，不过半个时辰，大街小巷、房舍楼阁，一派银装素裹。

行人用双臂裹紧自己，嘴里不断呼出白气。脚下急匆匆迈着小碎步，踩着积雪发出咯吱咯吱的轻响。

唐伯虎不紧不慢地解下腰间的酒葫芦，拔开塞子。顿时，一股桃花香气扑鼻而来。他嘴角轻轻上扬，鼻子下那两撇精致的小胡子也被牵动。他仰起脖子，将葫芦内的桃花酒一饮而尽，随后兴致饱满地长舒口气，打了一个酒嗝。

突然，唐伯虎转过身去，死死盯着身后的黑漆角落。他已忘了从何时开始，总感觉有一双眼睛在监视自己，但每每回头望去，均一无所获。

这时，空中传来一声炸响。他收回思绪，抬头看着烟火在漆黑夜空绽放。

“你……你是唐公子？”

唐伯虎扭头看去，是一个五十多岁的老者。他将酒葫芦重新挂在腰间，苦笑道：“我姓唐，但并非什么公子。”

老者上下打量一番唐伯虎，暗自叹息一声，急忙从怀中掏出几两碎银，又怕被他当作施舍，犹豫再三还是放到了他的手中。

“这是……”唐伯虎双眉微微一皱，还是将手掌蜷了起来。

“唐公子千万不要误会。”老者急忙解释，“这些钱是你父亲生前借与我的。”

唐伯虎的笑容在烟火衬托下忽明忽暗，但随即还是将碎银揣入怀中。

“今天是大年三十，唐公子为何不回家呢？”

“真是奇了！”唐伯虎撇着嘴，揶揄道，“今日我碰到的所有人，都在问我同一句话。难道大明律法规定大年三十必须回家吗？”

老者欲言又止，摇头叹息，不再多说什么，黯然离去。

唐伯虎展开手掌，大片雪花飘落上面，瞬间又融化消失。这时，他看到街对面的酒馆正要打烊，急忙走到老板身前，“老板，半斤杜康，半斤腊肉。”

老板正在插门板，背对着唐伯虎，没好气道：“打烊了！明天再来吧！”

他低声下气，赔笑道：“老板可否通融一下？”

“我说你这人怎么……”老板转过身正要呵斥，但细看对方面貌，却有些熟悉，“你……你不是那个江南第一才子唐伯虎吗？”

唐伯虎并未作答，而是从怀中掏出之前老者赠予他的几两碎银，尽数拍在桌案上，说道：“这是酒钱。”

老板想到十年前，唐伯虎参加苏州府府学考试，一举夺魁，名震江南。他记得，当天唐伯虎胸戴红花，坐着四人大轿，从街头走到巷尾。一时之间，江南第一才子的名号不胫而走。那时候的唐伯虎可谓潇洒倜傥，浑身散发着一股拒人于千里之外的才情与气势。

可如今……真是三十年河东三十年河西，堂堂江南第一才子居然沦落到如此地步！老板一副幸灾乐祸的表情，笑道：“既然是唐公子，那我就破一回例吧！”他看到唐伯虎腰间的酒葫芦，问道：“可是将酒打到你那葫芦里？”

唐伯虎摇头道：“老板还是连同酒坛一并给我便是。”

“随你吧！”老板没好气说着，转身进入酒馆。

唐伯虎右臂夹着酒坛，左手提着用油纸包裹的腊肉。大片雪花落在他那黑白相间的蓬乱发丝上，凝结成冰凌。西街大小房舍灯火通明，有的人在贴春联，有的人在放爆竹，还有三五成群的孩童打闹嬉戏，在雪地里连滚带爬。唐伯虎如同一个与任何事都格格不入的局外人，欢声笑语对他来说像是一根根钢针，深深扎在心窝。

唐伯虎拐进后巷，来到一户人家门前，门上挂着铜锁。这时，从对面走出一个妇人："哟，这不是唐公子吗！"

唐伯虎尴尬地笑了笑。

妇人接着说道："你是来找祝大哥的吧？"

"嗯。"唐伯虎始终低着头。

"我半月前听说，祝大哥一家要到南京过年。"

唐伯虎不知何去何从，漫无目的地在街上闲逛。仰望夜空，大片雪花肆无忌惮地落在双颊，融化开来，竟分不清是雪水还是泪水。

祝枝山的老丈人是南京太仆少卿李应祯，文徵明的父亲则是南京太仆寺丞文林，两位老人均已辞官归退，颐养天年。他们肯定是带着家人，一起到南京团聚了吧！唐伯虎想到此处，内心五味杂陈。

孤家寡人说的就是我这种人……唐伯虎感受不到寒冷，他觉得全身无力，只想找个暖和的地方好好睡一觉，但又不愿回到自己那个充斥着酒气的破屋陋室。

随后他想到了徐祯卿。

徐祯卿比唐伯虎小十岁，九岁那年，拜祝枝山为师学习书法。而后，经由祝枝山引荐，又认识了文徵明和唐伯虎。徐祯卿自小聪颖，有过目不忘之能，家不蓄一书，却无所不通。而且，他极其好学，仰慕文徵明的诗词和唐伯虎的画技，便拜师学习。三人对此子，颇为喜爱，无不倾囊相授。

想着想着，唐伯虎已行至徐祯卿居所，轻敲几下木门，里面传来一个爽朗的声音。少顷，一个十五六岁的年轻人将门打开："三师父？"

徐祯卿五官奇小，脸上还长满麻子，一旦出现任何表情，五官总是非常紧凑地连在一起。所有人都说徐祯卿天纵奇才，却样貌奇丑，有些可惜，但徐祯卿生性烂漫，对这些话从未放在心上。

唐伯虎看着满面乌黑、发丝凌乱的徐祯卿，反而觉得对方样子十分亲切。他拎起腊肉，说道："本想找你那两个师父饮酒畅聊，却得知都去了南京。"

徐祯卿看到三师父的落魄模样，心中不忍，宽慰道："大师父和二师父离开苏州前，本想通知你，但到处都寻不到人……"他本想问问唐伯虎这段时间的处境，但闻着对方身上散发出的浓郁酒气，想必是整日整夜买醉，直到今天大年三十，家家户户店铺歇业，这才得以现身。

唐伯虎知晓徐祯卿性格开朗，但心思细密，总是考虑他人情绪，也不多说什么，叹息一声道："所以，我就来找你了。"

这时，屋内传来徐祯卿母亲陈氏的声音："卿儿，是谁呀？"

徐祯卿愣了一下，答道："娘，是问路的。"

唐伯虎面露苦笑，道："如若实在不行，我就不进去了，咱们改日再聊。"

"别！"徐祯卿一把将唐伯虎拉住，打趣道，"没事的，我娘刚刚睡下，雷打不动。去我房中，我也正巧有事请教。"

主屋旁边有处杂物房，自从徐祯卿父亲去世之后，他就与母亲陈氏将此间收拾出来，充当书房之用。

徐祯卿接过唐伯虎手中的腊肉和酒坛，蹑手蹑脚走到厨舍，将其切割蒸煮。过了一会儿，重新返回书房。他用木瓢盛出热酒，依次倒入两个瓷碗。二人相视而笑，谁都没有说话，瓷碗碰撞一下，各自轻呷一口。

唐伯虎看着徐祯卿拿起腊肉，放入嘴中肆意咀嚼的模样，会心一笑。他以前从未想过，与一个熟悉的人喝酒，竟是这般奢侈之事。

徐祯卿见他端着酒碗发愣，轻唤一声，见没有反应，声音加重了一些，还用右手掌在唐伯虎眼前左右摆动："三师父！"

唐伯虎缓过神，尴尬地看着徐祯卿："嗯……怎么了？"

徐祯卿嘴角微微上扬，一副心怀不轨的模样，眼神落在唐伯虎腰间那个酒葫芦上：“三师父，桃花酒还有吗？”

百花之中，唐伯虎一直对桃花情有独钟。不仅如此，还在家中自酿桃花酒，每日出门，总会将桃花酒装满葫芦。他解下酒葫芦，拔开塞子，一股桃花香气蹿入徐祯卿鼻息。

唐伯虎将酒葫芦倒置，倒出最后一碗。

徐祯卿别着脸，端起酒碗，闻着桃花香气，喝了一大口。

唐伯虎敞开宽袖，笑道：“想喝的话，明日给你送来一些便是。”

“一言为定。”徐祯卿身子稍稍前倾，舌头舔着唇边酒渍，像是打探什么秘密，小声问道，“三师父，你如此喜欢桃花，是否和你时常梦到的那个梦境有关？”

关于唐伯虎为何唯独钟情桃花，徐祯卿一直都只是从祝枝山、文徵明二人打趣谈笑间听个只言片语；之后，唐伯虎家中连遭不幸，总是找不到合适时机一解心头疑惑。今天是大年三十，屋子里只有他们两人，相谈甚欢之下，徐祯卿不由得顺水推舟，自然引入。

唐伯虎酒碗停在嘴边，若有所思。关于那个梦境，就如同少年时所经历的一段再稀松平常不过的趣事。他记得，自己第一次梦到那片桃花林，是在四岁那年。

梦境中，有一个与自己当时年龄相仿、嘴角有两个小酒窝的女童，脸上挂着无尽笑意，天真靓丽。她拉着自己，嬉戏奔跑在姹紫嫣红、茂密绚丽的桃花树下。每次醒来，年幼的唐伯虎仿佛都能闻到缠绕在鼻息间的桃花香气，也能感觉到女孩握紧自己手掌后的余温。

每次向母亲丘氏提及，她总是抚摸着唐伯虎的脑袋，笑盈盈说道：“孩子，只是梦而已……”

想到此处，母亲丘氏的音容笑貌浮现于脑海。他将碗中酒一饮而尽。对于自己钟爱桃花是否从这个梦境开始，唐伯虎也无法说清，苦笑道：“也许吧……”

徐祯卿又从酒坛中盛出一些热酒，先将自己酒碗添满，再给唐伯虎添酒之时，偷偷看去，眼眸和嘴角都暗藏笑意：“三师父，我听两位师父说，十年前，你做了另外一个梦。梦到你在深山密林迷路，莫名掉入河水之中，幸亏一名女子路过，才将你救起。”

唐伯虎低头暗笑。有些时候，他觉得徐祯卿就如同年轻时的自己，对不解好奇之事，总喜欢追根究底。比起沉闷的四书五经，对茶余饭后的琐碎谈资更为投趣。他还清楚记得，当年文徵明和祝枝山醉酒醒来，听说自己梦境之后，笑得前仰后合，还揶揄打趣：伯虎情窦初开，一直以来对幼年那女童魂牵梦萦，才又有了这段看似浪漫、分外多情的后续梦境。

现在想来，那时欢声笑语、雅静安逸的日子，也一去不复返了。

徐祯卿坐回原处，一脸坏笑地看着唐伯虎：“三师父，现在你我闲来无事，不如给我详细说说。十年前，你到底梦到了什么？”

唐伯虎手指轻抚鼻下黑亮胡须，眼神意味深长地瞟向徐祯卿，问道：“昌谷，你为何对我这个梦如此感兴趣？”

“不瞒三师父！我近日正在作一本杂记，其中难免涉及三位师父的一些逸事趣闻。所以……”

“所以就想着把这件事记入书中？”

徐祯卿五官挤在一起，憨笑着点了点头：“其实也称不上书作，只是闲暇时，记下的一些在自己看来比较重要的事罢了。”

唐伯虎眼眸中露出缱绻之色。也许除了徵明和枝山兄，这世上也只有昌谷把自己视为重要的人。他顿感心情舒畅，放下酒碗，笑道：“好！我就说给你听，不过你要先告诉我那部杂记的书名是什么？”

徐祯卿喜出望外，脱口而出：“《新倩集》。”

唐伯虎与徐祯卿相识多年，知晓此子诗书画均擅，这“倩”字，想必出自李贺《南园十三首》中的“曼倩诙谐取自容”一句。仔细思忖，倒也与徐祯卿的性情及书文内容十分贴切。

那件事发生在十年前，也就是成化二十一年。年仅十五岁的唐伯虎在父亲唐广德劝说下，以苏州府府学附生身份参加应试，中科童髫鳌首，意气风发。之后，他便与文徵明、祝枝山商议到名山游历写生，但因涉世尚浅，一时不知去往何处。幸在文徵明父亲文林的提议下，三人决定前往贵州金竺的白云山。

三人早闻白云山虎踞龙盘、景致瑰丽。更为重要的是，山中遍布历朝历代石崖碑碣，多达百处，篆、隶、楷、行、草五体书法均有涉及，对痴迷书法的三人来说的确是不二之选。

行至白云山山腰，三人见景色宜人，便坐下饮酒歇脚。酒过三巡，文徵明和祝枝山都有醉意，唐伯虎解手之时，发现一条浅坡，向内望去，古树参天，幽静谧雅，不由移足向里走去。

越往深处，唐伯虎越觉身心豁朗，就连酒意都消去三分。不知走了多久，他看到前方不远处，河岸两侧各种着两株桃花树，周围溪石松柏、古槐翠柳，鳞次栉比，放眼望去，就如同满园春绿之中零星艳红，说不出的烂漫绚丽。

唐伯虎从小钟爱桃花，比起苏州江南之地的桃花，这四株桃花树上的花瓣更加艳丽丰润、宽大饱满，他不禁驻足观赏。正在呆呆入神之际，不知何故，身体前倾，直接掉入旁边河流之中。顿时，河水汩汩灌入耳鼻，纵使他才华横溢、满腹经纶，却不识水性。挣扎片刻之后，慢慢向河底沉入，眼前一黑，再无任何意识。

徐祯卿静静倾听，就像身处深山氤氲密布的朦胧薄雾之中。

“我醒来的时候，在一个茅屋中，衣衫已经干了。”唐伯虎双颊通红，显然酒劲涌了上来，眼神也变得有些迷离，“我隔着门窗，看到一个女子正给一株桃花树浇水。走出屋门，举目看去，这间茅屋像是建在一处断崖上。远处是隐约可见、连绵起伏的座座高山，断崖下一条长河贯穿东西，很多妇孺老少在河边洗衣嬉戏，河岸边还停靠着几艘船只。高低起伏各处，栽种着一株株绚烂多姿的桃花树，俨然一处世外桃源……"

突然，紧锁淡眉的徐祯卿像是想起了什么，挺直身子道，"我记得大师父提及，你起初说过，你梦中的那株桃花树上，开满了紫色的桃花！"

言及至此，唐伯虎像是被何物扯住了心神，酒碗停在唇边，怔怔发呆，回忆起时常爬满梦境的那一朵朵神秘而诡谲的紫色桃花。每每醒来，他总会不禁自问：何故会再次梦到这一切？是否如文徵明和祝枝山所说，不过是第一个梦境的延续？

唐伯虎苦笑着摇摇头，这才将碗中酒一饮而尽。

徐祯卿双臂交叉，放于胸前，自顾自接着说道："我曾见过红色桃花，还有粉色，甚至是白色，但从未听说过紫色桃花。"

相较于徐祯卿追根究底，唐伯虎则显得极为坦然，似在讲述一件坊间流传的奇闻："我曾听老师提起，明初时，城外阊门河以东有一座广袤庄园，主人家姓章，人们故称之为'章园'。章庄主毕生钟情桃花，搜罗天下各色花种，栽种其间。初春时节，绚丽多彩，整个庄园像是被各色桃花点缀的一幅瑰丽长卷。"

"莫非章园有紫色桃花？"

唐伯虎捏起一块腊肉，放入口中，摇头笑道："本就是梦境之花，章园又如何能有？"

"章园！"徐祯卿歪着嘴，低头蹙眉道，"这么好的一个去处，我怎么从未听人说起过？"

"章庄主在建文年间病故，子孙定是厌烦隐世野居的生活，不再细心打理，章园也就慢慢荒废。"唐伯虎苦笑道，"这么多年过去，那个地方早已与枯树乱丛融为一体。再是美艳，在前人眼里不过偶尔游历之地，更遑论咱们这些后人呢！所以，就很少有人提及了。"

徐祯卿附和着点了点头。

唐伯虎端着酒碗，眼神迷离，与其说是倾诉，更似是重忆梦境时的独自回味：“那女子并未察觉我从屋内走了出来。我见她那般认真，不忍打扰，就坐在院里的木桌前。不想，木桌上却放着笔墨纸砚。也许从未见过紫色桃花之故，一时兴起，就照着她的样子作了一幅《桃女图》。”

徐祯卿听到“桃女图”三字，脸颊憋得通红，扑哧笑出声来。

“你笑什么？”唐伯虎不由得也笑了起来。

“船坞茅屋、桃树佳人，没想到三师父才貌双绝、风流蕴藉，竟会向往这般日出而作、日落而息的田园生活。”

说到此处，徐祯卿也不禁浮想联翩，感慨道：“真有如此佳境，别说三师父你，我也想一辈子平淡素雅、远离俗世！”

唐伯虎陷入沉思。自从父母和妹妹相继病故，自己常常忆起这个梦境，似是在残酷生活下，自己内心想要逃避一隅的真实写照。

徐祯卿见他眼神恍惚，急忙岔开话题：“三师父，弟子有个不情之请。”

唐伯虎缓过神，会心一笑：“你又要打什么鬼主意？”

“之前，大师父和二师父都不让我与您同去别离楼。”

说到这里，唐伯虎已明白对方真意，他将自己和徐祯卿的酒碗斟满，笑而不语。

“如今他们身处南京，鞭长莫及。”徐祯卿笑道，“不如改日就带弟子去开开眼界，如何？”

唐伯虎只顾着喝酒，没拒绝，也没答应。

徐祯卿如同热锅上的蚂蚁：“到底行不行啊？”

唐伯虎将一块腊肉放入嘴中，然后微笑着点了点头。

“你答应了？”徐祯卿站起身，开心地说道，“一言为定，不准反悔！”

两人端起酒碗碰撞在一起。

屋内暖意盎然，屋外大雪纷飞，一阵紧似一阵。

2

林奴儿感到双颊一阵冰凉，从睡梦中苏醒，缓缓抬起布满冻疮的纤手，摸到脸上湿滑的水滴。过了一会儿，几朵雪花在眼前飘来荡去，掉在枯黄而脏污的杂草上，消失不见。

下雪了！林奴儿披头散发，憔悴的面目上被一块块黑污所占据。她扶着墙壁，像是用尽全身力气才勉强站起。缠绕在脚踝上的冰凉脚镣叮当作响，距离头顶一丈多高的地方，有一个正方小窗，四根铁杆歪扭地插在中央。雪花不断从外飘扬进来，她艰难向后挪移，迎面接着雪花。她微微闭起双眸，肆意感受着这种久违的冰凉触感。雪花在脸颊融化，她的心也像被融化了。

“喂，发什么愣呢！”这时，狱卒张弓的一声呵斥将林奴儿拉回现实。

林奴儿睁开双眸，狠狠瞪了对方一眼。张弓心中暗骂，一边将手中一席棉被透过牢门的缝隙扔了进来，没好气地说道：“上头赏你的！”

说完，张弓冷哼一声，悻悻然走开。

林奴儿蜷缩在角落，看着雪花大片大片落在散开的棉被上。顿时，身上残破衣衫像是彻底破开一道口子，寒意传遍全身。

“真是晦气！大年三十都不能回家！”铁牢外传来狱卒张弓的埋怨声。

“谁让她非要死撑，”林奴儿知晓，这是另外一个狱卒刘勇，“如若她照着上头的意思全都说了，也少了这许多皮肉之苦，你我也用不着和她在这破地方耗上一年了。”

“真是扫把星！”

林奴儿闻到肉的香气，也听到张弓和刘勇一边喝酒一边吃饭的声响。她喉咙不禁微微抽动着，想到了阿敏嫂炖的红烧狮子头；想到了父亲过年时，总会调侃自己是否看中了族里某个英俊的男子；想到了楼伯伯和方先生一边喝酒一边给她讲着江湖上的奇闻趣事；还有纪辰哥哥，过年开春之际，就会拉着自己到桃花树下练剑，总是板着脸埋怨自己姿势不对、悟性不高。

甚至，还想到他。那个对自己的一往情深熟视无睹、冷如冰霜的男人。

张弓与刘勇的埋怨声再次响起，将林奴儿从陈年思绪中拉回到了现实。

她心中的委屈和不甘逐渐膨胀，一行热泪顺着脸颊滑落。她抓着棉被一角，轻轻拉扯过来，盖住蜷起的双腿。比起寒冬彻骨，她心头那抹悔恨经过一年之久，反而越积越深。若不是她的同情错付他人，这一切都不会发生。为了弥补自己的过错，她离开族人，独身闯入看似简单平静，实则险象环生的陌生世界。

一想到由于鲁莽，不仅未能弥补过失，反而使自己身陷囹圄，林奴儿心中更满是自责和愧疚。而且，父亲和族人肯定万分担忧，说不定正想方设法地寻找自己。林奴儿紧紧咬着下唇，热泪不由得夺眶而出，比起这一年多来的皮肉之苦，她更怕由于自己犯下的过错，而将所有族人推入万劫不复的境地。

林奴儿心头似是压着一块巨石。所以，无论如何她都要保守住那个秘密。

同时，她也在等待一个机会。

如今已没有多少时间留给她自怨自艾。林奴儿抹去眼泪，侧耳细听，两个狱卒聊得热火朝天，说话声也变得有些含糊，定是酒过三巡，略微有了醉意。

这时，传来张弓的声音：“你母亲怎么样？病好些了吗？”

“你若不问，我都忘记说了。”刘勇答道。

“怎么了？”

“这次来就是与你告别的，我要回趟老家。”

“为何？”

“哎！刚刚收到家书，弟弟在信中说老母病危，怕是熬不过开春。”说到此处，刘勇又是一声长叹，“我常年在外，对家中事不管不问。纵使我那老母有万千不是，我作为长子也要回去送她最后一程，否则老人家肯定死也不会瞑目。”

“嗯！”张弓声音中略微带着些慵懒，“节哀顺变吧！”

两人像是碰杯喝了一大口酒。紧接着，传来酒碗重重落在木桌上的声响。

“什么时候动身？”张弓又问道，“向上头请示了吗？”

“天亮就走。”刘勇道，“我包袱都收拾好了。”

也许半年前，甚至更早一些，当刘勇第一次提到苏州时，本已万念俱灰的林奴儿，一下子本能地想要攥紧这根救命稻草。之后，她日复一日蛰伏在阴暗湿冷的铁牢角落，极其小心谨慎地密谋筹划，只等刘勇踏上归乡之程。

听到此处，她身子不由得坐了起来，小心翼翼地爬到牢门最右侧，然后将双颊紧紧贴着冰凉的铁柱，向左侧看去。

透过昏黄烛光，林奴儿看到稍显肥胖的刘勇坐在长条木椅上，木椅的最右侧放着一个深灰色包袱。

她隐约觉得今夜便是自己苦等的良机！

想到此处，林奴儿从怀中掏出一张整齐折成正方的画纸，紧紧攥在掌心。然后望着从铁窗飘进的大片雪花，心中默默祈祷：老天爷，你一定要帮帮我，帮帮所有族人！

希望虽然渺茫，但比起坐以待毙，她更愿意去争取，更愿意相信族人信奉的邪不压正。

突然，她整个人缩在地上，双腿胡乱蹬踹着早已干枯的杂草，惨烈的哀号声响彻铁牢。

过了一会儿，张弓和刘勇双双立在门外，醉眼迷离地看着痛苦不堪、死命挣扎的林奴儿。

“啊！好痛！”林奴儿撕心裂肺地哭喊着，一边辗转翻滚。

“是不是惹了风寒？”刘勇抬起下颚，不禁向铁窗外飘扬的雪花看去。

张弓忙不迭地从腰间取下两把钥匙，他深知，如若林奴儿真有个三长两短，他与刘勇，还有牢外把守的兵卒，都会小命不保。

“等等！”刘勇一把抓住正要开锁的张弓，“我们不如进城去请郎中。”他望向林奴儿，轻声说道，“小心有诈！”

这些话被林奴儿听到，她又开始大声叫喊，那份痛楚似乎将要把她整个撕碎。

张弓一愣，心想刘勇一向胆小怕事，而且这一年来，林奴儿从未试图逃脱牢狱，因而更加觉得是在危言耸听。他甩开刘勇肉掌，一边开锁，一边说道：“你我一来一回进城出城，势必浪费许多时间。如若这臭婆娘有个三长两短，咱们都要下去陪你老母！”

张弓打开牢门，与刘勇急忙走进铁牢，蹲下身子，想要将林奴儿扶起。

突然，林奴儿使出浑身力气，趁两人不备，用双臂将他们推倒在地，然后拔腿就向牢门外跑去。顿时，她的双腿被沉重脚镣拉扯着，林奴儿却顾不上勒紧脚踝的疼痛，拼命前行。

“站住！”身后传来刘勇和张弓的怒吼声。

木桌距离牢门不过丈许。林奴儿强忍疼痛，飞身扑向木桌旁的长条木椅。突然，她感觉全身结痂的伤口尽数裂开，黏稠的血液顺着肌肤四处流淌。

林奴儿将包袱压在身下，右手深入包袱最底层，悄无声息地将之前折成正方的画纸塞了进去。刘勇和张弓两人抓住林奴儿脚踝，使劲向后拉扯，嘴里不住骂骂咧咧。

林奴儿为了避免两人怀疑，双腿仍旧不停踢踹。挣脱之后，继续向前面那个圆拱门跑去。这时，四名持枪兵卒赶到，看到林奴儿，挺枪对准了她的胸脯。

林奴儿怒目而视，不再动弹分毫。

张弓喘着粗气，双手叉腰，先是满脸冷笑，很快变得怒不可遏，顺势甩起右掌，重重扇向林奴儿脸颊。

一声脆响，林奴儿倒在地上，捂着左颊，狠狠盯着张弓和刘勇，像是要喷出火来。

刘勇居高临下，恶狠狠说道："跑啊！你不是很会装吗？"说着，抬起脚，狠狠踢向林奴儿腹部。

张弓劝退四名兵卒，与刘勇你一脚我一拳的，毫无怜惜之意，仿佛只有这样，才能化解两人心头之恨。

林奴儿咬紧牙关，一边心中默念"天佑我族"，一边紧盯着安静落在地上的那个深灰色包袱。

3

南京，正月十五。

自朱棣发动靖难之役，夺得建文帝朱允炆帝位之后，南京就一直作为大明留都而存在，不仅六部机构俱全，人口也已达百万之巨。古人言：文学之昌盛，人物之俊彦，山川之灵秀，气象之宏伟，最属金陵为最。这里的金陵之地，说的就是南京。

随着夜色慢慢暗下来，各家屋檐下的大红灯笼像是蛰伏许久的祥兽，迫不及待绽放出一缕缕火红光华。大街小巷、阔宅高府，多则四六盏，少则一两盏，不约而同连成一气，若从夜空俯瞰，仿佛一条迤逦的火龙。

自正月初八开始，成贤街便每日人山人海，灯火璀璨。今大正月十五，连国子监门前都人声鼎沸，廊檐下大灯小烛琳琅别致。老少妇孺、书生布衣、富商官家，甚至平日里蹲在街头的乞丐，也要凑着热闹。每个人在欢声笑语凝聚而成的洪流中，赏灯猜谜。

一盏盏花灯形状各异，薄如蝉翼的灯罩外点缀着各色山川河溪、鸟兽虫鱼，更有仕女俊男、天神鬼怪，在内里的灯光映衬下，粗笔淡描的画意平添几分别样韵味。除此之外，灯罩上面还均贴有一张纸条，五颜六色，随夜风徐徐而动。

适才几巡，纸条上大多是历朝历代名篇佳作，稍有学识之人，无不一猜即中。不知何时，有人最先撕下那张红色纸条，抓耳挠腮地望着上面的七言诗句。众人看他茫然无措，好奇之下，抢在自己手中，冥思苦想，也不知出自谁人之手。一传十，十传百。人群越聚越多，将成贤街围得水泄不通。

花灯老板是一个三十多岁的中年人，一身麻布长衫，幸灾乐祸地看着众人。猜灯谜十文一次，猜中者可以得到各种小巧别致的奖品。虽说奖品可能并不值十文，但大多猜谜者都只是为了享受破解谜题、显示才华的过程。越是难猜，就越是乐在其中。

“老板，这诗不是你自个儿胡诌的吧？”人群中传出质疑声。

中年老板撇着嘴，但却无法掩饰眼神中的得意：“哟！众位可高看在下了。如若有此能耐，我也用不着摆摊了，早与尔等同去考取功名喽！”

围观人群不由得哈哈大笑。

“和众位实说了吧！”老板扫视一圈人群，朗声道，“这是我偶尔听到一位苏州公子所吟，正好符合今日之景，就用到了这里。”

他看众人拿着红纸疑窦丛生、愁眉不展，心里窃喜，仿佛这首诗真是自个儿写就一般，接着说道："这样吧！如若有人能猜出这首诗是谁所作，在下分文不取，所有奖品随意挑选。如何？"

在场人群对奖品无一提得起兴趣，全部心思都落在红纸之上。

"老板遇到的可是作者本人？"

这时，人群传出一个十分清亮的声音。循声看去，一个年轻人挤出人群，站在前排，看起来不过二十五六岁的样子，肌肤黝黑，身材高挑，折扇放在胸前轻摇，表情冷漠淡然，与热闹场景显得格格不入。他身旁站着一个略微发胖的中年人，挺胸凸肚，五官圆润，掌心握着一把扇子，笑脸盈盈，一副胸有成竹的姿态，还不时和身边妇人低语几句，两人甚为亲密。

"那位公子说，是他的一位好友所作。"老板回应道。

那年轻人漠然从另一人手中接过红纸，字正腔圆念了起来："有灯无月不误人，有月无灯不算春。春到人间人似玉，灯烧月下月似银。满街珠翠游春女，沸地笙歌赛社神。不展芳樽开口笑，如何消得此良辰。"

接着他脸上第一次露出浅笑："枝山兄。"转身将红纸递于旁边那个中年男子。

那中年人似有眼疾，看东西时，总是眯起窄小的双眸。看了一会儿，他会心一笑。身旁妇人见两人面露调皮神色，像是遇到十分有趣的事情，低声问道："相公，怎么了？"

中年人双唇紧闭，向妇人做了个鬼脸，抬起右手，用小指轻轻抚动那片浓眉。细心人发现，此人右手居然有六根手指，抚眉那指正是第六根。

人群中一个青年书生抻长脖子、踮起脚尖，高声问询："请问，阁下莫不是苏州祝允明祝枝山？"

祝枝山微微颔首："正是在下！"

祝允明字希哲，只因右手枝生一指，故自号枝山。他身旁那个年轻人正是文徵明，而女子则是祝枝山的发妻李氏。如今在江南一带，论起名望，祝枝山要比文徵明和唐伯虎都略高一筹。诗、书、文、画四艺之中，三人各有千秋。但若只论书法，祝枝山则首屈一指。再加上他右手生有六指这一特征，时常被人认出。

“徵明，除去你我，全天下恐怕也只有徐衡父听过此诗。”祝枝山看着文徵明说道。文徵明自顾自摇着折扇，笑着点头。他扭头看着呆呆发愣的花灯老板，问道：“老板，可有笔墨？”

老板不知祝枝山什么来头，但见围观的众人都在兴致勃勃地等着祝枝山提笔，便急忙从木桌下拿出笔墨。

文徵明十分潇洒地合起折扇，走到木桌前，轻轻研磨，拿起毛笔，在墨中左右蘸匀，然后递与好友。

祝枝山接过笔毫，走到适才贴着红纸的花灯前，临空在灯罩外层写下“唐伯虎元宵”五个方方正正的楷书。

“原来这首诗是唐伯虎所作！”

“唐伯虎天纵奇才，可惜家遭不幸，自甘堕落，可惜可叹呀！”

文徵明和祝枝山对视一眼，面色转而凝重。比起旁人的片面之词，他们二人对唐伯虎从意气风发到颓废落魄，点点滴滴都看在眼里。三人情同手足，形影不离，但自从唐伯虎每日买醉，沉沦无度，不听二人劝说，他们之间仿佛突然出现一道难以逾越的深沟纵壑。

两人都没有说话，心中均在想：也不知伯虎如今怎么样了。

李氏深知他们几人感情深厚，脸上也显出悲忧之色，轻轻挽住祝枝山右臂。

突然，夜空传来一声炸响。之前欢声笑语、人声鼎沸的成贤街一下子静了下来，众人不约而同抬头望去。只见绚烂的烟花瞬间将整个夜空点亮，刹那静谧也被阵阵尖叫和呐喊所打破。

“东风夜放花千树，更吹落，星如雨。”文徵明抬头轻声吟道，然后又黯然低下头。

李氏观望片刻，向祝枝山和文徵明看去，只见两人意兴阑珊，应都在想着同一个人，正所谓，佳节思旧友。她也很想知道，身在苏州的唐伯虎，此刻在做什么，又在想什么。

祝枝山老丈人李应祯的府邸在街头，而文府坐落于中央。文徵明告别夫妻二人之后，独自向家中走去。夜空烟花继续肆意绚烂，偶尔穿梭街巷的孩童，发出阵阵嬉笑声。

“文府”两个金漆大字在四盏大红灯笼映衬下，像罩上了一层薄薄红纱。

文徵明之父文林以南京太仆寺丞致仕，之后定居于此。庭院中栽种着几棵松柏与柳树，亭阁假山在黑漆漆的夜色中影影绰绰。三出三进的左右各庭，被一道道半圆拱门隔分开来，是典型的金陵园林模样。但是，小到花草桌椅，大到石桥楼台，每一件物事和建筑，又都似精心搭配、选址定点而成。

原来，文林精通堪舆卜筮，尤精易数，对风水相地要求极其严格。他坚信正确的风水堪舆，不仅可使仕途顺畅、家族殷实，更可保佑平安、逢凶化吉。而且，文徵明还从父亲那里学到另外一项奇术——易容改面。

母亲丁氏在文徵明五岁时去世。那时，文徵明尚懵懂无知，偶然看到父亲在房中拿着薄如蝉翼的面皮自顾欣赏，就缠着父亲对此解惑答疑。逐渐才知，这就是失传已久的易容改面之术。

当时，文林公务之余就是陪着年幼丧母的儿子嬉闹玩耍，见文徵明对易容改面兴趣浓厚，以为只是好奇贪玩，也没多想，就讲述了一些关于此术的故事。易容改面的最高境界就是“分筋错骨之术”，利用数十根钢针，插入脸颊和脖颈各处，不用戴面具，就可使人的相貌在一定时间内发生改变；但如若从根本改变一个人的相貌，就要用刮骨开面的方法，从脸颊内里的骨骼和皮肉下手。

这些话，对于那时的文徵明，展现的是一个完全陌生、神秘的世界。时至今日，文林每每看到文徵明不苟言笑，冰冷如霜的面色，就怀疑是不是与其从小将自己关在房中，研究易容术有干系。

同样，文徵明对文林也有着担心——为何一个朝廷命官会精通江湖奇术？父亲又是从哪里学来的？

他心中总是忐忑不安，怀疑着不知何时，身边会有什么意想不到的事发生。

今天是正月十五，文徵明吩咐后厨煮了一锅汤圆。没过多久，他就端着汤圆向东厢父亲的书房走去。

灯烛还亮着。文徵明轻敲房门，手中热乎的汤圆散发着袅袅白气："爹，睡下了吗？"

门内传来一声夹杂着苍凉的应答："璧儿，进来吧！"文徵明单名一个"璧"字，二十岁冠礼之年后，才取字"徵明"。

书房正堂左侧有一张高脚木桌，上首整齐摆放着笔墨纸砚，右侧是几幅作好不久的字画，一卷卷堆叠着。墙壁上挂着书法画作，角落还立着两台高架香炉，八卦镂空，香气从镂空处袅袅而出，整间屋子被薄雾笼罩。整体装饰简单朴实，但却规整划一。

文林年过五旬，比文徵明更加纤瘦，脸上布满褶皱，透着沧桑。

文徵明进门时，听到父亲叹息声，就知其有所愁郁，现在看到他这般模样，猜到父亲肯定又遇到难事了。他将汤圆放在桌角，看到中央散落着一根根细长蓍草，均长八尺三分。文徵明知道，父亲刚才定是用这五十根蓍草预测吉凶，但如今蓍草杂乱无章散在桌面，根本无从知晓父亲刚才所爻卦象，更加不知六爻之下经过了几爻。

文林又是一声长叹，重重坐在紫檀木椅之上，脊背向后靠去，抬头望着屋顶，呆呆发神。

"爹，你怎么了？"文徵明皱眉问道。

文林并没有回答，而是站起身子，伸手欲要拿起木桌左上角的那个龟壳。文徵明更是惊诧，右掌压住父亲布满皱纹的手背：“爹，到底怎么了？”

自从进入书房之后，这是文林第一次看向文徵明，双眼带着疑惑，又夹杂些许恐惧。

“蓍草筮卦，既然已出卦象，又怎能用龟壳卜卦而掩之？”文徵明深知父亲精通堪舆卜筮。蓍草为筮，龟壳为卜，两者不可同时测卦，这般粗浅的道理，文林又怎会不知？父亲如此反常，更加说明他遇到了天大的难事，这件事已经使平日里十分谨小慎微的父亲扰了心神，乱了阵脚。

文林如梦方醒，右手缓缓离开龟壳，全身骨头像是被瞬间剥离，软绵绵跌坐在紫檀木椅上。

“爹，到底发生了何事？”

文林双眼呆滞，不知看向何方，他轻轻摇着头，用沙哑的声音说道：“不知，不解。”

“何为不知？何为不解？”文徵明心中甚为焦急，对父亲这种卖关子打哑谜的答案充满无奈，声音不由得加重了几分。

文林慢慢转过头，幽幽盯着文徵明，然后紧闭双眸，又是一声重重长叹。

“那父亲可以告诉我，刚才卜筮，吉凶如何？”

“凶！”文林未睁开眼，坚决答道。

“六爻都是如此？”

文林点点头。文徵明全身一怔，呆呆望向木桌中央散落的五十根蓍草。现在，它们杂乱无章地交缠扭打在一起。父亲之前卜筮完毕，不论卦象如何，都会小心翼翼将五十根蓍草整齐拿捏在手心。尤其对待“太极”之位，总是最后再取，从未像现在这般，任其放之。

就像……就像这是属于父亲的最后一卦！

4

正月二十六，苏州城，夜。

西街通常住着富商官家，都是阔宅高府、宽庭大院，再不济也是三进三出的院落。而东街拐巷纵横交错，残屋破舍比比皆是，远远望去，透着无尽衰败与凄楚，像是隔着很远都能闻到黄墙上散发出的土腥气。

万柳巷巷尾横着一座土屋，屋子光线昏暗，门窗紧闭，各个角落摆放着十个火炉，火焰饱满炙热，正闪烁跳动。整间屋子闷热异常，俨然一个大烤炉。半空中随意飘忽的袅袅热气，使整个屋子一片氤氲。

中央放置着两张黑漆高脚正方木桌，纵向并列，中间缝隙处用石灰抹平晾干。此时，合并一起的木桌上铺设着一幅纵向画卷，横向三尺有余，纵向约莫六尺。

画卷中山峦层叠，草木繁茂，气势恢宏。画面右下角山坡，两棵劲松虬曲盘缠，形成近景；中景以著名的庐山瀑布为中心，水帘高悬，飞流直下，两崖间木桥斜跨，打破了流水飞白的呆板；两侧巉岩峭壁，呈内敛之势；瀑布上方庐山主峰耸立，云雾浮动，山势渐入高远。构图由近景的山坡虬松，中景的瀑布、巉岩、峭壁，远景的庐山主峰，自下而上，由近及远，一气呵成，贯穿结合而成迤逦曲线。近处一人迎飞瀑远眺，在起伏轩昂的危峰列岫、长松巨木的衬托下，如沧海一粟、天壤云泥。看似简易，实为点睛之笔。山与人对比之下，更显得山川高万千丈、雄伟瑰丽。

这是徐祯卿第一次观赏唐伯虎临摹仿古。之前一直听祝枝山、文徵明，甚至是唐伯虎自己提及此事，却从未目睹。祝、文二人都反对唐伯虎作仿画，将此举视作对书画的亵渎，徐祯卿却不以为然。

早在宋朝起始，书画仿作就在市面流通盛行，只是大多以暗地交易为主。时至明朝，仿作愈演愈烈，其中以工商业发达、人文荟萃的江南为最。仿作作坊大多分布在苏州、松江、嘉兴、湖州、绍兴、南京、南昌等地，其中又以苏州为中心。随着出版刊印之术的不断发展，很多名人书画仿作竟以连环图册形式出现，公然兜售，但大多粗制滥造。成化初年，苏州甚至出现“苏州片子”这一独特称呼，对书画仿作进行统称归纳，而仿作作坊的老板则被称为“片主”。

到了弘治年间，江南地界的仿作作坊相继关门停业，究其原因，徐祯卿听闻与莫厉有关。如今，收取仿作的作坊只有一处，就是别离楼，而那里的老板，正是莫厉。徐祯卿对此人不甚了解，但从中也可猜出大概，对方定是看准仿画背后的高额利益，利用权势对江南地界所有“片主”威逼利诱，实现对仿作一行的垄断。

所以，徐祯卿一直想到别离楼去一探究竟。甚至，他还希望能够遇到身份地位神秘莫测的传奇人物——莫厉。

唐伯虎在准备临摹仿古之前，先沐浴更衣了一番。之后，他换上了一件白色宽袖内衫，颇有一种超凡脱俗、仙风道骨的模样。回想大年三十的晚上，实在难以将那个穷困潦倒、衣衫褴褛的落魄书生与眼前的唐伯虎相提并论。

唐伯虎站在桌案下首，手握画笔，聚精会神，正凭着记忆修补画作的细微之处。徐祯卿站在左侧，侧脸看去，只见唐伯虎额头布满汗水，便急忙抬起右手，用手中的干纱布为三师父轻轻拭去汗珠。如若汗珠滴落在画作上，两人之前的努力都将付诸东流。

这时，徐祯卿眼角瞥到一个光亮亮的东西。侧目看去，原来是唐伯虎俯身作画时，脖颈处悬挂着的白玉吊坠显露了出来。徐祯卿曾听祝枝山说过，世间最好的白玉为羊脂玉，温润纯净，洁白无瑕，如同凝脂。

徐祯卿虽对玉石无甚研究，但此前第一次看到这枚白玉吊坠时，还是被其精致绝卓的雕工与不带一丝杂色的玉质所吸引。

那是一只张牙舞爪的白虎，虽只有桃核大小，但虎身、虎爪、虎尾，甚至细微到虎目、虎耳、虎牙，都雕琢得栩栩如生，自带肃穆气质。他百般央求下，唐伯虎才允许他拿在手中抚玩。

不知是幻觉，还是世间真有如此奇玉。拿捏在手心时，那玉身内里仿佛散发出丝丝寒气，透过肌肤，钻入心窝。

原来，唐伯虎出生在成化六年二月初四，恰巧是寅年寅月寅日。更为离奇的是，唐伯虎又在寅时初刻呱呱坠地，唐广德便为儿子取单名一个“寅”字，“寅”谓之“虎”也。所以，这枚白虎吊坠，唐伯虎始终挂在脖颈，从未离身。到了二十岁冠礼之年，唐广德又为其取字“伯虎”。

“昌谷！”

唐伯虎一声断喝，将徐祯卿思绪重新拉了回来。他急忙拿起手中纱布，将三师父额头汗珠拭干，视线从白虎吊坠移开，低头向画作看去。

此次所临摹的画作，正是唐伯虎之师沈周所作的《庐山高图》。两人已在这个“大火炉”中足足待了十五天，这是最后一天，也是最为关键的一天，成败在此一举。

终于，唐伯虎停笔，直起腰身，长吁一口气。他轻抚鼻下髭须，双眸中透着一丝事成过后的愉悦，同时也多了一分意犹未尽。

“三师父，好了吗？”徐祯卿凑过头来，看着唐伯虎。

“画是作完了，不过也只是第一步而已。”唐伯虎从徐祯卿手中拿过纱布，自顾自擦掉脸面上的汗水。

徐祯卿不解道：“这幅画也需要仿古？不是只有古画才需要吗？”

唐伯虎呆呆站立了好几个时辰，再加上始终凝神聚气。这时一旦放松，顿感腰酸背痛、头晕目眩，急忙坐在角落一张木椅上休息。

“这幅《庐山高图》是老师四十一岁时，送给他的老师陈宽陈醒庵的七十岁寿礼。”说到此处，心中又是惆怅万千。唐伯虎自甘堕落后，沈周一气之下，将其赶出了齐贤会馆。如今唐伯虎已有半年多未曾见过沈周，不免悲从中来。他急忙收起那份苦闷，笑着望向徐祯卿，接着说道：“所以这幅画卷距今也有二十七年之久，多多少少会出现泛黄发旧的特征。”

徐祯卿似有所悟，微微点了点头。

“昌谷，你觉得我所作这幅《庐山高图》的笔法与老师有几分相近？”唐伯虎放下纱布，眼神不再像之前那般笼罩着一层薄纱，而是透着几分期待与激动。

徐祯卿得祝枝山等人之福，进入齐贤会馆，对沈周画作技法，知之甚详。沈周四十岁之前，只画一些花鸟虫鱼的小幅画作。四十岁之后，则以大画为主。《庐山高图》可视为其画作的分水岭。沈周将宋元时期的水墨浅绛和劲健浓墨融会贯通，自成体系，已然成为吴中画派的鼻祖。

别看徐祯卿只有十六岁，平日里不修边幅，但对历代书法绘画作品如数家珍。唐伯虎所作《庐山高图》，虚实均衡，构图饱满。画面上水的空灵、云的浮动，再加上直泻潭底的飞瀑，使密实的构图里又多了几分生动气韵。

他回过头看着唐伯虎，一脸尴尬，牵强笑道：“三师父，我也未见过此作真迹，所以细节之处不予品评。不过，你的笔法技艺与沈老师近乎一样。而且凭三师父的记忆与实力，定不会打无把握之仗。所以，我相信这幅画作最少有九成相近。”

突然，徐祯卿脸色又变了，惹得唐伯虎哭笑不得：“但是……三师父，你这样做，如若让沈老师知道的话，会不会……”

“不会，忘记你二师父如何称呼老师的吗？”唐伯虎笑了起来。

徐祯卿恍然大悟：“对！二师父称沈老师为‘神仙中人’。”

沈周胸襟宽广，一生优游林泉，书画做伴。平日里待人接物更是平和温善，贩夫牧竖向他求画，鲜有拒绝。甚至有人作他的赝品，求为题款，他也欣然应允。文徵明极其钦佩沈周的胸襟，故而笑称他为“神仙中人”。

唐伯虎自父母和妹妹相继离世之后，每日挥金如土，家产转瞬一空。有一日，别离楼老板莫厉找到唐伯虎，重金让他临摹一幅画作。唐伯虎左思右想，还是答应了下来。事毕，唐伯虎将五十两银子拿在手中，既欣喜又犹豫。但当文徵明得知此事，喝令他不要再与莫厉做仿画交易之时，唐伯虎为了赌气，干脆不管不顾，对莫厉所提要求，一概应允。

从那以后，唐伯虎觉得自己并非他们口中的废物，靠仿作也可自给自足。在这种有些扭曲的心态下，唐伯虎已从光鲜亮丽的江南第一才子，成为仿画黑市中以假乱真的行家里手。

此次所作的《庐山高图》，也是莫厉年前所托。

唐伯虎想着想着，见画作墨迹已干，站起身道：“好了！接下来，进行题跋部分。”他重新走到桌案下首，将一纸章文字递与徐祯卿，“你念我写。”

徐祯卿一手拿着纱布，一手捏着纸。纸上所写的是一首古体长歌。

唐伯虎先在画卷右上角写下“庐山高”三字篆书，拿起桌案左侧放置的一枚印鉴，深深按在三字篆书下方。印鉴所形，似是一个葫芦，两个葫芦肚中各印一字，合为“石田”。

徐祯卿见唐伯虎准备停当，朗声念道：“庐山高，高乎哉！郁然二百五十里之盘踞。岌乎二千三百丈之巃嵸。谓即敷浅原，培嵝何敢争其雄……”

行书小楷最显笔法功力，稍有不稳，虽可弥补，但势必与原画字迹有异。只见唐伯虎下笔坚如磐石，笔杆垂直挺拔，如一根铁杵。

徐祯卿一边帮唐伯虎擦拭汗水，一边向字迹看去，心中又妒又敬。略一走神，一滴汗水落下，两人惊呼，徐祯卿顺势一甩，竟用干纱布生生接住。

“昌谷，你若再漫不经心，我们的努力势必功亏一篑。”唐伯虎严肃道。

徐祯卿急忙低头，小声说道：“三师父，对不住！”

唐伯虎扭过身去，长吁了一口气，问道：“下句是什么？”

“西来天堑濯其足，云霞旦夕吞吐乎其胸。回崖沓嶂鬼手擘，涧道千丈开鸿蒙。瀑流淙淙泻不极，雷霆殷地闻者耳欲聋。时有落叶于其间，直下彭蠡流霜红。金膏水碧不可觅，石林幽黑号绿熊……”

唐伯虎已将这首题跋练过无数遍，但还是不敢掉以轻心。小心翼翼，又要下笔如飞，稍有停滞，势必会被行家里手看出破绽。所以，他胸中像是憋着一股气，只有将词句写完之后，才敢大口呼吸。

“下一句！”

徐祯卿在旁更是焦急万分，暗自为唐伯虎捏一把汗，就连说话的声音都微微有些发颤：“其阳诸峰五老人，或疑纬星之精坠自空。陈夫子，今仲弓，世家庐之下，有元厥祖迁江东。尚知庐灵有默契，不远千里钟于公。公亦西望怀故都，便欲往依五老巢云松。昔闻紫阳祀六老，不妨添公相与成七翁……”

千万不能出错！唐伯虎心头怦怦乱跳，一字之差，就可使他们半月之功付诸东流。

“我常游公门，仰公弥高庐。不崇丘园肥遁七十淫，著作白发如秋蓬。文能合坟诗合雅。自得乐地于其中。荣名利禄云过眼，上不作书自荐，下不公相通。公乎！浩荡在物表，黄鹄高举凌天风。”

唐伯虎收笔之时，心有余悸，不禁吞咽口水。突然，眼前一黑。

“三师父！”徐祯卿急忙将其扶稳，关切问道，“没事吧？”

唐伯虎略微定身，轻轻推开徐祯卿：“还有最后一句。”他重新伏在桌案上，另纵一行，写下：成化丁亥端阳日，门生长洲沈周诗画，敬为醒庵有道尊先生寿。

然后，拿起桌案上一枚正方印鉴，盖在末识下方一寸之处，印鉴篆文写的是“沈公启南”。最后，又拿起另外一枚椭圆形印鉴，盖于中央向右三寸之处，篆文则为“有竹居主人”。

徐祯卿见唐伯虎拿着印鉴呆呆发愣，心中五味杂陈。在遭受打击之后，昔日神采奕奕的风流才子，瞬间变为亲朋好友不理不睬，靠临摹仿作为生的夜夜笙歌之辈。这份落差势必在他心中掀起千层巨浪。可他心中的悲痛与无奈，又有谁可体谅理解？

徐祯卿想着想着，被唐伯虎的催促声所打断：“时候也不早了，接下来仿古最为熬神，抓紧时间，天亮前最好可以完成。”

“好！”徐祯卿为尽绵薄之力而感到庆幸与满足。

唐伯虎转身来到屋南角落，地上放着几个油纸包，上面写着普洱、黄檗、皂角、川贝、橡碗子、白芨等字样。同时，徐祯卿拿起五个铜壶，灌入半壶凉水，放在炉火之上。待到沸时，唐伯虎从油纸包中拿出五片白芨，分放于壶中。

然后走到桌案前，双手拖于桌底，手指轻轻一翘，只听“咯噔”轻响，桌面中央那块木板“嗖”地一下缩回上下两侧，只剩下四沿；另外一张桌案依法炮制。

“这就是大师父为您做的吧？”徐祯卿刚说出口，就知自己说错了话，急忙闭嘴。

唐伯虎听到徐祯卿提及祝枝山，暗含伤感，略微点点头。

祝枝山精通机关锁簧。所以，在唐伯虎再三请求下，祝枝山按照他的描述，做了两张便于仿古的桌案。

唐伯虎依次将五个火炉放在长案下，桌面中空，露出画背。滚沸蒸汽袅袅上升，遇到画背，均匀散开。

两人直起身子，目不转睛地看着《庐山高图》，神色极其凝重，谁都没有说话。一刻刚过，壶中沸水殆尽，整幅画卷微微鼓起。

唐伯虎和徐祯卿分站左右两侧，一人拿着画首，一人拿着画尾。先轻轻抖动数下，四角露出一丝缝隙。

“昌谷，可以了！”唐伯虎嘱咐道。

徐祯卿点头，按照之前唐伯虎所托，小心翼翼从一角缝隙向外拉扯，他微微一笑，抬头看着唐伯虎：“三师父，果然有效。”

唐伯虎略微有些得意，依着法子，也将两角轻轻撕开。

两人谨小慎微，憋足呼吸，一点一点将画卷一分为二。上层《庐山高图》完美无瑕，下面一层厚纸放在一旁，以作他用。

唐伯虎将桌面机关合起，拿起旁边软刷，均匀轻刷画表。徐祯卿将桌下五个火炉移开，再拿出剩余五个铜壶，将一整袋普洱倒至其中一个，橡碗子、川贝、皂角、黄檗抓取半袋，放入其他四个壶中。然后，加水熬制。

唐伯虎看画卷上出现磨痕，招呼一声：“昌谷，开始上古。”

徐祯卿答应一声，先将普洱浓茶熬出的水倒入一个木盆。之后，将四种沸水融合一起，倒入另一个木盆，继而分别加添凉水。

“记得，普洱茶渣要留着。”唐伯虎提醒道。

“知道了。”徐祯卿乐在其中。比起之前唐伯虎细心教授上古步骤，亲自动手更加有趣。他做了一个鬼脸，嘀咕道：“啰唆。”

唐伯虎也不回嘴，笑问道：“凉透了吗？”

徐祯卿将两指深入木盆水中，点了点头，将两个木盆依次端到桌案旁的两张木凳上。

唐伯虎将软刷浸入由橡碗子、川贝、皂角、黄檗混合的水中，拿出甩干，轻轻在画卷表面刷洗。

徐祯卿见之前的磨痕尽数散去，不由在旁夸赞：“三师父，你这仿古手法的确了得。”

“那也比不得徵明。”

有了适才教训，徐祯卿也不敢说话，但他知道，唐伯虎所说，定是文徵明的易容改面之术。他有时会想，文徵明、祝枝山和唐伯虎三人，诗书画各占一绝。除此之外，分别又有易容改面、机关锁簧和临摹仿古的本事。就如同小说杂记之中的传奇故事一般。身为三位的弟子，自己当然不能落后，在才能上定要与三人旗鼓相当，这才对得起他们的相授之恩。

“昌谷，”唐伯虎喊叫一声，徐祯卿这才缓神，急忙与对方扯起之前那张厚纸，平铺在《庐山高图》表面。

“三师父，不如这次由我来？”

“你行吗？”唐伯虎略微有些担心。

徐祯卿却不以为然：“你要对我有信心才是！”

唐伯虎思考片刻，就将软刷递与徐祯卿。

徐祯卿将软纱浸入普洱水中，甩干后，轻刷厚纸表层。一遍又一遍，直至唐伯虎喊停。最后，他将壶中普洱残渣尽数倒在厚纸上。

徐祯卿伸了个懒腰，走到角落木凳上，想要喝些凉茶，发现壶中已然空了。屋子中酷热难耐，他拿起桌案上的纸扇，使劲呼扇，“三师父，还要多久？”

唐伯虎也是身心俱疲，坐在另外一侧：“大约半个时辰即可！”

这半个时辰，两人都没有说话，死死盯着铺设在桌案上的那幅《庐山高图》。

唐伯虎见表面那些普洱残渣开始打卷发干，这才站起身，走到桌案前，抓住右侧两角。徐祯卿对立而站，抓住画卷另外两角。两人一起用力，将画卷上的厚纸掀去。

适才还崭新的《庐山高图》，在师徒二人合力作古之下，竟变得黄中带黑、陈旧古朴。本就缥缈朦胧的山松树石，更加沧桑厚重。

“啊！”徐祯卿精力旺盛，看着成功作古的《庐山高图》，心中那份喜悦溢于言表。

“终于作完了。”唐伯虎微微点头。

这时，院落外却传来一阵敲门声。

“这么早是谁啊？”徐祯卿不解道。

唐伯虎披上厚袄，推开房门，弥漫在屋内的雾气涌出房外。天色刚蒙蒙亮，有些发寒，但在屋内憋了一晚，徐徐凉风像是提神醒脑的灵丹妙药，唐伯虎浑身疲惫消减大半。

他神色凝重，轻轻打开木门。出现在眼前的年轻男子，身材魁梧，皮肤黝黑，满脸严肃地笔直站着。他赫然便是唐伯虎如今唯一的亲人，唐申。

5

寅时五刻，还未透亮的空中回荡起阵阵闷响晨钟。苏州守城兵卒将城门缓缓向内拉开，神情凝重站在城门两侧。

南方气候湿润，尤其在清晨，愈加感到空气中似乎总是弥漫着雨丝潮露。凉风徐来，吹打在狱卒刘勇潮湿的长衫之上，使他阵阵发寒，连挎在腋下的深灰色包袱，也由于汗水和潮露的浸润，变得更重了些。也许是赶路匆忙，他双眼充满血丝，一头乱发四散纷飞，看起来十分落魄萧索。

刘勇与城门外百姓鱼贯而入，抬头望去，天色刚蒙蒙亮，街道两侧的店铺也才刚刚开门，老板伙计正忙着启灶做炊。走了两步，巷子口出现了一个包子摊，蒸笼内散发出袅袅白烟，使他更加觉得饥寒交迫。

他吞咽了一下口水，坐在摊位的长凳上，对面坐着两个百姓，正喝着热汤。他扭过身，朝老板朗声喊道：“老板，一笼包子，一碗粉丝丸子汤。”

“好嘞！客官稍等！”老板拉长声调答应着。

过了一会儿，老板将一笼热气腾腾的包子和滚烫的粉丝丸子汤放到刘勇面前。他迫不及待拿着筷子，夹起一个包子，迅速放入口中，顿时感觉全身暖洋洋，就连疲惫也消去大半。

刘勇平生最爱吃刚出锅的食物，此时索性用双手端起丸子汤，想痛痛快快灌上几大口，但感觉挂在左肩的包袱太过掣肘，也未多想，顺势将包袱拿了下来，放在屁股旁边。像是终于挣脱了枷锁，他端起大碗，大口喝了起来。

终于，十只包子和一大碗粉丝丸子汤被刘勇一口气吃了个精光。他摸了摸微微隆起的肚子，还有些意犹未尽，但想到久病在床的老母亲，不禁又开始着急起来。

“老板，结账。”刘勇招呼一声，老板含笑走了过来。

他右手正要去拿旁边的包袱，居然落了空！他急忙扭头去看，只见长条椅上什么都没有，再向木桌下看去，也没有。这时，他才发现，整个摊位只剩下他一人了。

“老板，适才可曾见到我的包袱？”刘勇包袱中除了几件残破的换洗衣物，还有十几两银子，准备尽数给了弟弟，让其照顾老母。

听到这里，老板脸色突变，拉得老长，没好气道：“我刚才只顾着蒸包子和下汤，哪有闲工夫招呼你的包袱。”

刚才明明放在这里的！刘勇一边四处寻找，一边心里嘀咕着，莫非是被贼人偷了？

“客官，我这可是小本买卖，您不会打算一大早就来我这儿吃白食吧！”老板见过太多像刘勇这样的人，借口不一，有的说忘带钱，还有的拿出整锭白银，刻意刁难，再有的就是像刘勇这般，做出一副丢了钱的样子。

“你这才几文钱，大爷我至于和你耍赖吗？”刘勇本就着急，被老板这么一说，怒火上涌。

“那好！一共八文钱！”

刘勇又找了片刻，还是没有，只能作罢。比起老板的冷嘲热讽，他更在乎弟弟对自己的看法。这么长时间才回家一趟，不仅不能为其分忧，还要让家里垫付吃包子的钱。想到此处，刘勇心中狠狠暗骂：如若让我知道是哪个贼人偷了我的包袱，非剥了他的皮不可！

“刘大哥？”这时，一个精壮的年轻人向这边走了过来。

刘勇和老板不由得向对方看去。

“周生？”老板首先认出对方，不解道，“你认识此人？”

周生将肩上扛着的米面放在地上，双手叉腰答道：“嗯！我和刘大哥住在同一条巷子，从小就是邻居。”

刘勇像是看到救星一般，终于认出了周生。两人寒暄之后，他沉着脸，将之前发生的事说了一遍。

老板一直买的就是街尾周生家长兴米铺的米面。而且，周生为人勤快，还时常帮他将米面送到摊上。所以，两人也算老熟人。

周生听完刘勇所说，嘿嘿一笑：“关伯，这钱我替刘大哥出。”他从怀中掏出八文钱，递到刘勇手中。刘勇再三感谢，这才气愤地将八文钱使劲拍在木桌上。

阿炳双臂交叉，紧紧抱在前胸，本就纤瘦的身材，此刻看起来更是像一根会走路的竹竿。他每走两步，就要回头去看一下，一双细小的眼睛贼溜溜转着，总怕那个吃包子的胖男人发现包袱不见了，追上来找他麻烦。看到前方有一条土巷，便急忙拐了进去。

这时天色已经大亮，路上行人逐渐多了起来。怕被经过的人发现，他蹲到一个土垛后面，这才从怀里抽出被他压得有些变形的深灰色包袱。包袱里是几件换洗的破布烂衫，皱巴巴地叠放在一起。

阿炳行窃这么多年，见过太多将银钱放在衣衫夹层的人了。所以，他先是拿起最上层一件，左掏右摸，见没有任何发现，便将其团作一团，随手丢在一旁，其中一件长衫被甩到了土垛上。阿炳直翻到第三件时，终于发现了一个锦囊，迫不及待打开之后，赫然见到了十几两碎银。

阿炳喜上眉梢，嘀咕道：“今晚又能吃些酒肉了！”

他还奢望能再出现惊喜，一层层摸下去，但再无分毫。

直到包袱的最底层，阿炳看到一张方方正正叠起来的白纸，还暗自思忖：放得这般严实谨慎，莫不是什么值钱的东西？

由于上层衣物挤压，再加上天气潮湿，白纸有些发软。阿炳小心翼翼，一层一层将其展开，发现白纸正面是空的，但背后却隐隐现出两个小字。

阿炳急忙将白纸前后调转，纵使他识字不多，但这两字却是认得。阿炳略微停顿片刻，多少有些恐慌，最终就像扔一块烫手山芋一样，将它一下塞到土垛上的长衫之下。

阿炳将包袱翻个底朝天，确定再无值钱物事，站起身子，环顾四周，正要将那破烂衣衫和白纸一起丢掉，却发现那张空空如也的白纸似乎变得绚丽多彩起来。

怪咧，大白天我莫不是见鬼了！他暗自咒骂，眨巴着眼睛，觉得一夜没睡，导致看花了眼。

阿炳脑袋中浮现出适才白纸背后的两个娟秀小字，头皮一阵发麻，正欲转身离开。但转瞬工夫，白纸便以鬼魅般的速度幻化开来，虽被长衫遮住了半截，但阿炳仍可以清晰看出，这白纸分明变成了一幅山水画作！

人往往难以抗拒心中好奇，更何况，阿炳似乎嗅到一股意外之财的铜臭味。

他重新走了回来，蹲在土垛旁，颤颤巍巍伸出纤瘦的手臂，按在长衫上，似在确定下面的画作是否会跳将起来。他长长吁出一口气，利落地将长衫掀去。

首先映入眼帘的，是画作中央那个穿着粉红衣衫的美丽少女。

整幅画作以少女正面起笔，与作者对面而立。

少女看起来不过十五六岁，粉红衣衫随风飘动。她身后是连绵起伏、隐约可见的高山，再稍近一些是条湍湍流动的河流。河流两侧停靠着几艘乌篷船，还有几个妇孺，或在河边洗衣，或三五成群为伴嬉闹。河岸上是一间间横向排列的屋舍，茅草为顶，院落筑有篱笆围栏，这一切都像处在氤氲薄雾之中。

画作笔墨着重落在近景。

少女身后是一株株花团锦簇的桃花树。每朵桃花均娇艳欲滴、形态各异，在绿叶的映衬下，更加显得鲜艳娇美。

阿炳双眼被朵朵桃花占得满满当当，仿佛还能闻到一股淡淡的桃花香气，一时之间，神迷意醉，呆呆出神。

少女长发和脚边也零星散落着几朵，她正眉眼带笑，提着木桶给桃花树浇水。

整幅画作构图饱满，景致怡人。就连阿炳这种没甚见识的猫鼠之辈，都不由被这份安逸悠闲、生生不息的世外桃源美景所吸引。

更加离奇的是，少女浇灌着的那株桃花树花瓣似乎在此刻才姗姗来迟，缓缓绽放。一朵、两朵、三朵……逐渐幻化出一片片、一簇簇。

阿炳双眼瞪得溜圆，拿捏画作的双手抖得更加厉害。

唐伯虎和唐中正襟危坐，谁都没有说话。

徐祯卿为避免尴尬，帮着唐伯虎将散落在各处的火炉、铜壶、桌椅等物安放在一起。最后，才将那卷临摹后的《庐山高图》小心翼翼收卷起来。

唐申和唐伯虎不甚相像，浓眉阔鼻，厚唇方颊，身材魁梧健壮。他此刻表情凝重，双眸充满敌意地盯着对面的唐伯虎，一副兴师问罪的样子。

“还没有收拾完吗？”唐申仍旧盯着唐伯虎，瓮声瓮气说道。

唐伯虎自始至终低着头，不吭一声。

徐祯卿听出唐中在问自己，急忙将手中画轴竖在墙角，满脸憨笑走到两人身旁，先是扫视两人一眼，然后说道："都收拾完了。"见唐申没有说话，他又看向唐伯虎，接着道："三师父，那我就先回去了……记着咱俩的约定。"

唐伯虎这才抬起头，勉强挤出笑容："放心，你到时在别离楼前等我。"

徐祯卿怯生生走出门外，见屋内热气散得差不多了，便轻轻将门合上，这才灰溜溜走出院门。

此时此刻，屋子里只剩下唐申和唐伯虎两人，气氛比之前更加冰冷压抑。

"你要带他去别离楼？"唐申比唐伯虎小五岁，但人却显得甚为老成。

"是。"唐伯虎抬起头，冲着唐申苦笑。

"误人子弟！"唐申将脸转向一边，眼神落在墙角那幅《庐山高图》卷轴上。

唐伯虎觉着有些闷热，将外面那件厚袄脱去，起身走到墙根，那里摆放着两个高约三尺的矮缸。他掀开上面的木盖，顿时一股浓郁的桃花香气扑面而来。然后，唐伯虎用木瓢盛出一些，转身坐回原处，问道："喝酒吗？"

"不喝！一会儿还要去衙门。"

唐伯虎笑着点了点头，拿起木桌上的茶杯，将木瓢中的桃花酒倒了进去。

"你又在作仿画？"

唐伯虎端起茶杯，轻呷一口，冷漠地点了点头："嗯，我也要养活自己。"

"你干什么不好，为什么非要做些下三路的勾当？"

唐伯虎露一抹苦笑："我只会写字和画画。"

唐申不依不饶："你可以去米铺，去酒馆，再不济的话，可以画些自己的画，到街市兜售，很多画师不都是如此吗？"

唐伯虎低着头，茶碗停在嘴边，似是自言自语："还是仿画来钱更快、更多一些。"

唐伯虎虽小有名气，但所作字画绝非千金难买。而且家中连遭不幸，他也无心构思，只能依葫芦画瓢，临摹他人作品。

唐申又气又恼，但又无可奈何。他长吁一口气，将双臂放在木桌上，仿佛只有这样才能压制心头怒意。

"你觉得爹泉下有知，得知你如此糟践书画，他会开心吗？"

面对唐申的斥责，唐伯虎嘴角的笑容显得更加苦涩："人死如黄尘。爹已经死了，他不会知道我卖仿画，更加没有喜怒哀乐。"

"你……"唐申再也无法忍耐，站起身子，双眼充斥着厌恶和不解。

他从小对唐伯虎打心眼儿里钦佩和尊敬。平日里他就觉得，比起自己，父母更视唐伯虎为家中的希望。期盼有一天，可以高中状元，光耀门楣。所以，他也尽全力保护哥哥，仿佛这就是唐申作为弟弟最应该去做的，也只有这样，才能弥补自己不通诗文书画的不足。

但是，现在一切都变了，变得面目全非，使他有种身在噩梦中的错觉。

"你怎么还是不知悔改？"

"我悔改什么？"唐伯虎轻轻呷酒，心中却咯噔一下，已经预料到唐申又要旧事重提。他握着茶杯的手，不由得紧了几分。

"你总觉得自己什么都是对的，只要你想好做什么，从不去考虑后果。"唐申离开桌案，走到唐伯虎身旁，低头冷冷看着对方，"要不是你的自以为是，爹又怎么会被你活活气死？"

唐伯虎冷漠的脸上突然升起一团红云，他将杯中酒一饮而尽，重重放在桌案上，拍桌而起，瞪着站在自己身旁的唐申，怒喝道："唐申，我再说一遍！爹的死与我无关！"

唐申冷笑道："要不是你擅作主张，到薛府闹事，我们家的酒馆又怎么会被对方烧毁。这也就罢了，明明是你不对，父亲不过只是唠叨你几句，你却处处与他顶嘴作难！"

他越说越是激动，眼角渗出两行热泪，划过双颊，滴在地上："表面你是为爹出气，实则不过是借此发泄自己的私欲！"

唐伯虎无言反驳，唐申的话像是戳入心窝的一根铁杵。

唐申哽咽着坐在木椅上，低着头，双拳紧握："家里一切开销，全靠爹起早贪黑独自承担。酒馆没了，我们吃什么喝什么？酒馆被烧，你以为我和爹能咽下这口恶气吗？"他猛地抬起头，泪眼婆娑地望着唐伯虎，"但薛府家大业大，我们平常百姓又有什么能力与之抗衡？爹说你，也是希望你以后做什么事都要有所顾忌，并没有怪你的意思！但你呢？"

说到此处，唐申紧握的双拳重重砸在桌案上："自以为是，心高气傲，说不得骂不得，好像全天下只有你一人是对的！"

唐伯虎双眼无神，一屁股瘫坐在长椅上。

一年前的这个时候，所有情景历历在目。当时的唐伯虎意气风发、不可一世，诗书画三绝，自诩江南第一才子。对此骄狂行径，有些人认同，有些人一笑了之，更多人却嗤之以鼻、不屑一顾。其中，很多书坛画派的老前辈更是如鲠在喉，如若太过注视，倒显得有失身份；不去理会，又觉得唐伯虎嚣张狂妄、目中无人。对此，唐伯虎不管不顾，我行我素。就算唐广德屡次告诫训斥，唐伯虎都是事不关己，高高挂起的姿态。

终于，一个名叫薛升的纨绔公子心怀嫉恨，试图欺压报复。

薛升的父亲薛明辉，年轻时白手起家经营油纸伞铺，久而久之，在江南地界开设十几处铺面，成为业界的龙头。

薛明辉老来得子，他的妻子严氏生下薛升后却大病一场，没多久就去世了。薛升仗着家财万贯，每天过着游手好闲、纸醉金迷的浮夸日子。薛明辉想将制作油纸伞的技艺传授给薛升，自己百年之后，儿子也好承继家业。薛升却视制伞为低贱营生，觉着写字作画更加高雅，以才子自居。薛明辉病故之后，他更加无拘无束，每日烟花柳巷、笑谈风月，甚至还会勾结打手，仗势欺人。

去年，他与几个狐朋狗友一起到唐广德酒馆饮酒，酒过三巡，已然有了醉意。就因唐广德不小心将热茶打翻，淋在薛升身上，他们几人就开始哄砸桌椅，还将唐广德揍了一顿。之后唐伯虎得知，薛升因为痛恨他自诩江南第一才子，但又不敢当面与之比试，只能背后生事，以泄心头嫉恨。

没过几日，薛升的祖母薛老太八十大寿之时，唐伯虎不请自来，靠着机灵才气当众羞辱了薛府上下。薛老太一气之下，当场晕倒。薛升怎能咽下这口气，第二天夜晚便将唐家酒馆付之一炬。

苏州知府曹凤为人秉直，也十分欣赏唐伯虎诗画才情，两人素有来往。听闻此事，分派衙差将薛升押至大堂。但薛升对酒馆付炬之事矢口否认，还喊屈叫冤说是唐伯虎为泄私愤诬陷于他。事后经过多日查访，并无确凿人物证据。曹凤虽有心相助，但只凭唐伯虎一面之词也不可将薛升定罪下狱，所以这件事最终还是草草了之。

那天晚上，唐广德气急之下，用戒尺痛笞唐伯虎，责备他恃才傲物、骄纵罔顾。对此论调，唐伯虎极其不服，心中觉得，他做这一切，无非是替父亲出气，以其人之道还治其人之身，何错之有。所以，两人发生了激烈争执。当时，丘氏、唐申和妹妹唐秀都在场，根本无法劝阻。

突然，唐广德捂着胸口，重重摔在地上，一脸痛苦。三人吓坏了，急忙问询。但唐广德却说不出一个字，没过多久，便气绝身亡。

当时，唐申已是知府衙门的一名仵作，经过解剖查验，证明唐广德是因心肌阻塞，导致无法正常供血，最终猝死。事后，唐申和唐秀都认为是唐伯虎把父亲活活气死的。母亲丘氏虽然不说，但也与唐伯虎渐渐疏远。

唐广德去世，再加上三个孩子之间渐生隔阂，丘氏心中郁结，自此一病不起，一个月之后，竟也不治身亡。唐申和唐秀将父母双亡的恶果，全都怪在唐伯虎头上。从此之后，唐伯虎整日借酒麻醉自己，出入烟花场所，不愿回家再面对弟弟和妹妹的责怪。

久而久之，唐伯虎还染上嗜赌恶习，不仅将唐广德留下的家产挥霍一空，还被赌坊设计骗去了唐宅，用来冲抵唐伯虎欠下的赌资。

唐申和妻子冯氏，还有妹妹唐秀无家可归，只能靠着唐申的积蓄在西街购置了一间院落，扬言要与唐伯虎断绝往来。

至此之后，唐伯虎成为孤家寡人。不幸的是，这一切还未结束。

也不知是不是老天对唐伯虎的惩罚，年初连着几天大雪，气温骤降，再加上土屋残破，妹妹唐秀偶得风寒，没过几日便意外病故。

唐秀的死对于唐伯虎来说像是压死骆驼的最后一根稻草。伤痛之后，唐伯虎本来黑墨亮丽的头发突生出许多银丝，棱角分明的双颊也变得更加清瘦，浑身酒气与臭味混合在一起，令人避之不及。

有人说，唐伯虎再不是江南第一才子，他已与父母和妹妹一同死去；也有人说，唐伯虎秉性如此，恃才傲物，看不起低贱营生，又无其他谋生能力，少了父母贴补，整日月夜笙歌、寻欢作乐，与其他坐吃山空的纨绔子弟别无二致。总而言之，如今的唐伯虎已不再是当初万人仰慕的才子，而是人人叹息的一介落魄布衣。

三个至亲至爱之人的死像是三块巨石，重重压在唐伯虎心头。这一年来，唐伯虎脑海中总是不断浮现出这一切，心如刀绞。为了忘记，只能买醉，仿佛只有醉了，才可使他暂时不去想，不去恨，不去痛。但是，买酒需要钱，所以，他只能靠着书画之能，以临摹仿画，卖与黑市为生。

两人短暂的沉默，使唐申怒火平息了一些，他冷冷说道："我也算衙门里的人，如果我告发你临摹仿作，与别离楼有不法交易，你可曾想过后果？"

"想过。"唐伯虎又倒了一杯桃花酒，木瓢已空，"但却没用。"

"什么没用？"唐申逼问。

"别离楼老板在江南地界只手遮天，曹大人怎治得了他？"

"那你呢，知府大人总管得了你吧？"

一时间唐伯虎心如刀绞，弟弟的正义之举不是为了揭露丑恶和黑暗，只是想着使他陷入囹圄。他苦笑着摇摇头，将杯中酒一饮而尽。

"怎么做是你的事，我无权干涉，也不想干涉。反正也觉得活着了无生趣，最好你能让曹大人治我一个杀头之罪，也算帮了大忙。"

看着一蹶不振的兄长，浑身仿佛散发着任其腐烂的臭味，唐申更加生气。

"对了，忘记问你，"唐伯虎抬起头，言辞冷漠，"你这次来只是让我重新想一遍往事，让我再痛苦一遍，还是来通知我，你已经下定决心向官府告发我了？"

唐申这次来，本是单纯想看望唐伯虎，但当他看到对方眼下这副模样，之前妻子冯氏劝慰自己的一席话，瞬间烟消云散。他不愿再说什么，站起身子，巨大身躯似是一座高墙，将唐伯虎完全笼罩。

"我走了……你好自为之！"

唐申推开门，顿时一股寒风袭来，唐伯虎却感觉不到丝毫凉意。

6

大明建朝至今，各州各县城门闭合是在戌时五刻敲响暮钟之时，重新开禁通行则是在第二日的寅时五刻，晨钟准时敲响，在此期间称之为宵禁。如若在二、三、四更被巡城兵卒抓捕，在州县笞打四十下，京城则打五十下；在一更宵禁后、五更开禁前犯禁者，在州县笞打三十下，京城打四十下。而逢遇突发事件，如疾病、生育、死丧，方可正常通行。

但每城中有此一处，在宵禁前后可正常做生意——烟花柳巷。

入夜宵禁前，徐祯卿早早来到阊门内街。

初春深夜，凉风习习。站在各家门外的姑娘却绫罗单衫、纱衣薄缎，隐约之间，更增柔美。一颦一笑、一抬手一投足之间，都透着一股胭脂香气。

这是徐祯卿第一次踏入烟花柳巷，还是独身一人，难免有些羞赧。为此他还刻意装扮一番，一身灰色长衫，深蓝对襟，腰束双纹锦带，头戴四方折上巾，虽不是上等绸缎，但看起来大方得体，比起平日更是整洁干净，从背后看，还以为真是一位潇洒倜傥的书生。

徐祯卿就站在别离楼对面巷口，他左右踱步，像是热锅上的蚂蚁，不知如何是好。只要一发觉有姑娘看向自己，就急忙走开，还要装作在等人的样子。

这时，他总觉得有个姑娘在死盯着自己，不禁故技重演，自言自语道："三师父怎么还不来，急死我了！"果然，那个穿着黄色薄纱的女子向他走了过来，烈焰红唇，浓妆艳抹。

徐祯卿虽然只有十六岁，但满脸麻子使他看起来似是大了三四岁。女子身姿婀娜，走起路来缓慢轻盈。见那女子离自己越来越近，徐祯卿轻咳一声，手拿折扇轻轻在掌心拍打，仍旧装作焦躁不安的样子。

女子走至徐祯卿身后，掩嘴轻轻一笑：“公子，你是在等人吗？”

徐祯卿听到女子问话，急忙转过身，微微点头：“是！”

女子见徐祯卿样貌虽然不佳，但眉眼之间透着几分羞涩，只觉得有些可爱，接着温言说道：“不如进去，你我一起边聊边等如何？”

徐祯卿自知样貌丑陋，平日里即使对方再如何嘲笑蔑视，他都毫不在意，但每每看到貌美女子，却总是一副不知所措的模样。

“可是……我在等人。”

女子笑着拉住徐祯卿的手，徐祯卿一愣，这才发现手心渗出汗来，更觉女子的纤手柔滑冰冷。

“公子如何称呼？”女子拉着徐祯卿，一边走，一边问道。

“在下姓徐。”

“原来是徐公子。”黄衣女子始终维持着笑意，“我叫小玉。”

“小玉姑娘好！”话音刚落，徐祯卿看到小玉身后不远处，唐伯虎穿梭于人群中，蹒跚走来。

小玉见徐祯卿驻足停留，望向自己身后，也好奇地转过身。当她视线穿过人群，看到唐伯虎时，脸上笑容顿消，她又慢慢扭过头，看着徐祯卿，问道：“徐公子，你所等之人，难道就是唐伯虎？”

徐祯卿见小玉满是疑容，心中甚为不解，一副理所应当的样子，痴痴点着头，反问道：“是啊，怎么了？”

“哼！”小玉一听，急忙松开徐祯卿的手，重新站在别离楼屋檐下，还与其他女子低声窃语，不时用意味深长的眼神望着徐祯卿。

这是何意？徐祯卿甚为疑惑：难道就连她们也厌恶三师父？

唐伯虎走到徐祯卿身前，见对方双眉紧缩，似是遇到什么难解之事，不禁问道：“昌谷，怎么了？”

徐祯卿缓过神，见唐伯虎一袭深蓝直缀长衫，宽白护领更添几分书生意气，腰间一围红色玉带丝绦。如若唐伯虎手中再持一把折扇，怕是会使徐祯卿想起五年前时的光景，只是眼下取扇袋而代之的则是一个酒葫芦。唐伯虎手中还拿着一个竹筒，想必那幅临摹好的《庐山高图》就装在其中。

“等了很久？”唐伯虎见徐祯卿又是一阵愣神，微微一笑。

“没有没有……”徐祯卿急忙摆手。

“那我们进去吧！”

两人向别离楼内走去时，站在屋檐下的女子，又是一阵纷纷议论，而且急忙向两侧退去，似是看到瘟神一般。徐祯卿实在不解，心想小玉对待自己如此样貌丑陋之辈，都那般和颜悦色，就算如今三师父比起当年少了几分潇洒意气，但仍算是品貌非凡，比自己肯定强过数倍，难道另有隐情？

徐祯卿实在好奇，便小声问道：“三师父，怎么这些姑娘看到你一来，就显得有些惊慌？是不是之前有什么误会？”

唐伯虎一脸苦笑，目视前方，对这一切视若无睹：“说来话长……都要怪这里的那个小妖精。”

“小妖精？”徐祯卿问道，“也是这里的姑娘？”

唐伯虎显然对此话题没有多大兴趣，敷衍道：“算是吧。”

当徐祯卿走进别离楼正厅，身上每根毛发都变得躁动起来，耳边全是欢声笑语。怪不得很多人都说，一入温柔乡，再多烦恼都会烟消云散。徐祯卿环顾四周，感觉一切都透着新鲜有趣，仿佛进入一个自己从未涉足的世界。

唐伯虎却闲庭信步，站在正厅中央左顾右盼。有些姑娘从两人身边经过时，一旦认出唐伯虎，就会唯恐避之不及。

这时，迎面走来一个身材肥胖的妇人，大约四十岁模样，发髻金光闪闪，一袭大红碎花长衫，面施白粉，浓妆艳抹，浑身透着艳腻与精明。她走到唐伯虎身前，微微作礼，扯着大嘴说道：“原来是唐公子来了。”

她看着身旁的徐祯卿，挤眉弄眼问道：“哟！生面孔啊！请问这位公子是……”

徐祯卿正要说话，却听唐伯虎插话道：“这是我一位小友，放心，自己人！韩妈，我今日是专程来见莫老板的。”

“哦！”韩妈视线落在唐伯虎手中竹筒之上，尴尬地笑了笑，接着道，“那就请两位公子随我来吧！”

正厅前方是通向二楼的木阶，徐祯卿本以为会在二楼厢房与那个莫老板进行仿画交易。没想到，韩妈却带着他与唐伯虎穿过后堂帷帐，进入另外一处更加宽敞的大厅。与外面正厅不同，这里姑娘很少，也很安静，光线昏暗，徐祯卿甚至莫名心生压抑。

越往深处走，人也就渐渐多了起来，有些衣着奢华，非富即贵；有些则衣衫褴褛，醉眼迷离。所有人或是嬉笑打趣；或是互述苦肠，喜怒哀乐，皆有异处。徐祯卿看在眼里，脑海中浮现出一幅人生百态图，心中还不禁想问：这别离楼到底是个什么地方？

他回头望去，昏黄灯光影影绰绰，衬托得众人的音容笑貌扭曲、狰狞。徐祯卿后脊背微微发凉。

韩妈和唐伯虎走在身前，未发一言，对周围一切熟视无睹。徐祯卿只顾着猎奇，稍稍落在后面，眼看二人无声无息隐没于人群中，越发感觉如坠梦魇，赶紧加快脚步匆匆追了上去。

“只顾跟着就好！”唐伯虎仍然信步前行，未看徐祯卿一眼。

三人又走了一会儿，透过袅袅雾气，只见不远处出现一幢红色房舍，檐下挂着十盏大红灯笼，映衬之下，汇聚成了一盏巨大的红烛。徐祯卿只是远远望去，双眼就感到极为不适。走近一些，抬头看去，十盏灯笼被一块写着“红尘”两个金漆大字的匾额从中间分开，每盏中央黑色楷书写有一字。左五盏，分别写着杀、盗、淫、妄、酒；右五盏，则写着贪、嗔、痴、慢、疑。

"徐公子！"

徐祯卿呆呆想着，听到韩妈轻唤，才发现唐伯虎已进入"红尘"。

猩红房舍两侧各有通向地下的悬梯，左侧似是出口，只见到有人出，却没人进；右侧相反，只见有人进，却没人出。再加上"红尘"外十盏红灯笼上的那十个字，不禁使徐祯卿想到佛家所说的"轮回"。

悬梯临空而设，十分狭小，两侧则是冰凉的青砖墙壁，一阶阶木梯为黑色檀木，木香扑鼻。走到一半，徐祯卿隐隐听到阵阵嘈杂声。再往深处走一些，又觉得凉意袭遍全身。之前他也听人说，别离楼鬼神莫测、诡异万分，之前还不以为然，心想就算别离楼和莫厉如何神秘，也不过一幢青楼中的一个巨商。但此刻看来，这般诡异瘆人的建筑风格，绝非只因主人癖好，说不定暗含深意，甚至隐藏着不为人所知的秘密。

走下悬梯，前面是一座椭圆拱门。

如若说之前徐祯卿对别离楼内有乾坤的诡异气势感到一丝恐惧，现在出现在他面前的，却是足以让其瞠目结舌的另外一个世界。

"红尘外谨言慎行，红尘内肆意罔顾，匆匆一世，尽欢当下。"韩妈走到徐祯卿身旁，说道，"徐公子，请吧！"

徐祯卿喉咙微微抽动，先是呆呆看着韩妈，然后又去看唐伯虎，见对方已出了拱门，站在一方石台上，回头看着徐祯卿轻笑。

徐祯卿走出拱门，与唐伯虎并肩而立，举目远眺，只见方石台下碧波荡漾，不知何去何从。两侧岸边上的店铺楼阁林立，一间挨着一间，一幢靠着一幢，灯火璀璨、奢华夺目。熙熙攘攘的人群穿梭其间，欢声笑语不绝于耳。在徐祯卿眼中，这里赫然就是隐埋在苏州城地下的一座夜城闹市。

"别离别离，本就有'不要离去'之意，要让你纵情红尘，乐不思蜀。"唐伯虎嘴角上扬，神色还微微有些得意，"昌谷，这里才是真正的别离楼。"

徐祯卿还未完全回过神，怔怔望着眼前一切，体味着唐伯虎话中深意。人生一世，何为对，何为错？纵情享受，还是十年寒窗？转瞬之间，似乎真就被眼前“红尘”诱惑，心中十几年的执念，稍稍变得模糊朦胧。

这时，河中漂来一叶扁舟。临近一些，徐祯卿看到船尾站着一个老者，头戴斗笠，骨瘦如柴，薄衫遮体，手中细长竹篙，一截撑在水中，另外一截的顶部银光闪闪。突然，水波涌漾，涟漪四散，老者干脆利落地将长长竹篙首尾倒置，眼前那银光朝自己方向袭来，徐祯卿禁不住向后退了两步。

一声闷响，竹篙像是紧紧插入石台下方。老者逐渐向后拉扯，扁舟才慢慢向石台一侧靠了过去。

“有劳余伯！”韩妈和唐伯虎相继说道。

徐祯卿惊魂未定，由于斗笠遮掩，无法看清余伯样貌，呆呆附和道：“有、有劳余伯！”

余伯咧嘴无言而笑，露出两排污浊的黄牙。

难道是哑巴？徐祯卿跟在唐伯虎身后，顺着石台一侧石阶，走上扁舟。他斜眼看去，才发现，余伯手中的竹篙顶部居然有个白银锻造的人手，五指并合，呈半曲状态，就像城外草甸浅沼狩猎捕食的鹞鹰，牢牢抓着石台一侧锈迹斑驳的铁钩。

等三人站稳之后，余伯顺势将竹篙收回，将一端撑入河中，扁舟顺着水流向北上滑去。

唐伯虎、韩妈和徐祯卿站在船头。徐祯卿急着向岸上两侧店铺看去，有赌坊、青楼、酒楼、客栈，有售卖胭脂水粉的香铺，也有购换文房四宝的店面，买卖书画瓷器、绫罗绸缎的商舍更比比皆是。总之，在苏州大小街市可以见到、买到的，这里也应有尽有，甚至从店面装点来看，更加奢靡华贵。除此之外，徐祯卿还会偶尔听到几句异乡的方言俚语，再看对方打扮，显然是从其他各州各县前来，

图一时逍遥快活的。才俊佳人，人来人往，嬉戏打闹，果然是满眼红尘，皆是纵情。

徐祯卿惊诧之余，不免心中暗忖：如此宏大雄厚、暗含隐秘的工程，莫厉又是如何做到的？这些年，即使刻意掩人耳目，也难免被官府察觉，难道就对此置若罔闻、不管不顾？莫厉此人背景必定非同一般。

正想得入神，身后传来“扑通”一声，三人向后看去，原来岸上一座青楼前，一名年轻男子酒醉之后，不慎掉入河中。顿时，岸上传来阵阵笑声。徐祯卿不禁看向岸上众人，各个春风满面、忘乎所以。长此以往，的确如唐伯虎所说，乐不思蜀，如做了场安逸无忧的美梦一般。

“明月……几时……有，把酒……问……青天……”

突然，身后传来沙哑苍凉的唱阕之音。

徐祯卿吓了一跳，回头看去，却是余伯。他非但不是哑巴，唱腔还十分了得。其高亢浑厚，节奏一会儿顿挫，一会儿明快；声音一会儿低哑，一会儿铿锵，将这阕《水调歌头》唱得别有一番韵味。少了几分哀叹仇怨，多了几分苍凉宣泄，像是要借此挣脱牢笼，畅游天地，颇有自由洒脱之感。

“我欲乘风归去，又恐琼楼玉宇，高处不胜寒，起舞弄清影，何似在……”余伯唱到此处，将沙哑唱腔拉得越来越长，他张大嘴，胸脯似是憋着一股气吞山河的气息。

突然，又将其一股脑儿释放而出：“人……间……”

配合上这高亢歌声，徐祯卿再向岸上形形色色的众人看去，的确有种看尽世态炎凉的唏嘘。

余伯一阕唱罢，徐祯卿看到，河流尽头居然横陈着一座通体墨黑的房舍，与周围亮丽色泽显得格格不入，看起来尤为森然肃穆，远远望去，犹如一只入寐睡着的黑色巨兽，那零零点点的窗格则是分布在宽广鳞甲上的黄眸。房舍只有一层，但却十分宽阔，将两侧河岸连接在一起，整体看去呈“门”形。两扇门前有十八层用玄武石雕琢而成的石阶，最后三阶没在河中。如若从远处看，透过薄雾，整个房舍就如同漂浮在河面上的一艘神鬼莫测的楼船。

余伯将扁舟靠岸，三人施礼之后，他对着徐祯卿“嘿嘿”一笑，这才撑着扁舟，又向来处划去。他们走上玄武石阶，前面有片空地，门前并无任何人把守。

“两位公子稍候，容我进去通禀一声。”韩妈微微欠身，推门而入，然后又将两扇大门轻轻闭合。

徐祯卿抬头看去，见屋檐下挂着长匾，中央写着两个鎏金大字——“明舍”。由于这里光线昏暗，使得金光闪闪的金漆也暗淡了几分。

“明舍？”徐祯卿不解道，“三师父，为何起这么一个名字？”

唐伯虎喝了一口酒葫芦里的桃花酒，盖上盖子，眯起双眼说道：“日代表白，月代表黑；莫老板取之为‘明舍’，实则是说别离楼的生意，有的见得光，有的却见不得光，黑白生意他都有涉足；而且但凡交易银钱、利益，都光明正大，不会刻意中饱私囊，也不会暗地里坑埋任何人。”

仿作《庐山高图》完成之后，唐伯虎还告诉了徐祯卿一些关于莫厉的传闻。

明朝初期，莫厉的太爷爷莫十三只是一个普通石匠，靠与其他石匠共同承揽苏州地界房屋府宅的修建为生。到了莫厉的爷爷莫海生那一代，已攒下些许财富。莫海生为人仗义、出手阔绰，多年下来，身边少不了许多热血豪杰。再加上他敢闯敢拼的性格，将这些人聚在一起，靠着扎实精细的石匠功夫和狠辣决绝的手段，垄断了苏州所有的石建生意。之后，又大刀阔斧，到江南各地闯荡。

那时，朱棣迁都顺天府，欲建立新都，需要大量石匠。莫海生看准时机，花巨资买通当时筹建新都事宜的官员，希望可以从中分一杯羹。新都建成之后，莫家已积累了大量财富。他死后，莫厉父亲莫谦，承继了家业。

莫谦觉得石匠营生太过劳累，转而做起贩卖私盐的生意。早在莫海生那一代，身边就不缺出生入死的兄弟。新老更替，子嗣延续，虽然未立什么帮派，但莫家的确成为苏州地界真正的枭雄。靠着多年来积攒下的财富和人脉，莫谦的私盐生意越做越大。他仿效父亲手段，与朝廷官宦暗地勾结，一举成为苏州城数一数二的富商巨贾。

但自弘治皇帝朱祐樘登基之后，各地对于私盐打击甚为严苛，惩罚之重更是空前。虽说莫家人脉广博，但在如此高压之下，仍不敢铤而走险。再加上莫厉父亲莫谦就是因倒卖私盐而被其他帮派设计陷害，不幸身亡。所以，父亲去世之后，莫厉就与私盐生意完全脱离，做起了青楼生意。

从莫十三的穷困潦倒，到莫海生揽建新都强势崛起，再到莫谦审时度势，靠着倒卖私盐，坐拥巨富。时至今日，莫家在苏州可谓呼风唤雨，从江南乃至京城中，都有着深不见底的广阔人脉。

但是，世人仍然对莫家几代背后暗藏的巨大势力心存疑惑。大明朝各州各县，富商巨贾比比皆是，江南之地更不乏翘楚，为何唯独你莫家一手遮天？

这些传言更使莫厉这个人变得高深莫测、神秘诡异。

唐、徐二人等候期间，总有人从明舍进出。大约过了一刻钟，韩妈走了出来，她一脸殷勤，笑着说道：“两位公子久等了，请！”

唐伯虎、徐祯卿微微颔首，进入明舍。

徐祯卿再次震惊。比起明舍外庄严单一的风格，内里却别具一格，处处透着神秘和奢华。

但是，这里却异常安静。三人脚步声清晰可辨，时有回荡。

进入大门，是一条长约十丈、宽约两丈的狭长甬道。两侧是黑色玄武石修补而成，像是两面未经任何加工的巨大黑墙。地面用一块块上等大理石铺就，顶上排列着十盏琉璃明灯，照射在大理石上形成反射，使二人身上像是被一束银光包裹。甬道尽头向两侧延伸，形成一个宽大的椭圆形空间。中央铺着一条红地毯，两边以金丝修饰镶嵌。在这么一间以黑色为主调的内室里，显得格外显眼。

红地毯的尽头，是一条长约两丈的巨大黑色桌案。莫厉坐在案后，他身后还站着两个魁梧大汉，乃是莫厉的两个义子莫文、莫武，他俩表情严肃冷峻，眼睛死死盯着唐伯虎和徐祯卿。桌案前有两把檀木太师椅，角落则竖着两尊高架鸟兽镂空香炉，轻烟袅袅而出。

莫厉年约五十，长发盘髻，髻上插着一根短小玉簪，鼻子和下巴被一圈浓密墨黑的胡须围绕。他正握着笔，不知在写着什么。

徐祯卿见唐伯虎呆呆站立，自己也不敢发出任何声响，百无聊赖地望向四周。透过昏暗光线，他隐约发现，墙壁上似是写着几个字。中央写着一个“古”字，距离它丈许的地方，又写着一个“秦”字，每个字距离相同，依次是“汉”“晋”“隋”“唐”“宋”“元”，转了一圈，最后一字是“明”。“古”字居中，“秦”与“明”分列其两侧。

徐祯卿正在想这些字所代表之意时，“轰隆”一声，墙壁上突然出现一道石门，向外开启，石门中央正是“唐”字。这时，一个身穿襕衫的年轻人从“唐”字门中走了出来，将一个卷轴交给莫厉。莫厉展开，平铺在长桌之上，看了一会儿，在身前的簿籍上又补了几笔，然后将画作卷起，年轻人又带着卷轴，重新进入“唐门”。

徐祯卿暗自心想，如若猜得没错，这每扇石门代表一个朝代，门后密室肯定与之前甬道两侧黑墙后的空间相连，形成存放历朝历代字画瓷器、各式物品之处。想着想着，居然还有些兴奋，仿佛这般神秘、诡异的房间布局，才是自己心目中黑市的庐山真面目。

过了一会儿，莫厉合上簿籍，站起身，看着唐伯虎与徐祯卿，微微拱手，笑着说道："两位公子请坐！"

他穿着一件锦色金碎花圆领长衫，玉佩束腰，腰带上还系着一枚晶莹剔透的玉佩。莫厉虽然年约五十，但神色奕奕，声音充沛，不怒自威。

唐伯虎沿着红地毯自行上前，徐祯卿不知所措地跟在身后，坐到桌案前的两把檀木太师椅上。

莫厉颇有兴趣地看着徐祯卿："这位是……"

唐伯虎正要开口，徐祯卿却像早有准备，一下站了起来："在下徐祯卿，拜见莫老板！"

"老夫时常听唐公子提及。"莫厉盯着徐祯卿，点头道，"听闻徐公子有过目不忘之能，诗书画又得文徵明、祝枝山和唐公子三位倾囊相授。小小年纪，已有如此造诣，真乃英雄出少年！"

徐祯卿想莫厉说这些，十之八九都是故作恭维，但听来甚为受用。事实确也如此，莫厉的仿画生意全靠像唐伯虎、徐祯卿这样的人来维持，他自然要对徐祯卿百般夸赞。

唐伯虎开门见山，从竹筒中拿出《庐山高图》的卷轴，放在桌案上："莫老板，您先过过眼，看可否符合您的心意？"

莫厉眼珠子咕噜转动，将卷轴直接给了站在右手边的莫文，笑着对唐伯虎说道："你的东西，老夫自然是放心，不用验。"

徐祯卿见莫厉对唐伯虎如此信任，心神也稍稍放松了一些。

莫厉从桌案下方的抽屉中，拿出一个红色锦囊，放在唐伯虎身前："这是一百两，一文不少。"

唐伯虎也不去查看，拿起直接放入怀中。徐祯卿双眸放大，全然没有想到，一幅仿画居然能卖到一百两。

"莫老板，如果没什么事的话，我们先走一步，告辞！"

唐伯虎话音刚落，莫厉还未开口，就听明舍外传来一声尖厉刺耳的大喊声："都让开！我要见唐伯虎！"

7

徐祯卿听得出来，这尖叫属于一个女子。他见唐伯虎双眸微微闭起，轻声叹息。就连之前还一脸笑容的莫厉，脸色都为之一变，暗含无奈。自始至终表情冷峻的莫文、莫武，面颊上也露出了几分幸灾乐祸的笑意。

一时之间，几个大男人的心神仿佛被尖叫声彻底打乱。

徐祯卿想到之前唐伯虎所说的小妖精，好奇转过身去，只见亮堂深邃的甬道中，出现了一个疾步匆匆、娇小年轻的女子。在屋顶琉璃灯的照射下，她上身粉红半袖短衫、内里淡粉内衬和下身红艳艳的缀裙边沿像是抹上一层闪闪发光的金粉。

“爹，我不是嘱咐你很多次了吗？唐公子如若到了别离楼，你要第一时间通知我的。”

来人正是莫厉的独女莫小棋。莫厉的发妻任氏生下莫小棋之后就去世了，莫厉对这女儿自是万般宠爱。

莫文和莫武面面相觑，显然对这位大小姐的种种古怪行径已是见怪不怪。

莫厉也算有头有脸的人物，在外人面前一身威严，但面对莫小棋却极为无奈，皱眉说道：“你……你一个姑娘家家，能不能安分一些？”他一是说莫小棋整日上蹿下跳，不像女儿家；更深层则在责备莫小棋不知矜持，总是想着唐伯虎。

唐伯虎十五岁那年拔得苏州府府学头筹，也是在那一年，第一次涉足烟花柳巷。好友徐经家境丰盈，特意挑选江南最为奢华的别离楼为其接风庆贺。

莫小棋比唐伯虎小五岁，她虽为外傅之年，但从小活泼好动、鬼灵精怪，总是将江湖道义挂在嘴边。莫厉诸事繁忙，鲜有照料，她便缠着莫文、莫武教她拳脚功夫。起初，莫厉严令禁止，但却拗不过莫小棋软硬皆施，最终还是默允了。

直到结识唐伯虎，莫小棋对其才情趣意和书画技艺钦佩不已，继而喜爱有加。所以，每每看到唐伯虎都会上前问候攀谈，甚至吩咐别离楼对其消费一律减免。久而久之，唐伯虎和莫小棋慢慢熟稔。

莫厉见女儿逐渐不欲外出，时不时在屋子里研究书画文章，觉得倒也不是一件坏事。而且他做惯仿画生意，对唐伯虎等人的才华技艺也极是喜好，所以也没有多加干涉。

但是，莫厉慢慢察觉，女儿闺房所储字画均为唐伯虎一人所作。小涉花草虫鱼，大至名山大川，对其技法、笔迹如数家珍，鞭辟入里，俨然一副行家里手之姿。

莫厉深知女儿情窦初开，不免有些担心，总怕她陷入太深，反遭伤害。幸得唐伯虎始终对莫小棋相敬如宾，将她看作小妹妹，一向懂得分寸。他之前听沈周一辈文人墨客说过，唐伯虎虽然不免孤傲自赏，自诩“江南第一才子”，但纵观江南所有书生，他独具状元之才。所以，莫厉有时还在想，唐伯虎有朝一日金榜题名，那时女儿如若还是这般心思，亦可将其招来做他的乘龙快婿。

万万没想到，唐伯虎家中突然连遭不幸，致使他颓废落魄、物是人非，别说状元，以此消极姿态参加科举，定会名落孙山。所以，他觉得如今的唐伯虎今非昔比，充其量不过是自己的赚钱工具罢了。

莫小棋和莫厉想法却是不同。自从唐伯虎落魄之后，她不仅没有嫌弃，还会经常背着莫厉去接济唐伯虎。唐伯虎那时嗜酒好赌，对莫小棋赠予的银钱也不推让，尽数收下。大部分人看到唐伯虎蓬头垢面、衣衫褴褛的样子，多是鄙夷之态，但莫小棋心中却是十分同情。她坚信，唐伯虎总有一日会振作起来，成为之前那个潇洒不羁的江南第一才子。

算起来，莫小棋已有一个多月未曾见过唐伯虎了。

“唐大哥好！”进门看到唐伯虎，莫小棋脸上的不快瞬间烟消云散，取而代之的则是一脸娇羞模样。

徐祯卿见莫小棋脸颊尖尖，细长眉毛下一双亮眸转来转去，可爱调皮；长发两侧盘起两朵螺旋堆辫，上面则扎起两条细细的麻花辫，远远望去，仿佛头顶上长起了一对猫耳朵。装束打扮，倒与她的性格极其契合。

徐祯卿不禁微微笑了起来。这时，莫小棋才注意到他的存在，脸色一变，急匆匆向徐祯卿走了过来。莫小棋撇着嘴唇，打量一番，视线又一次停在他长满麻子的双颊之上。

“你……你是谁？”徐祯卿正要拱手介绍自己，莫小棋接下来一句话，却使他不知如何开口，“怎么长得这么丑？”

唐伯虎刚饮的桃花酒险些喷出来，莫文、莫武也憋着一脸笑。

“棋儿，不得无礼！”莫厉佯装呵斥，有些哭笑不得，心想这世上估计也只有自己女儿才会这般直率。

这时，角落传来阵阵窃笑声。大家才注意到，莫小棋的贴身丫鬟小文远远站在一旁。见所有人都看向自己，小文急忙收起笑容。

唐伯虎和莫厉的视线却不约而同落在小文手中的卷轴之上。

莫小棋见徐祯卿不怒反笑，挑着双眉，努嘴嘀咕道：“你这人不仅长相古怪，人也是这般怪异，我说你丑，你还笑。”

唐伯虎笑而不语。莫厉微愣一下，看着其貌不扬的徐祯卿。

徐祯卿挠着后脑，笑容尴尬：“莫小姐说的本就是实情，在下也不好辩驳什么。”

莫厉笑着离开桌案，走到众人身前，笑道：“哈哈！徐公子年纪轻轻就有如此豁达胸襟，当真难得。”

徐祯卿双颊通红，一副不知所措的样子：“莫老板过誉！”

“莫老板，我们还有些事，先走一步。”唐伯虎道。

“好！”

“不行！”

莫厉话音刚落，莫小棋大喝一声，在场众人都齐刷刷看向她。莫小棋走到唐伯虎身边，因为她身材娇小，足足比唐伯虎矮了一头，所以只能仰视。她虽面带羞赧，却也充斥着几分不解，甚至不满：“唐大哥，你是不是已经有喜欢的人了？”莫小棋声音很低，仿佛有些惧怕唐伯虎似的。

“喜欢的人？”在唐伯虎的印象中，莫小棋每次见到自己，总像块膏药一般黏住不放，嬉笑胡闹，对男女之别毫无顾忌。但是，今日莫小棋举止收敛了不少，甚至还略微带些沮丧。

“你之前不是告诉我，你一直没有遇到使你心动的姑娘吗？”莫小棋低着头，一副可怜兮兮的模样。

莫厉和徐祯卿则以不同的表情看向唐伯虎。

“莫小姐，唐某见过许多姑娘，但若说使我心动之人，却还未曾出现。”唐伯虎言语轻佻，心中却万般疑惑：莫小棋何来此问？

“你骗人！”莫小棋双眸中写满委屈。她动怒的时候，早已将唐伯虎如今颓废狼狈的原因忘得干干净净。

莫厉见女儿快要哭了出来，心急如焚，走上前来，狠狠瞪了一眼唐伯虎，然后对莫小棋问道：“棋儿，跟爹说，到底发生了何事？是不是唐伯虎欺负你了？”

莫小棋不去理会父亲问询，转身看着站在暗处的丫鬟小文。小文心领神会，急忙移步，将手中那幅卷轴交给莫小棋。

她用右手握着横轴，画卷向下缓缓展开。横两尺，纵三尺，是幅精致小画。徐祯卿和莫厉隐约闻到一股水胶的味道，猜测这幅画作应是刚刚裱糊不久。

“画中这个女子是谁？”莫小棋努着嘴问道。

徐祯卿稍稍靠近一些。整幅画卷笔法一气呵成，浓淡相宜，构图精妙，显得立体丰满。远处连绵起伏的高山，近处一株株色彩绚丽、饱满茂密的桃花树。河流、孩童、房舍、船坞，这一切都恰如其分地组合在一起，像是一处远离尘嚣的桃花源。

画卷中央一个女子正在提水浇灌，她看着那株桃花树，就像在照顾一只小动物、一个小孩子，笑起来时，嘴角两个酒窝灵动烂漫，实为点睛之笔。

但是，最让徐祯卿觉得不可思议的却是，那株桃花树上开满了紫色桃花。

徐祯卿突生疑虑，脑中浮现出的景致与画作不谋而合，眼神向右上角瞟去："桃……女……图……"

顿时，他全身一颤，抬头望向唐伯虎："三师父，这是……"

唐伯虎早已如遭雷轰电掣，顿觉天旋地转，身体不由向后退了两步。口干舌燥之下，喉咙微微抽动，心中万千疑问，却发不出任何声响。

怎么可能？不会的，肯定哪里弄错了！这幅一定是仿作，并非我的真迹！即使在心里，唐伯虎暗忖之言也变得语无伦次。他跌跌撞撞向《桃女图》走去，双手临空轻抚，哪怕一笔一画都不愿放过，似乎刻意挑拣求异。

也许由于久久凝神，满眼紫色桃花变得氤氲朦胧，似是织成一道紫色屏纱，继而化为袅袅紫烟，越发显得神秘，甚至诡异。

"你、你说话啊！"莫小棋从未见过唐伯虎如此窘迫，不解之余，甚为恐慌。现在境况与她预料大相径庭，整个屋子的气氛，似是被一股密不透风的浓稠黑气紧紧包裹。

看着唐伯虎的惊惧模样，她心头冒出一种极为荒诞莫名的想法——难道这幅画能把唐大哥杀了不成？

丫鬟小文怔怔视线扫过众人，脖子不禁紧紧缩起，连呼吸都变得极为小心谨慎，像是一个极其细微的振动，就能导致眼前这寒彻入骨的雪山发生崩塌。

比起在场所有人，徐祯卿最能体味唐伯虎心中感受。他与三师父相识多年，再加上天资聪颖、过目不忘，所以对对方笔法画技了如指掌，只要看一眼，就能辨其真伪。

此时此刻，他却犹豫不决起来，也不知更愿意相信《桃女图》是真迹，还是仿作。

唐伯虎前后左右看了良久，心头满是紫色桃花、女子、船坞、河流、远山、茅屋。不知不觉，背脊传来一阵冰凉，就连手心都渗着汗水，对所有声音置若罔闻。突然，唐伯虎猛然伸出右手，紧紧抓着莫小棋的手臂："莫小姐，你……这幅画作从何而来？"

莫小棋惊悸之下，发不出任何声。

"你说、你快说啊！"唐伯虎瞬间疯癫，不禁厉声呐喊，右手如紧箍死死抓着莫小棋。

"唐大哥，你……你弄疼我了！"莫小棋怯生生说道。

莫厉护女心切，一把抓住唐伯虎右手，使出全力将其甩开。唐伯虎顺势飞出丈许，腰间酒葫芦也掉落一旁。徐祯卿急忙上前，唐伯虎却将他一把推开。

唐伯虎匍匐着拿起滚落在不远处的酒葫芦，猛地拔开盖子，咕咚咕咚直饮数口，像是将所有余酒尽数喝光，才能使其头脑变得清醒。

两个梦境，一个场景，都是那片桃花林。唐伯虎眼神涣散，四处打转，不知望向何方。

十五岁之前，他梦到的是那个四五岁的女童。她带着他嬉闹玩耍，穿梭桃花林之间；自从他游历落难，被画中女子救起之后，取而代之的则是一个与自己年龄相仿的少女，场景与《桃女图》几乎一模一样。徐祯卿、祝枝山和文徵明，甚至就连他自己，都认为这幅画作不过是由梦境臆想而出。

但是，今日莫小棋手中这幅《桃女图》正是自己所绘。如若女童和少女是同一人，为何会这般凑巧？难道真的是在他十五岁落水之时，那个少女正好路过将自己救了吗？

本已快要尘封的回忆，又一次袭上心头。如若这一切都是真的，那桃花林又在何处？自己又为何会出现在那个地方？还有，画中女子到底在害怕什么？她如果真的有所隐瞒，又为什么要救自己，还要将他带到那处世外桃源呢？

唐伯虎猛地站起身子，走到莫小棋面前，情绪稍缓，声音也变得正常许多，低声恳求道："莫小姐，请你告诉我，这幅画到底从何而来？这件事对我很重要，权当帮唐某一个忙，日后有机会，定当加倍报答。"

在场所有人都未见过一向心高气傲的唐伯虎如此低声下气。

"你还说你不是喜欢她！"面对这样的唐伯虎，莫小棋虽然满是委屈，但又不由得心软起来。

唐伯虎不知如何向莫小棋解释，更何况他也并无义务和责任向她解释。情绪慢慢平复之后，他十分清楚当前最重要的是什么。

"莫小姐，唐某有个不情之请。"

莫小棋见唐伯虎为难的样子，也有些不忍，更担心如若再这样纠缠不清，唐伯虎会不会从此与她撕破脸皮，一拍两散，再也不理她了。

她犹豫片刻，颤颤巍巍说道："你说。"

"能否将此画赠予我，或者……"唐伯虎略微停顿，接着道，"买也可以。"

"你真的这么想得到这幅画吗？"

"是！"唐伯虎毫不掩饰，苦笑道，"至于理由，我自己都说不清……不过，莫小姐如若肯将此画易手于我，唐某定当铭记小姐恩德。"

"那好吧！"短短时间，莫小棋在唐伯虎软硬皆施下，举手投降。她从小文手中接过《桃女图》，正要递与唐伯虎手中时，莫厉却一把将其抢了过去。

“爹！”

“莫老板！”

莫小棋和唐伯虎不约而同叫喊出声。

“呵呵！”莫厉将《桃女图》背在身后，阴阳怪气地说道，“唐公子，老夫是一个生意人。与棋儿不同，对你为何如此想得到此画，没有半点兴趣。只是……此画虽为你所作，但是由棋儿得到，那就算别离楼的东西。所以，你想要拿回去，只能拿银子买。就如老夫从你手上买仿画是一个道理。”

唐伯虎低头苦笑，也不知是在嘲笑莫厉，还是自己。

“爹！”莫小棋埋怨道，“你讲不讲理？这幅画明明是女儿从阿炳手中买来的，那就是属于女儿的，我愿意送给唐大哥，你管不着！”

说着，她伸出右手：“还给我！”

阿炳？唐伯虎默默记下了这个名字。

“不行！”莫厉背转身，沉声说道。

“为何？”莫小棋实在想不通，一向对自己百依百顺的父亲，为何会因为一幅普通的画作而拒绝自己，“好！你如果不还给唐大哥……我就……”

“你就怎么样？”

“我……我就离家出走。”莫小棋坚决道。

“你……”

徐祯卿生性单纯，他幽幽望向唐伯虎，暗忖：不知三师父得到《桃女图》后意欲何为？

莫厉狠狠瞪了女儿一眼，又看向唐伯虎，冷笑道：“唐公子，你堂堂七尺男儿，号称江南第一才子，如今怎么了？难道任凭女子为你出头，而坐视不理吗？”

“爹！”莫小棋急得都快哭了出来。

“好！”唐伯虎面对莫厉，不卑不亢问道，“那不知这幅画，莫老板要卖多少钱？”

莫厉没有说话，竖起食指。

“十两？”徐祯卿在旁点头道，“还算公道。”

唐伯虎没有作声，他太清楚莫厉为人。莫厉是想将《桃女图》一百两卖与自己，然后趁着自己没钱，再委派他仿画差事，饥寒交迫下，由不得自己不答应。

莫厉摇了摇头，笑道：“呵呵，徐公子，你也太小瞧你这位师父的墨宝了。如此传情之作，十两银子也太过寒酸。”

“那……”徐祯卿大惊失色，“一百两？”

“对！”莫厉坚决道，“就是用之前老夫支付的一百两，换取此画！”

“莫老板，你这是坐地起价……”

莫厉狠狠瞪着徐祯卿，眼神中像是要冒出火来。

“好！一百两就一百两，我买！”唐伯虎视线始终未离开莫厉，而莫厉也不闪不避，狠狠瞪着唐伯虎。

莫文和莫武站在桌案后，笑容满面，显然对义父的手段钦佩不已。

“三师父……”

“唐大哥，对不起！”莫小棋双眸闪烁。她像是做错事的一方，充满愧疚和歉意。

唐伯虎从怀中掏出锦囊，递到莫厉手中。莫厉则将《桃女图》递还唐伯虎。

“昌谷，我们走！”唐伯虎将卷轴放入竹筒，转身离开。

“唐大哥……”莫小棋看着唐伯虎的背影，内心说不出的酸楚。一是为自己的鲁莽，如若在其他地方告知对方，也就不会发生这些事；二是对父亲莫厉的失望，为了一幅画作，居然让自己如此难堪。

徐祯卿终于明白，为何别离楼其他女子见到唐伯虎如同鬼魅一般，原来是都怕得罪唐伯虎口中的“小妖精”。他看着莫小棋微微一笑，拱手道：“莫小姐……告辞！”

看着唐伯虎和徐祯卿走出明舍，莫小棋转过身，幽怨地看着父亲。

“棋儿，爹是为你好。”莫厉语重心长道，“你这么做都是一厢情愿。况且，如今的唐伯虎根本配不上你。”

一行清泪顺着莫小棋的脸颊挂在下颚，她不禁尖声喊道：“我恨你！”说完，扭头就走，丫鬟小文紧紧跟在身后。

8

正月二十七，南京，文府。

文徵明真的一念成谶。从正月十七到现在，已经过去整整十日，他再未见过父亲文林。起初只是猜测文林与好友欢聚，借宿在对方家中。但第二日，文林仍未归来。

文徵明想起那晚父亲卜筮的场景，蓍草杂乱散布在桌案之上，就像预示文林口中极凶卦象一般。父亲精通堪舆卜筮，对卦象六爻之数最为看重，就算再大凶象，也从未自乱阵脚。所以，文徵明心中的不安仿佛洪水猛兽快要吞噬自己。再加上连续几日都不见文林身影，他更加相信父亲定是遇到什么难事，甚至劫难。

虽然不知文林口中的凶卦所指为何，但他确信一点，当晚父亲已经通过卦象预料到自己会横遭不测。

文徵明清楚记得，正月十六一大早，父亲匆匆出门，到了正午方才回来，身上穿着一袭鲜亮圆领黄衫。要不是因为父亲脸上挂着无尽忧郁，文徵明还以为他遇上什么喜事，才穿成这般模样。对于此举，文徵明甚为不解，去问父亲，得到的却只是摇头叹息。前一日晚上，文徵明向父亲询问卦象时也是如此，父亲始终缄口不语，一字都未透露，然后将自己关入书房。

卜筮与堪舆不同，对于文林来说，视卦象如天机，一般情况下绝不会轻易泄露。否则，卦象本可解，也会因此而变为死局。

死局才是精通卜筮之人最为害怕的。无人可解，无人可破，只能坐等天罚，后果不堪设想。

那一天，也是文徵明最后一次见到文林。正月十七清晨后，文林不知去向。

比起坐以待毙，文徵明更加懂得，只有解开那个卦象，才能找到文林失踪的线索。开始几日，文徵明向父亲所有好友近邻进行打探，却一无所获。无奈之下，从父亲失踪第六日开始，文徵明便将自己关入了父亲的书房。书房内除了经史子集之外，还有很多关于堪舆卜筮、周易八卦的书籍。卜筮门道之深、卦象之繁，并非一日之功就可通达豁然。文徵明虽然平时耳濡目染，略懂其中皮毛，但仍需查索一番。好在文林当日是用蓍草进行筮爻，涉及的理论还不算庞杂，短短三日，文徵明已熟记在心。

接下来要做的，就是推演文林正月十五那晚筮爻出的卦象。当时，蓍草毫无条理地散落在桌案之上，文徵明也不知蓍草位置是否被父亲动过。所以，他只能一遍遍根据当时蓍草散落的位置和个数进行排除归纳。所幸的是，文徵明当时见父亲心神错乱，知晓其中必有蹊跷，为防不测，已将一切牢记在心，甚至对东西南北、上下左右，蓍草所在的位置和个数这些细枝末节，都记忆犹新。

从今日清晨，文徵明就告诫管家仆人，不管什么时候，都不能前来打扰。他首先拿出五十根蓍草，依靠脑海中浮现的情景，开始在桌案上进行摆放。

蓍草占卜共有六爻，必须经过十八次演算，才能得到一个卦象，因此又被称为“六爻”。推演过程全部结束后，根据推论规则对卦象进行解释，占卜才算真正完成。

文徵明记起，那日自己进入书房之时，父亲正伸手去取桌角的龟壳。他略一思索，当即确定，在他踏入书房前一刻，父亲已经完成六爻之数，也就是说，当时桌案上的蓍草排布，是为六爻中的最后一爻。

蓍草占卜属于周易筮法。事先要准备五十根蓍草。演算开始时，先取一根放在外面，表示天地产生之前的“太极”状态。然后将剩余的四十九根蓍草随意分为两部分，左手所持有的部分表示“天”，右手所持有的部分表示“地”。再从右手任意取出一根放在左手小指和无名指之间，表示“人”。此后继续以每四根为一组表示“四季”进行分发，先用右手分数左手的蓍草，再用左手分数右手的蓍草。直至分到出现左余一，右余三，左余二，右余二，左余三，右余一，左余四，右余四的规律。

文徵明按照书籍所示，从“太极”蓍草之位推算。

先将一根蓍草放于“太极”之位，然后依据“天”“地”“人”之法，将剩余蓍草拿捏在左右手。按照之前得出凶卦爻数，进行每四根蓍草为一组开始推演。

最后，文徵明得出三卦。现在他能做的，就是从此三卦之中得出文林所筮的真正卦象。然而三种凶卦，蓍草分布在桌案的位置与数目也会不同。

文徵明闭起双眸，顿感天旋地转。算下来，他已经连着十几个时辰一动不动坐在这里进行筮法占卜了。桌上的浓茶已经凉透，他提起茶壶，将仅剩些许的茶水倒入茶碗。茶是上等毛尖，由于茶叶过多，加上长久浸泡，茶水已为深绿色，入口苦涩难当，但却提神醒脑。

他拿起茶杯，轻呷一口，双眼不知看向何方。一夜之间，本就略黑的面颊罩上一层油光，显得愈加憔悴。深深叹息后，文徵明将双手蓍草随意放在桌案上，扭头一看，不知不觉天色开始蒙蒙发亮。

父亲当天所得卦象到底是……文徵明想着想着，只听门外传来管家低沉的声音：“少爷，祝公子来了。”

文徵明知道王伯是想确认，该不该让祝枝山进来。他略微思忖片刻，答道：“让他直接来书房吧！”

文徵明对祝枝山也无甚隐瞒，所以任凭蓍草铺满桌案。过了一会儿，王伯带着祝枝山走进书房，又沏好一壶新茶放在文徵明身前，然后意味深长地看了两人一眼，离开后，将门轻轻关上。

祝枝山今日头戴一顶六合一统圆帽，身穿一袭淡蓝祥云碎花长衫。他比唐伯虎和文徵明年长十岁，彼此深交十多年，如兄如父，深知比起唐伯虎的目空一切，文徵明遇事还算理智谨慎。

唐伯虎、文徵明、祝枝山三人中，唐伯虎对于科举功名总抱着探囊取物的态度，文徵明则对科举与官场充满不屑，唯有祝枝山始终将考取功名、光耀门楣作为一生宏愿。这同样也是妻子李氏和岳父李应祯的愿望。但祝枝山屡考不第，机运不佳，多年下来有些心灰意冷。所以，每每看到唐伯虎和文徵明浪费一身才学，心中多少有些不是滋味。

祝枝山与文徵明之间无话不谈，文林失踪之后，文徵明便找到祝枝山商量对策，还将正月十五那晚的情形详细描述过一番。此时祝枝山环顾四周，见桌案上铺满蓍草，屋内一片狼藉，地上堆满了堪舆卜筮的书籍，便猜到了文徵明的意图，开口问道：“徵明，有什么进展吗？”

“得到三个卦象，可无法再行推演分辨。”文徵明轻靠椅背，慢慢闭起双眸，仿佛已是穷途末路，难免万念俱灰。

祝枝山虽不精通卦术，却知晓其中暗含千变万化，文徵明用短短数日，缩小至三个卦象，已属不易。

“昨日我又去了一趟府衙，还是没什么消息。”文林失踪第三日，也就是文徵明来找祝枝山那天，两人曾结伴到南京府衙报官。

文徵明面露苦笑：“我一开始就没指望他们能找到我爹。”

“我实在想不明白，”祝枝山唇上有两撇小胡子，说起话来，一颤一颤，“文大人知晓卦象凶险，为何不告诉你呢？难道之前堪舆卜筮之后，也是这般？”

文徵明先是微微点头，接着似是想到了什么，身子离开椅背，向祝枝山看去。

祝枝山并未发现文徵明的异常，自顾自地说道：“明里不说，总可以给些暗示。文大人如若对凶相笃信不疑，更该想些办法进行化解啊！”言辞之间不免对文林有所责怨。

“不说不动……”文徵明想到父亲正月十五时的样子，的确有些太过谨慎。

他又不禁想到第二日，父亲一大早出门，回来之后就穿了一件黄色圆领长衫。难道如祝枝山所说，爹这样做，是为了化解凶相？

祝枝山见文徵明双眉紧锁，眼神凌厉，似是想到什么，不禁问道：“徵明，你怎么了？”

文徵明没有答话，急忙拿起桌案上的五十根蓍草，取出其中一根，摆在桌案中央代表“太极”，然后依据卜筮之法，随意将剩余的四十九根蓍一分为二，分别拿捏在左右两手。

祝枝山也从木椅上站起，走到桌案旁，全神贯注盯着文徵明手中的蓍草。

文徵明一会儿将右手的四根蓍草分于左手，一会儿又将左手的蓍草分于右手。一轮之后，再如法炮制，抓取分发。

祝枝山大气都不敢出，更加不敢与文徵明说话。

大约半个时辰之后，文徵明终于停止了所有的动作，嘴里念念有词。突然，他将双手蓍草尽数抛至桌案，抬起头，一动不动地看着祝枝山。

“徵明……”祝枝山觉得自己声音有些颤抖。他看到文徵明嘴角慢慢上扬，久别的笑意再次出现。

“解出来了！”文徵明自己都有些不敢相信。

“是坤卦！”文徵明接着说道，“初六、六二、六三、六四、六五、上六，正是坤卦，而且也是我之前推演而出的三卦之一！”

“你怎么肯定就是坤卦？”祝枝山除了为文徵明高兴，心中也充满好奇，心想为何之前还一筹莫展，突然就有了灵感和思路。

“这都要感谢枝山兄。”

“我？”祝枝山更加不解。

“正如枝山兄所说，我爹得到凶卦之后，只字未提。”文徵明神情严肃，似是在自言自语，“我当时也觉得奇怪，就算不可点破，但一般情况都会指点一二，不是分解卦象，更像是……”

他停顿片刻，盯着祝枝山接着道：“更像是教授堪舆卜筮之法，让我对此了解一些。但正月十五那晚，我爹只说‘不知不解’，而且整个人心神慌乱，就算我再怎么逼问，都不说不动。第二日他就出门去了，中午回来却换上一件十分亮丽的黄衫。”

“黄衫？”一般男子着装都以蓝、灰、绿、褐等稍微暗淡的颜色为主，很少出现黄、红这般艳丽的亮色。而且，祝枝山对文林也有些了解，他为人内敛，从不张扬，听至此处，心里不禁有些惊诧。

文徵明点头，在房中来回踱步：“当时我并未多想。适才枝山兄所说，我爹得到凶卦，为何不试着去破解呢？”他猛地回过头，面带兴奋之色，“我这才想通，我爹之所以穿上黄衫，为的就是破解凶卦。”

“何……何以见得？”祝枝山没想到几句无心之语，却成了文徵明解开最终卦象的关键。

“初六、六二、六三、六四、六五、上六这六爻之卦象正是三卦之一。适才枝山兄无意点破玄机，我就想着，如果正面无法入手，何不剑走偏锋，换个思路。”文徵明越说越是兴奋，“就从三卦六爻开始入手，逐一进行推断，看是否有卦象符合我爹那些异常举动。结果，只有初六、六二、六三、六四、六五、上六坤卦才说得通。”

“说得通？”祝枝山问道，“就是刚才徵明你口中所说的‘不说不动’和‘身穿黄衫’这两点吗？”

文徵明看着祝枝山，点了点头：“我所说的坤卦六四爻，在《易经》卦象曰‘括囊无咎，慎不害也’，表意为扎紧袋口，不说也不动，可以免遭祸患。”

祝枝山似有所悟：“原来文大人当日得出坤卦，想要依法破解，才对你不说不动。”

“嗯！也许还有另一种可能，我爹这样做，兴许是暗藏线索，如若遭遇不测，我也可以循着这条线索解出卦象。”文徵明接着道，“还有，六五爻在《易经》卦象曰：黄裳元吉，文在中也。我爹之所以换上一身黄衫，也是为了化去凶险，从而得到元吉之道。”

祝枝山似懂非懂，但又觉得文徵明所说有条有理：“有道理……所以，你用蓍草推演得出三种卦象，只有坤卦符合上述条件。”

“还有一点，”文徵明显得异常神秘，低声问道，“枝山兄，卦象所说‘文在中也’，你不觉得也像暗含什么吗？”

“文在中也？”祝枝山嘀咕着，脑中灵光一闪，“你的意思是，‘文’代表你爹，而‘中’则代表某个地方？”

文徵明若有所思，慢慢点头：“这也只是我的猜测。”

“徵明，所谓‘中’指的莫不是中部某个地方？”

文徵明点头，又摇头。

“那其余爻数呢？”祝枝山问道，“你先说说，也许你我能想到另外的线索。”

文徵明将剩余四爻卦象依次说出，随后皱眉道：“初六、六二、六三之卦象与坤卦在《易经》卦象基本吻合。坤卦卦辞曰：元、亨、利，牝马之贞。君子有攸往，先迷，后得主，利。西南得朋，东北丧朋。安贞吉。《易经》卦象则曰：地势坤，厚德载物。也就是说，大地的形势平铺舒展，顺承天道。君子观此卦象，取法于地，以深厚的德行来承担重大的责任。”

“什么意思？”祝枝山从文徵明的言辞中，听到了些弦外之音，连忙问道，“徵明，说了这么多，感觉文大人像是在保守什么秘密。”

文徵明点头附和道：“我也有这种感觉，而且……”他站起身子，神色越发铁青凝重，“我爹之所以摆出蓍草之位，似是刻意想要透露什么信息。”

祝枝山觉得好友所言前后矛盾，论理论据相悖，不解问道：“徵明，你到底想说什么？”

文徵明与其说是作答，更像在自言自语：“从坤卦六爻卦象来看，实乃中平，不凶不吉……”

祝枝山面露惊诧：“所以，文大人说六爻都为极凶，就与坤卦不符。”

“我爹精通堪舆卜筮，不可能犯这种错误。”文徵明先是轻声呢喃，之后猛地转向祝枝山，说道，“除非……这并非他所占卜出的真正卦象，他只是想用坤卦卦象来暗示什么。”

也就是说，坤卦并非卦象，而单单只是线索！祝枝山若有所思，呆呆坐在圆凳上。如若真如徵明所推测，那文大人的所作所为，都是为了事后让徵明察觉线索就藏于坤卦之中。而且，文大人知晓徵明对卜筮之术只是略懂皮毛，太过高深，怕是难以领悟其中关节。“文在中也”四字，隐藏在坤卦，实则浅显易懂，抛却其他爻数卦象不说，单单从这四个字来看，一眼便知“文”指代“文林”，“中”则是一个地点，但是……

他暗忖片刻，皱眉问道：“徵明，文大人又何故多此一举呢？

为何不直接告知于你，或是将线索尽数写于书信之中？这样做岂不是更为妥善合理？”

文徵明退坐到圆桌旁，右臂搭在圆桌之上，歪斜着头，神色坚决，轻声嘀咕道：“我猜测，我爹他起初只是心有存疑，不便将实情透露与我。所以，才迟迟不说，暗中留有线索。真待有一天东窗事发，我定会想到与他所说相斥相悖的疑点，从而看出坤卦的真实用意。”

祝枝山微微点头，他心中隐隐觉得，文林之所以费尽心思隐瞒这一切，定与适才他和文徵明所推测出的那个秘密有关。

到底发生了什么事，让文林明知身处危境，还不想告知自己的儿子？

突然，文徵明站起身，陷入沉思的祝枝山被他吓了一跳：“徵明，怎么了？”

文徵明拍了一下桌案，不知是喜还是忧，他匆匆向散落一地的古籍走去，蹲下身子，一本本进行翻看，喃喃自语：“龙战于野，其道穷也……龙战于野，其道穷也……龙……龙……”

祝枝山也似有所悟，呆呆站在好友身后，盯着文徵明微微颤抖的背影。

过了一会儿，文徵明找到一本《周易方注》的前朝手抄书稿，高声道：“找到了！”

祝枝山吞咽了一口口水，踟蹰向前，透过昏暗光线，眯起略有眼疾的双眸向文书上的竖行小字看去：“乾为天，坤为地。乾为天道，坤为地主。大地之主，位之中也。”他将视线从书籍上移开，满眼惊惧地盯着文徵明阴晴不定的双颊：“你、你的意思是……”

“我爹，也许就在京城。”

9

又是那个梦。

也许是得到《桃女图》的缘故，梦中的一切比之前更加清晰。他从女子黑亮而深邃的双眸中，看到了忧郁与担忧。

唐伯虎的记忆似是撕开一道口子。

他被那个女子带到桃花园，醒来的时候，她正蹲在角落，面前紫砂壶中发出“咕嘟咕嘟”的声响，一阵阵刺鼻的药味充斥着整个茅屋。这时，她轻盈地向自己走了过来，视线有意回避，终究还是撞在一起。

这一刻，之前脑海中烂漫绚丽的回忆第一次峰回路转。

“不要问，也不要说话。等你好些了，速速离开这里！”她声音坚决，不容唐伯虎有丝毫违抗。

起初，唐伯虎看到她嘴角那两个酒窝，怀疑她是不是梦中那个带自己在桃花园中嬉戏的幼女。而且，两人的样貌的确很像。但她现在为什么对自己的态度这般大相径庭？

一缕晨光从茅屋缝隙间射入，映在唐伯虎身上。环顾四周，阒寂无声，女子不知去向。他也不知在昏暗闷热的茅屋中躺了多长时间，推开门的那一刻，被阳光刺得有些难受。等他再次睁开眼，放眼望去，不仅是阳光，所有一切都豁亮起来。

这时，他看到女子站在篱笆外，正为一株桃花树浇水。朵朵紫色桃花茂密绚烂，像是将周围染成一片神秘紫色。

好神奇的桃花！他呆呆走出茅屋，无意中看到院子石案上放着笔墨纸砚和彩砂，还有一幅已完成的风景画，画的正是远处景致。

画卷右上角题着一首七言绝句：

问余何意栖碧山，笑而不答心自闲。

桃花流水窅然去，别有天地非人间。

正是李白所作的《山中问答》。看字体属行书，温顺浑圆，玲珑秀巧。唐伯虎猜测，很可能是那个女子之前所作。

他自顾自坐在石凳上，重新拿起一张画纸，聚精会神看着女子，回忆刚才映入眼帘的一切，将两者组合在一起。除去紫色桃花，唐伯虎愈加觉得笔下每一处景致都十分熟悉，似是在此生活过一般。

他再次抬起头的时候，女子已悄无声息站在自己身旁。唐伯虎想要开口，却被她略微带着怒气的面色吓住了。她埋怨他未经同意私自走出茅屋，更埋怨他为何要在此作画。唐伯虎像是做错事的孩童，意兴阑珊地返入茅屋。他一度想鼓起勇气，问清一切的来龙去脉，但面对女子似是恳求，又似充满疑虑的双眸，他犹豫许久，还是没能说出口。

她到底在害怕什么？接下来的事，他完全想不起来……

再次醒来后，唐伯虎感觉后脑一阵闷痛，如同宿醉醒来时一般。

难道……一切都是梦？唐伯虎已经很久没有这么长时间持续发呆。父母健在的时候，唐申总是对他说，妹妹最喜欢唐伯虎在书房对着窗外一切发呆的样子，说不出的清净儒雅。

这时，土屋两扇窗仍然开着，床边桌案上铺着那张《桃女图》，时过境迁，以前桌角上总是摆着一碗香气扑鼻的浓茶。此刻却是一个酒葫芦，里面装着最后一壶桃花酒。

父亲死后，唐伯虎虽然心有阴郁，但他亦明白生老病死的道理。然而当母亲和妹妹相继撒手人寰后，他那一袭如黑瀑般的长发，一夜之间生出许多银丝。久而久之，黑白相间，竟各占一半。为此，唐伯虎还作了一首《白发诗》：

清朝揽明镜，元首有华然。怆然百感兴，雨泣忽成悲。
忧思固逾度，荣卫岂及衰。夭寿不疑天，功名须壮时。
凉风中夜发，皓月经天驰。君子重言行，努力以自私。

他本以为自己会像诗中所言“努力以自私”，但是……

唐伯虎低头向《桃女图》看去——就如十年前一般，在文徵明和祝枝山的揶揄下，他认为一切都是自己魂牵梦萦后的臆想。但是，当莫小棋拿着《桃女图》出现在自己眼前时，所有久封的记忆被彻底开启，多年疑惑也似豁然开朗。

为了弄清楚这一切，他要找到那个女子问个明白。

比起好奇，唐伯虎心中更多的是兴奋和激动。

这些天，莫小棋总是来找唐伯虎。她内心愧疚，明白那一百两银子就是唐伯虎从此以后的花销生计。莫厉的如意算盘势必会使唐伯虎的日子更加穷困潦倒，于是她想用银钱来弥补自己任性而导致的后果。

如若换作之前，唐伯虎会欣然接受，但他这次却莫名其妙地拒绝了。

莫小棋更加不悦，似要当面哭出来，觉得唐伯虎是在惩罚自己。

“莫小姐，如若你真想帮唐某，可以帮我找一个人吗？”

算起来，这已经是第三天。当时莫小棋一口应允，她三天之后，一定会带着那个人来见唐伯虎。唐伯虎之所以发呆，就是在想，如果真的找到那个女子，又该问她些什么呢？如果和十年前一样，她执意隐瞒，自己又该如何？

没过多久，屋外传来莫小棋盛气凌人的怒斥声。唐伯虎走出屋子，将院门打开，看到一身飒爽便装的莫小棋正推搡着一个男子，嘴里念念有词威胁着对方。侍女小文怯生生站在她身后，见怪不怪，又显得甚为担忧。

那男子一身黄土布衫，尖嘴猴腮，身体纤瘦，似乎不管什么尺码衣衫穿在他身上，都显得松松垮垮。

“唐大哥，这就是阿炳！”莫小棋见到唐伯虎，又恢复到平易、可人的模样，细长黑亮的双眉，樱红鲜艳的薄唇，除了脾气，她的五官和身材都那般娇小玲珑。

“进来再说吧！”对方三人走入土院，唐伯虎将门合上。

土院左侧有方石桌，正好四个石凳，丫鬟小文执意不坐，只是站在莫小棋身后。阿炳本想坐下，但慑于莫小棋的威胁，只能怏怏站着。

“阿炳，我想知道，那幅《桃女图》从何而来？”唐伯虎坐在莫小棋对面，温言问道。

“《桃女图》？”阿炳用手挠着脸，似是有些想不起来唐伯虎所说何物。

莫小棋踢了阿炳一脚，没好气道：“就是那幅你卖给我的画。”

“哦……”阿炳顿悟，声音拉得很长，双眸闪烁，显得异常兴奋，“你说那幅画着紫色桃花的画啊！我是从一个胖子手中偷来的。”接着，他就将那天偷包袱的经过说了一遍，却刻意对白纸如何幻化成画作只字未提。

“那你可认识那人？”唐伯虎暗忖《桃女图》被折叠放在包袱最底层，也就是说，阿炳口中那个胖子，极为珍视此画，所以才这般谨慎，放在最不易被人发现之处。但是，如若那个人真想买卖《桃女图》，绝不会将此画折叠起来，这样有损画作美观。

“嘿嘿，唐公子说笑了！”阿炳歪着身子，笑道，“我从不向熟人下手，否则追究起来，指不定哪天就进了大牢。那天城门刚开，那胖子挎着包袱，一副饿死鬼模样，我一看就知道他是刚从外地来的，所以才下手。”

外地？难道此人并非苏州人氏？唐伯虎双眉微皱，低头陷入沉思：算起来已经过去四五日了，如果他不是苏州人氏，很可能已经离开了苏州。

莫小棋本想借阿炳取悦唐伯虎，消去心中愧疚。此时却见唐伯虎面色消沉，显得极为失望。她索性将火气发在阿炳身上：“你真没用！”

阿炳揉着自己小腿，心中万般怨气，但忌惮对方，不敢有丝毫埋怨。他怯生生望着唐伯虎，怪笑道：“唐公子，如若没有其他吩咐，小的就先告退了。”

唐伯虎无奈点头，阿炳却一脸殷勤地望着莫小棋。

莫小棋见阿炳没帮上什么忙，本就来气，看到阿炳贪财的嘴脸更加不满，愠怒道：“怎么？还想要钱？”

说着，站起身子就想教训一番对方。

阿炳只能灰溜溜向院门走去，刚走几步，他像是想到什么，眼珠咕噜一转，扭过身子，满脸堆笑，略微带着得意，故弄玄虚道：“莫小姐，唐公子，那幅《桃女图》中还暗藏着两个秘密！”

宵禁之后，除去阊门内街的烟花之地夜夜笙歌外，其余大街小巷完全没入夜色。百姓这个时候如若无故出现，被巡夜兵卒看到，免不了要遭受杖笞之苦。但是，莫厉却闲庭信步走在西街，他身后则跟着莫文和莫武。巡夜兵卒见到三人，不仅不会上前刁难，还会殷勤打着招呼，足见莫厉在苏州城的地位。

但不管王侯将相、富商乡绅，或是像莫厉这样的地头蛇，都会有软肋和烦忧。他的软肋就是莫小棋。

莫厉站在土屋门前，轻轻敲了几声。过了一会儿，院内传出唐伯虎低沉的问询声。

“我是莫厉！”

唐伯虎将院门打开，对莫厉的深夜造访，他脸上丝毫没有惊诧。

“你们在门外守着！”莫厉吩咐莫文、莫武一声，走进土屋，将门合上。

莫厉坐在木桌前，不禁扫视这间还不如自己书房三分之一大小的陋室。他从未来过唐伯虎的住处，印象中，像这样的书生，墙上不是应该挂着很多字画作品吗？但在这里，他只看到了唐伯虎一直随身携带的那个酒葫芦，孤零零地挂在墙壁上，成为此处唯一的装饰，其余都是极为普通粗糙的陈设家具。

使莫厉感到欣慰的是，土屋虽然简陋，却十分洁净整齐，尤其屋子上空还飘忽着一股淡淡幽香，仔细琢磨，像是桃花香气。

角落三口矮缸之中，只有最左侧的缸中还有一半的桃花酒。唐伯虎用木瓢盛出一些，转身坐在木桌前，将其倒入茶碗，递给对面坐着的莫厉：“莫老板，尝尝在下酿制的桃花酒。”

“哦？”莫厉藏酒无数，但对于很多人口口相传、唐伯虎亲酿的桃花酒却从未尝过。而且，他还听说，只有唐伯虎的好友亲朋，才有幸一饱口福。就连在酒馆打酒之时，唐伯虎都一定要另寻盛器，不肯将打来的酒装到自己随身携带的酒葫芦里，生怕串了酒香。

“嗯，果然有点意思！”莫厉轻呷一口，感觉酒稠香滑，入口即化，并残留着一股桃花香气，连说话的时候，那香气也一并而出。

莫厉双腿岔开，双手放于膝上，一副武人坐姿。他环顾四周，一边点头笑道：“唐公子，你这间土屋让老夫想到八个字。”

“哦？”唐伯虎也轻呷一口桃花酒。

“斯是陋室，惟吾德馨！”莫厉大笑，“哈哈！这说的不正是唐公子这般处境吗？”

唐伯虎低头苦笑，又慢慢抬眸看着莫厉，问道：“莫老板不妨开门见山。不知这次来找唐某，所为何事？”

莫厉轻咳一声，微微坐直身子，说道：“唐公子，这段时期你的确帮了老夫很多。”他挥动着右臂，面色严肃认真，一副推心置腹的样子：“你所作仿画，不仅画质上乘，交货时间短，而且相当抢手，卖的价钱也一幅更比一幅好。”

唐伯虎默默听着莫厉恭维的话，他更在意对方接下来的说辞。

“而且……”莫厉的声调不像刚才那般激昂，温声温气道，“老夫对唐公子的才华十分钦佩。所以，这次来就是给你介绍一条财路。”

“财路？”

“兹事体大，我希望说出来之后，不管答应与否，还望唐公子守口如瓶，切莫再与第三人提起。”

唐伯虎知晓就算自己不想听，对方也会绞尽脑汁，想出万般说辞说服自己，索性说道：“莫老板放心，唐某一向不是嚼舌根之人。”

莫厉再次环顾土屋，叹息道：“我知道唐公子家中连遭不幸，生活窘困，所以……”

“莫老板，”唐伯虎抬头，似笑非笑地看着莫厉，插话道，“我知道你上次看出唐某对那幅《桃女图》志在必得，才想出用我刚刚得到的一百两作为交换。唐某不才，但也绝非愚笨之人。你这样做，只是前彩，好戏落在了今日。所以，不必赘言，只要说出你的最终目的，是财路也好，是祸端也罢，唐某自会分辨。”

莫厉脸色逐渐变得冷峻，心中更是强压着一股怒火，要不是为了莫小棋，他何必大费周章来找一个落魄书生多费唇舌。他眯着双眸，瞪了唐伯虎片刻，深吸了一口气，道：“好！那老夫就明说吧！京城一位贵人前些日子书信于我，说前不久皇上御赐给他一幅古画，不慎毁坏多处，难以修复。他怕有朝一日被皇上发现，怪罪下来，就想着找一名仿画画师进行临摹仿古，再造一幅，以备不时之需。”

听到“京城”二字，唐伯虎心头一颤。为了掩饰，他低头轻呷杯中酒，暗忖片刻，问道：“京城画师不计其数，宫中更是人才济济，那位贵人何必舍近求远，让莫老板帮忙呢？”

莫历摇了摇头，面色之中暗含对唐伯虎的不屑：“唐公子整日沉醉诗词歌赋，自然不知为官之道。就算你是朝中重臣，抑或是皇帝身边红人，也要如履薄冰。指不定哪一天，那些平日与自己称兄道弟的小人就会将你的丑事摆在皇帝面前。更何况，那幅古画是皇帝御赐之物，损坏本就是大罪，如果传到心怀叵测之人耳内，那位贵人就算不死也难在朝中立足，甚至还会殃及家人。

“所以，他才不敢在京城找画师。因这位贵人与老夫私交甚厚，才会书信嘱托。一来避其京城敌党耳目，二是他知晓江南人杰地灵，历朝历代画界泰斗人物多生于此。再加上老夫一直都在经营江南一带的仿画营生，所以就想让老夫帮他选一位德才兼备之人，委此重任。选来甄去，老夫觉得唐公子是不二人选。”

“原来是这样！”唐伯虎似在斟酌。

莫历一口气说了这么多，顿感口干舌燥，轻呷一口桃花酒，见唐伯虎陷入沉思，以为对方在思忖酬劳待遇，心中不禁甚为得意，觉得这桃花酒比之前更加清脑醒神，十分受用。

“至于酬银方面，唐公子大可放心，绝对让你满意。”莫历抬起右臂，伸出厚实宽大的手掌，“五百两！”

“五百两？”这笔巨资一下子将唐伯虎的心神拉了回来。

“而且，老夫还会为唐公子再准备一百两，权当路上开销之用，也算老夫一点心意。”

入京一路吃住开销，最多不过二十两。这样算下来，此行酬劳就是小六百两。唐伯虎对此的确有所心动，可他又惧怕莫历暗含其他心思，莫不要因财害命，那就得不偿失。但转念一想，这的确不失为一个使自己脱离苦海的机会。

想想这一年光景，唐伯虎相继失去了父母和妹妹，好友们也渐渐疏远，从小长大的苏州城，仿佛无甚留恋。再这样下去，也只会愈加滋生出心中更多茫然，让他在这摊污水中慢慢腐烂而已。

如若他答应莫厉，前往京城，得到那笔巨资，也许真的可以重新开始。而且，还有一个更为关键的理由。

“莫老板，能容我思考几日吗？”

真要进京的话，唐伯虎还有一件事要去确认。

这一年接触中，莫厉印象里的唐伯虎是一个贪财嗜酒的落魄书生。所以，他本以为面对这等千载难逢的机会，唐伯虎会一口应允，没想到却换来对方不冷不热的敷衍应答。

他甚至觉得唐伯虎在故作清高。

莫厉每次不悦的时候，那股怒气总是积压在胸腔，转换成沉闷的吸气声。他站了起来，微微点头，低眉冷对的眼神中充斥着不满，“好！我就给你两天时间！”

“莫老板，”唐伯虎望着莫厉宽阔的背影，言道，“唐某明白，你做这一切只是为了莫小姐。”

莫厉的脸颊隐在暗处，显得更为阴沉：“唐伯虎，这是你最后的机会。如若你还执意留在苏州，那今后你我断绝一切交易往来。我不会杀你，但你也休想再卖出一幅画！”

10

阿炳那天回忆说，藏着《桃女图》的灰色包袱属于一个胖子。当时城门刚开，胖子似是饿了，就在刚进城门不远处的摊位吃起了包子。趁着对方不注意，阿炳便把包袱偷走了。

今天一早，唐伯虎去了西城门，找到了那个包子摊，老板姓关，大家都称他关伯。经过唐伯虎再三提醒，关伯终于回忆起了那天的情形。

“哦，我想起来了！”关伯思忖片刻，拍着脑门道，“起初我还以为又是一个不给钱的，和对方理论了几句。他说是被人偷了包袱，银钱全在里面。”他又不好意思地笑笑，“这世道什么人都有，我干买卖这么多年，确实见过为偷一个包子不惜跑几条巷子的。”

唐伯虎不屑听关伯多言，岔开话题问道：“之后呢？你就将那人放了吗？”

“我这是小本生意，一天下来也就挣几文钱。”关伯挺直腰杆，指着街尾方向，“之后长兴米铺的周生经过，说是二人认识，然后又替他垫付了八文钱，这才放他离开。”

唐伯虎离开包子摊，直接向街尾的长兴米铺走去。一问之下，说是周生出去送米，要过些时候才能回来，他便到对面酒馆坐着等候。大约过了半个时辰，之前被问询的伙计和另外一个精壮青年站在米铺门外，指着自己嘀咕什么。唐伯虎猜测，此人就是关伯口中的周生，便付了酒钱，上前打问。

唐伯虎来之前就想好了言辞：“我有位朋友，捡到一个包袱，不知归还何人。左右问询之下，查到了关伯的包子摊位。关伯说，当天就是你帮他垫付的银钱？”

周生一脸老实憨厚的模样，听唐伯虎如此说，顿时放下心中戒备，笑道：“嗯！我和刘大哥从小就是邻居。当天正好送米经过。”

唐伯虎从周生口中得知，那个胖子名叫刘勇，家住西街武定巷。家父早亡，除去母亲万氏，还有一个弟弟，名叫刘猛。从小到大，万氏对弟弟甚为溺爱。而刘猛好赌嗜酒，整日游手好闲；刘勇则在家中累死累活、受尽委屈，却换不来母亲一句好话。十七岁那年，索性应征入伍参军。周生听说，那年边关闹得凶，苏州兵卒一半以上都被派往前线守城，刘勇就在其列。从此之后，周生很少见到刘勇。尤其是近两三年，对方就连过年都不曾回苏州。要不是万氏病危，想必也不会露面。

唐伯虎没有再深入询问关于刘勇的境况，直接来到武定巷，四处打探后，才找到万氏和刘猛的住处。

这是一间极为简陋的土屋，院门两侧挂着白幡，随风飘动。院门虚掩着，唐伯虎轻声叫了几声，无人应答。进入院落，只看到一个年轻人身穿白色丧服，躺在土地上，高高举起酒壶，酒水倾泻而下，汩汩进入年轻人大张着的口中。

唐伯虎不禁想到，自己之前也有过这般酒态，如若不是这些天所发生的一切，他现在也许还是与这个年轻人一样，继续借酒麻醉自己，故意逃避这个看似与自己没有丝毫牵扯的残酷世界。

“请问，刘勇是住在这里吗？”

“滚……”年轻人躺在地上，没好气地道。

“想必你就是刘猛吧？”唐伯虎不怒反笑。

“是又怎样？”刘猛利索地站了起来，一摇三晃走到唐伯虎身前，双眼迷离，嘴唇撇在一边，一副醉酒模样。

唐伯虎苦笑着暗自思忖，如今看对方丑态百出，不知当时酒醉后的自己是不是也是这副德行。

“你笑个屁啊！你找刘勇到底什么事？”

“他现在在家吗？”

“走了。”

“你可知他去了哪里？”

“我为何要告诉你？”

“我之前借了他五两银子，此次过来为的就是还钱。”唐伯虎佯装着要离开，“不过既然他走了，那就暂且继续欠着吧！”

“等等！”刘猛醉眼一转，对唐伯虎上下打量，脸上绽放出不怀好意的诡笑，“你说你是来还钱的……你欠我大哥五两银子？”

“是！”

“那好办！”刘猛将酒壶换到左手，伸出右手道，“交给我吧！”

“给你？”

“是啊！你不是欠我大哥钱吗？他人不在，先交给我代为保管，等他回来我再交给他不迟。”

唐伯虎猜测刘勇多半不会再回到苏州，仍笑着道：“交给你也可以，但……你需回答我几个问题。”唐伯虎太了解囊中羞涩之时，五两银子对于他们这种人的意义了。

“什么问题？”刘猛神色略微显出警惕。

“你可知你大哥如今在什么地方当差吗？”

刘猛哼笑一声，不以为然地道：“京城！”

唐伯虎离开武定巷之后，意兴阑珊地走在街市。

阿炳之前说，《桃女图》中暗藏着两个秘密。

第一个所谓秘密就写于画背。原来，阿炳为了高价将《桃女图》卖出，不惜花了一两银子到装裱铺重新对画卷进行装裱陈轴。之前画后的秘密，也被一层厚厚的拓纸掩盖了起来。就因为这番装裱，他在莫小棋那里卖出了三十两的高价。

阿炳精于算计，本是为了先提高价格再进行杀价，使到手银钱不至于太少，不承想却撞上了莫小棋。阿炳悔不当初，早知莫小棋如此看重，就该多讹诈一些。

那日，唐伯虎沉闷的情绪为之一振，匆忙进入房中，开始对《桃女图》进行小心翼翼的拆解。他精通临摹仿古，对重新装裱过的画卷进行拆解更是手到擒来。半个时辰之后，他将《桃女图》背后那张拓纸掀去，中央赫然写着两个清秀小字，笔法属行书。就连莫小棋都啧啧称赞：“好俊的小字！”

而唐伯虎脑海中却浮现出李白所作的那首《山中问答》——

问余何意栖碧山，笑而不答心自闲。

桃花流水窅然去，别有天地非人间。

这两个小字似是梦中那个女子的笔迹。正因为这样，唐伯虎才想着找刘勇确认这一切。如今，他从刘猛口中已经知道了答案。

京城，又是京城。

这时，唐伯虎心神似被什么东西扯动着。他驻足于熙来攘往的人群中，环顾四周，才发现走到了自家酒馆故址。

彩云坊！他看了一眼高檐下黑底金字的招牌，缓缓踏上熟悉的横阶。

店铺内散落四周的桌凳消失不见，墙壁上好友的字画也被一幅幅五颜六色的绫罗绸缎取而代之。唐伯虎时至今日方才知晓，这里重新坐落出一爿布坊，心头那抹愧恨更加刻骨。触景生情之下，他变得多愁善感起来，从小在此处烙印下的点点滴滴不禁汹涌而至，心中默默希冀时光可逆该有多好！

他快步走出店门，再不敢回头多看一眼。

不知过了多久，眼前突然变得光亮起来，匆匆向自己的土屋走去。

阿炳所说的第二个秘密则是，《桃女图》起初只是白纸一张，而后不知为何却变成了一幅画作。

“真的很神奇！当真就像咱那玄妙观里的幻术一样。不，比那些更加不可思议，尤其那紫色桃花，那一刻，似是真的开了花一般！”

比起阿炳的无端猜疑，唐伯虎这几日却想到另一番解释，说不定真能以此解开“白纸幻化”的谜底。

唐伯虎来到土屋，将房门紧闭，从木柜暗层中拿出《桃女图》，将其背面朝上展开，平铺在桌案。随后，他拿起两块残破纱布，一块浸入水中，然后使劲拧干，揉成团，用另外一块干透纱布包裹起来，放在画作旁边。

不行，还要更为谨慎一些！他思忖片刻，又从堆放狼藉的画纸中拿出一张空白画纸，平铺在《桃女图》之上。

这时，唐伯虎才拿起犹如包子般的纱布团，小心翼翼在空白画纸上进行均匀湿拓，确保无一处遗漏，才将纱布团放下。接下来约半个时辰，唐伯虎像是化作一尊石像，聚精会神地盯着画纸。

过了一会儿，他双手轻捏空白画纸两边，一点点向上翻开。

《桃女图》不见了！唐伯虎先是面露惊恐，而后神色慢慢舒展，就连鼻下两撇精致胡须都翘了起来——果然不出所料。

此时此刻，画作上的一笔一画尽数消失，只剩下背后那两个“救我”小字，触目惊心般透过纸背，映入唐伯虎双眸。

第二章
宁王府

1

夜色下的江海如同一面黑亮的镜子，粼粼清波，徐徐而动。

江面中央漂泊着一只乌篷船，年纪四五十岁的船夫站在船头缓缓划着船桨。他身后乌篷船的烛火透过布帘，散发出微微的亮光。远远望去，乌篷船被夜色吞没，亮光如同飘在江面的零星鬼火。

“唐公子，明天一早就到扬州了，那可是个好去处。你我上岸到处逛逛，如何？”船夫一边划桨一边看向乌篷船说道，沧桑的双颊带着盈盈笑意。

“常伯，你不用管我，我在船上等着就好。”

“那好吧！”船夫常伯有些扫兴，回头继续盯着平静的江面。

唐伯虎坐在乌篷船内呆呆发愣，面前有张小木桌，上面放着一盏烛台，布帘轻轻飘动，烛火也跟着随风摇曳，映衬着双颊忽明忽暗。他答应莫厉进京临摹古画后，得到一百两白银，接着就租用了这条乌篷船。比起走官道陆路，水路不仅快捷，也更加轻松自在。

京城，一个既陌生又熟悉，时时刻刻透着威严气势的地方。

除去莫厉介绍的仿画差事，自己为什么会出现在那个种满桃花树的地方这件事，无时无刻不在牵绊着唐伯虎的身心。

《桃女图》确实是自己亲手所作，那它理应落在那间茅屋之中。而且画作背后的字迹，的确与十年前书写《山中问答》的字迹完全相同。如若找到那个少女，就极有可能弄清楚他幼年的事，以及十年前无故落水后的真相。

但《桃女图》背后只有“救我”二字，她为何没有再多透露一些线索？难道是因为时间紧迫，只够写下短短两个字？还是说，她本身就不知自己身在何处？

唯一庆幸的是，唐伯虎查到了刘勇在京城当差。但是人海茫茫，又从何找起？

想着想着，他微微有些倦意，将包袱放在船板上，轻轻躺下。清风徐徐，没过多久，他的脑海就完全被紫色桃花所占据，不知不觉睡着了。

和以往几次不同，这次梦境中，唐伯虎穿着一袭白衫，以鬼魅般的旁观者身份，看着之前梦境中所发生的一切。

一男一女，两个孩童，手牵手穿梭在绚烂的桃花林之中。在明媚阳光下，他们的笑容更加明朗。一块晶莹剔透的白虎玉坠在男孩身前摆来摆去。唐伯虎像是一个隐形人，为了探清虚实，不得不小跑跟随。

恍惚间，眼前的一切逐渐变暗。在毫无任何征兆下，又变得愈来愈亮。

一个少年的身形渐渐隐现，只见他站在一所茅屋外，正挥洒笔墨，画着《桃女图》。离他不远的地方，一位年龄相仿的少女正面带笑意，为一株矮小桃花树浇水。当画作快要完成的时候，她终于看到了少年，扔下水瓢，走了过来。

那少年满怀期待，刚要介绍自己的《桃女图》，对方却大惊失色，愤愤斥责起来，似是要将积压已久的愤懑一并发泄。当他低着头向茅屋走去时，少女依旧怒气未息，眼中却被无法掩盖的无奈和悲戚所占据。

这是为什么？唐伯虎呆呆站着，一遍又一遍地问自己：如果这二人便是曾经的那对孩童，为什么儿时情同手足，长大之后却生出怨怼？她为何又要救他？而且，为什么她不愿承认，两人早已相识？

“唐公子……”

唐伯虎睡眼惺忪地看着船夫常伯，坐起身子，只听到乌篷船外传来密集嘈杂的说话声。

“我上岸买些吃食酒水。”常伯再次问道，“唐公子有需要捎带的吗？”

唐伯虎轻笑摇头，他侧目望去，见岸边停泊着许多大小不一的船只。岸上柳树成荫，人群熙来攘往。举目远眺，隐约可以看到矗立在繁茂枝叶间的古楼。欢声笑语，明媚阳光，还有徐徐吹拂的江边清风，处处都透着春意。

唐伯虎鼻子深深一嗅，仿佛可以闻到暗处的百花芬芳。他从怀中掏出一个小竹筒，拔开盖子，将一幅短轴拿出，小心翼翼铺在面前的方案上。

离开苏州前，他对阿炳口中《桃女图》神奇幻化之谜似有所悟，尝试过后，果然应验，画中所有景致尽数消失，只剩下画幅背后的“救我”两个小字。思来想去，唐伯虎还是有些放心不下，为了证明并非巧合，又在画作表面撒上一层薄薄的土尘。没过一会儿，《桃女图》再次缓缓恢复原貌。

唐伯虎正想从画中寻出一些线索，乌篷船却猛地晃动起来。他还没来得及将《桃女图》收回，常伯和另一个年轻人就弯身走进船篷。

“唐公子，我来介绍……”

“伯虎……”

“衡父……”

来人正是唐伯虎的多年好友——徐经，徐衡父。

“怎么，”常伯站在两人中间，满脸诧异，“两位公子认识？那好办了！我还担心，唐公子是否在意顺便送徐公子到天津呢！”

徐经身着一袭青绿直缀白色对襟长衫，手持明黄折扇，扇面上写着“通达”二字。比起唐伯虎，他长得更加清秀，举手投足间透着无拘无束，仿佛世间没有任何事会使自己烦忧。

“适才老伯对我说，租船之人是苏州一位唐姓公子，我还心里纳闷，莫不是江南第一才子唐伯虎。”徐经收起折扇，“哈哈，没想到，真让我给碰上了！”

徐经比唐伯虎小三岁，江南地界都知江阴梧塍徐氏有两绝，一是富甲一方；二是家中筑有万卷楼。

他与吴郡文士多有交往，闻得唐伯虎诗书画三绝，托好友钱福代为引荐。从此之后，两人一见如故，成为莫逆好友。大约两年前，三人在江阴聚饮，钱福曾这样形容万卷楼：“储川岳之精，泄鬼神之秘，究古今之奥，焕斗牛之躔，知不可以金谷、平泉视也。”万卷楼藏书品类的丰富庞杂可见一斑。

在唐伯虎的印象中，徐经性情洒脱，待人平易友善。对妖鬼神怪的传说几近痴迷。除此之外，受其祖父徐颐和父亲徐元献影响，徐经平日里酷爱游历。他曾向唐伯虎坦言：“即使万卷楼藏书再多，也抵不过世间的风云变幻。”

这时，徐经视线落在《桃女图》上，急忙坐到船篷右侧长板上，将画作拿在手中，欣赏一番后，蹙眉道：“这不像是你的新作。”他微微抬起双眸，显得甚为不解，接着道，“但伯虎兄旧作之中，我又未曾见过此画。”

常伯卷起船绳，驶离岸边。

对于唐伯虎昔日梦境，只有文徵明、祝枝山、徐祯卿等寥寥几人知晓，徐经对此节却是一概不知。

“年少时信手涂鸦而已，正巧被我在市集看到，就买下带在身上了。”唐伯虎故意装出一副若无其事的样子。

徐经若有所思，双眸中暗含钦佩，点头道：“笔法虽略显稚拙，但这紫色桃花真乃点睛之笔。想不到伯虎年少时就这般别具一格、天马行空，一幅平平无奇的小画，就因这朵朵紫色桃花，变得极为神秘，就像……就像一则传说。”

“哈哈！我看这世上也只有你能看出这番意境。”

两人坐在船板双侧，中间木桌上放着常伯买来的酒菜。徐经一番感慨之后，端起酒杯，一饮而尽。唐伯虎则自顾自拿起身边的酒葫芦，轻嘬一口。

“桃花酒？”徐经身子微微向后，指着酒葫芦道，“这一年多未喝，不知味道可有精进？”

“劳烦衡父品评。”唐伯虎将酒壶递与徐经，见对方正要倒入酒杯，急忙制止，“贤弟，我这桃花酒可不是这般喝的。”

徐经微微一愣，想起唐伯虎之前嘱咐过，他自己酿的桃花酒，不可与任何酒掺杂在一起，以免影响桃花酒的口感与香气。

“但这里只有两盏酒碗……”徐经不由犯难。

唐伯虎笑着道：“贤弟对着葫芦直饮即可。”

徐经爽朗答道：“好！”说罢仰起脖子，咕咚咕咚喝了几大口。

唐伯虎内心经过一番思忖之后，冷不丁问道：“衡父，你可曾见过紫色桃花？”

徐经喝得太快，呛了一口，忙用衣袖抹去嘴角酒渍，望着唐伯虎：“你说什么？”

唐伯虎脸上又显出笑意，从对方手中拿过酒葫芦，喝了几口，语气也变得极为随性，问道："我是说，贤弟整日各地游历，再加上万卷楼中珍藏的历朝历代的手稿孤本，就算不曾亲眼所见，是否在哪里听说过，或者见到书籍上有所记载？"

"这……这紫色桃花不只是伯虎兄你的想象吗？"

"可是……"唐伯虎用手指轻抚上唇，才惊觉两撇黑须早在入京之前刮去。继而再次坐直身子，说道："我就在想，如果这世上真有紫色桃花，岂非……"

徐经对志怪遗闻兴趣甚为浓厚，听唐伯虎这般说，心中充满憧憬，眼珠子睁得溜圆，嘴角牵起憨笑，朝船篷外喊道："常伯，你可见过紫色桃花？"

常伯嘿嘿一笑，扭头道："别说见过，老夫这也是头一遭听闻！"

唐伯虎见徐经仍自我陶醉，一边若无其事地将《桃女图》装入竹筒，一边岔开话题："衡父，你此次去天津所为何事？"

徐经缓过神，拿起酒葫芦，又咕咚几口，这才说道："在家中闲来无事，就想着到扬州找我那表哥去附近游历一番。不料，家母来信说天津陆诚和陆大人嫁女，非要我替她走一遭。"言辞间，充斥着对这些繁文缛节的厌烦，"适才听常伯说，伯虎兄是要进京？"

"嗯！"唐伯虎不去看对方，只顾着喝酒。

"所为何事？"

唐伯虎抬头说道："去帮助京城一户人家临摹古画。"

徐经知晓唐伯虎的性情，尤其对作仿画一事，极为敏感。他与文、祝二人一样，对莫厉都有一分不屑，同时也对唐伯虎心存担忧。

"伯虎兄，我爹生前时常与我说，京城虽是天子脚下，机会很多，但鱼龙混杂，危机四伏，人人如履薄冰。此番你独自进京，万事都要多加小心。"徐经为扫却尴尬，灵机一动，又笑问道，"关于京城，我刚听到一则传说。伯虎兄，想听吗？"

一句话让唐伯虎脑海中浮现出熟悉的场景，心头一暖。原来唐伯虎天资聪颖，幼时就将四书五经倒背如流，便时常到徐府的万卷楼，同徐经一起寻觅各种杂记怪谈。只不过唐伯虎始终把这些当作消遣，而徐经却对很多书中所谓的传说，深信不疑。

唐伯虎打趣道："那就看贤弟这则传说是否真的有趣。"

"绝对有趣！"徐经激动道，"而且，我保证伯虎兄从未听过。"

"哦？"唐伯虎反问道，"这则传说讲的是何人何事？"

徐经想起两人之前在万卷楼时，也是这般一问一答，感慨之下，越发欣喜，笑道："确切来讲，说的是八臂哪吒！"

2

苏州城，夜。

吃过晚饭，徐祯卿伺候老母亲洗漱睡去后，才来到自己那间一直挂着铜锁的残破陋室，还没等坐稳，耳边就传来了一阵轻微的敲门声。

徐祯卿走到院落木门前，低声问道："谁？"

"是我！"

这个声音徐祯卿虽只听过一次，但却记忆犹新。以至于他脑海中不由得浮现出那张古灵精怪、俏皮任性的面颊。

"莫小姐……这么晚找我什么事？"徐祯卿打开木门，心中充斥着疑惑。

"进屋再说！"莫小棋披着一袭黑袍，面颊隐没在暗处，显得甚为神秘。她一把将徐祯卿推开，二话不说就向里屋走去。

两人来到徐祯卿那间陋室，将门轻轻闭合。徐祯卿找来找去，始终不见茶壶，尴尬笑道："莫小姐歇息一下，我去去就来。"

莫小棋也没回应，自顾自将袍帽摘下，一双黑亮眼珠四下打量——老旧古朴的家具，残破不齐的墙面，就连地上那青砖都无一块是完整的，唯一看得过眼的则是放置在角落的三层书架。

“真是屋如其人……”莫小棋噘着嘴一边小声嘀咕，一边自顾自走到书架前。只见最上层摆放着经史子集，再下一层则是杂七杂八、历朝历代的文人书作，最下一层整齐地堆叠着许多卷轴。

自从结识唐伯虎之后，莫小棋对诗词书画的兴趣亦是日渐浓厚。她蹲下身子，随意抽出一卷，是一幅扇面图，画着墨竹。中央部分施墨浓重，片片竹叶饱满俊朗，就似散发着寒光的平滑剑身。后面的竹叶则清淡许多，朦胧间形成递进立体之感。竹竿也像蒙上一层薄纱，但却更加秀挺硬朗。莫小棋虽不像行家里手能品评出画中各式意境，却觉得此画画风大胆独新、别具一格。

她撇撇嘴，将画轴重新插入。继而一会儿拿起左侧那卷，一会儿又拿起右侧那卷，选来选去，一失手，却令整叠卷轴轰然倒塌。

莫小棋像做错事一般，急忙捡起散落在地上的卷轴，小心翼翼一个接一个地摆放起来。却见书架最里层，竟紧紧地塞了一本书册。

藏得这么严实！莫小棋暗自思忖，接着不怀好意地笑了起来。她侧过身子，右手使劲向内伸去，才勉强将那本书册取出。只见封面左侧写着“新倩集”，旁边则写着“徐氏昌谷”四个小楷字迹。

莫小棋回忆起唐伯虎称呼徐祯卿为“昌谷”，认定昌谷便是他的字了。她惊诧之余，心想：看样子他不过十五六岁，怎么会有自己的字，而且还著有文集？好奇之下，不禁随意翻看起来。

原来，徐祯卿从小丧父，而其父徐敏字“昌谷”，平生壮志未酬，一直潜心苦读，落得生活困窘。为了缅怀其父，代为实现先人宏愿，徐祯卿虽未达冠礼之年，也以“昌谷”为字。而这一点，只有唐伯虎等人知晓。

莫小棋知道，此类文集大多以作者人生感慨为主，而后则是对周围人与事所作的散文杂记，比起无头无脑的叙说，她更喜读诗词歌赋一类。所以，她只对书中诗词进行翻看。第一首平淡无奇，第二首渐入佳境。到了第三首，不由得被其深深吸引：

春风吹堕胭脂泪，散作妖花一树丹。
可奈五更清梦短，杜鹃声歇雨丝寒。

情到深处，她轻声呢喃。再看这首七言绝句的题目为《书海唐扇》。来回默念几遍，莫小棋悲戚悯怀，似是要哭出来。诗中的春风、胭脂、妖花、杜鹃、丝丝细雨，都仿佛活过来了一般。

再下一首为《大道曲》：

长安楼阁互相望，户户珠帘十二行。
绿水过桥通酒市，春风下马有垂杨。

虽说少了前一首的悲美，却将长安繁华盛景尽收眼底，与白居易所作“百千家似围棋局，十二街如种菜畦。遥认微微入朝火，一条星宿五门西”的诗句有着异曲同工之妙。

再之后两首，均是关于唐伯虎的，莫小棋更是兴趣倍增。不论是《简伯虎》，还是《用韵答伯虎》，都对唐伯虎这一年来的狼狈颓丧、悲生白发和苦中作乐描写得入木三分。每字每句之中，又蕴含着徐祯卿对三师父的关切与无奈。这份真挚感情似是透过纸张，令莫小棋感同身受。

“莫小姐……”徐祯卿端着木盘，上面放着一壶热茶和两盏瓷杯，两眼呆呆地看着莫小棋娇小玲珑的背影。

莫小棋席地而坐，回过头来的时候，眉眼愁郁，清泪横流。徐祯卿心头一颤，莫名升起一股疼惜。这时，他才看到莫小棋手中拿着自己所著的那本《新倩集》。

“你……”他一手端着木盘，一手指着《新倩集》，说不出话来。

“这是你写的？”莫小棋还在低声抽泣，再无那份刁蛮和任性，抿起双唇，一副楚楚可怜的模样。

徐祯卿慢慢平复心情，点头道：“这些都是我闲暇时的胡乱涂鸦，让莫小姐见笑了。”

莫小棋将《新倩集》重新放入书架，站起身子，拍了拍裙摆上的灰尘，将脸颊泪痕抹去，冷哼一声：“你们这些书生总是喜欢假装谦虚，明明写得很好，却要说涂鸦、拙作什么的。”

莫小棋这一席话，像是说出了徐祯卿的心声。他不由得微微一笑，为莫小棋的赞赏而窃喜。

“那些书画也是你作的吗？”莫小棋坐在木凳上，毫无失态之后的无措，仍然大大咧咧、无拘无束。

“是……”徐祯卿把木盘放于桌案上，递给莫小棋身前一盏瓷杯，拎起茶壶，汩汩热茶倾入瓷杯，“虽已入春，但晚间还是凉一些，我这间屋子里也没炉火。所以只能在后厨蒸煮，让莫小姐久等了。”

莫小棋像是被徐祯卿这份细致入微所打动，变得默不作声，拿起身前热茶轻呷一口。好苦！她眉头微皱，真想大声叫出声来。

“嘿嘿，家中实在没什么好茶，莫小姐多多担待！”徐祯卿苦笑着，却一口一口将自己瓷杯中的热茶慢慢饮尽。

“我这次来是想问你，”莫小棋放下茶碗道，“你知道唐大哥去哪儿了吗？”

“三师父？”徐祯卿摇头道，“他说要出城游历，但并未提及去往何处。”

莫小棋沉默片刻，眼睛来回打转。徐祯卿能感觉到她浑身散发出的那份疑惑与不满。

“我想一定是去了京城！”

徐祯卿对莫小棋突如其来的这句话惊诧万分：“京城？三师父

去京城干什么？”

“一定是去找那个画中女子了。”莫小棋突然将矛头指向徐祯卿，“你既是他的好友，又是他的徒弟……一定知晓那个女子是谁，对不对？”

“我……”猝不及防，徐祯卿不免言辞吞吐，不知如何应答。

“不许骗我！”莫小棋威胁道，“你胆敢有任何隐瞒，信不信我将你那本什么《新倩集》和所有字画一把火都烧了！”

徐祯卿险些被茶水呛到，对她这种喜怒无常的性格哭笑不得，适才这人还对自己的作品不吝赞誉，此刻却又扬言将其付之一炬。

“说，那个女子与唐大哥到底有何瓜葛？”

“我……”徐祯卿被莫小棋这么一吓，顿时语无伦次，不知从何说起。他思忖片刻，觉得也无须隐瞒，就将唐伯虎梦到过的世外桃源，以及《桃女图》的前后经过详细叙述了一遍。

“也就是说，十五岁之前，唐大哥梦到过一个女童带着自己在那个地方嬉戏，”莫小棋分析道，“十五岁之后，又梦到那个女子将莫名落水的自己重新带入那里？而唐大哥认定她们是同一人？”

“三师父也只是怀疑而已。”徐祯卿说道，“起初我们都认为，那不过是三师父的梦境罢了。直至莫小姐偶然得到《桃女图》，我和三师父才认为这些事说不定真的发生过。所以，两人是不是同一人，也就变得无足轻重。毕竟，只要找到画中女子，详加询问就可解开十年前的莫名落水之谜。”

“那唐大哥就从未问过他的父母，是不是也在那个地方生活过？”听到此处，莫小棋神色略有所变，凝重而急切。

“的确问过！但唐伯伯说自己年轻时一直生活在吴县。在三师父四岁时，才搬到苏州城，然后开了那个小酒馆。”

“四岁？那不是与唐大哥第一个梦境不谋而合？”莫小棋低声呢喃，面颊上更增添了一分疑惑，“如若唐大哥真在那个地方生活过，唐老爷岂不是在说谎，他到底在隐瞒什么？”

徐祯卿也不答话，只是在一旁默默喝茶。

“兴许这就是唐大哥离开苏州，前往京城的原因。”

说到此处，徐祯卿不免好奇，问道：“莫小姐，你还未和我说，你是怎么知道三师父去了京城？”

原来，小偷阿炳将《桃女图》背后隐藏“救我”两字的信息告知唐伯虎时，莫小棋也在场。之后，她一直潜藏在屋外角落，为的就是弄清楚唐伯虎与画中女子到底有何牵连，致使他如此重视此画，不惜重金买下。果不其然，唐伯虎先是去了城门处的包子摊，从那里的老板那里打探到周生；再通过周生知道了刘勇住处；然后，又从刘猛口中得知刘勇在京城当差。

刘猛是个嗜酒贪财之辈，莫小棋对付这种人深谙其道，只需几两碎银就可让对方推心置腹。

按照小偷阿炳所说，《桃女图》是在刘勇包袱中发现的。起初，她也只是心存怀疑，就算如此，也无法证明画中女子就在京城。但适才她听徐祯卿说那幅《桃女图》是在唐伯虎莫名落水后所作。也就是说，《桃女图》起初定然在神秘女子手中。其间对方定是遇到什么麻烦，才用此画传递“救我”的信息，期盼被人看到。

“莫小姐这番推断虽说有理有据，但也有纰漏之处。”徐祯卿听完莫小棋所说后分析道，“比如，三师父从作《桃女图》到现在，已过去十年之久。其间，也许此画早已转易他人。更甚者，刘勇得到此画，纯属偶然！”

说到此处，他看着莫小棋道：“莫小姐，你可还记得那两字墨迹是否清晰，还有字迹旁边可有散开的墨迹，或是出现蜡黄重影？”

莫小棋柳眉微皱：“墨迹还算清晰，至于其他，我不太记得了。你为何这样问？”

徐祯卿解释道：“三师父精通临摹仿古，对画中字迹特征稍加辨识，就可大致推断出字迹是于何时写上去的。”

莫小棋轻微点头，似有所悟。

“还有一点，莫小姐也有所忽略。”

“哪一点？”莫小棋心想徐祯卿其貌不扬，心思却如此缜密。

“那‘救我’二字是否真的出自那个神秘女子之手？”

“这……”莫小棋面露难色。

徐祯卿思考的时候，五官挤在一起：“如若三师父能认出神秘女子的笔迹，再加上之前的线索，那他去往京城这一点才可勉强说通。”

莫小棋料定，唐伯虎定然会将行踪告知徐祯卿，没想到对方也一知半解。但是，又有意外收获。

“即使如此，也只是勉强说得通而已。”徐祯卿用意味深长的眼神看着莫小棋，问道，“莫小姐，适才你对三师父入京之说，笃信不疑，除了《桃女图》相关线索外，是否还知晓其他事情？”

因为此事牵扯到莫厉，莫小棋本不便多说，认定唐伯虎离开苏州，定是前往京城。但经由徐祯卿一番点拨，的确稍欠妥当，其中巧合的成分太多太杂。

如今来看，她也不得不承认：“嗯！小文那天到我爹房中送茶，听到他与莫文、莫武谈论京城的一件差事。等她进入房中，三人就再也未提。等到她出来，就又说了起来。我吩咐小文，如若听到我爹谈起唐大哥，定要听个仔细，转告于我。所以，她就悄悄又听了几句，我爹是想将那件差事交于唐大哥！”

莫小棋一席话说得十分流利畅快，就像是背书似的。

徐祯卿暗自思忖，恐怕莫小棋口中的“吩咐”，定是对小文的威逼和责令。否则，小文也不敢无故偷听莫厉说话。

“依照莫小姐所言，那三师父进京之说，就更加坐实了一些。”徐祯卿太过于了解唐伯虎，亲人相继病亡，好友又渐渐疏远，而弟弟唐申更是将唐伯虎视作仇人。这样的苏州城，早已了无牵挂。他想起唐伯虎离开前看自己的眼神，坚毅而无奈，不舍又彷徨。

徐祯卿看着莫小棋："莫小姐，此番深夜造访就为这件事吗？"

莫小棋咬着下唇，像是终于鼓足勇气一般，抬起头，昏暗光线照在她那白皙面容上，稍稍透着红晕。

她深吸一口气，缓缓说道："我这次来就是想问你，可否与我一同前往京城？"

3

天津，古称"海津镇"，自古应漕运兴起。大明建文二年，燕王朱棣在此渡大运河南下，争夺皇位。登基之后，为纪念由此起兵，在永乐二年将此地改名为"天津"，即"天子经过的渡口"之意。

到达天津，再无水路可行，唐伯虎只能选择乘车向北，前往京城。将船资给了常伯后，便与徐经一同上岸。进城后，两人随意寻到一处酒馆，要了半斤烈酒和几盘北方招牌菜式，一边歇脚一边攀谈。

徐经劝说唐伯虎留住一夜，但唐伯虎心中有所牵绊，想着早早入京，再三推辞。徐经无奈，却执意要看着唐伯虎离开才肯罢休。

天津与京城相距不远，街市上随处可见蹲守两侧做车程营生的车夫。两人一路打问下来，最便宜的也要五两白银。唐伯虎虽在莫厉那里得到一百两，但只是渡船就付去二十两。剩下五百两还未到手，心中总归没底。

此次进京，唐伯虎本打算看能否另谋生路，就算不能如愿，也希望多待些时日。所以一百两对于他来说，能省则省，万一仿画生意不成，也不至于太过狼狈。

徐经家境殷实，区区几两碎银在他眼中如九牛一毛，但他深知唐伯虎一概不肯受人恩惠，所以始终蹙眉站在旁边，不多说一句。

就在唐伯虎为难之际，一个四五十岁的中年男子走到二人身旁，对唐伯虎小声说道："两位公子，你们是要租车进京吗？"

唐伯虎见对方面相慈善，笑声爽朗，不像贼人歹辈之类，便点头说道："不，只有我一人，您也是车夫吗？"

"我在京城干些小本买卖。"中年人先是瞟了一眼徐经，然后才看着唐伯虎殷勤笑道，"一年到头就回家这么一次，所以就多待了些时日。眼下也开春了，就计划今日入京。适才见公子寻车，就想着不如公子就搭乘我的车，车资也不与公子多要，二两即可。"

唐伯虎心想这下省去不少车资，满口答应，这才与徐经辞别。

两人互报姓名。唐伯虎得知这中年人姓费，单名一个度字。费度在京城东直门百姓街有一家杂货铺，主营柴米油盐酱醋茶。店中卖得最好的，当数自家酿制的老陈醋。费度说他祖籍山西，三代都以卖醋为生。大约三岁时，一家人扎根在天津，直到去年，才想着将生意迁至京城发展。

费度用来拉货的，是一辆双轮马车。车上有一个遮顶木棚，里面塞满了一坛坛的酱醋。木棚的门上，则写着"晋醋坊"三个红漆大字。

费度拉着马绳，唐伯虎就坐在另一侧车板上。费度此人甚是健谈，每年进京时，总是到车程铺去物色一名同伴，觉得长路漫漫，没人陪着说话闲聊，未免无趣。他听唐伯虎一口南方口音，文质彬彬，言谈举止，像是书生。就想着与之为伴，看能不能听到一些关于南方的风土人情，逸闻趣事。

唐伯虎在苏州就听说，北方百姓大多憨厚耿直，今日得见，果然如此。聊着聊着，唐伯虎觉得自始至终都是费度在说，于是搜肠刮肚一番，不免想到徐经与他讲的那个关于京城的八臂哪吒传说。现学现卖，当下便津津有味地讲与费度。

费度先是微微一怔，而后又表现得兴致盎然，不禁问道：“真有这种事？”他拉着马绳，眼睛瞪得溜圆。

唐伯虎笑着说道：“那些苦海幽州、黑墨妖龙定不可信，但刘伯温梦到哪吒，然后按照哪吒身形建造了京城，倒未必是假。”

“我也没读过什么书，但总是听一些书生说，子不语怪力乱神。”费度不解道，“我看唐公子举止言谈极为不俗，定然也是饱读诗书，难道也相信这样的市井传闻？”

唐伯虎对费度前一句深有体味。以前在苏州，自己周围总是围着一群以才子自居的书生。他们口口声声说“子不语怪力乱神”，有时却对市井流传的异事颇为恐慌。一人说，可视为造谣；百人谈，就不再是空穴来风。有些人甚至笃信不疑，早已将圣人孔子的孜孜教诲抛至九霄云外。像徐经那种读着圣贤书，却又单纯喜欢鬼神的人，可谓少之甚少。

“不可全信，但又不可不信。”唐伯虎却与之相反，对鬼神之说嗤之以鼻，相信凡事不过是披着一层隐藏真相的外衣罢了。

唐伯虎见费度面露揶揄之色，丝毫不为所动，微微笑道：“不管如何怪异离奇之事，都是人心作祟。相反，如何不可思议的事件，一旦存在，就有其规律可循。其中可能还夹杂着事实，也许是有谁想通过这件事达到某种目的。”

费度感觉唐伯虎所说意有所指，而且，对方此刻视线落在自己右手之上，笑得极不自然。

这时，土路上的行人渐渐多了起来。大小马车川流不息，行经的马车上有拉着砖瓦木材的，也有拉着布匹米油的，每个人都行色匆匆。唐伯虎这才发现，天色暗了下来。算起来，已近戌时，再过一会儿城门就要关闭了。

“唐公子，看来我们已经到哪吒一臂了。”费度眼望前往，打趣说道。

唐伯虎举目远眺，东直门城楼已隐隐可见。再行一会儿，城楼更近，如同夜幕下蹲守皇城的一只巨兽。城楼高十丈有余，红砖青瓦下有六根怀抱粗的梁柱。四角高檐一分为二，每层四间面阔矮屋，犹如巨兽的八只眼睛。下方高墙缠绕，上设城垛、箭楼、闸楼，各有兵卒把守。夜幕降临之际，城楼上火光点点，透着森严肃穆。

这是唐伯虎第一次到京城。他十五岁得到府试第一，意气风发之下，不禁变得桀骜不驯。还曾满怀豪言，说但凡进京之时，定会夺得状元归乡。短短十年，时过境迁，唐伯虎丝毫没有料到，自己会以仿画画师的身份来到京城。更加讽刺的是，不是想象中的风度翩翩、大摇大摆地进入城门，而是走在杂货马车旁，拥挤在各式各样的百姓人群中。唐伯虎心头一阵落寞，扎根在骨子里的那份万丈傲气，像是在这一刻被弥散在上空的乌烟瘴气所遮掩、湮灭。

终于挤进城门，唐伯虎面前不是京城繁华光鲜的一面，而是东直门百姓街独有的嘈杂。三里多长的街市用石板铺就，一百多间店铺鳞次栉比，有酒馆、有茶铺、有布坊、有米店，大大小小，高矮不一；街边摊位数不胜数，坐落方寸之地，卖刀剪的、卖瓜果的、算命看相的。叫卖之声不绝于耳，与印象中的京城大相径庭。

终于，费度到了自家店铺。唐伯虎抬头看去，只见屋檐左侧挂着一幅漆落残破的牌匾，写着“晋醋坊”三个字。他从怀中摸出二两碎银，正要递与费度，对方却再三推辞。

“唐公子，这一路上幸得你不嫌厌烦，与我畅聊，说实话还有些意犹未尽。如若唐公子哪天闲暇，就到这醋坊找我，咱们接着聊。”

唐伯虎欲言又止，眼珠子转来转去，像在思考什么：“费大哥，我想问一下，不知宁王府在京城何处？”

费度先是面露诧异，继而被那憨厚笑容所代替：“我第一眼见唐公子一表人才，定不是普通书生。一路上唐公子一言一语又都透着不凡，这种想法更加坚定了。如今看来，唐公子深藏不露，居然与京城宁王也相识。”

“哪里！”唐伯虎谦恭道，“不瞒费大哥，我这也是初次来京，与宁王更是素未谋面。”

费度见唐伯虎不愿多说，也就不再追问：“那些王侯将相都住在南面宣武门内街。但是，如今戌时已过，再过几刻就要宵禁，那里巡查更为森严。我劝唐公子还是先找一处客栈住下，明日再去。”说完，他又补充道，“实在对不住，只因我刚到京城，这店中还有很多琐事处理，所以不便留唐公子过夜。”

“明白！”唐伯虎不禁向周围看去，的确很多店铺都在准备打烊，他拱手说道，“费大哥，就此别过，有缘我们再见。”

费度点了点头，唐伯虎刚要转身。费度又急忙唤道：“唐公子，请留步。这一路上我见唐公子心中似有积愁，而且对故乡闭口不谈，怕是遇到了什么难事？”

唐伯虎之前一向自命清高，别说琴棋书画，就算为人处世，都极为自信得意。但如今看来，自己不过井底之蛙。不管是常伯，还是费度，虽为普通百姓，但见人睹事不计其数，寥寥言谈，就可点破人心。在这方面，他自愧不如。

“至于这京城……”费度第一次面露苦涩笑意，“我是过来人，这里接人待物定要慎之又慎。唐公子既然初次来京，这一点更要格外小心才是。”

唐伯虎微微欠身道：“多谢费大哥！”

看着唐伯虎的背影逐渐隐没在人群中，费度的神色渐渐凝重——他万万不曾料到，唐伯虎此番进京，会与宁王发生牵连。疑惑之余，心中竟生出一丝恐慌。

4

林奴儿微微睁开双眸，铺着杂草的地上出现一道光晕，粒粒细尘在光束中隐隐可见。从头顶泥墙上的铁窗外传来阵阵呜啭，忽近忽远。林奴儿又想到自己生活的地方，想必族人正穿梭在桃花林，赏花嬉戏。

从小到大，她总是认为自己虽为女儿身，但不论是身体或内心，都不比族里的男人差到哪里去。甚至有些时候，她为了证明这一点，故意与父亲的主张背道而驰，心中的那份傲气不允许任何人轻视。

如今身陷囹圄已有一年之久，再想到族里惬意舒畅的生活，自己所有的忤逆和傲气都显得极其幼稚可笑。她多么希望能从这里出去，与族人一同徜徉在阳光下。

想着想着，林奴儿骄傲的外衣被剥去，委屈得哭了出来。

这时，铁牢外传来一个声音。对这个声音，林奴儿再熟悉不过，自从上次将《桃女图》塞入对方那个深灰色包袱后，已经整整过去了两个月。她不禁向牢门靠去，小心翼翼地靠在土墙上，侧耳细听。

张弓看着对面的刘勇，像是比年前消瘦很多。而且，对方刚刚坐下，就拿起桌案上昨夜他剩下的半壶烈酒猛灌了一大口。然后也不说话，双臂撑着桌案，前胸上下浮动，双眉始终紧紧皱在一起。

“怎么，真的走了？”张弓以为刘勇母亲去世，所以才这般消沉，但又不知如何劝慰，思忖半天，冒出这番闲言。

刘勇也不答话，点了一下头。

“哎，你也别太难过！”张弓道，“大丈夫志在四方。等这件事完了之后，你我兄弟就可拿到一百两赏银。我带你到花满楼好好见识见识。”花满楼是京城数一数二的青楼，里面的姑娘都如沉鱼落雁一般。

张弓说到此处，喉咙居然微微抽动，一副迫不及待的样子。

“你以为，我是在为我那死去的老母亲难过？”刘勇一双金鱼眼中顿时充斥着不屑。

张弓先是一愣，肉掌重重地拍打着桌案，大声道：“我就说吗！你之前和我说，她如何如何偏袒你那个废物弟弟，早盼着她一命呜呼，心里好落个松闲，如今又怎会为了这件事颓丧成这副样子！”

接着他低声问道：“不是因为你的老母亲，那就只有你那不成器的弟弟了。”

“嗯！”谈及至此，刘勇更是气不打一处来，又是猛饮了一大口。

“所为何事？”

“嫌我出去这么久，居然空手回家，不带一分一毫。”

“不对啊！”张弓歪着头说道，“你这一年多不是积攒了不少银子吗？”

“别提了！”

张弓看刘勇一个劲儿喝酒，乖乖坐在木凳上，看热闹似的等待下文。刘勇放下酒坛，利索地抹去嘴角酒渍，说道：“回到苏州，吃包子的时候，包袱不知被哪个狗贼偷了去，要不是故人正巧路过，险些被当成了赖账的泼皮。”

“那的确是挺倒霉的。”张弓不温不火地说道。

“最可气的是，”刘勇接着说道，“为老母送葬完，要回京城，需要盘缠。我那弟弟居然就和铁公鸡一般，一文都不愿吐出来。还说这么多年都是他在照顾老母，反过来问我要钱。”

“之后呢？你没钱，如何回到这里？”

“能怎么办？”刘勇越说越气，声音也加重几分，“只能厚着脸皮向别人借了几两银子，写下借据，这才得以回京。”

在二人繁冗杂乱的埋怨和絮叨声中，林奴儿悄悄重新坐到阴暗角落，蜷起双腿，脑袋轻轻置于膝头，心中百感交集。

她之所以将《桃女图》塞入刘勇的包袱，就是希望有朝一日隐居在苏州的族人可以看到这幅画，从而勘破玄机，将其交于楼伯伯手中。到那时，楼伯伯定会认出画背后所写“救我”二字，正是自己的笔迹，再顺藤摸瓜找到刘勇，将她救出。

但是，林奴儿发觉，这一切不过是自己的美好幻想而已。

除了自己，这世上也许只有楼伯伯才能识破《桃女图》的秘密。但又怎会有这般巧合，失窃的包袱会刚好落入楼伯伯之手呢?

林奴儿如同沉溺于一汪深潭，即便紧紧拽着那条隐约可见的绳索，身子还是不由得慢慢下坠。

突然，她感到一束暖阳从眼际划过。抬头看去，锈迹斑驳的铁窗裹挟着朵朵金光，似乎就连阴晦湿冷的牢狱都变得春意盎然。株株藤蔓爬满铁窗，在金色光晕的孕育下，迸射出颗颗紫色花蕾。

林奴儿站起身子，铁窗上的花蕾相继绽放，目不暇接。她感到一阵晕眩，整个人仿佛坠入一片紫色烟海，再不愿醒来。

唐伯虎硬生生走了十八里路，才找到地方住下。他本想在东直门百姓街找个店家，但无奈周遭环境实在太过嘈杂，只有一家浮萍客栈还算清静，老板却说再无房间出租。这东直门一直被称为“最穷之门”，各种日用杂品、柴米油盐等百姓生活所需，都可以在附近的街市中买到，“百姓街”也因此得名。

唐伯虎之前就听说，京城各门大相径庭，今日一见，果不其然。他从东直门一路走到西直门，四周也渐渐繁华了起来。只是天色已晚，街道店铺伙计老板正忙着打烊，似乎只有他一人还有闲情漫步。

他在来京路上，一直想亲眼领略皇城风采，直到第二天从西直门的客栈走出，举目远眺，才隐隐看到清晨薄雾中的金瓦高檐。

开春时节，天气不热不凉，万物复苏，正是一年之中出门游街的最好时节。比起苏州，京城空气更为干爽敞亮。对于初入京城的唐伯虎来说，处处透着新鲜。

一路向南行去，阜成门近在眼前，大小各异的煤车来往互通，街市更为嘈杂，也更透着生活气息。

过了阜成门，又是另外一番天地。街道两侧店铺愈加规整气派，地摊也少有出现。而且，每间店铺外表漆亮瓦灿，就连进出的人群都衣着光鲜，举止不凡。一路走来，他还看到许多金发碧眼的外邦人，甚至还有头戴斗笠、身穿僧袍，从日本东渡而来的求学僧。这时的大明，西有鞑靼虎视眈眈，东有倭寇张牙舞爪，连元朝那会儿短暂的安宁都不复存在。

唐伯虎本对这些关心甚少，但父亲唐广德在世时总是提起，如今的孝宗皇帝勤政克勉，是一个值得辅佐和敬仰的好帝王，要他收心苦读，考取功名，位列朝堂，为大明中兴略尽绵力，为唐家光耀门楣。

时过境迁，殷殷教诲如在耳畔，但唐伯虎如今心如死灰，再无复燃之望，别说考取功名，就连面对书画都有心无力。他现在只盼着淡泊宁静，聊慰平生。

唐伯虎四下打问，终于找到了宁王府所在。

白墙围砌，红瓦点缀，两根朱漆圆柱支撑着门檐阔阁。布满金色圆铆的赤红大门上，两只口叼门环的金狮灿灿生辉，极为惹眼。石阶两侧各蹲守着一尊石狮，张牙舞爪，目露凶光，狮头微微歪斜，栩栩如生。

唐伯虎看着“宁王府”三个金漆大字，心中生出几分敬畏。

大门两侧站着两名头戴铁盔，身披锁甲，手持长枪的兵卒。唐伯虎刚刚踏上石阶，右侧那兵卒便走上前来，沉声问道:“什么人？”

唐伯虎急忙从怀中掏出一份书信，递与那兵卒，躬身说道：“这是在下的举荐信，劳烦军爷代为通传。”

“等着！”那兵卒招呼一声，转身进入府门。没多久，那兵卒折返而回，后面还跟着一个六十岁左右的老者，面颜和善，笑容可掬，他走到唐伯虎身前，问道：“这位想必就是唐公子吧？”

“正是在下。”唐伯虎见对方衣着不失华贵，在宁王府定是个有地位之人，所以不敢有丝毫怠慢。

“我是府上总管，大家都叫我杨伯。”

“杨伯有礼了！”说着，唐公子身子又是深深一躬。

“唐公子随我来，王爷正在府内等候！”

“有劳！”

唐伯虎虽未曾见过宁王朱奠培，但对其事迹也略有耳闻。不仅文采斐然，武功绝卓，也能书擅画，在当今朝廷位高权重。想到这样一位皇亲贵胄就要站在自己身前，他心中不免惶恐。

进入府门，中央一条青砖长径，将王府一分为二，唐伯虎不由得四顾环视。与苏州园林以小见雅不同，长径两侧高阁林立，房舍精致宽阔，拱门一层套着一层。然而高阁房舍虽多，但布局有条不紊，规整明晰。一路走来，园内古木参天，怪石林立，环山衔水，亭台楼榭，廊回路转，说不出的惬意与畅快。

没走几步，唐伯虎突然闻到一股浓郁的桃花香气，不由驻足停留。

杨伯微微一愣，问道：“唐公子，怎么了？”

“请问府上是否种有桃花？”

杨伯指着东侧那拱石门，说道：“最东面那处院落里种着二三十株桃树，稍后如若唐公子有兴趣，老夫带你去瞧瞧。”

唐伯虎将手放在腰间的酒葫芦上，谢道：“那就有劳杨伯了。”

两人并肩向前继续行去。

“唐公子，我有一事不明！”杨伯一边走一边问道。

“可是关于此次差事？”唐伯虎不由心头一凛。

杨伯摇头道：“非也！”这时，他看了一眼唐伯虎腰间的酒葫芦，接着问道，“我见过的书生大多手持折扇，腰间或挂玉佩，或系扇袋，为何唐公子却挂着一个酒葫芦？恕在下直言，这等装扮，不像书生，倒更像一个酒徒。”

“不瞒杨伯，”唐伯虎苦笑道，“我平日里喜欢饮几口自酿的桃花酒，索性就随身携带。”

“哦！原来是这样。”

二人穿过道道拱门庭院，来到最西厢。唐伯虎抬头一看，只见拱门顶挂着一块半月牌，上面写着“紫苑”二字。这一路走来，曲径纵横交错。唐伯虎早知道宁王府与普通府邸不可同日而语，但没想到占地居然这般广袤，就像迷失在山涧深林似的。

紫苑名副其实，数十根长条圆弧藤架组成一条幽径，甚为凉爽。抬头看去，藤架上错接缠绕着簇簇紫藤萝花。枝叶饱满，丰润厚实，垂直而下犹如冬日的紫色冰凌，走入其间，恍如置身花海。

唐伯虎不禁想到《桃女图》中的紫色桃花，如若真有此等奇花，那片桃花林为何不多多栽种，就如同这紫苑一般？想必到时风采，定然胜过此处千万。

走出幽径，杨伯停了下来，说宁王吩咐只允唐伯虎一人前往。唐伯虎转念一想，那幅古画是皇帝御赐之物，宁王肯定不愿让更多人知其细节。唐伯虎对杨伯再次谢过，独自踏上石阶。

石阶在两边绿叶围衬下蜿蜒而上，两侧均为潆洄碧池，清澈见底，群鱼游戏。石阶尽头有处石亭，石亭中正有两人一站一坐。站着的是个十五六岁、面色清秀的年轻人，一身锦色圆领长衫，玉带束腰，周身散发着一股桀骜之气。

坐着的，则是一个雪须银发的老者，看起来已年逾古稀，但却精神矍铄。他慢慢起身，盯着正缓缓而上的唐伯虎，嘴角上扬，不怒自威。唐伯虎这才有机会细细打量对方。只见他身上穿着一件藏蓝对襟长衫，襟上绣有深色祥云碎花，胸前一条金龙张牙舞爪，腰系金缕带，下垂两绦，一块玉佩晶莹剔透，与全身深色装束相得益彰。

唐伯虎猜测，老者定是宁王朱奠培，脚下便加快了一些。

“草民唐伯虎，拜见王爷！”他天性狂傲不羁，但并非痴傻愚狂。如今自己身处深宅王府，处境不比苏州，自然要收起那份轻浮狷狂，即使装也要装出个样子。

“哈哈，久仰久仰！”朱奠培声音爽朗，腰背直挺，丝毫不显老态。他轻轻扶起唐伯虎，问道：“唐公子觉得本王这紫苑如何？”

“醒石醉月，幽谧清雅。”唐伯虎不假思索地答道。

“哦？”朱奠培向旁边那年轻人看了一眼，笑道：“唐公子这‘醒石醉月’四字玩趣十足、意境悠远。唐公子有所不知，当初本王应诏回京不久，一直想着在那处幽径种满紫藤萝花，正巧当天皇上亲临，便与我一同栽培架接。多年来也有不少人品评缀论，但就属唐公子这四字最得吾心啊！”

“哼！”年轻人冷哼一声，微微仰着下颚，道，“也许只有如此能耐而已。”

“唐公子，这是本王孙儿宸濠。他年轻气盛，唐公子切莫挂怀。”朱奠培举手投足豪爽大气，自始至终以礼相待。

“草民不敢。”唐伯虎又向旁边朱宸濠躬身道，“拜见世子。”

朱宸濠身体纤瘦，傲慢之余，神色中始终藏着几分拒人于千里之外的炽烈，眼珠子来回转动，似是打着什么主意。果然，他眼前一亮，撇嘴笑道：“唐公子，前几日我从好友口中听到一个五字趣联。之所以称之为趣联，只因这是醉酒之后，偶然吐露，称不上何等雅作，但事后略微细嚼，趣味更甚。”

朱奠培由莫厉来信得知，唐伯虎是江南第一才子，诗书画三绝，心生好奇。见面之后，却并未看出信中所说的才情与雅质。此时，他在一旁含笑抚须，一副作壁上观之态，就是想看看这个年轻才子到底有多少本事，居然可力压江南群雄，脱颖而出。

朱宸濠见唐伯虎默不作声，越发得意，笑着揶揄道：“我早已听说唐公子在江南地界被称为第一风流才子，还望不吝赐教才是！”

唐伯虎虽对往事唏嘘苦涩，但并未流露，微微拱礼道：“赐教万不敢当，愿与世子共同探讨。”

“好！”朱宸濠逼近一步，朗声道，“那日在花满楼，诸好友与五名姑娘饮酒嬉戏。中途也不知谁人提议，要当场在她们五人之中，选出最为妩媚动人的姑娘。毕竟酒酣意醉，诸位好友就当了真，屏息静气地挑选。突然，角落传来一阵细微鼾声，所有人斜眼瞥去，竟看到媚儿姑娘醉得不省人事，趴在桌上打鼾。”

唐伯虎深知这般风月趣联往往萌生于电光火石之间，表面看朱宸濠随性赘述，实则暗含最为关键的线索。

“恰在这时，一位好友大声说出五个字。”朱宸濠语气中带着几分兴奋，“品媚睨鼾声。”

上联道出，唐伯虎略微思忖，双眸微亮，悟道：“原来如此，此联关键在于囊括了口、眉、眼、鼻、耳五官。”

“不仅如此。”朱宸濠向唐伯虎又逼近一步，眼神和言辞充满挑衅，笑道，“‘媚’字一语双关，指代选媚和那个入寐发出鼾声的媚儿。事后，诸位好友绞尽脑汁都无法对出合适的下联，就连那个道出上联之人都一筹莫展。不知道唐公子有何想法？”

朱奠培自小机敏于学，擅修文辞，但也无法如此短的时间内，搜罗出妥帖的五个字。爷孙二人各怀心事，视线不约而同地落在眼前这个落魄书生身上。

如若换作一年前，在苏州碰到朱宸濠这等卖弄文采、故意刁难之辈，唐伯虎定会当场变本加厉地羞辱一番，就如同当年对待薛升一般。但如今时过境迁，那份嚣张气焰早已被岁月洗涤殆尽。更何况他此刻面对的还是一人之下万人之上的宁王与其孙儿，更不敢造次，却又不愿失了良机。

过了片刻，唐伯虎缓缓抬起面颊，含笑拱手，道：“草民不才，的确想出一副还算妥切的下联。”

顿时，朱宸濠喉咙抽动，半信半疑地盯着唐伯虎。

“哦？”宁王对此番比试本不看重，但朱宸濠的五字上联的确充满玩趣，也有一定难度。所以，听到唐伯虎这般短时间就有应对之联，不由得充满期待。

“唐公子，快说，到底是哪五字？”

唐伯虎丝毫没有雀跃欣喜之态，显得甚为谦逊，道：“既然世子那位好友上联是应景而发，那草民也当如此才是。草民这五字便是，钦培架烟海。”

“我还以为如何了得，不过也是……”粗浅听来，的确似是胡乱拼凑，朱宸濠正欲出言讥讽，话说到一半，却顿住了。眼前石阶之下，紫苑幽境中朵朵紫藤萝花盛开，当真如一片紫色烟海。

“哈哈……”朱奠培略微思忖，直笑得眉须震颤，右手拍着唐伯虎肩头，就如同发现了一块价值连城的上好璞玉，“唐公子果然才思机敏，居然以紫苑与本王适才所言来应对。‘品媚睆鼾声’囊括面相五官，你所对的‘钦培架烟海’，则暗含金木水火土五行，实在是妙啊。”

“品媚睆鼾声，钦培架烟海。”朱宸濠默念多遍，方知这对联中的“钦”指代皇上钦赐，“培”自然便是朱奠培，道出二人共同架植紫藤萝花的往事。而且，相比“睆鼾声”，“架烟海”三字的意境更为缥缈超脱。

“濠儿，你觉得唐公子这下联如何呀？”朱奠培转向身旁的孙儿。

朱宸濠虽不愿承认，但内心却也佩服。只是事态未按自己的设想发展，不免心有不甘，怏怏不乐道：“唐公子果然才情万丈！”

“王爷、世子过誉。这五字不过恰巧正是草民所见所闻，实在难登大雅之堂！”唐伯虎急忙欠身回礼。

“好了，这联也对完了，我们来说正事。”说着，朱奠培走到背后石桌前。这时，唐伯虎才看到石桌上放着一个圆柱竹筒。朱奠培从里面抽出一幅卷轴，展开之后，发现画卷多处被烧毁，残破不全。画卷上首没有题写画名，右上方则题着一首七言古诗：

风尘一夕忽南侵，天命潜移四海心。
凤返丹山红日远，龙归沧海碧云深。
紫微有象星还拱，玉漏无声水自沉。
遥想禁城今夜月，六宫犹望翠华临。
阅罢楞严磬懒敲，笑看黄屋寄昙标。
南来瘴岭千层迥，北望天门万里遥。

唐伯虎再向画卷完好之处看去。谷涧周围古树参天，茂林深篁，绿意盎然。四面高山断壁仿佛四道屏障，断崖间松柏横生。画卷中央是一处深水潭，波光粼粼、清澈如洗，以至于岸上那几株桃花树倒影映入其间。深水向东流去，尽头处连绵高山下有一处明显的山穴，宽敞黑漆，似是流向必经之地。画卷整体不论技法，还是布局，都不算上乘。但是唐伯虎却看得尤为仔细，越看越是心惊，越看越是入神。

“唐公子……”

唐伯虎微微愣神，听到朱奠培唤自己，才急忙抬起头望着对方。

朱奠培接着问道：“如何？是否有把握恢复最初画貌？”

此时此刻，唐伯虎疑窦丛生，太多蹊跷盘根错节，一时间拿不准莫厉和朱奠培与这一切的关联。所以，为了掩饰不安，唐伯虎只能木讷地点着头，说道：“回王爷，画卷虽有烧毁，庆幸细节大体并未损坏。所以依照作者所绘走势，稍加补笔，重作一幅就好！”

“需要多久？”朱奠培神色严肃，再无之前那般镇定坦然。不过想到是皇帝御赐之画，如此紧张，倒也是人之常情。

但是，唐伯虎却觉得，其中定然隐藏着另外一层秘密。

“大约需要半月。”唐伯虎答道。

“可否提前一半时间？”朱奠培深吸了一口气，双眸之中充满了期待，“如若唐公子可助老夫七日完成此画，本王不仅可将赏银增至八百两，亦可将公子留下，作为宸濠的伴读先生，如何？”

唐伯虎还未答应，旁边的朱宸濠已不满道：“爷爷，我……”

朱奠培却全然不予理睬。

八百两，再加上成为宁王府的先生。这样一来，唐伯虎从此就可在京城站稳脚跟。这一切，正是他离开苏州，来到京城的目的。但是，当他看到这幅画卷的时候，心中不由得生出几分忌惮，就像徐经和费度所说，京城繁华表面下暗潮涌动，难以把握。

左右为难之下，唐伯虎一时间不知如何抉择。再往深处一想，也许这幅画就是一个突破口。不论是前程，或是梦中之谜，两者对唐伯虎来说，都极为重要。他不忍放弃，更不甘心就此作罢。

“好！王爷，草民定当尽力！”

“哈哈！”朱奠培这才满意地笑出声，重重拍着唐伯虎肩头，意味深长说道，“唐公子切记，本王要的是与原画一模一样，即使差之毫厘都万万不可，明白吗？”

沉重话音之中透着威胁，但唐伯虎已是骑虎难下，微微点头。

“好！唐公子一路舟车劳顿，就先下去让杨伯给你安排一处厢房，好好歇息一晚。”朱奠培将画卷重新放入竹筒，递与唐伯虎。

唐伯虎接过竹筒，向两人躬身行礼，这才顺着石阶向下走去。清风徐来，他感觉脊背冰凉。原来不知不觉间，长衫已被汗水所浸透。想着想着，唐伯虎握着竹筒的手更加紧了几分。这一刻，他坚信，手中这幅画卷说不定真是解开一切谜团的钥匙。

图中所画正是唐伯虎十年前莫名落水之处！

6

杨伯果然是个聪明人。但凡宁王府有贵客到，都会将其安排在西厢房，不仅屋舍宽大舒适，园中景色也更为怡人。唐伯虎虽不算什么贵人，但毕竟是宁王看重之人，本应也安排到西厢房才是。但杨伯知道唐伯虎喜爱桃花，便投其所好，将唐伯虎安排在东厢那间种满桃花树的庭院之中。

临走时，唐伯虎问了一句："杨伯，这桃花可否赠与在下一些？"

杨伯不知那幅画到底价值几何，但却深知对朱奠培甚为重要。唐伯虎因此差事得王爷垂青，身份自然不可与以往等同，便笑着点头道："唐公子说笑了！只要公子可将王爷交代的差事完成，莫说几朵桃花，就算是这满园桃花树，都由公子随意发落便是。"

"多谢杨伯！"

"公子还有何吩咐？"

"杨伯可否借与我一个竹筐，一个矮缸，然后再准备三坛女儿红？"

杨伯虽然疑惑，但并未多问，吩咐了两个男仆去做。

东厢房一直空闲，但每日有婢女打扫通风，所以见不到一丝细尘。这里虽不如西厢房般华贵，但也不是寻常人家可比。进屋右侧为书房，左侧为卧房，中间厅室为招待客人之用。桌椅与床榻均是上等红木，地上青色石板平整如洗、方正宽大，唐伯虎不禁想起自己在苏州那间破败陋室，嘴角牵起一丝苦笑。

走进书房，长案书桌依窗而设，推开窗棂，桃花春色尽收眼底。正如徐祯卿所说，也许真是因为儿时那个"梦境"，自己才对桃花如此情有独钟。如今住入京城王府，屋前又种满桃花树，仿佛半辈倥偬，都与桃花有着剪不断的情思与牵连。

唐伯虎从竹筒中小心翼翼地抽出那幅画卷。

画端两侧有明显压褶的痕迹，兴许为了方便收纳，已将楣杆撤去。唐伯虎将画卷展开平铺于长案之上，用镇纸压住两角。只见画卷虽有多处烧痕灼迹，但面积不大，依照画中的技法线条，唐伯虎有信心摸索出原画所有细节走向。

就比如河边那四株桃花树，河水清澈，倒影明晰。但河中一处却有烧痕，如若补画，那倒影花瓣定与真实花瓣有所不同；再比如断崖横生的那棵松柏，烧痕在中央杆处，但前后线条已定，照此摹画，也可补齐。这也是此差事最为耗神费心之处。将作此画之人的笔法走势摸透，重新临摹，然后用笔法将烧毁各处补画，最后上色仿古，就可大功告成。

但是，七日之期却太过仓促。

画卷无名，这是其一；其二，莫厉说宁王手中有幅古画被毁，但唐伯虎深谙其道，不论墨迹色泽，还是纸张陈色，都绝称不上古旧。依照唐伯虎经验推测，此画所作最多不过百年。而且，笔法略显平庸。

那莫厉又为何要诓骗我？唐伯虎暗忖：难道他也不知，只是单凭宁王的一纸书信，将其转述于我而已？

还有一点，也是唐伯虎最为关心的地方。

图中所画，到底是什么地方？河岸两边的桃花树，谷涧中央那处深潭，还有断崖横生的松柏，高山下的那处山穴，都与自己的梦境中景致相仿……

想到此处，唐伯虎双眸充满坚决之色：《桃女图》既然是真的，那这一切都是真的。也就说，图中所画，正是我莫名落水之地。但是，河岸平坦，自己又怎会不慎落水？除非有人藏在暗处，趁我不备，故意推我落水。

唐伯虎实在想不明白，十年前自己不过是个普通书生，自问没与什么人结仇，对方又为何要置自己于死地？如若不是那神秘女子所救，不通水性的自己，岂不冤死河中？

这时，唐伯虎脑海中第一次出现另外一个疑问：那个神秘女子真是凑巧从此经过，才救了自己吗？

“唐伯虎……”

他抬头看去，只见朱宸濠站在窗外，正闲庭信步走进屋内。

“草民见过世子。”

“免了！”朱宸濠没好气地挥着宽袖，左右环顾，看到窗前长案上铺着那幅画卷，低头看了片刻，转身坐到案前，说道，“唐伯虎，你为何进京？”

唐伯虎躬身苦笑道：“世子何必明知故问？”

“只是为了这幅画？”朱宸濠今年不过十六岁，但举手投足间透着一股老成，再加上他比唐伯虎还略高一些，身材宽硕，更显年龄稍长。

“说是为画，倒不如直接说是为了银子。”朱宸濠本欲借机嘲讽，但唐伯虎仿佛看破他心中所想，先发制人，直爽应答。

朱宸濠冷哼一声，嘀咕道：“真不知爷爷为何如此在意这幅破画！”

这也正是唐伯虎所疑之处。暂且不说画卷所画有何深意，论笔法技巧、画局排布，都平淡无奇，丝毫看不到妙处。别说是画中臻品，就连很多市面三流之作都不如。但是，唐伯虎见朱奠培之前神色紧张，显然心有所念。

他不禁想到朱奠培之前对自己的叮嘱：要与原画一模一样，即使差之毫厘都万万不可。也许皇帝御赐宁王此画，另有圣意？想到此处，唐伯虎心中更加惊惧。正所谓“天威难测”，即使宁王都不敢妄揣圣意，何况自己布衣平民？

朱宸濠从案前站起，盯着唐伯虎道：“这点钱对宁王府来说，九牛一毛。你既是为钱，那作完此画，拿上钱走便是了，却休想做我府上先生。”

“世子恕罪！”唐伯虎躬身说道，“这一切都是王爷嘱托。草民三尺微命，断不可违背。”对于唐伯虎来说，先生之职，可使他从此在京城衣食无忧。而且，此次进京，他除了想着远离苏州，在京城自谋出路外，也想试着找寻那个神秘女子，从而查清自己梦中之谜。现如今，这幅画卷所绘，正是当年他落水之地，唐伯虎心中隐隐觉得，其中隐秘，定与那神秘女子有关，他不会草草了之。至于其中是否暗潮汹涌，只能走一步看一步。真要事关皇家，再行脱身不迟。

朱宸濠走到唐伯虎身前，眉宇之间夹杂一股阴寒之气，冷冷说道：“唐伯虎，你怕王爷，难道就不怕本世子？”

唐伯虎心头一凛，不由得想到徐经和费度所说：在京城定要小心谨慎，一步踏错，都有可能陷于万劫不复之境地。更何况，他夹在朱奠培和朱宸濠两人之间，若非有左右环迎之法，待自己无所用处，定然成为牺牲品。

这时，屋外传来脚步窸窣之声，三个男仆相继走了进来。他们手中各拿着三坛女儿红、一口矮缸和一个竹筐。向朱宸濠行礼后，其中一个男仆道：“唐公子，这是小的按照杨伯所说为您准备的。您看还需什么，小的再去拿。”

“就先这些，有劳小哥。”

男仆脸色漠然，声音冰冷，说道：“小的名叫华安，如若还有其他吩咐，小的一直就在园外候着，唤我便是。”

“有劳华大哥！”唐伯虎一一施礼，三名男仆拜过朱宸濠，这才退去。

“唐伯虎，你这是作甚？”朱宸濠不解道。

“世子想知？”唐伯虎眼珠子一转，男仆适时进入，倒让朱宸濠剑拔弩张的威势减弱了几分。

“休要卖关子，快说！”朱宸濠难掩好奇。

“酿酒！”

宁王府东厢这处桃花园，共栽了整整三十株桃花树，分三列，每列十株。棵棵枝叶繁茂，桃花饱满。朱宸濠跟在唐伯虎身后，看着对方一会儿驻足盯着桃花细看，一会儿又用手中利剪剪去一朵，放入脚边竹筐。

“唐伯虎，我一直想问，你那腰间葫芦里装着什么？”朱宸濠意兴阑珊，看到唐伯虎腰间酒葫芦，不由得想起之前心中疑惑，当时因朱奠培在旁，未曾多问。

“空的。”唐伯虎抬起右手，剪下一朵桃花，轻轻放入竹筐。然后，又走到另一株桃花树旁，仔细端详起来。

“为何是空的？”

“草民不敢隐瞒世子。”唐伯虎转身看着朱宸濠，笑道，“草民这葫芦里装的正是自己酿制的桃花酒，但来京路上都已饮尽。看到王府有片桃花林，就想着采摘几朵，重新酿制一些。”

“哦？”朱宸濠疑心颇重，“那可否借你那酒葫芦一用？”

唐伯虎摘下酒葫芦，递了过去。朱宸濠揭开葫芦塞，低鼻深嗅，果然有一股浓郁的桃花香气。他将葫芦塞盖上，一边把玩，一边向唐伯虎靠近。

“看来你也是爱酒之人。”朱宸濠重新打量起唐伯虎。

“草民家境贫寒，无钱买酒，这才仿画谋财，为的就是酒资不断。”唐伯虎不露声色，言语间将这嗜酒之习加重了几分。

“本世子也爱酒！”

朱宸濠身上酒气浓重，又是一副刚睡醒的模样，一看便是昨夜宿醉之故。唐伯虎早就看在眼里，故意以此为计，讨对方欢心。

“世子为何不愿草民成为府上先生？”唐伯虎见时机纯熟，这才问道。

朱宸濠故意刁难，冷笑道：“你不是自诩甚高吗，不妨猜猜？”

北方比起南方，气候略微干燥，使得这里的桃花开得不及苏州。唐伯虎穿梭林间，找的正是每株树上之精华，不仅要朵宽丰润，还需幽香四溢，这样酿出的桃花酒才更为正宗。

“世子定然是怕草民成为王爷监视您的一枚棋子。”

“哦？”朱宸濠双眸微微闪着亮光。

“世子天性不羁，自然厌恶束缚。”竹筐内桃花已满，唐伯虎放入最后一朵，再仔细端详，确定再无一朵可用，才提起竹筐，向朱宸濠走去，笑道，“想必世子此举并非针对草民吧？”

朱宸濠听到唐伯虎这番话，转身跟在唐伯虎身后，问道：“我看你不过二十五六岁，为何会有白发？”

“家中屡遭不幸，伤心过度，一夜生出白发。”唐伯虎提着竹筐，未作停留。

“其实你只说对了一半。”朱宸濠接着道，“我不想你做我的先生，是感觉你行事似有隐瞒。”

突然，唐伯虎停下脚步，转过身子，朱宸濠猝不及防，急忙后退了一步。

“不瞒世子，草民年轻时恃才傲物，自诩江南第一才子，遭致其他书生愤恨；更有乡绅恶霸欺辱老父，借此激怒于我。草民骄纵罔顾，对那恶霸好生一番羞辱报复。不想，一家赖以生存的小小酒馆被恶霸付之一炬。”

朱宸濠脸上笑容尽消，不知为何，唐伯虎这番推心置腹，倒让他心中那抹不快稍稍遁去，觉得对方的气性居然与自己有几分相像。

“事后，父亲一气之下，训诫草民不可一世，干什么事全然不计较后果，将这一切过错都推在草民身上。草民与之相争，不想父亲急火攻心……”唐伯虎深吁一口气，“父亲病故后，母亲也一病不起，撒手人寰。草民整日借酒消愁，还染上嗜赌之好，不仅家产挥霍空尽，还被赌坊设计坑卖了宅屋，害得弟弟、妹妹无家可归。没过多久，妹妹也染上风寒，就此病故。弟弟将三位至亲之亡，全部算在草民头上，视草民为仇人！”

唐伯虎说这番话，是想消去朱宸濠心中戒心，但也并非全然佯装。所以，情到深处，不免悲从中来，时隔多日，再行提起，犹如揭疮掀疤，痛彻心扉。

“草民对苏州故乡并无任何挂恋，想着借此机会能在京城重新谋生。”他动之以情地望着呆站原地的朱宸濠，苦笑道，“所以，如若能成为世子的先生，草民从今往后就可摆脱窘困之境。这或许就是草民的隐瞒之处吧！”

说完，唐伯虎提起竹筐，缓缓向屋内走去。

朱宸濠即使铁石心肠，心中也不免漾起一荡涟漪。他未曾想过，唐伯虎居然对自己这般开心见诚。但是，同情怜悯是一方面，才华韬略则又是另一方面。朱宸濠身边从不乏书画俱佳之辈，但还从未将一人视作心腹。

唐伯虎先将竹筐中的桃花尽数倒入木桶清水之中，然后将炉火燃起。之后蹲在角落，将一块布帕展开，再小心翼翼地从木桶中将桃花尽数捞至布帕上。他揪住布帕四角轻轻合上，再用手指将空隙处聚拢。

“世子……”

朱宸濠看得正出神：“什么事？”

“劳烦世子将铜壶盖子掀开！”

朱宸濠还未被唐伯虎这等平民百姓使唤过，好歹将心中郁闷压了下去，拎着铜壶，蹲在唐伯虎身前，将铜盖掀开。唐伯虎左手抓着布帕四角，右手则去捏攥布帕底部。一股股清泉汩汩流入铜壶之中，到最后变为一滴一滴，等到再无水滴滴入，唐伯虎这才作罢。

“世子，再劳烦你将这铜壶放置在炉火之上。”他拎着那包干涸的桃花跑到矮缸前，将桃花尽数撒了进去。

朱宸濠对着唐伯虎的背影咬牙切齿，狠狠呼出一口气，提起了铜壶。

“世子，能否帮草民……”

话未说完，朱宸濠一声暴喝：“唐伯虎，你休要得寸进尺。”

“是！”唐伯虎悻悻赔礼。之后，他放下布帕，举起一坛女儿红倒入矮缸，又去拿第二坛。

朱宸濠有些被冷落的感觉，他白了唐伯虎一眼，甩开宽袖，径自去拿那第三坛酒，却不知背对着他的唐伯虎，眼中闪过一丝诡笑。

三坛酒尽被倒入缸中，桃花花瓣浮了上来。同时，朱宸濠闻到一股淡淡的桃花香气，与那女儿红的酒香完美交融在一起。

“世子，如何？”唐伯虎问道。

“嗬，我还以为酿酒过程繁复，如今看来，也不过如此！”朱宸濠嘴上这般说，却乐在心中。他天性不羁，再加上世子身份，荣华富贵享之不尽。平日闲暇，多与其他世子，或者商贾公子聚在一起。不聊文章，只谈风月。意兴阑珊下，也想尽办法做一些有趣之事。这么多年过去，亲自酿酒却是第一次，他甚至已迫不及待，想尝尝自己酿制的这桃花酒到底何滋何味。

“的确是不值一提的雕虫小技。”唐伯虎低头附和道。

这时，炉火上的铜壶传出滚沸之声。唐伯虎正要起身去拎，朱宸濠却抢先一步。他拎起铜壶，高高抬起，再次注入缸中。

“唐伯虎……”朱宸濠毕竟只有十六岁，戒心消去，不免露出少年独有的烂漫天性，“什么时候可饮这桃花酒？”

唐伯虎笑道：“如若世子着急的话，明日可浅尝，但只许一次。等五日之后，这桃花香气才会真正与女儿红交融，那时方能体味到桃花酒之精髓！”

“哼！”朱宸濠面露不屑，“瞧你说的，我就不信，混入些桃花，这女儿红就不是女儿红了？好，本世子就等到明日！”

百无聊赖之下，唐伯虎就投朱宸濠所好，讲了一些奇闻逸事。

朱宸濠一听果然入迷。对于朱奠培，唐伯虎有心讨好，但又怕言多必失，毕竟对方是一人之下万人之上的宁王，见多识广，城府可想而知。与这种人玩弄心思，非死即伤。但朱宸濠再怎么说也不过一介少年，只要手段适当，谨慎一些，绝对可达到意想不到的效果。

朱宸濠也向唐伯虎说了一些无关痛痒的朝廷局势，还对大明边关战事深入浅出地分析了一番。虽说难免有些太过主观，但一些论点说辞颇为有理。唐伯虎不由得刮目相看，同时也对此人多存了几分警惕。

说着说着，天色渐晚。朱宸濠吩咐华安准备了一些酒菜。唐伯虎见明月当空，就将方桌移至桃花园中，借着飒飒春风、良辰美景，啖酒畅谈，倒也十分惬意。朱宸濠年纪虽小，但为人豪爽，喝酒更是一盏跟着一盏。

酒过三巡，两人都微微有了醉意。朱宸濠先是回到自己书房，返回之时，手里拿着一个精致的锦盒。

“这是别人送来的，但我很少作画习字，如今你替爷爷修画，我就借花献佛，将这些赠与你。”朱宸濠身子有些摇晃，醉眼迷离道，“但你别会错意，我做这些都是为了你可早日完成那幅画，替爷爷解忧。”说完，拿起酒碗，一饮而尽。

唐伯虎打开锦盒，只见里面有四个大小不一的方格，放着文房四宝。

从唐代始，端砚、歙砚、洮河砚和澄泥砚合称天下四大名砚。锦盒中的那方雕山刻川的砚台，正是澄泥砚。而且，唐伯虎一眼认出，这方澄泥砚定出自山西绛州，有贮墨不耗、积墨不腐、呵气生津、触手生晕、发墨而不损毫之精妙，实为澄泥砚中之极品。

长方墨盒盖子上雕有两条金龙，唐伯虎轻轻打开，其间黑墨丰肌腻理，光泽如漆，正是墨中瑰宝——李廷珪墨。

稍大一些的方格中，放着几叠画纸，最上层为本色，再下为有色纸。其中又有五色粉笺、金花五色笺、五色大帘纸和磁青纸，用以画卷着色之用。纸薄透亮，却入墨不晕，正是宣德贡笺。宣德年间为宫廷御用画纸，后来才渐渐传到民间。

最后一个方正大格中则分列排放着七支毛笔，硬毫、软毫、兼毫一应俱全。硬毫又有羊毫、鸡毫两种；软毫又有紫毫、狼毫、鼠毫三种；兼毫又有羊紫兼、羊狼兼两种。每毫均用上乘紫檀木雕削而成，笔端和笔尾上下又以金漆圈之点缀，精致至极，又不失奢华典雅。笔杆中央都用金漆写着“御毫斋”三个字。

“唐伯虎，看来你也是识货之人！”朱宸濠见唐伯虎如痴如醉，心中欣喜不已。

唐伯虎仍然低着头，强行压抑心中那份激动：“世子说笑了。天下书生，又有谁不识这书房四宝。”正如唐伯虎所说，这些物事的确价值连城。有些是皇亲贵胄专用之物，有些则为定制之珍品，千金难买，将此四者集齐在锦盒之中，全天下除了皇帝之外，的确也只有宁王这种身份地位之人才敢用。

“这四宝如若兜售，可比那八百两要贵重得多！”朱宸濠笑道。

这时，唐伯虎手放在半空，将锦盒盖上，轻轻放在桌案，抬头看着轻呷酒水的朱宸濠，见对方嘴角笑意意味深长，不禁问道：“看来世子送这四宝另有他意？”

朱宸濠也不否认，放下杯盏道：“确实有一件事情需你相助。其实这件事如若你帮我完成，对你也有好处。”

“哦？世子不妨说来听听。”

“每年京城花满楼都会举行一次夺魁大赛。拔得头筹者，不仅可与花魁共度良宵，还可获得一坛佳酿——醉生梦死！”

“那世子是更想得到与花魁共度良宵的机会，还是那坛醉生梦死酒呢？”

“佳人在侧，美酒入喉，这才是齐人之福吧！”

“醉生梦死酒真有那么好，以至于世子这般垂涎？”

“正所谓物以稀为贵。”朱宸濠侃侃而谈，“这醉生梦死酒一年只出一坛，酿酒之人却从未露面，只有花满楼老板娘杜秋红知晓。但凡饮过此酒之人，都说这酒醇馥幽郁，余味悠长，如堕仙境，醉生梦死！”

唐伯虎心想，说得明白些，这不过是花满楼揽客之道，醉生梦死酒也许真是世间好酒，但更重要的则是每年只有一坛。得不到是最好的！所以才使京城权贵如此趋之若鹜，朝思暮想。

“那这夺魁大赛比的又是什么？”唐伯虎问道。

“自然是你我所擅长。”朱宸濠笑答道，“诗、书、画。”

唐伯虎技痒难耐之下，心中却万般苦涩。

朱宸濠接着道：“听闻唐伯虎当年自诩江南第一才子，诗书画三绝。而天下书画俊才多出江南，既然如此，那你如若参赛，岂有不夺魁之理？”

“世子说笑了！当年草民年少气盛，口出狂言罢了。京城人才济济，哪容得草民班门弄斧？”

朱宸濠慢慢走到唐伯虎身后，在他耳侧轻声说道：“唐公子，你难道不想再次证明自己？而且，如果你帮我拔得头筹，我就许你成为伴读先生，岂不两全其美？”

说完，他抬头看去，明月渐渐隐去，天色开始蒙蒙发亮。

朱宸濠见唐伯虎呆呆坐着，便自顾自进入屋内，走到矮缸前，掀开木盖。顿时，浓郁的桃花香气扑鼻而来。他拿起旁边木瓢，轻轻盛入少许，轻呷一口。果然，女儿红特有的醇厚被一股润滑细腻的香气隐去。入口冰冷，下一瞬又暖其心扉。而且，那抹桃花香气余味悠长，真如传言中的吐气幽兰一般令人惬意舒爽。

“酒不错！”朱宸濠从屋内走出，又拍了两下唐伯虎肩头，信步向园外走去，继而高声说道，“仔细想想吧！”

7

画卷横长五尺有余，纵长三尺，画中烧毁多达九处。

唐伯虎仔细辨查之后，确认有些烧毁圆晕可以完好重合在一起，也就可推测，画卷被烧之时，应该是卷起来的。朱奠培对此画如此重视，不会如此大意，让好端端的画卷落入火堆。所以，这幅画卷很可能是有人故意烧毁，幸好旁人及时拦阻夺回，这才将损坏程度降至最低。

比起这幅画暗藏的谜题，以及想要烧毁画卷之人的身份与目的，唐伯虎更要考虑的是，如何在规定期限内仿成此画。起初，他认为摸透作者的笔法走势，将烧毁处补画即可。如今看来，这番补画可比想象中要难得多。

明月皎皎，良夜凄凄。唐伯虎站立在书案前，书案上方横陈着烧毁多处的原画，下方则铺着一张已近半余的画纸。旁边还堆放了一摞摞试画过的弃品。每每画至烧毁之处，他都会事先在草纸上依照作者笔法走势试画一番。有些地方，要试画好几遍，甚至十几遍，才能达到心中最为完美的效果。

而且，每次落笔，他总会闭起双眸，在脑海中试着先勾勒出大致的结构走势，遇到烧毁之处，再在脑海中体悟选筛。说起来还算简单，做起来却十分耗时耗神，一天下来，可能连一处都悟不出来。

此次仿画，可比不得在苏州与莫厉之间的交易。画不好画不出，交易作罢，大不了得不到约定好的赏银。而如今他只有一次机会，达不到朱奠培心中期盼，银钱得不到事小，自己怕是也会因此开罪朱奠培，后果难以想象。

所以，他就想先试着按照自己悟出的作者笔法作一幅，等到无可修改之时，再作一幅新的，对其仿古上色。

夜已入深，渐渐凉了起来。

唐伯虎将门窗合上，坐在长案前，呆呆出神。不经意间，视线再次落在画卷右上方题跋的那首七言古诗：

风尘一夕忽南侵，天命潜移四海心。
凤返丹山红日远，龙归沧海碧云深。
紫微有象星还拱，玉漏无声水自沉。
遥想禁城今夜月，六宫犹望翠华临。
阅罢楞严磬懒敲，笑看黄屋寄昙标。
南来瘴岭千层迥，北望天门万里遥。

唐伯虎从未听过这首无名诗。但他对未知事物总是抱有一丝难以抗拒的好奇和探究，仿佛此过程是他追求新知的捷径。

就算不通诗词之人，也可从这首无名诗的字里行间感受到浓重忧郁和无可奈何。“自沉”“犹望”“笑看”“北望”，又充斥着落寞之意。他微微紧闭双眸，感受那份立于绝顶巅峰，却又满目疮痍的迷惘意境。而诗句中的“龙归”“禁城”“六宫”“天门”又似有似无地表明了作者特殊而尊贵的身份……

除了皇帝之外，还有谁能身处如此境地？

画中所绘，正是他落水之处。他不过一介布衣书生，又怎会和皇族发生交集？这些疑惑和好奇仿佛在唐伯虎心中形成一道坚不可摧、密不透风的屏障，将那抹未知的恐惧与凶险紧紧包裹。

看破与自欺，全在唐伯虎一念之间。

这时，门外传来华安的声音："公子，王爷和王公子来了！"

王公子？唐伯虎眼中闪过一丝疑惑："快请！"

说完，唐伯虎急忙套了一件素蓝襕衫，推门而出，站在门外空地上等候。没过多久，朱奠培的爽朗笑声就打破了沉寂，他身后果然跟着一个年轻人，身材和年龄均与唐伯虎相仿。那人双手插在宽袖之中，始终低着头，仿佛对自己白靴边沿的厚重黄泥十分在意。

"唐公子，进展还算顺利吗？"朱奠培似笑非笑，那双鹰眸在夜里显得更加阴冷。

"回王爷，草民已摸透作者的笔法走势，再需两三日想必就可完成。"唐伯虎施礼躬身时，不禁偷偷向那个年轻人看去，与对方四目相对。

"在下王申。"

唐伯虎也不知他到底是朱奠培的幕僚家臣，还是哪位王侯将相府上的公子，但看其衣衫穿戴，低调而不失华贵，又在深夜与朱奠培一同造访，便断定对方定是宁王心腹。

三人稍作寒暄，一同走进书房。朱奠培见长案上横陈着两幅画卷，其中一幅刚画了一半，墨迹尚未干涸，不由得细细打量起来。

"草民摸清作者笔法之后，试着画了一些，等完成此画，觉得无甚修改之处，再作一幅新的，最后对其纸张进行仿古加色即可！"唐伯虎在旁解释道。

王申站在长案前，若有所思地注视了许久。朱奠培一会儿低头看着画卷，一会儿又看向王申，表情凝重。

唐伯虎站在长案右侧，微微弯着身子，不动声色地观察二人神色的变化。他推测，比起朱奠培，这个叫王申的公子似乎对这幅被烧毁的画卷更为了解。

"如何？"朱奠培见王申终于直起身子，急忙问道。

唐伯虎也颇为在意，一并向面无表情的王申看去。

呼吸似是从胸腔闷声发出，王申扭头看向二人，慢慢露出笑颜：“唐公子仿画之技果然妙入毫颠，在下佩服！”

“哈哈！”朱奠培阴沉灰暗的双眸终于闪烁出兴奋光华，“莫老板果然慧眼识珠！”

“王爷和公子过誉了。”唐伯虎暗自松了口气，回礼道，“恕草民直言，作此画者，笔法技艺本就稀疏平常，勉强有一些自己特色，但也难免跳出仿习牢笼。故此，草民才可从笔法走势中摸到一些技巧。如若是名家手笔，那就更要花费一番功夫。”

“唐公子过谦了。”朱奠培摸着下颌白须，挺直腰杆，言语笑颜之间无不显露着对唐伯虎的赏识。

“唐公子言外之意，即使名家手笔也不在话下，是吗？”王申双手又插入宽袖中，笑盈盈地看着唐伯虎。

唐伯虎面露苦笑，道：“不瞒王公子！在下对书画颇有研究，对历朝历代名家笔法技艺也有一些心得。入京之前，正是靠着这等雕虫小技勉强度日，也算熟能生巧，不值一提。”

朱奠培位高权重，身边不乏阿谀奉承、溜须拍马之徒，他为人直爽，要不是碍于情面应酬，多会不予理睬。此刻见唐伯虎初生牛犊，对与自己一道前来的王申不卑不亢，足见其心中傲气，心中不免有些欣赏。

“伯虎？”王申思忖片刻，问道，“这应是唐公子的‘字’吧？”

“是。”唐伯虎有了一丝不好预感。

“那家中可还有其他兄弟姐妹？”

唐伯虎心头结痂旧疮像是被揭开一般，说道：“去年父母和妹妹病亡，如今只剩下一个弟弟。”

朱奠培虽不明所以，却也并未阻拦，只是站在一旁，静观其变。

“多有冒犯！”说着，王申弯腰深深一揖。

唐伯虎没有说话，但对王申接下来的所问甚为在意。

“敢问唐公子初名是什么？”

“在下单名一个寅字。”

“祖籍何处？”

“苏州吴县。”

“也就是说，唐公子幼年是在吴县出生？”

“是。”

“几时到的苏州？”

“听父亲说，是于在下四岁之时。”唐伯虎不解之余，对王申的做派更是无甚好感，“王公子还有什么要问的吗？”

王申见唐伯虎略有不悦，赶忙笑道：“唐公子莫要误会。王爷身份特殊，难免有人想混入王府，图谋不轨。身为王府家臣，自然要谨慎一些。若有得罪，还望唐公子体谅才是。”

唐伯虎见王申每次躬身之时，双手始终插在宽袖之中，态度轻慢，却也不放在心上，躬身回礼。

夜色深沉，万籁俱寂。经过假山鱼池时，潺潺水声清晰可闻。朱奠培见四下无人，沉声问道：“说吧！适才为何要询问唐伯虎的祖籍家事？”

王申的步履不紧不慢，双手仍插于宽袖之中，微微浅笑，小眼睛轻轻眨动：“他让我想到一个人，那人的初名也为‘寅’。”

朱奠培不禁冷哼道：“天下初名为‘寅’之人何止万余，又何必大惊小怪。你就不怕适得其反，让唐伯虎察觉到什么吗？”

王申听出宁王有责怪之意，但笑意依旧坦然：“除此之外，年龄似也相仿。”

两人正处于竹林中央石径，两侧种满根根青竹，更显得异常幽静。

朱奠培驻足停留，问道：“你想到的那个人，是谁？”

王申似是料定朱奠培有此一问，附在对方耳边，低声细语了一番。

朱奠培先是惊诧，而后又露出欣喜之色，说道："世上竟有如此巧合？"

王申点头道："但又可能不单单只是巧合！"

朱奠培略加思忖，道："不对，莫厉绝不敢串通那些人来算计老夫。"

"也许莫老板并不知情。"王申意味深长说道，"也许这件事的确只是巧合。"

朱奠培对王申模棱两可的说话方式甚为厌烦。从王申第一天来找自己开始，朱奠培就认定，王申过于谨小慎微，一件稀疏平常之事，只要他认为存有疑虑，便会牵肠挂肚，想尽一切办法查清摸透。这种人用好了无往而不利，用不好则遭反噬。事成之后，此人绝不可留。

"不过，本王倒是觉得唐伯虎对这一切并不知情。"朱奠培的脑海中，不禁浮现出唐伯虎听到赏银增加时的欣喜模样。

"我知道王爷对唐伯虎的才华颇为赏识。"王申跟在身后，接着说道，"但多加小心总是没错。"

"听起来，你已有了线索？"

"王爷英明，属下的确知晓如何确定唐伯虎的身份。"

"好！"朱奠培说道，"查查无妨，但要格外小心，切莫让唐伯虎怀疑，耽误作画。"

"王爷放心，"王申说道，"属下明白！"

朱奠培点点头，迈开脚步，片刻便隐于夜色中。

过了一会儿，王申像是累极，慢慢挺直腰身，肆意地嗅着满园的芬芳馥郁，将双手重新插入宽袖，信步向西院走去。

8

推测出卦象之意后，文徵明决定孤注一掷，按照自己的线索进京寻找父亲下落。

离开南京之时，文徵明手中拎着一个黑木盒子，长约两尺，宽一尺有余，厚度最少也有一拃。祝枝山之前见过这个黑盒子，眉头紧锁，眼露忧色："徵明，你这是……"

"京城鱼龙混杂，更何况我爹此次失踪极为蹊跷，定然暗藏凶险，必要时，我想也许能用到，就一并带上了。"文徵明神色坚决。

祝枝山生性沉稳，平日里唐伯虎、文徵明两人但凡遇到不平之事，头脑一热，就要与对方争论高下。唐伯虎鬼灵精怪，还知变换些方式方法，迂回而治，而文徵明则极其易怒，处事更为直接。所以，对于此次进京，祝枝山心中始终藏着一分担忧。

"枝山兄，你真的想好了与我一同前往吗？"

"嗯！带着也好，兴许真能用得上。"祝枝山看了一眼那个黑盒，答非所问，紧了紧肩上包袱，笑着向码头走去。

两人到达天津，是在唐伯虎进京五日之后。

在此之前，文徵明凭记忆列出一份名册。文林在职期间，与这些人来往频繁，虽并非什么好友，但官务所需，多有走动。一向心高气傲、视官场如泥潭的文徵明，此刻只能依附这些人的权势，希望在他们的帮助下，查出文林失踪的线索。

李文达今年五十有五，在任时官拜天津卫指挥佥事，三年前才辞去官职，在天津颐养天年。李文达能有今日之成就，全靠老师陆诚和的荫庇，颇让文徵明有些瞧不起他。要不是因为担心父亲安危，文徵明定然不会这般低声下气。

“切莫小瞧了这些人。在这件事上，比起位高权重的一品大员，这些阳奉阴违的小人，兴许才更帮得上忙。”祝枝山在旁暗自摇头，意味深长地说道。

文徵明也似有所悟，匆匆向适才打听到的李文达住处走去。

开门的是一个二十出头的小姑娘，一身红纱，浓妆艳抹，一边嗑着瓜子，一边上下打量着二人。

文徵明先是一愣，似有所悟，眼前女子定是李文达小妾。之前听文林说，李文达休了发妻，还将独女一并赶出府宅。但是，他怎么也不会想到，这小妾会如此年轻。

祝枝山从姑娘口中打听出，今日陆诚和嫁女，李文达不便带她一道前往，便独自一人赶去了陆府。二人谢过姑娘，转身往陆府而去。

刚过午时，陆府门前已是门庭若市，人人带着诸如瓷器白玉、绫罗绸缎等稀世珍品。天津是京城南大门，各州各县大小事务都要经过此地，身为天津卫指挥使的陆诚和，享此礼遇也在情理之中。

二人径直向陆府走去，门前男仆本想上前阻拦，一听说是南京前任太仆寺丞文林家的公子和太仆寺卿李应祯的乘龙快婿，这才殷勤一些。文徵明说有要事拜见陆大人，男仆便带着两人穿过早已宾客满座的庭院，来到府宅正厅。

过了一会儿，陆诚和在两个婢女搀扶下走出后堂，步履蹒跚，满脸褶皱，尽显老态，纤瘦身子上披着一件华贵的祥云碎花锦服，右手还拄着一根檀木拐杖。他眯起双眼，一脸疑惑地盯着文徵明和祝枝山。幸得有男仆从旁介绍，陆诚和这才展露笑颜，询问来意。

年迈的陆诚和缓缓坐到太师椅上，见文徵明朝左右男仆婢女看了一眼，便摆了摆手，示意众人退下。

“世侄，此番来找老夫，所为何事啊？”陆诚和笑容可掬地问道。

文徵明走到陆诚和右侧，附耳低语，将文林失踪前后经过详细叙述了一遍。

祝枝山自知插不上话，只能乖乖站在另外一侧。

“什么？宗儒失踪了？”陆诚和大惊失色，“多久了？”

文徵明不假思索道：“从正月十七到今日，整整一个月。”

陆诚和神色更为凝重，似是连说话时都有些微微颤抖：“那……那这么长时间过去，府衙那里也未查到丝毫线索？”

文徵明摇摇头，苦涩道：“世伯也知我爹平日里对堪舆卜筮甚为喜好，所以在此之前，他曾用蓍草卜了一卦，世侄不才，看出我爹像是故意在卦象中留有线索，推测他如今应是被困在京城某处。”

祝枝山发现陆诚和面色微变，眼神也似在刻意回避。

“所以……”文徵明心急如焚，自然看不出这些琐碎细节，深深弯下身子，躬礼道，“晚辈恳请世伯，一定想办法救救家父，世伯大恩，徵明永生不忘！”

他说得情真意切，陆诚和却表情窘迫，略微移动了一下身子，轻咳道：“世侄啊！你也知道，我十年前就已不管朝中琐事，就连那些故交大多也杳无音信。更何况，官场之事，变幻莫测，新人换旧人，一茬接着一茬，之前与老夫在京城交情还算不错的几位，有的退居故里，有的早已不在人世。所以……”

文徵明和祝枝山听到此处，已听出了对方的言下之意。

“世伯……”文徵明双眉紧蹙，声调也不禁大了一些。

“不如……”陆诚和急忙转过身子，打断道，“不如世侄可到京城去问问，兴许能找到宗儒失踪的蛛丝马迹。”

在两人向门外走去时，文徵明内心却有些释然。实际上，在他下定决心到京城寻找文林行踪时，就隐隐对陆诚和、李文达这些官场中人不抱希望了。

突然，锣鼓喧天、鞭炮齐鸣，似是一对新人从侧厢走了出来，在座宾客不免站起身子，吆喝起哄。就在两人失望沮丧，将要走出府门之际，却被一人挡住了去路。

“徵明兄，枝山兄！”

两人不约而同抬起双眸，定睛看去，眼前年轻人眉目清秀，一身浅蓝对襟长衫在阳光照耀下闪烁着朵朵银光。

“衡父，你怎么在这儿？”

文徵明和祝枝山先是微微一愣，而后又欣喜万分。

“我……”说着，身后声潮仿佛要将徐经的声音淹没，他近乎喊道，“我是专程来替我娘向陆老送贺礼的！”

他看出两人像是有意离开，不解道：“你们又为何在此？”

文徵明和祝枝山均显沮丧，似是一言难尽。徐经平日对二人的诗书画极为仰慕，见他们像是遇到什么难事，略微思忖，心想：反正这礼也送了，人也见了，也不稀罕吃这劳什子宴席。便与两人提议，到街市随意寻间馆子，一来叙旧，二来也说道近况。

天津码头附近有一间名为“江南雨读”的酒楼，一共分为三层，雕梁画栋，临江而建。听徐经说，他到天津第二天，想吃松鼠鳜鱼，打听之下，才知这里大厨本是扬州人，做出的菜肴色味俱佳，是地地道道的江淮菜系。

文徵明和祝枝山会心一笑，仿佛之前的阴霾都被好友短短几句宽慰冲散。众好友之中，就属徐经和唐伯虎在吃喝上最有讲究。三人选了一间雅间，倚窗而坐，吃着地道的江淮美味，甚为清爽惬意。

只是文徵明和祝枝山两人担忧文林下落，短暂欣喜后，又变得极为忧虑。

徐经看了一眼放在文徵明脚边的那口黑木盒，身子稍稍前倾，一脸关切，问道：“到底出了什么事？”

文徵明深深叹息，说道：“一言难尽啊！”他稳定思绪，将文林失踪的前后经过细述了一番。

“原来是这样！”徐经直起身子，若有所思，视线落在远处江面之上。

“所以，我与徵明商议，与其在南京什么都不做，徒增烦恼，还不如试着进京，查探一番。”祝枝山双眉和胡须似是蹙在一块儿，“就想借助于文大人的故交，代为打探，兴许还能查到一些蛛丝马迹！唉！不料多是敷衍，想必听出其中暗藏蹊跷与凶险，怕引火烧身，不愿蹚这浑水。”

文徵明苦笑三声，以自嘲的口气说道：“如今看来，不过是自取其辱罢了！”

徐经将视线从窗外收回，正要开口，却听到敲门声响起，两个酒楼伙计满脸殷勤，各端一个木盘，将酒菜尽数放在桌上。

陈年桥酒、糖醋松鼠鳜鱼、东坡肉、响油鳝糊、碧螺玉莹虾仁、黄泥叫花鸡、大闸蟹、西湖牛肉羹、金黄葱油饼。尽数看去，均是苏州特色佳肴。色泽鲜亮，浓香扑鼻。

文徵明和祝枝山一路上吃的都是一些清淡食物，时常饥肠辘辘，但眼下心有忧虑，看到一桌好菜好酒，也无甚胃口。

“京城，怎么都要去京城？”徐经拿起筷子，轻声嘀咕。

两人满面不解地望着徐经。徐经见两个伙计早已走出房门，将筷子放在圆桌上，低声说道：“说来也巧！你们猜，我在扬州遇到了谁？”

文徵明与祝枝山不约而同地摇了摇头，疑惑更深。

“伯虎！”徐经说着，面颊上还夹杂着一抹意味深长的笑意。

文、祝二人面面相觑，伯虎也去了京城？

祝枝山略作思忖之后，开口问道：“衡父，伯虎可曾说他为何要去京城？”他心中隐隐忧虑，对眼前的巧合心生疑虑。

“我记得，他说是为一户人家作幅仿画。”徐经撇着嘴道。

“作仿画？”文徵明脑海中浮现出一个老者凶神恶煞的模样，“是莫厉嘱托的？”

徐经点了点头。

“到底是什么样的人家，居然与莫厉相熟？而且京城人才济济，何故舍近求远，让伯虎前往？”祝枝山埋头呢喃，看向文徵明。

徐经见两人面对美味佳肴也不下箸，实在有些暴殄天物，干脆拿起筷子，夹了一块鱼肉放入口中。

“衡父，你可还记得，伯虎是什么时候离开天津的？”祝枝山不依不饶。

徐经盛了一碗西湖牛肉羹，放在面前，想了一会儿道：“应该是四五天前吧！”

“那可有什么能推测出，他在何处落脚的线索吗？”

徐经右手拿着勺子，来回挑动牛肉羹，突然兴致勃勃地望向面前二人，反问道：“怎么？你们想进京去寻伯虎吗？”

祝枝山重新坐直身子，向身边沉默不语的文徵明看去。

“哦，想起来了！伯虎是搭乘马车进京的，那个人四五十岁，好像是个卖醋的。”徐经又思忖片刻道，“离开时，我看到马车上写着‘晋醋坊’三个字。”

“晋醋坊……”文徵明小声嘀咕，默默记在心里。

祝枝山这才稍显轻松，似乎在筹划什么。

徐经盯着文徵明脚边的那口黑木盒子，终于忍不住问道：“徵明，那个盒子里装着什么？”

“哦！只是一些细软。”文徵明回过神，看向祝枝山，站起身子道，“时辰也不早了，再不走，恐怕赶不上进城！”

说着，两人站起身子，与徐经告辞。

徐经撇了撇嘴，百无聊赖地坐在圆凳上，抱怨道：“你们怎么个个都疑神疑鬼，好像总怕我发现你们的秘密之后，公之于众似的。”

文徵明确实有这方面担心，徐经生性直率，而且喜欢将奇趣见闻与他人分享。他笑了笑，正要解释：“衡父，我们真的是……”

徐经放下碗筷，长长呼出一口气，继而蹙眉道：“伯虎那天也与你一样，不愿与我多说那幅短画。”

“短画？”祝枝山心头一怔。伯虎近些年从未作过短画，作品都以四尺以上的长画为主。短画只有在其十五六岁的时候画过一些，他为何要带着一幅旧作进京呢？祝枝山似是察觉到暗藏蹊跷，追问道：“衡父，你可还记得那是一幅什么样的画？”

徐经微微抬起双眸，见两人不知不觉靠近了许多，接着回忆道：“一个美貌女子，还有一些乌篷船和桃树……”说到此处，他灵机一动，显得极其兴奋，“哦，对了，还有那紫色桃花！我想起来，画作右上角还写着‘桃女图’三个字。”

“紫色桃花？”

“《桃女图》？”

徐经怔怔望着二人，见他们犹如听到骇人鬼事。徐经缓缓站起身子，颤声问道：“怎、怎么了？”

十年前，文、祝两人与唐伯虎同到贵州金竺白云山游历，在第一山歇息喝酒之后，他们二人醉酒睡去。结果一觉醒来，唐伯虎却说自己不慎落水，幸亏被一个神秘女子搭救，被带入一处种满桃花树的世外桃源。而且，所见所闻，都与唐伯虎年幼时的梦境极为相似。那个神秘女子从眉眼容貌来看，也像极了梦境中的女童。

更为离奇的是，唐伯虎记得，他在女子所居茅屋外画了一幅短画，正是《桃女图》。

文徵明和祝枝山对此记忆犹新，当时唐伯虎还拉着二人到密林深处寻找了一番。可别说世外桃源，就连一株桃花树都没看到。

“说得也是，这世间又哪里来的什么紫色桃花！”两人想到唐伯虎那时自嘲的话，神情更为凝重惊惧。

“徵明，如若那幅《桃女图》是仿作，伯虎不可能随手携带。”祝枝山在旁提醒道。

比起因仿画进京，文徵明更愿相信，《桃女图》的出现使得所谓梦境一说地覆天翻，唐伯虎才决定离开苏州。

难道这一切都是真的？文徵明陷入深思，他极不情愿，但又无法控制地将这些零碎细节与文林的失踪联系在一起。

突然，他猛地抬起双眸，额前挂着豆大汗珠，眼神迷离，顾不上辞别徐经，拎起那散发着诡异气息的黑木盒，转身夺门而出。

祝枝山急忙拱手道："衡父，告辞！"说完，疾步向好友追去。

徐经呆站在原地，透过窗棂，望向远处与天际融为一体的江面。

9

那天晚上，徐祯卿听莫小棋说要带自己前往京城，心中十分忐忑。并非不愿，而是担心母亲。自从父亲病故之后，母子二人相依为命。虽然也多与唐伯虎、文徵明、祝枝山等人游历写生，但最多也不过半月。此次进京，单单只是路上就需用去二十多天。

"进京？"陈氏听到这个消息后，先是一怔，仔细思量之下，转忧为喜，握着徐祯卿的手说道，"这是好事啊！"

徐祯卿对母亲的反应有些始料未及。

"我儿长大了，对于将来定然有自己的打算！"陈氏殷殷看着徐祯卿，满目慈爱地笑道，"明年开春就是一年一度的春闱会试，事先进京了解一下，结交一些朋友，总归是好的，娘这里不用担心。"

"娘，我……"徐祯卿欲言又止。他并未将进京的真实目的告知陈氏，更不会说此番进京是为了帮助莫小棋找寻唐伯虎。这两人在陈氏眼中，如同肉中刺、眼中钉，一个刁蛮任性，另一个不学无术。

"男子汉大丈夫，应当志在四方，切莫这般婆婆妈妈。"陈氏故作嗔怒道，"娘还等着你高中，光耀门楣呢！这样一来，我百年之后，也算对你爹有个交代。"

在等徐祯卿回应的这段时间，莫小棋如同热锅上的蚂蚁，坐立不安，心中多少还有些幽怨。之所以让对方与自己一同进京，一是相依为伴，路上有个照应；二来是看徐祯卿为人憨厚老实，又是唐伯虎徒弟，对唐伯虎的脾性十分了解，说不定真能从一些细枝末节中查到唐伯虎的下落。

两人先租船走水路，到天津换乘马车辗转从东直门进京。不论船只还是马车，都比唐伯虎当初的乌篷船醋辕要奢华许多。徐祯卿少年性情烂漫单纯，惊诧之余，也对如此畅惬安逸的旅途十分受用。

进入东直门，莫小棋以书生打扮在前面闲庭信步，徐祯卿则以书童身份跟在其身后。其他东、西街市也有很多客栈，但莫小棋嫌弃太过简陋，便选择靠近宣武门内街住了下来。

“莫姑……”徐祯卿还未言毕，莫小棋猛地转过头，鼻下那两撇粘上去的胡须都动了起来。

“哦！”他急忙改口道：“莫公子……”

两人走进一间名叫悦来居的客栈。客栈伙计顺着右侧木梯带路，两人则跟在身后。徐祯卿低声说道：“你之前来过京城？”

莫小棋外面穿着一件宽松深蓝对襟白领襕衫，长发盘髻，髻上简单插着一根玉簪，她身材本就矮小，再加上肌肤白皙，眉黑目亮，看来的确像一个风度翩翩的儒家小生。

“当然！”莫小棋颇为得意，白了徐祯卿一眼。

徐祯卿头戴灰色六合帽，上身套着一件深绿中长圆领衫，下身则是浅灰衬裤，红色长带束腰，两肩各挎一个鼓囊囊的包袱，倒真像个跟班书童。

莫小棋要了两间紧邻上房，一路上，吃穿住行都是莫小棋出资，徐祯卿虽没多少银两，但也想略表心意，全被对方断然拒绝。一想到莫小棋双手叉腰，神情膨胀地说，“现在我是公子，你是书童，如果让你掏银子，岂非本末倒置。”徐祯卿就不由得想笑。

对于接下来如何找到唐伯虎，徐祯卿一筹莫展，每次问莫小棋的时候，她都一副成竹在胸的样子，始终不肯透露，只是简单说道：“到了京城，你只要跟着我就好，一切按照我吩咐行事！”

现在想来，他总觉得此番进京，自己毫无用武之地。

两人简单歇息，在悦来居楼下大厅吃过饭之后，莫小棋带着徐祯卿向南面更深处走去。

在徐祯卿印象中，苏州不乏巍然府邸，但与坐落眼前的这些楼宇相比，就不足道了。莫小棋对此熟视无睹，她努着嘴，看了一间又一间，嘴里不停嘀咕：“我记得就在这里，到底是哪一座？”

“莫公子，这京城比苏州城可大多了。”徐祯卿见她一副冥思苦想的样子，不由得站在对方身前道，“是不是你记错了？”

莫小棋充耳不闻，再次环顾四周。突然，她双眸一亮，喜上眉梢，一把将徐祯卿推开，径直小跑到一座宽大的府邸旁边。徐祯卿走上前去，细细一看，只见府邸高檐下两个金漆大字——“王府”。

莫小棋踏上石阶，叩动门环，随后，一个年约五十的老者走了出来。老者上下打量一番莫小棋，问道：“这位公子，你找谁啊？”

“老伯，劳烦你代为通传你家少爷，就说小棋子找他。”

小棋子？徐祯卿差点笑出声，不由想到唐伯虎所说的“小妖精”。比起年轻时的三师父，看来莫小棋这“雅号”也不少！

正想着，门内冲出一个年轻人，身穿杏色圆领襕衫，头戴黑色软巾，腰系皂绦玉带，细眉窄目，圆鼻薄唇。

“守仁哥哥。”莫小棋一改往日刁蛮模样，瞬间笑容满面，看起来与那年轻人关系颇为亲密。

“小……小棋子？”王守仁呆呆看着女扮男装、鼻下生出胡须的莫小棋，先是微微一愣，而后又显得有些哭笑不得，“你……你怎么打扮成这副样子？”

“怎么样？比起你们这些自命不凡的书生，是不是更加风度翩翩？”莫小棋童心未泯，笑着在王守仁面前转了一个圈儿。

徐祯卿看着沐浴在春光下的莫小棋，心头莫名一暖，不禁微微笑了起来。这时，王守仁向他看了过来，问道：“这位是……”

“在下……”徐祯卿正要开口，没想到却被莫小棋抢了先：“守仁哥哥，他是我的书童。”

徐祯卿急忙拱礼道：“哦！小的拜见王公子！”

王守仁虽身份显贵，但对待徐祯卿这个小书童，却不威不骄，举手投足散发着一股的豁达气度。

“你怎么来京城了？”王守仁向徐祯卿拱手施礼之后，转向莫小棋，言语之间充斥着关心与担忧。

“不瞒守仁哥哥，此番进京，我是想求你帮个忙。”莫小棋道。

“何事？”王守仁不解。

“我想让你帮我打听一个人。”

“谁？”

“刘勇。”

徐祯卿微微一愣，十分诧异地向莫小棋看去。他以为对方会直截了当说要寻找唐伯虎，不料却是刘勇。至于莫小棋心中是如何打算，他当着王守仁的面儿也不敢多问，恐会坏了莫小棋的计划。

王守仁比莫小棋年长五岁，父亲王华与莫历年轻时一见如故，私交深厚。而且，两人祖籍同为浙江余姚。前朝成化十七年，王华高中状元，入京为官，官拜翰林院修撰。当年，王守仁十一岁，莫小棋六岁。之后，王华与莫历鲜有谋面，但书信往来从未断过。所以，王守仁每年都会回乡，然后辗转至苏州，替王华拜见莫历。

王守仁年幼就怀鸿鹄之志，十年如一日，发奋苦读，为的就是有一天考取功名，报效国家。比起一般书生以文治国，他却希望有朝一日能文武兼备，可登朝堂理政辅国，亦可戎马披甲上阵杀敌。

他思想严谨，为人处世态度传统，平日在京城看多官场沉浮、虚假做派，对莫小棋爽直开朗的性子极为喜爱，久而久之，就像看待亲妹妹一般。

莫小棋只是简单说出刘勇名字，细节之处并未向王守仁透露。她那天去找刘猛，还从对方口中问出，刘勇当年在苏州参军，后来被调往边关守城。时至今日，刘勇在京城当差，虽然不知具体在做什么，但根据莫小棋了解，这样的人现在要么是守城军卒，要么就是皇亲朝公的宅府兵甲。仅凭如此单一的线索，查出刘勇所在，难如登天。所以，莫小棋第一个想到的就是王守仁。

如今，王华从当年小小修撰，已经成为礼部右侍郎，还兼皇帝日讲官。可以说，除了内监以外，他与皇帝共处时间最为长久。这样的人，无疑是口衔天宪之臣，其余朝众平日对其奉承可想而知。别看莫小棋平日里刁蛮专横，对待琐事极为淡漠，但如此道理倒看得十分透彻。

“你的意思是，希望让我爹帮忙，查出这个名叫刘勇的人，如今在何处当差？”

莫小棋面露苦笑，翘着眉说道：“其实也没必要劳烦世伯，这等小事我想守仁哥哥就可打探清楚。”

王守仁低头忖思片刻，抬头轻笑道：“小棋子，说实话，这并非什么难事。”

莫小棋和徐祯卿不由得一悦。王守仁不动声色地瞄了徐祯卿一眼，接着道：“但是，你必须和我说实话，为何要查这个刘勇？你此次来京，又到底为了什么？”

“我……”莫小棋一时不知如何应答。

“可是为了那个唐伯虎？”

徐祯卿一怔，心想：他难道认识三师父？

三年前，莫厉第一次向王守仁提到唐伯虎，还让其代为劝说莫小棋，休要执迷太深，反遭其害。

王守仁平日里所学所读以儒学朱理为主，对诗书画艺也权当闲暇娱乐。所以对那些自称才子，整日吟诗作画、侃聊风月之人，嗤之以鼻，视为不学无术、误己误国之辈。再加上当年唐伯虎自诩“江南第一才子”，王守仁更觉得此人轻浮傲纵，与京城所见那些纨绔子弟别无二致。所以，一直以来他与莫厉想法致同，不愿意莫小棋在唐伯虎身上花去太多精力。

徐祯卿见两人相顾无言，气氛尴尬至极，不知如何劝慰。

就在此时，不远处行来一顶轿辕，金黄帷幔，朱红色轿杆，头尾镶有金色龙头，前后各有两名轿夫抬乘。周围两侧还站着八名持枪兵卒，个个面色冷峻，双眸警视。

王守仁看到轿辕，急忙对莫小棋说道：“小棋子，你放心，这件事我会帮你查。你现今住在何处？”

“宣武门内街的悦来居。”

“好！我记下了，你们先回去吧！”王守仁刚刚疾步跑下石阶，又转身看向莫小棋，语重心长地说道，“小棋子，在我打听到消息之前，你一定在客栈好好待着，切莫擅自与其他人接触，记下了吗？”

莫小棋心生暖意的同时，微微点头。

徐祯卿跟在莫小棋身后，走下石阶，向来时的街市走去。同时，那顶奢华轿辕落在王府前。他好奇之下，不免回头望去。只见一名兵卒掀开轿前金黄帷幔，一个衣着华贵的老者缓缓从轿辕中走出。无意间，两人四目相撞。

那鹰鹫一般的双眸，竟让徐祯卿全身微微颤了一下。

“你发什么愣啊？”莫小棋站在身后问道。

“莫小姐，”激动之下，徐祯卿又不免叫错，“你可知刚才那个是什么人？”

莫小棋扯着他的衣衫，没好气道：“人家是什么人和你有什么关系，快走！”

徐祯卿又恢复到书童姿态，跟在莫小棋身后，问道：“莫公子，我们这么着急是要去哪儿？”

“当然是吃饭！”莫小棋从腰间扇袋中掏出折扇，放在胸前轻摇，昂首阔步，仿佛心头难处已全然解开，显得甚为开心。

徐祯卿摇头苦笑，心想：真不知这莫大小姐来京到底是为找三师父，还是为了吃喝玩乐的！想着想着，又不禁扭头向那老者看去，对方却早已消失在王府门前。

10

这日春光和煦，唐伯虎穿着一袭白衫，腰系浅色丝绦，用玉带相钩，打扮得十分端正，平日里如影随形的酒葫芦也不见了踪影。

这一切，本是之前宁王为他准备的，他却迟迟未曾穿戴。

也许是数日作画太过憋闷，他兴致盎然地闲逛于各厢各院，偶尔会有三五成群的婢女经过，面颊红晕。

“唐公子好！”

这一声声轻唤，唐伯虎听来心中十分受用。

走到大厅前正院，唐伯虎看到杨伯行色匆匆，向门外走去。他略微思忖，高声唤道：“杨伯！”

“唐公子？”杨伯老眼眯在一起，看着唐伯虎步款轻盈走到自己身前，先是上下打量一番，笑道，“今日气色不错啊！”

杨伯想到唐伯虎之前刚进入宁王府时的情形，衣衫寒酸，暗藏愁郁，一副壮志未酬的模样，但今日却像换了一个人。

“杨伯，您这是要去哪儿？”唐伯虎笑得更为灿烂。

“去街市上随意逛逛，看是否能添置些菜食。”

“这些琐碎小事，也要杨伯亲自去做？”唐伯虎问道。

“习惯了。”杨伯笑着说道，“交给这些下人，我也不怎么放心。”

“说得也是！”唐伯虎明眸转动，“不如在下与杨伯一起去如何？在王府憋闷了数日，也没四处走走，正巧劳烦您给我说道说道。”

杨伯思忖片刻，便点头应允。

二人闲聊几句，唐伯虎这才得知宁王祖上世代都居于江西南昌，直到弘治初年，才被皇帝召回京城。至于原因，杨伯也无从知晓。而杨伯本人则是十四岁进入宁王府的，当时只是一介男仆，为人正直本分，不该管的从不去多问一句。对待宁王上下，更是忠心无二。尤其与朱奠培长子朱觐钧关系最为深厚。杨伯年轻时，一直专职伺候朱觐钧的饮食起居，陪对方玩耍嬉戏。提到朱觐钧，他脸上总是洋溢着父亲对儿子的那份骄傲与欣慰。

两人走至南街街市，店铺不论装葺，还是门面，较百姓街都奢华整齐不少，所卖物事价钱也不可同日而语。

“来到王府多日，为何从未见过这位世子？”唐伯虎不禁问道。

杨伯暗自摇头，神色略显忧郁，苦笑道：“这些年鞑靼在边关肆无忌惮，打从进京那日起，世子就被调去边关守城，率军沙场。别说你我，就连王爷一年也见不了他几面。”

唐伯虎似有所悟，暗自心忖：大明历代，藩镇都犹如一把双刃剑，替皇族宗亲镇守一方的同时，手握重权，即使无心谋反，在皇帝心中，却始终都是隐忧。太祖皇帝朱元璋建立大明朝之后，将全国各地封赏给他的二十四个儿子和一个孙子，形成“藩王”制度。这些皇子皇孙有自己的王府和军队，每位藩王还拥有三个护卫。每个护卫军卒人数从三千人到一万九千人不等。而晋王和之后称帝的燕王朱棣，军卒人数更是达到十余万之多。正因如此，才埋下朱棣从建文帝朱允炆手中夺取皇位的根源。

最让唐伯虎在意的是，当年朱棣夺得皇位，少不了宁献王朱权的功劳。朱权当年拥有大明公认最为骁勇善战的“朵颜三卫”，以及传闻中所说的“军甲八万，革车六千”。

而宁献王朱权正是朱奠培的父亲。

难道皇上将宁王召回京城实则另有用意？唐伯虎越想越深，不由得感到一股莫名寒意。

“唐公子！”

唐伯虎听到杨伯轻唤，急忙缓过神。

“想什么呢？”杨伯看着驻足人群、一动不动的唐伯虎问道。

“哦，没什么！”唐伯虎岔开话题道，“杨伯，不知您可知道，我之所以到王府，是为王爷作一幅仿画。”

杨伯双眉紧锁，甚至还略微有些嗔怪之意，急忙将唐伯虎拉出人群，站在无人巷首，苛责道：“哎呀！我说唐公子，这么大的事，你能不能小点儿声？”

唐伯虎急忙赔礼道：“是，在下疏忽了。”

杨伯撇了撇嘴，环顾四周，确定没什么人经过，这才低声问道：“你问这些做什么？”

唐伯虎预料对方有此一问，早已准备好说辞：“哦！由于王爷再三嘱托，要与原作所仿一致，丝毫差错都不可出现，但……”他表情略微带着些愧疚和焦虑，抬着双眼，笑得极不自然，一副欲言又止的模样。

“唐公子，有话不妨直说。”杨伯道。

唐伯虎像是终于鼓起勇气：“实不相瞒，在下千里迢迢来到京城，就再未想着回到苏州。所以无论如何，都要完成王爷交办的差事。但这几日我在仿画过程中，遇到许多疑难，又怕直接去问王爷的话，会被轻看，事后不愿让我继续留在王府效劳。适才听闻杨伯在王府生活数十载，定是经常见到那幅画的，就想着劳烦杨伯回忆一下画中细节，助我早日解开疑难摆脱困窘，顺利完成王爷交办的这件差事。”

杨伯见唐伯虎这般推心置腹，心生亲切，不由得回忆起初次见到唐伯虎时的落魄模样，再结合眼下，心中也颇为同情理解。

“原来是这样。”他又微露难色，“但是，我也只是见过一次，恐怕帮不上什么忙。”杨伯言辞之间充满愧疚。

“您再想想，微不足道的细节也可以。”唐伯虎一脸严肃。

杨伯思忖片刻，抬头苦笑道：“唐公子，真的对不住。由于我第一次看到是在去年年初，所以……人一老，什么事儿都装不到脑子里，就连适才想买什么东西，都忘记了一大半。唉！”

唐伯虎有些失望，但看杨伯慨叹不已，忙劝慰道：“杨伯说的哪里话，日后还需您在王爷面前多多提携。”他大大咧咧地打趣道，“没关系，我相信依在下之才，终有一日可以想到解决之策。”

杨伯笑着点头附和，看着唐伯虎，脑海中突然浮现出一个名字：“我虽帮不上什么忙，但你可以试着去问问王公子。”

“王公子？”唐伯虎反问道，“杨伯所说，可是那个身材纤瘦，双手总是插于宽袖中的王申？”

“嗯！”杨伯接着道，“我送茶时，总会看到他与王爷在大厅研摹那幅画卷。而且，比起王爷，他似乎更为了解画中关键。”

唐伯虎心头暗自窃喜，不动声色，皱眉问道：“杨伯，您可知晓这个王申到底是什么人？王爷似乎对他颇为看重。”

杨伯满脸苦笑，摇头道：“这老夫就无从得知了。”

“他平日里都住在王府吗？”

杨伯点头道：“他就住在王府西厢的一间房舍里，只是每日都会晚回一些，很少在府上露面。”

唐伯虎嘴角牵起一丝笑意：“王爷待王申还真是不薄啊！”

杨伯暗自摇头，宽慰道：“唐公子才华横溢，为人直爽，比起那个王申，老夫却更加喜欢你。”

“多谢杨伯抬爱！”唐伯虎笑着施礼道，“杨伯，当年王爷被召回京城，王申可与之同行？”

杨伯重新走入街市，见他如此不依不饶，心中也不由略感疑虑，对跟在身后的唐伯虎说道：“王申是去年才来王府的……唐公子，还是多将精力放在王爷交办的差事上吧，那才是上上之策！”

唐伯虎急忙赔笑道：“是，是，杨伯教诲得是！”

据杨伯所说，宣武门内街商品品类虽属上乘，但若是采买瓜果菜蔬，还是西直门与阜成门中间那条街市售卖得更为新鲜。所以，两人便沿着内街一路向北走去。

来到阜成门时，唐伯虎看到许多煤车经过，地面青砖上零零散散洒落着许多煤渣，不免有些好奇。

杨伯见他满眼透着新鲜，不禁在这位才子面前开始絮叨起来。原来，京城各门，各司其职。就比如眼前的阜成门，城墙中央刻着一朵梅花花瓣，与“煤”字同音。只因城门郊外门头沟一带是产煤之地，所以京中所需煤源尽出于此。

“纵使唐公子满腹经纶，想必也未听闻过‘阜成梅花报暖春’的诗句吧？”杨伯说着，哈哈大笑起来。

唐伯虎听罢，若有所思地点了点头。

杨伯见唐伯虎没有打断的意思，便继续介绍，除此之外，与阜成门正面相对的朝阳门城墙上，则刻着一束谷穗。因为由南方出产的粮食，多经通惠河运至通州，再装车从朝阳门进入。

“这个我还是知晓的。”唐伯虎摇头晃脑，打趣道，“南通州北通州南北通州通南北，这副联子所指就在此处。”

杨伯点头附和，指着前方隐约可见的城门，接着说道：“那处就是西直门。沿着西直门向西十里处就是六峰连缀、逶迤南北的玉泉山，皇城御水多取于玉泉山山水，而御水车则从西直门过。除此之外，百姓也可从那里经过。”

“御水？”唐伯虎还是第一次听闻。

杨伯苦笑道：“自从当年成祖皇帝迁都至此之后，历代皇上都不再喝城中水，说是水质苦涩，难以下咽。所以，每日都有专程卫队，从玉泉山打水回来，经由西直门直接运至宫中。”

“每天都是如此？”唐伯虎急忙问道。

杨伯面有愤世嫉俗之色，语气略显无奈：“嗯，风雨无阻！”

此时，唐伯虎一身书生装扮，双手拎着各色蔬菜瓜果走在人群中，显得不伦不类，惹得行人纷纷侧目。对此，他却丝毫没有察觉，呆呆站在原地，陷入了沉思，像是想到什么重要之事。

杨伯则站在一个鱼摊前，与老板讨价还价。

突然，唐伯虎全身一怔，似有所悟。他略微弯下身子，满脸殷勤笑意，问道：“老板，请问哪里可以买到墨鱼？”

杨伯一听，不解地看着唐伯虎。

鱼摊老板身材矮小，身上散发出一股浓郁腥臭，眨巴着一双金鱼眼，嘀咕道：“墨鱼……西市这边没有，不如你去东市的百姓街打听打听，他们那里的鱼肉多从天津而来，应该会有墨鱼。”

“多谢老板！”

唐伯虎点头道谢，两人准备向宁王府折返。走了几步，杨伯见他一副心思沉重的模样，问道：“唐公子，你爱吃墨鱼吗？”

唐伯虎缓过神，表情略显窘迫，脑海中浮现墨鱼那黏糊糊的触手，脊背一阵发凉：“哦！以前在苏州时，偶尔会吃一些。”

他看向杨伯手中拎着的那两尾鲤鱼，接着道：“比起鲤鱼，墨鱼肉更加细嫩鲜美。”

“是吗？”杨伯驻足而立，但对唐伯虎所说将信将疑。

唐伯虎待在原地，直搔后脑，像遇到什么难解之事。

“怎么了？”

“杨伯，我想去看看玉泉山。”唐伯虎显得心事重重，“在王府憋了数日，突然想念山川美景，兴许对我作画有所助益。”

杨伯笑道：“那你快去吧，别忘了赶在宵禁前进城。”

出了西直门，沿着官道行至一里处，会看到右侧立着许多茶棚，供路人歇脚喝茶。茶棚这侧后方一片光秃，显得甚为荒凉，对面却是郁郁葱葱的密林，清风吹动，远远望去，仿佛荡漾着绿绸的江海。

茶棚中饮茶的人并不多，他走了进去，选了靠近官道一侧的座位坐下。老板是一个矮胖中年人，手里拎着一个劣质瓷壶，将热茶倒入杯中，殷勤地推到唐伯虎面前：“客官，慢用！”

唐伯虎从怀中掏出一两碎银，放在木桌上，笑道：“不用找了。”

老板喜出望外，急忙将碎银捧在手中。

“老板，我想和你打听些事。”唐伯虎端起茶碗，轻呷一口。

老板自知拿人手短，点头哈腰问道：“不知客官要打听何事？”

唐伯虎故意去拍打白衫上的灰尘，双眉紧蹙，问道：“我这是初次来京，官道上为何有这么多的黄土？”

老板见唐伯虎衣着华贵鲜亮，定是从南方到京城游玩的纨绔子弟，坐在这里装腔作势而已，佯装笑道：“客官有所不知，在下听闻，如今宫里赶巧在修葺宫墙，所需黄土均来自狮子山，久而久之，官道上自然积下很多黄土。”

唐伯虎言辞揶揄，道：“黄土哪里找不得，还非要去那狮子山？”

老板索性坐到了他对面。唐伯虎为对方斟上茶，老板点头致谢，接着道：“这狮子山的黄土黏性奇佳，土质松软，宫里都住着贵人，当然比不得我们老百姓，他们就连喝水都要去玉泉山去取。”

唐伯虎显露出恍然大悟的样子：“怪不得我一路走来，看到官道上有很多车轮碾痕。”

说到此处，老板也不禁撇着嘴发起牢骚：“自那以后，我这里的生意一天不如一天。你想啊，每天刮大风时，漫天黄尘，谁还有心思坐在这里喝茶，躲还来不及呢。”

两人又聊了一些琐碎之事，老板看到有客人走进茶棚，这才挪开屁股。

唐伯虎自顾自坐在原处，像在思忖什么。直到天色渐渐暗了下来，唐伯虎抬头望去，心中揣度差不多已是戌时，便站起身子，十分悠闲地向西直门走去。

不到片刻，他就听到大地轻微震颤，继而传来阵阵马蹄声。声音更近一些时，还能听到马车轱辘的声响。

这时，一阵疾风刮过，唐伯虎自觉远离中央，乖乖站在官道一侧。行人仿佛也见怪不怪，早已和他一样，闪避在两侧，等着一辆辆马车疾驰而过之后，这才重新走回官道中央。

透过弥漫在半空的黄尘，唐伯虎留意到，每驾马车均由两匹骏马拉乘，上面还坐着三个身披重甲的兵卒。粗算下来，前后大约有三十驾之多。车后斗槽里摆满水桶，虽盖着桶盖，但行驶太快，再加上土路颠簸，难免有御水从缝隙间流出，滴洒在黄土地上，造成一片泥泞。

唐伯虎蹲下身子，看着深深碾痕，用手指捻起一撮黄泥，轻轻拿捏，似乎发现了什么。

11

在狮子山和林子中央有条由西向东流去的河水，很多人都说，这条河最后会直接与长江汇流。及至春令，专程来此踏春写生、垂钓游玩的人比比皆是。由于河水蜿蜒曲折形似长江，很多人将其称之为“小长江”。小长江分上游和下游，来此垂钓之人，都喜欢聚集在下游。说鱼儿从上游摸爬滚打游到此处，已然疲倦不堪，警惕放弱，容易上钩。所以，比起下游，上游异常冷清。

但是，纪辰喜欢冷清，更确切地说，他喜欢安静。

尤其在钓鱼的时候，他喜欢周遭一个人都没有。如果有人，他就要等到所有人都走完，才静静坐在那里，不紧不慢拿出鱼竿，挂上鱼钩，心无旁骛地坐在岸堤旁。

和寻常鱼钩不同，纪辰鱼竿上的鱼钩并未弯曲，而是笔直的。与其说是鱼钩，不如说是一柄短小袖珍、锋利异常的小剑。因为它又长又宽，一寸有余。而且，这个笔直的鱼钩上，也没有任何鱼饵。

纪辰穿着粗麻布衫，拿着一根十尺长竿，头上戴着一顶斗笠，压得很低，将难得的明媚阳光遮挡得严严实实。他坐在一块溪石上，腰间左侧挂着两个竹篓，右侧则挂着打成团儿的蓑衣，眼锋凛冽，静静看着潺潺流过的河水，眉宇间那两道皱痕像是两柄倒竖的利刃。

这时，一条游得很慢的胖鱼从纪辰眼前经过。

突然，他右手一横，向后甩去，十尺长的鱼竿顺势而去。随后，他手腕微弯，接着轻轻一抖，鱼绳连带那个笔直鱼钩便从他眼前呼啸而过，直插河中。当他再次提起鱼绳时，适才那条胖鱼已经被牢牢插在了鱼钩上。

之后，纪辰依法炮制，不到半个时辰，两个竹篓已然满载。他站起身子，压低斗笠，将蓑衣挂在鱼竿末尾，扛在肩头，拎着两个竹篓，信步向树林外走去。

明孝宗朱祐樘即位之后，躬行节俭、勤于政事。短短八年时间，已然扭转乾坤，彻底从前朝腐败荒淫的泥潭中涅槃重生。一时之间，颇有几分砥砺中兴之意。如此盛世之下，京城各门通行更为宽松，像东直门、西直门、阜成门这样无足轻重的“穷门”，百姓都可以畅通无阻。

纪辰在京城已经待了差不多一年之久，守城将卒与他已是老相识。有些时候，他还会将刚钓到的新鲜鱼儿赠送他们一些。所以，每每见到，只要点头打个招呼，就能顺利进城。

入城之后，隐没在斗笠下的双眸便顿时明亮起来。冷漠之中暗藏着几分警惕，聚焦在摩肩接踵的人群之中。他不会放过任何一张陌生面颊，总会在脑海中与两个人的相貌进行比对过滤。

第一个是林奴儿；第二个则是王申。

奴儿，你到底在哪儿？与往常一样，纪辰仍然一无所获。他意兴阑珊地穿过熙熙攘攘的人群，走到街市中央，在一个肉摊旁边席地而坐。将两个竹篓并排列在身前空地上，双臂交叉于胸前，斗笠边沿压得更低了，不知道的人还以为这个卖鱼的年轻人睡着了。

旁边猪肉摊长案后站着一个十分魁梧的壮汉，看样子不过三十岁出头。他胸前系着一袭围腰，对待买肉客人，总是笑脸相迎。每当他挥舞手中那把黑亮宽面菜刀时，便会露出满身坚如磐石、鼓鼓隆起的精壮肌肉，像是要将外衫撑破了。

“您的肉，拿好了！嘿嘿！”鲁源用油纸将一块里脊肉包好，递到对面的妇人手中。妇人付钱之后，又走到纪辰的摊位前，蹲下身子，向竹篓里的鱼儿看去。每条鱼儿身子上都有一道伤口，虽然都是死鱼，但看着却十分新鲜。妇人心想，定是刚捞上来的河鱼。她看着像是睡着的纪辰，笑问道：“老板，你这鱼怎么卖？”

纪辰斗笠压得很低，闷声闷气道：“三十文一条！”

“死鱼还这么贵！”妇人嘀咕一句，问道，“可否便宜一些？”

纪辰不再说话，好像真就睡着了。

妇人颇有微词，正要再说些什么。鲁源见摊位前没有客人，赶忙蹲在纪辰身侧，笑盈盈地打断妇人说道：“大姐，这样，三十文，我给你两条，如何？”

“你能做主？”妇人挑着眉眼问道。

“能！”鲁源斩钉截铁地说道。

妇人见纪辰仍然一动不动，嘀咕几句，便掏出三十文钱，递到鲁源手中，左挑右选了两条又肥又大的鱼儿，这才满意离开。

“有消息吗？”纪辰没有理会鱼的事情，只是用一贯低沉沙哑的声音问起了鲁源。

鲁源笑着将钱装入围腰前的方兜中，微微点头：“嗯！”

这一年以来，鲁源的回答第一次如此干净利落。纪辰倏然睁开了双眼，追问道：“是奴儿，还是王申？”

“王申！”现在已近戌时，街市上的行人越来越少，鲜有人再光顾肉摊，鲁源索性席地坐在纪辰旁边，说道，“弟兄们昨夜看到王申进了宁王府。”

“宁王府？”纪辰皱眉嘀咕，暗忖怎么又是宁王府？接着问道，“确定是王申，没看错？”

“千真万确，就是王申。”鲁源说话的时候，仍然笑盈盈地看着来往人群，“大哥，接下来怎么办？”

纪辰脸色变得更加阴沉：“我们这就去找楼先生。”

鲁源像是终于松了一口气，一脸憨笑，重重点头道：“好！”

纪辰身穿夜行衣，黑纱遮面。绕到宁王府后巷，见四下无人，纵身跃起，轻而易举地翻入后墙，稳稳落在地上。

月光之下，后院竹林茏葱，回廊曲径纵横交错，像是一个偌大的棋盘。巡夜的护院兵卒绕过黑黢黢的假山，四下环顾一番之后，便离开了后院。纪辰从假山另外一侧悄悄闪出身子，寂静深夜，假山下的潺潺细流声此刻也清晰可闻。

这时，婢女从一间屋子里走了出来，手中端着茶。纪辰像是墨夜中的鬼魅，悄无声息地飘忽而出，紧紧捂住了婢女的嘴鼻。

“别出声，”纪辰低声喝道，“我问你，王申住在何处？”

婢女颤颤巍巍地抬起右手，指着那片竹林。

纪辰抬眼望去，竹林中央有条石径，直通不远处的拱门。

“他住在西院？”

婢女不能说话，重重点头。

纪辰手臂向下，手掌一开一合之间，赫然出现一柄十分短小的铜剑，剑身长约尺许，宽不过一寸，两侧剑刃有许多零星残口。他将铜剑架在婢女前颈，月光下，剑身辗转，赫然刻着“鱼肠”两个古文篆字。

“我先将手松开，你若要敢出声，直接结果了你，听清了吗？”纪辰声音略微沙哑低沉，但只字片语透着果断冷峻。

婢女早已吓得魂飞魄散，只要能活命，做什么都愿意。鱼肠古剑架在前颈那一刻，她分明感觉一股寒气直钻心窝，身子直发颤。

“我问你，王申住在西院何处？”纪辰低声问道。

婢女颤声答道：“他……他就住在西院……是……是拱门正对的那间客房……”

话刚说完，纪辰立即抬掌向她后脑劈去，那婢女还未感到疼痛，便眼前一黑，缓缓倒在地上。

纪辰右手一开一合，铜剑像是一条小蛇，一下子又钻回他的袖口。他蹲下身子环顾四周，见巡夜的护院兵卒还未返回，迅速沿着竹林石径蹑手蹑脚进入拱门找到了王申的住处。

他趴在屋门前，贴耳倾听，确定王申已经熟睡，才“吱呀”一声，推开了房门。月光照入屋内，将纪辰被拉长的身影倒映在冰凉青砖之上。

王申静静躺在床榻上，双目紧闭，偶尔发出一两声轻鼾。纪辰走到王申床前，掏出鱼肠剑，架在王申咽喉处。

“王申！”纪辰居高临下，面颊用黑纱遮掩，声音越发显得沉闷，双眸中充斥着愤懑，恨不得将对方一剑斩杀。

王申也不知是听到了声音，还是感觉到了古剑的寒气，终于睁开了双眸。他看到纪辰如同鬼差般站在床榻边上，不禁浑身一颤：“你……”

“你若敢轻举妄动，直接宰了你！”纪辰狠声说道。

王中喉咙抽动着，他感觉纪辰手上再重一分，脖子处一定会瞬间多出一道血口，便再也不敢出声，就连呼吸都小心翼翼。

“我问你，”纪辰身子稍稍弯下去，“卷轴在哪儿？”

王申情绪渐渐稳定了一些，眯起双眼，与纪辰四目相撞：“什么卷轴？我不知道你在说什么。”

“是吗？”纪辰手腕微微下压，王申前颈瞬间被划开了一道浅浅的血口，一滴滴殷红的鲜血顺着他起伏不定的咽喉滑落。

“在宁王手里。”王申面对胁迫，并未乱了方寸，“有本事去找宁王，你就算现在把我杀了，也休想得到卷轴。”

“装腔作势！你以为我不敢吗？”

王申知晓来者并非寻常劫匪，但却一时无法猜透对方身份。他感觉鱼肠古剑下压的气力越来越大，额头不禁流下豆大汗珠，眼珠子不停地转来转去。

不行，还不能杀他！纪辰想到此处，将鱼肠古剑向后收回咫尺：“奴儿在哪儿？”

王申先是微微一愣，继而嘴角牵起那抹邪笑，冷哼一声：“嗬！叫得还真是亲切！”他抬起双眸，接着道，“原来是你！纪辰！”

纪辰太过挂念林奴儿，情急之下，居然一时大意了。他并未答话，声音像是从牙缝间挤出一般，狠声问道：“我问你，奴儿在哪儿？”

王申对自己的猜测笃信无疑，面对纪辰的以死相逼，变得有恃无恐：“纪大哥，我知道你喜欢林奴儿。”

纪辰右手微微抖了一下。王申似乎也感觉到了，依旧一脸镇定自若：“但是，想必你也清楚，林奴儿不喜欢我，更加不会喜欢你。”

纪辰对林奴儿的那份情意，始终藏在心中，未曾对任何一人提起。

“她喜欢的是那个人！”他冷笑道，“可笑的是，那个人却不喜欢她。你和我，不过是她排忧解闷、倾诉发泄的人偶罢了！”

纪辰又何尝不知？每每看到林奴儿兴奋异常地跑出门外，只为看那个人一眼的时候，心中不禁充斥着酸楚。他连心中所想所思都不敢告知林奴儿，甚至会顾忌到林奴儿的身份而刻意逃避。

纪辰时常觉得自己是天底下最懦弱无能的男子，在这件事上，他不恨那个人，也不恨王申，只恨自己。

王申最厌恶堂堂男儿整日被儿女情长所困，痴痴傻傻。他冷哼一声，接着道："我一直不明白，为何全族人都好像对那个人很好，就连族长都对他礼敬有加。"他望着纪辰，笑问道："纪大哥，那个人他到底是谁？真实身份又是什么，你知道吗？"

纪辰缓过神，看着王申，一想到对方很可能就是用如此伎俩哄骗林奴儿，继而得到卷轴，他就恨不得即刻将鱼肠古剑刺入对方咽喉："王申，你再要答非所问，我现在就杀了你。"

"不说就不说，凶什么。"王申一脸轻佻。

"我最后再问你一次，卷轴和奴儿到底在什么地方？"

不等王申回答，门外就传来一声高喊："有刺客！"

门外这一声喊，对于王申来说，仿佛是一根救命稻草，情急之下，他使出全身力气喊道："刺客在此……"

纪辰狠狠瞪着王申，义愤填膺之下，举剑就要向对方刺去。

王申急中生智，狠声说道："纪辰，你若杀了我，林奴儿和你们所有族人都别想再活！"

纪辰对没一剑杀了那个婢女追悔不已，同时又对王申的威胁有所顾忌，他顺势将王申整个人提了起来，将鱼肠古剑架在对方脖颈上，喝道："走！"

两人一前一后，缓缓向门外走去。

短短弹指之间，宁王府西院已是火光冲天。

此刻，屋前站着近百名提着长刀、弓弩的护院和兵卒。男仆、婢女怯生生地站在一旁，满脸惊恐。

那个之前失魂落魄的婢女站在人群中，看到纪辰狰狞的面目，不由得向后退了几步。

“王爷，救我！”王申嘶声喊道。

朱奠培挤出人群，身侧跟着朱宸濠和护院吕达。爷孙二人身外均只披着一件长衫，显然也是刚刚被吵醒。

“放了他！”朱奠培声若洪钟，简单三个字透着赫斯之威。

“你就是宁王？”纪辰冷声问道。

“正是。”朱奠培一生什么大风大浪不曾遇到，对于眼前情况，丝毫不惧。

纪辰冷哼一声，不再答话，看向满院兵卒，高声喝道：“退后，否则我杀了他！”他一边说，一边向前走去。那些护院和兵卒忌惮王申安危，只能节节退后。

“大胆恶贼！”护院吕达手握朴刀，指着纪辰怒喝，“你若放了王公子，就留你全尸！否则……落入我手，定将你碎尸万段！”说着，他向王申略微使着眼色，脑袋不动声色向右侧微微歪斜。

纪辰冷哼一声道：“在下贱命一条，大不了和王申这贼人同归于尽，也算为天下除去一大祸害！只是……”

他视线扫向朱奠培和朱宸濠，揶揄道：“你们舍得让他和我一起死吗？”

突然，吕达将手中朴刀一横，不偏不倚刺向纪辰双眸。纪辰眼前一黑，急忙躲闪，哪知吕达竟瞬间改变刀势，向其肩头砍去。若非纪辰反应迅捷，定会被砍出一个血洞。

即使如此，纪辰肩头还是被钢刀划破，刀刃上显出殷殷血迹。吕达顺势一跃而起，声东击西，重重踢向纪辰另一侧的肩头，将纪辰踢翻在地。

吕达扶过王申，对倒在地上的纪辰怒目而视。王申在旁咬紧牙关，恨声喊道：“你们还愣着干什么，抓住他，要留活口！”

话音刚落，护院兵卒便一哄而上。纪辰一个鲤鱼打挺，挥舞着鱼肠古剑，刀剑相交之际，护院兵卒手中的刀枪齐声而断。

朱奠培、朱宸濠和吕达三人眼前一亮，暗自纳罕：好锋利的短剑！

弓弩手箭雨齐发，依旧被纪辰利落的身法一一躲过。王申急忙走到朱奠培身侧，说道："王爷，此人有用！"

朱奠培知晓王申所指，向吕达使了使眼色。吕达心领神会，挺刀冲进乱战，刀刀招呼纪辰要害。其他人怕刀光伤了朱奠培等人，团团将纪辰、吕达二人围住。月光下，两人刀剑生光，身周裹挟着一团寒气。

此时，年轻的朱宸濠却丝毫不惧，视线落在纪辰手中的鱼肠古剑之上。

这时，纪辰剑法突变，刚劲之中带着些许轻柔。之前吕达还略占上风，眨眼之间，居然被纪辰逼着节节后退。高手过招，胜负就在一招一式间，纪辰见对方稍稍愣神，抓住机会，鱼肠古剑寒风一闪，吕达肩头一沉，鲜血喷涌而出。

趁乱之际，纪辰踹翻几名护院兵卒，一跃而起跳出包围。一拨持枪兵卒料定纪辰会从南面高墙逃离，早已堵住去路。纪辰身后传来阵阵喊杀之声，腹背受敌，只能朝东面跑去。

兵卒一层接着一层，一拨接着一拨，守军之力果然非一般府衙可比拟，后面传来王申嘱咐声："抓活的！"

幸亏纪辰轻功还算不俗，遇到假山池塘，一跃而过。

宁王府比一般府邸大上数倍，也为纪辰甩掉兵卒争取到了足够时间。这时，他看到东院拱门外有座假山，便急忙跃上假山，侧着身体藏入山上断垣之中。直到蜂拥而至的兵卒往东院去了，他才探出头，四下打量。

看到东院栽种的几十株桃花树，纪辰心中像是牵起无尽的思绪。

那些兵卒并未敲门，一脚踹开了院中的房门。一个年轻人的声音从房中传出：“发生什么事了？你们要干什么？”

“唐公子，王府有刺客！”

纪辰侧耳倾听，心怦怦直跳，脑海中浮现出一个极为大胆的计策。

这时，纪辰肩头一沉，突然被人拍了一下，他右手下意识地握紧鱼肠古剑，直接向后刺去。对方用手一挡，低声道：“纪大哥，是我，于绝！”

此人也穿着夜行衣，摘下了面前黑纱，睁着一双金鱼大眼，呵呵笑着。

纪辰丝毫未感惊讶，长长吁了一口气，低声说道：“接下来，就拜托于兄弟将这些兵卒引开了。”

于绝比纪辰身材还要纤瘦，如同一根细长竹竿。他面颊双腮深陷，浓黑双眉连在一起，再加上笑起来的时候，嘴角总是上翘，使得整个人看起来显得甚是滑稽。

面对如此险境，于绝还是一副笑盈盈模样，自信满满地说道：“纪大哥，你就放心吧！小弟我论及剑法不如你，谈到力气更不如鲁大哥，但这跳梁翻墙的本事，绝对能排在两位哥哥前头，保证能带着这王府兵卒在京城大街小巷玩个痛快就是了！”

纪辰知晓于绝轻功了得，面对如此活宝，冰冷面颊上难得显出一抹笑意，附在于绝耳边一阵低语。

“什么？”于绝面露忧虑，看着纪辰问道，“纪大哥，楼先生早有嘱托，让你我切莫轻举妄动，以免打草惊蛇，连累了林姑娘。”

纪辰神色坚决道：“如今奴儿生死未卜，也顾不得那么多了。”

“可是……”于绝仍然心有余悸。

“没有什么可是，”纪辰狠声说道，“楼先生太过畏首畏尾、瞻前顾后，我可没他那般沉得住气。”他言辞之间充斥着对那位“楼先生”的埋怨。“只要能救出奴儿，任何后果我一力承担。”

于绝也有些左右为难，撇了撇嘴，问道：“楼先生问起来的话，小弟又该如何作答？”

纪辰一副生死置之度外之态：“实话实说就好！”他拍着于绝肩头，温声劝慰道：“放心吧，不会有事的。”

于绝知晓纪辰脾性，见对方心意已决，只能微微点头，用黑纱罩住面颊，快速闪出断垣，跳下假山，故意从东院拱门前走过。

一名兵卒发现了他，立时喊道：“抓刺客！”说着，其余兵卒均从那所厢房冲出，急速向于绝追去。

12

也许是这几日熬夜作画的缘故，入夜后，唐伯虎顿感身体疲乏，就想着今夜早早入寐，养足精神，第二日才能更加有效地投入作画之中。

他再次进入那个梦境。不论神秘女子，还是那处世外桃源，甚至莫名落水之处，都变得更加真实，仿佛触手可及。

与往常不同，此次在梦中，喊杀声震天响起，他拼命奔跑，顾不上回头。不料一个踉跄，重重摔在地上，用尽力气却无法站起。耳听着喊杀声越来越近，他心急如焚，却束手无策。

“不要……”醒来之后，唐伯虎只觉得口干舌燥，内衫被冷汗浸透，方知是梦魇，这才长长松口气，下榻举起壶中凉茶仰脖直饮。

他坐在圆桌旁，想到《桃女图》和那幅被烧毁的画卷，感觉自己似乎已慢慢触及真相，只是中间还需一条线索将其前后贯穿起来。想了片刻，他重新躺回床榻之上，但却辗转反侧，便从玉枕一侧取出《桃女图》。

屋中灯柱俱熄，只能借着窗外月光进行赏阅。图中远处隐约可见、连绵起伏的高山和朵朵神秘诡异的紫色桃花却变得更加清晰。

“难道是……”唐伯虎脑中像是一道霹雳闪过。他仔细回忆那幅被烧毁的画卷中的高山山形，居然与《桃女图》中的一座高山十分相像。唐伯虎急忙起身，正要拿出那幅被烧毁的画卷进行比对，就听到屋外传来阵阵喧嚷。

没过一会儿，密集的脚步声越来越近，窗外火光点点。唐伯虎正要将放在桌案之上的《桃女图》收起，不料屋门却咣当一声被几个兵卒踹开。他们手持刀枪火把，瞬间将黑漆的屋子映得通亮。

“发生什么事了？你们要干什么？”唐伯虎呵斥道。

“唐公子，王府有刺客！”为首那名兵卒朗声说道，“我们见他跑至东院，所以来此搜查，多有得罪！”

唐伯虎看着兵卒翻箱倒柜，连任何缝隙旮旯都不肯放过。也不知过了多久，传来了一声“抓刺客”，所有兵卒便不假思索，向屋外冲去。

唐伯虎哪里见过这等阵势，仿佛与适才梦境不谋而合。还没等他缓过神来，又看到一个手持短刃的黑衣人，缓缓走了进来。

“有……”唐伯虎愣怔了半晌，刚要大声叫喊，不想那刺客身法飘逸，转瞬移至他身前，不等他出声，便堵上了他的嘴巴。

“放心，我不会伤害你。”黑衣人将短刃架在唐伯虎前颈，低声说道，“如若再敢出声，我一剑杀了你！”

唐伯虎急忙重重点了点头。

黑衣人将手慢慢移开，此刻门外已经没有任何声响，显然兵卒早已走远，他这才走上前将屋门轻轻关上，站在门后静听片刻，才回身向唐伯虎走去。

不料，经过桌案之时，却又停了下来。

屋内此时一片漆黑，窗外映入的月光不偏不倚地洒在黑衣人的身上。唐伯虎清楚地看到，对方的手在发抖，就连那双犀利的双眸都变得温柔许多。黑衣人似乎发现了《桃女图》背后的“救我”二字，翻过确认之下，满眼惊愕。

突然，他扭头看向唐伯虎，目露凶光，左手拿着《桃女图》，右手握紧短刃，步步逼近。

唐伯虎仿佛能清晰感觉到，对方周身散发出的凌厉杀气。惊恐之下，他一步步向后退去，终于脊背撞在墙壁上，已无路可退。

“这幅画你是从何而来？”黑衣人狠声问道。他说得很慢，每一个字像是从牙缝间挤出一般。

看来此人认得此画，难道他也认得那个神秘女子和那片桃花林？唐伯虎虽然身处险境，但并未乱了方寸，心道：这黑衣人看到《桃女图》之后，像是变了一个人，定然与画中一切有所牵连。真要如此，只要自己与宁王府撇清关系，便能保住性命，说不定还能从他口中得到一些关于《桃女图》的线索。

“再不说，我现在就杀了你！”黑衣人距离唐伯虎不过咫尺，沙哑阴沉的声音在此境况下使人窒息。

“好……实不相瞒，这幅《桃女图》正是在下十年前亲手所作。”

“你画的？”

这时，唐伯虎心中充满不解，似乎哪里不对，或者说，有些不符合逻辑，但身处如此危难之际，又难以集中精力进行梳理。

黑衣人黑纱遮面，只有那双眼眸闪烁微弱的亮光，他迟疑片刻，像在思忖什么，然后冷声问道：“你又是何人？”

“在下唐伯虎，经人介绍到王府修仿一幅皇帝御赐古画，这才从老家苏州赶至京城。”唐伯虎声音很低，比起害怕，他更想稳定住对方情绪，套出图中线索。

“你就是唐伯虎？”黑衣人双眸中的威胁和杀气逐渐变淡，语气变得平静。

唐伯虎心头一怔，急忙问道：“大侠认识在下？”

黑衣人不由得将视线移开："不……不认识！"

唐伯虎苦笑道："大侠，在下并非三岁孩童，你如此敷衍，我又怎会不知？"

适才黑衣人背对唐伯虎，突然又转过身子，答非所问："好！如若你告诉我，你是如何得到此图的，我就告诉你我的身份，如何？"

唐伯虎见黑衣人有所让步，如若自己再咄咄逼人，势必惹怒对方，便点点头，将自己的梦境以及再次获得《桃女图》经历，一切从头至尾讲述了一遍。

果然正如唐伯虎所预料的那样，对于他所说的一切，黑衣人显然早就知道了，没有丝毫的惊讶之态，直到听唐伯虎提起刘勇和《桃女图》时，面上才微微变色。唐伯虎这般知无不言、坦诚相向，为的就是博得对方信任，从而得到神秘女子和世外桃源的线索。

"那你可查到了什么？"黑衣人背对着唐伯虎问道。

唐伯虎面露苦笑："大侠，我已将如何得到《桃女图》的经过说与你，还望遵守诺言，以真面目示人。"

"你要不说，我就杀了你！"

"大侠真要执意杀我，就算我说了，也是死，倒不如以此为注，保住自己这条性命。"

黑衣人转过身，眯起眼锋，死死盯着唐伯虎，仿佛想看穿他的所思所想。

他抬起右手，慢慢揭下黑纱，说道："行不更名，坐不改姓，我叫纪辰。"在月光映照下，棱角分明的双颊更增添几分英气。

"纪大侠认识画中女子？"唐伯虎想到之前纪辰看到《桃女图》时，满眼透露着温柔之色，断定他与那女子绝非仅仅认识那般简单，接着问道，"这女子是何人？"

"恕难奉告。"纪辰眼神不知落在何方，傲然应道。

唐伯虎心有不甘，却又毫无办法："那纪大侠可否告知在下，那片世外桃源到底是什么地方？”

纪辰冷哼一声道：“唐公子，我之前只是说，你说出《桃女图》从何而来，我定然以真面目示人。可如今你却问东问西，没有图中女子的其他线索作为交换，我是不会说的。”

唐伯虎生怕弄巧成拙，继而说道：“我知晓刘勇是京城的一名兵卒，却还未查到他在何处当差。”

“嗬，唐公子口中所说的线索也太过儿戏了！”

唐伯虎听出对方有揶揄之意，略微不悦地看着纪辰。

纪辰思忖片刻道：“唐公子，你可听说过王申这个人？”

唐伯虎皱眉，点头道：“在王府见过几面。”

“他起初也生活在那个地方。”

唐伯虎想到王申查看画卷时的样子，又想到《桃女图》和画卷的相似之处，再加上纪辰所说，断定这幅画卷定与那世外桃源有着千丝万缕的联系。只是还未弄清事情的来龙去脉之前，他不想将这些告知纪辰。唐伯虎隐隐觉得，也许自己手中所掌握的线索，今后会起到扭转乾坤的作用。

“那他为何会出现在宁王府？而且，如今还成为王爷身边的幕僚。”唐伯虎像是看出端倪，不动声色地问道，“难道纪大侠此次来宁王府所行刺之人，就是那个王申？”

“是！”纪辰仍旧一副冷傲姿态，对行刺之事，丝毫不予掩饰。

“为何？”唐伯虎怔怔望着纪辰。对方一语不发，陷入沉思，过了一会儿，才扭头看向唐伯虎，神色凝重，说道：“唐公子，你若真想解开梦中之谜，不如跟我做个交易如何？”

“交易？”唐伯虎面露不解。

“你若能利用在宁王府的身份之便，查出画中女子下落，继而助我将她救出，我定将一切如实相告。”

一问一答之间，唐伯虎心中已然有了答案。纪辰明明是奔着王申而来，却没有要求唐伯虎留意王申的行踪，而是让他去查画中女子的下落。他不禁怀疑，那女子正是被王申带走了，而纪辰此番刺杀王申，为的就是逼王申说出女子的下落。

想到此处，他嘴角牵起一丝笑意。

“你笑什么？”纪辰突然升起莫名怒气。

“没什么。”唐伯虎摸着嘴唇上沿，笑容中充斥着一丝戏谑，“只是觉得纪大侠太过高看在下了。”

“对我的提议，你不同意？”

唐伯虎摇了摇头，接着道：“只是你我如若想达成共识，就要彼此信任。但纪大侠对在下所问之事，全然搪塞敷衍，没有给出丝毫线索。就算我有意相帮，也有心无力。”

“唐公子虽聪明过人，但纪某也绝非愚钝之辈，你这般费尽心思，不过是想从我口中套出你梦中之谜，我又怎会上当。”纪辰眼眸中闪过一道寒光，鱼肠古剑悄无声息地滑落在右掌掌心。

“在下并无此奢求，”唐伯虎笑道，“只是单纯想知晓画中女子的芳名，这样一来，我也好借机在宁王府四下打探。”

纪辰举棋不定，不知与这个既熟悉又陌生的唐伯虎达成交易，到底是对是错，是福是祸。看着唐伯虎那充满自信的笑意，纪辰心中莫名恐慌，仿佛自己所有想法都被对方看透似的。

我该怎么做？纪辰进退两难，但脑海一旦想到她的样子，所有一切又都显得无足轻重。

纪辰低头看向左手手中那幅《桃女图》，愣怔许久，才轻轻放下，用黑纱遮盖住自己面颊，冷冷道：“她叫林奴儿。”

林奴儿……唐伯虎不禁默念，混沌的空间像是破开了一道口子。

“你最好能查到她的下落，否则……”纪辰背对着唐伯虎，言辞阴沉，充满杀气。

“纪大侠，如若我查到林姑娘的下落，如何告知？”看着纪辰正欲离开的背影，唐伯虎笑意消失，轻声问道。

“只需在宁王府后巷墙上画一朵桃花，族人看到，定会前来拜见。告辞！”

唐伯虎看着纪辰离开，将屋门关闭之后，轻轻走到圆桌旁，拿起《桃女图》，仔细打量着图中的女子。

“林奴儿……”他低声呢喃，嘴角微微上翘，仿佛在这一刻，图中林奴儿的一颦一笑更加栩栩如生。

他双眸闭合，嘴角牵起一抹狡黠笑意，肆无忌惮地深吸一口气。适才纪辰靠近自己时的那股刺鼻味道，此刻仍停留在鼻息之间。

第三章
花满楼

1

铁牢门外传来窸窣的脚步声。林奴儿猛地睁开双眸，眼中怒火喷涌而出。

平日里，没人会来看望林奴儿，除了那个人，那个她日日夜夜都想杀死的人——王申。

张弓和刘勇殷勤地喊着“王公子”，言语之间透着谄媚。

王申身条修长，束发盘髻，双手依然插在宽袖中，细窄的眼眸隔着冰凉的铁柱牢门，冷冷地向蜷缩在角落里的林奴儿望去，嘴角挂着心怀叵测的诡笑。

“将门打开。”他声音很轻，总让人误以为是一个文弱书生。

张弓急忙弯腰上前，打开了牢门上的铜锁，等王申踏入铁牢之后，便与刘勇一道乖乖退到很远的地方。

王申对牢中的污秽之气微微皱眉，便移到了铁窗边，挡住了铁牢里唯一的光线，使得铁牢再次陷入完全的阴暗和潮冷。

林奴儿身上多处旧伤未愈，再加上双脚被冰凉彻骨的铁镣捆锁，只能简单行走，不然定会跃起，与王申拼个你死我活。

“我还记得那里的春天，可比外面美多了。漫山遍野的桃花树，清澈如镜的桃花河，还有你屋前那朵朵紫色桃花……”王申仿佛沉浸在回忆中。

“假惺惺……伪君子！”林奴儿一声比一声响亮，恶狠狠地说道，“别再多费唇舌，我什么都不会告诉你。”

“我知道。”

林奴儿心头一紧，面对王申如此镇定自若的回答，她感到更加恐惧，比起之前的怒气冲冲、暴跳如雷，她更害怕对方暗藏着汹涌。

“这次来就是想看看你。”说着，王申蹲在林奴儿身前，右手从宽袖中伸出，用白皙细长的无名指轻轻挑动着她双颊两侧的发丝。

林奴儿咬着牙，猛然间如同一条猎犬般，去咬王申的手指。幸亏王申躲得快，不然恐怕真要受到断指之苦。

“把你的脏手拿开！”她一声怒喝。

王申短暂地注视着林奴儿，真容渐渐显露。他将收回手，随即站起身子，居高临下，以一个胜利者的姿态俯视着林奴儿，冷笑道：“我这次来就是想告诉你，我们找到一个人，还记得姓楼的那个关门弟子吗？”

林奴儿原以为王申虚张声势无非是想激怒自己。但此时，她脸上的不屑之色逐渐消失，取而代之的是惊恐和愤恨。

“王申，你这个忘恩负义的小人，我当初怎么会鬼迷心窍，居然相信你！”

“因为你喜欢我。”王申重新蹲在林奴儿面前，言语之中带着嘲弄，“你们女人都一样，都喜欢花言巧语，都喜欢俊俏容颜。而这两点，我都有。而你，也只不过是个普通女人罢了！”

王申不是自己心中的那个人！林奴儿当初不止一次这样告诫自

己。但是，面对另一人的冷漠和无视，她心灰意冷，也暗藏麻木与无奈。而王申对自己热情似火的追求，她又无法熟视无睹，甚至难以抗拒。

治疗挫败最好的良药，也许就是报复。她想通过报复，让那个人嫉妒。

所以，林奴儿就像顺手拿起一件已经丢弃、无足轻重的东西般，选择了王申。她只是希望那个人知道，她与王申朝夕相处，时常在一起。如若他没有丝毫紧迫感，这种不温不火的情愫，就会发酵为亲密无间，甚至天长地久。

面对王申不知廉耻的自卖自夸，林奴儿内心结痂的旧伤重新被撕裂，那份痛楚撕心裂肺。

“你和你爹一样，都是一个十足的伪君子！”林奴儿想不明白，利益真的能让一个人面目全非、脱胎换骨？那件事发生前，王申在林奴儿印象中，是一个始终带着腼腆的微笑，甚至有些内向收敛的书生。她烦心的时候，王申总会在第一时间出现，耐心劝慰。有时，林奴儿还会将所有怒火发泄在王申身上，但他仍旧体贴柔情，丝毫没有不悦，直到王启叛乱……

“别提我父亲！”王申一声怒喝，将林奴儿从杂乱的思绪中拉回现实。他变得狂躁，在牢中踟蹰踱步，居高临下指着林奴儿，咬牙切齿道，“你们是凶手，你们都是杀害我父亲的凶手！”

“那只是意外！”林奴儿却变得冷静很多。

“意外？”王申冷笑道，“要不是你们以死相逼，我父亲又怎会葬身火海？你，你爹，还有楼华和姓方的，所有族人手中都沾上了我爹的鲜血！”

“那是他咎由自取，是他想背叛族人。”

“我告诉你，”王申有些丧失理智，任何解释与说辞，在他看来都是推卸罪责的借口罢了，“我就是要你们死，要全族人为我父亲偿命。”

“所以，”林奴儿看着凶相毕露的王申，眼中夹带了一丝怜悯，“你之前所做的一切都是为博取我的同情，然后，趁我不备之时，将卷轴偷走，是吗？”

王申喑哑无声，他想到父亲王启死后，全族人看待自己如同恶贼。他那时就想：是他们逼死了父亲，为何没人向我道歉，反而会这般对我冷漠残酷。那段时间，他整日被族人所唾弃，要不是林奴儿劝说，可能早就被赶出族群。每当他独自坐在桃花河边，烦闷愁虑之时，也是林奴儿劝慰和开解他。

他看着她充满期待的双眸，像是两根钢针刺入心窝。他无法直视，只能回避。王申很想告诉林奴儿，自己当时真的很无助，并不是刻意伪装。但是，他选择隐藏内心想法，因为王启曾经告诫他：千万不要让任何人知道自己在想什么。

王申面色逐渐涣散，开怀大笑起来，“哈哈！怎么，你以为我真心喜欢你吗？”他站起身子，背对林奴儿，斩钉截铁道，“是！我做这一切，都只是为了接近你，然后得到那幅卷轴。你们所有族人都要为我父亲陪葬！”

林奴儿整个人虚脱似的，嘴角露出一丝苦笑，觉得当初的自己，是多么无知和可笑。

但是，她还是想得到一个答案。

“王申，”她低着头，轻声问道，“你……真心喜欢过我吗？”

自始至终，王申始终背对着林奴儿。他心头微微一颤，喉咙抽动着，之后，将胸脯挺起，双手重新插入宽袖，冷冷道：“没有！”

说完，王申缓缓走出铁牢。

张弓将铜锁重新锁上，声响在空旷幽暗的地牢中振聋发聩。

比起冰冷幽暗的皇宫，年仅二十五岁的孝宗皇帝朱祐樘，更加喜欢待在西暖阁。他是人，也是血肉之躯。他会恨，也会爱。但是，他害怕文武百官察觉到自己这些稀疏平常的情感，会认为他是与宪宗皇帝一样懦弱的人。

他就算死，也不愿与那个有名无实、荒淫无度的父亲相提并论。

从成化二十三年九月即位起，朱祐樘只用了五天时间就明白了一个道理。龙椅御阶下的所有人表面看来诚服听命于你，但他们却只愿看到一个勤勉、冷漠的皇帝。也不知从何时起，朱祐樘也慢慢接受了这帝王之道。因为他清楚认识到，自己面对的并非一个朝党中正、君臣一心的天下盛世。相反，由于前朝种种弊政，大明朝早已千疮百孔。他整整花去八年的时间，如今才初见成效。

但是，今夜晚朝时，又从边关传来消息，鞑靼小王子——达延汗巴图孟克和郭勒津旗旗主火筛屡犯贺兰山一带的延绥诸境，明军节节败退。朝堂众臣多将其根由推到军饷匮乏，导致边关将士军心不稳，无力应战上。朱祐樘有苦难言，不知如何应答。好在此时，兵部尚书马文升剑走偏锋，直言吃了败仗的最主要原因，还是边关将士疲于奔命、不思进取所累。而且，他还提出五人名单，当众要求皇帝降旨将五人革职。

顿时，满朝皆惊。朱祐樘眼眸闪烁，一直忍着不敢笑出声。连上这次的五名将士，马文升前前后后已经罢免了三十七人。这份魄力可不是那些瞻前顾后、畏首畏尾的文臣可比拟的。吏部尚书李东阳出列劝谏，说临危换将本就是大忌，此举势必更加动摇边关将士的守城之心。

一时之间，一边是以马文升为主的进取派武将；一边又是以李东阳为首的保守派文臣，两边唇齿相击，吵得不可开交。

但是，朱祐樘心中却已有了自己的主意。

他先是同意马文升奏表，将那五人罢免，拟诏派遣马文升举荐的刘宁和廖冰为主、副帅，前去边关抗压小王子。又顺势将马文升派往河西，会同河西诸卫及诸部落族，共同攻打牙兰人，夺回哈密城。

这就是所谓的“先礼后兵”，一来一往，既撤掉边关五名不作为的将士，抵御鞑靼小王子；另一个方面，派马文升前往河西，又使得以李东阳为首的文臣即使有再多疑虑，碍于哈密城的重要性，也不便再说什么。

“皇上英明！在奴才看来，这招声东击西是最为妥善的两全之策！”五十多岁的司礼监掌印太监怀恩，两鬓斑白，双臂交叉于胸前，像是一尊面带微笑的石佛，一动不动地站在暖榻旁边。

“阿叔也这么觉得？”朱祐樘放下朱笔，轻轻笑着，浑身散发出一丝坚毅，看起来有一种处事不惊、城府深沉的老练。

朱祐樘六岁之前，只是个被深藏在后宫帷幔之中的私生子。在他还未出生的时候，前朝万贵妃就想要将他连同母亲纪氏一起杀死。要不是宦官张敏一时恻隐，他二十五年前就已沦为孤魂野鬼。历经磨难坎坷，在张敏和怀恩多次冒死帮扶下，朱祐樘终于在六岁那年成为太子。事后，张敏被万贵妃毒杀，怀恩也遭放逐，成为凤阳明皇陵司香，直至朱祐樘即位，才被重新调入宫中，委以重任，成为当朝后宫之主——司礼监掌印太监。

虽然朱祐樘命运多舛，看透宫廷人情冷暖，不愿再去相信任何人，但他对怀恩除了感激，还有着许多信任。

朱祐樘见对方欲言又止，心知他定是怕落下宦官干政的口舌。

“这里只有朕和阿叔两人，有什么话不妨直说。”朱祐樘轻轻靠在暖榻软枕上，顿觉僵硬的脊背好受许多。

怀恩点点头，也不客套虚言，直入主题，轻声道：“牙兰人始终都是心腹之患，而哈密西接吐蕃，北临鞑靼，此次能否夺回哈密城，对牵制两者至关重要。纵观朝野上下，主将一职，刘大夏刘大人最为合适。但他此时又在忙着与南方各海的日本倭寇周旋，自然抽不开身。马尚书虽已年迈，但不论是魄力，还是用兵之道，丝毫不减当年，的确是再合适不过的人选。”他始终低着头，语气平淡，没有半点求功谄谀之意。

“而且，老奴所说的这些，李尚书和诸位大人想必也看得十分透彻。比起哈密，那五名边关将士的确算不得什么！”

怀恩轻描淡写，但其中利害，朱祐樘心知肚明。边关将士不作为不思进，疲怠迎战，导致大明兵卒伤亡惨重，更使边关各镇处于危旦，这可不仅仅是免去官职就可作罢干休的。

所以，怀恩最为佩服的并非是皇帝斡旋文武重臣的手段，而是那种谈笑间的杀伐果敢。早在朱祐樘刚刚即位不久，万贵妃就被打入冷宫。没过几天，疯疯癫癫的万贵妃上吊自缢，真相只有他和皇帝知晓。怀恩明白，当时年仅十七岁的朱祐樘，不想成为天下人口中睚眦必报的恶君，更不想步英宗和宪宗两朝后尘，他所想要的是大明中兴、天下安乐。同时，朱祐樘更不愿就此放过这个处心积虑想要置他于死地的恶妇人。所以，在怀恩看来，身旁表面看来温文尔雅、气定神闲的皇帝，心中藏着不为人知的宏图与远志。

朱祐樘眼眸中闪过一丝意味深长的笑意：“还是阿叔知我。”

他身体前倾，双臂支在御案之上，用手指轻揉着两边的太阳穴。也不知从何时起，朱祐樘久卧之后总感觉脑袋发晕，全身困倦，可能与他长年累月、夜以继日地勤于政务不无关系。

这八年来，朱祐樘为扭转大明颓势所做的一切，怀恩都看在眼里。虽说对方早已不是年幼时那个善良活泼的少年，但怀恩心中仍然对他存着一丝日久生情的父爱。除了早朝和晚朝，近日朱祐樘又想着设立午朝，再加上一天不足两个时辰的休息，就算精壮魁梧的大汉，亦会吃不消，何况是身体纤瘦单薄的朱祐樘。

“皇上，时候也不早了，早朝之前，眯一会儿吧！”怀恩温柔说道。

朱祐樘干笑着，摇了摇头：“阿叔去歇息吧！”

怀恩见皇帝有逐客之意，也不好再多说什么，微微躬身施礼道：“皇上保重龙体，老奴告退！”

朱祐樘见怀恩退出西暖阁，太监婢女也尽数被他打发走了，这才移步到墙侧书柜旁，拿出一本古籍，一边翻看，一边惺忪说道：“你们两个出来吧！”

过了一会儿，从另一侧后堂走出两人。为首的年轻人书生打扮，细眉窄目，圆鼻薄唇，正是王守仁。他身后那人比朱祐樘和王守仁年龄略长五六岁，面色铁青，厚唇紧闭，暗藏着一股拒人于千里之外的淡漠。他头戴黑纱帽，身穿金色白领对襟飞鱼服，腰间挂有宫禁腰牌，配插绣春刀，正是当朝锦衣卫指挥使牟斌。

“刚才是谁睡着了？”朱祐樘仍旧低头翻看着古籍。

王守仁早早被牟斌带入西暖阁，一直等到现在，的确也有倦意，但始终未曾合眼。不过，他倒是听见了几声牟斌的轻鼾，不由得向身后看去。牟斌将整理飞鱼服的双手放了下来，道：“是卑职睡着了，请皇上责罚！”

朱祐樘重新坐回暖榻，揶揄道：“朕都听到你打呼噜了。”一直以来，不管朱祐樘在西暖阁会见什么人，都会将其安排在一侧后堂，目的和用意不言而喻。

见牟斌打呼噜的事情被朱祐樘戳破，王守仁忍不住笑出声来。而牟斌为人谨慎，并且由于身份特殊，行为处事更加如履薄冰。这句话在王守仁听来是说笑，但他却明白皇帝深意，面色倏白，急忙跪倒在地，拱手说道：“卑职一时疏忽，请皇上严惩！”

“一会儿责罚，一会儿严惩的，朕只是随口说说，权当玩笑！快起来吧！”朱祐樘笑着看向二人。

牟斌不知见过多少次皇帝谈笑间的无情杀伐。这些年，他真正体会到了什么叫君心难测！

朱祐樘翻阅古籍的手突然顿住了，冷言道：“阿叔何等聪明，这么长时间又怎会不知你每夜都在后堂躲着？”

牟斌性情执拗，在他印象中，所有太监宦官都是戴着假面的奸佞小人。纵然怀恩当年对皇帝有救命再造之恩，但权欲熏心，难免不会变成另外一个人。好在皇帝勤于政务，所有奏章批红都亲力亲为，从不让怀恩染指。即便如此，牟斌仍对怀恩抱着三分警惕。

“守仁，此次召你进宫，朕就是想问问，上次托你打听的那件事，有消息了吗？”朱祐樘并未抬头，始终在翻看手中的古籍。

“启禀皇上，花满楼的夺魁大赛会在明日戌时五刻举行。”得益于父亲王华是朱祐樘身边的日讲官，王守仁自幼便和朱祐樘相识，两人私交深厚。长大之后，虽有君臣之别，但王守仁于理学方面的研究涉猎，颇对皇帝胃口，二人时常交流理学，闲暇时候，还会一起品鉴书画，挥毫泼墨。

花满楼一年一度的夺魁大赛，确切时间都有所差异。起初，牟斌对皇帝前往还有些抵触，甚至迁怒于无意间将夺魁大赛透露给朱祐樘的王守仁。但见皇帝每次都会欣喜而归，就如同隐居深山的孩童，终于体味到民间的繁华热闹一般，他也不再劝阻。

朱祐樘似是对那部书失去了兴趣，站起身子，将它重新放回了书架。随后，他扭过头，看着王守仁说道：“明夜的夺魁大赛，守仁与朕一同参加，如何？”

王守仁万分惊诧，这些年两人一直旁观大赛过程，从未亲身参与过。

“怎么？没有信心？”朱祐樘接着问道。

“并非如此。”王守仁苦笑道，“草民倒是对这等输赢不甚在意。”

“嗯，”朱祐樘笑容透着几分童心未泯，“那就这样定了！”

“是。”王守仁心中仍然充满不解。

“朕听说……”朱祐樘重新坐回暖榻，意味深长、似笑非笑地看着王守仁，问道，“你在打听一个名叫刘勇的人？”

王守仁双眉不由紧皱，后脊发凉——皇上如何知道，难道他派人监视我？想到此处，他心中万分惶恐，而一旁的牟斌却见怪不怪，表情镇定。

“是，守仁一位故人来到京城，说是她的好友无故失踪，刘勇似有所牵连，所以就找到草民，让我代为打探刘勇的下落。”王守仁像是用尽全身力气，才将整件事叙述清楚。

朱祐樘若有所思地点了点头，接着问道：“宁王去找过王大人？”

“是。”王守仁感觉自己像是被提审的犯人，第一次觉得朱祐樘有些陌生。

“所为何事？”

“家父前几日生病，一直卧床不起。”王守仁渐渐收回心神，接着说道，“王爷得知，就拿了一些滋补品前去探望家父。”

“探望时，你一直都在？”

王守仁回忆片刻，急忙说道：“草民自始至终在旁侍候，直到宁王离开。”

“原来是这样。”朱祐樘陷入沉思。这时，透过窗棂，他发现天色已经蒙蒙发亮，笑着说道，“守仁不必多想。时候也不早了，朕差人带你出宫。”

“是，草民告退！”

看着王守仁被人带出西暖阁，朱祐樘再次提笔，掀开面前那份未批阅的奏章，一边看，一边问道：“查得如何？”

牟斌站在御案前，拱手说道：“回禀皇上，卑职查到，那个刘勇之前是苏州守城兵卒，之后被调到边关，后又调回京中任职。”

朱祐樘明白，这只是平常兵卒的普通调动，并没不妥之处：“挑重要的说。”

“是。”牟斌接着说道，“兵册名录载述，刘勇如今在宁王府当差。但卑职仔细查探，他这一两年来，很少在宁王府出现。”

朱祐樘握着的朱笔突然停在半空。

牟斌知晓皇帝生性多疑，他此次查这个无足轻重的刘勇，就是怕失去交心多年的王守仁。但万万没有想到，刘勇居然会与宁王朱奠培有关。

朱祐樘慢慢合上奏折，像是终于有了睡意。

2

正值清晨，东直门内百姓街两侧的店铺刚刚开铺，不论是伙计还是老板，都进进出出，各自忙碌，街市却行人寥寥。

晋醋坊的招牌悬挂在大门一侧，三个金漆大字脏污斑驳，显得极其古朴陈旧，牌沿还少了一角。

唐伯虎在门外就闻到一股醋香，等到走进大厅，味道更为浓重。店铺伙计迎了上来，气喘吁吁，额头上还挂着豆大汗珠，满面堆笑，问道："客官，您需要点什么？"

"费老板在吗？"

唐伯虎话音刚落，就见费度从后堂走了出来，他手中拎着竹篮，里面盛放着大小不一的瓷瓶。

"费大哥。"

费度一副忙得不可开交的模样，循声看去，这才发现唐伯虎，先是微微一愣，而后疾步相迎。

"唐公子！"也许是没想到唐伯虎会出现，费度将竹篮交到伙计手中，笑得有些颇不自然，又转头嘱咐道，"按类摆放在货架上！"

他回过头上下打量一番唐伯虎，感慨道："唐公子，一别多日，你这气色可比进京那时好多了。"

唐伯虎依然穿着昨日那件白色襕衫，在晨曦照耀下，的确显得风度翩翩，他浅笑道：“费大哥也是老当益壮啊。”

费度笑道：“哪里，适才整理货品时，险些直不起腰来。”

唐伯虎从怀中摸索一阵，随后一把抓起费度的右手，将三两碎银拍在他掌中。

“唐公子，你这是……”

唐伯虎将费度右手合上，面色恢复如初，笑道：“如今我已今非昔比，不再是那个落魄书生，这二两车资，本就是进京时应付的，如若费大哥再要推辞，那就真是瞧不起小弟了。”

费度眉头微蹙，点点头，将碎银放入内衫，问道：“唐公子专程而来就为这事？”

“在王府闷得发慌，随意出来走走，听说这百姓街能买到许多沿海水产，想着买回去一些，打打牙祭。不知不觉就到了这里，正巧将那车资还给费大哥。”

两人寒暄几句，来了客人，唯一的伙计正忙着整理货品，费度只能亲自上前招呼。百无聊赖下，唐伯虎随意走动着，双眸骨碌打转，过了一会儿，他见对方无暇东顾，竟掀开布帘，径自走入后堂。

唐伯虎穿过一条狭窄的甬道，走进一处窄小的院落。联想起这间醋坊只得雇用一个伙计，足见费度生意惨淡，支付日常开销怕已是捉襟见肘，自然无甚余银拓宅修院。

地面青砖上积着厚厚一层土尘，院落左侧是一堵高墙，墙檐那株矮树显然栽种不久，入春之后，片片绿叶圆润饱满，有些又极其羞涩地含苞待放。右侧则有一间狭小独屋，门扉残破，窗棂斑驳，像是许久未曾修葺。正面定是主屋，大门紧闭。主屋再左侧又有另外两扇窄门，中间挂着铜锁。

唐伯虎见四下无人，逐渐靠近，轻轻一推，两片木门向内敞开，露出一道宽缝，他急忙弯下腰身，像是暗夜小贼，透过宽缝侧目向内望去。里面漆黑一片，看不到任何物事，但陈醋香气越发浓重。

他暗自思忖：这里莫不是储放货品的仓库？

唐伯虎正要离开，无意间看到下方积满灰尘的门槛上，有一个清晰可见的不规则圆点。他思忖片刻，掩不过好奇心，蹲下身子，用中指轻摸挑起，放在鼻下轻嗅。顿时，眉头紧蹙，然后又用大拇指来回搓匀，这圆点比起醋的颜色，更为鲜红、刺目。

他急忙起身，站在主屋大门前，思忖片刻，还是轻轻将门推开。吱呀一声轻响，两扇门扉向内缓慢开启。

与寻常人家的主屋格局相同，中间是会客前厅，上首摆放着的两把太师椅，中央桌案上方则是一幅稍显陈旧、在市面上极易买到的《猛虎下山图》；下首两侧则各放置着两把普通交椅。

前厅左侧是书房，右侧则是卧房。

书房的陈设极其简单，靠窗的长案上放着文房四宝、算盘、账簿之类，光秃秃的白墙略微有些发黄，没有悬挂字画。他像在确定什么，侧着身子，轻轻翻阅账簿，又将视线落在长案其他物事之上。最上首中央位置，放着一个长方形红漆木盒。木盒长一尺有余，厚约两寸，多处红漆都已脱落，露出里面杏黄色的裸木。

唐伯虎打开木盒，木盒中整齐摆放着数十根草秆，长短粗细相似，十分平滑，像是经过了一番打磨。看着这些草秆，他觉得似曾相识，此时此刻却怎么也想不起来。他刚要盖上木盒，却发现边沿有少许粉末，便顺手抹在手指上，放在鼻下轻嗅。

突然，他全身一怔，比之前闻到血腥气时还要惊诧恐慌。

唐伯虎疾步走进卧房，只见房内只有一张床榻和一些洗漱用具。角落木架上则摆放着一个盛满清水的木盆。他腰身再向下弯去，整个面颊快要贴住水面。突然间，漂浮在水面上的微小水泡随同涟漪向四周飘散，散发出一股熟悉的味道……

“唐公子！”

唐伯虎一激灵打了一个寒战。他站直身子，扭头看去，费度正站立在暗处。

“你在我卧房做什么？”费度声音阴沉，语带苛责。

“我……我在找一只黑猫。”唐伯虎心中有鬼，神情窘迫，说着又四下打量，嘴里还不停嘀咕，“跑哪儿去了，适才我明明看它进了费大哥的卧房，怎么转眼就不见了呢？”

费度从暗处逐渐显出身形，眼中闪过一抹凌厉之气，继而轻笑一声，走到唐伯虎身旁的木盆前弯下腰来，洗了洗双手。过了一会儿，又直起身子，拿起木架上的纱布擦了擦，转身走出卧房，坐在上首的一把太师椅上，幽幽说道：“我这里从未饲养任何猫狗，又何谈什么黑猫？”

唐伯虎疾步上前，自觉坐在费度右侧，辩解道：“我见它一身灰蒙蒙的，又骨瘦如柴，也许是附近流窜的野猫了。”

费度思忖片刻，扭头看向唐伯虎，笑道：“唐公子有所不知，我这里本就是醋坊，常年弥漫着酸涩之气，寻常猫狗都受不了这股味道，连见到我都要躲得远远的。肯定是唐公子适才看走眼了。”

唐伯虎坚决道：“那么大一只活物，又怎会看走眼呢！哦，会不会是其他邻里家中逃窜出来的？”

费度若有所思，附和着轻轻点头。

唐伯虎急忙起身赔礼道：“小弟举止莽撞，费大哥切莫怪罪。”

费度仍旧稳稳坐在太师椅上，言辞揶揄：“唐公子言重了！我这卧房并非什么皇宫禁地，闯也就闯了。”

言已至此，唐伯虎觉得再说下去，反而有得利卖乖之嫌，躬身行礼后，自觉向门外走去。

离开晋醋坊之后，百姓街逐渐热闹起来。较之初到京城时的心境坦然，如今的唐伯虎更为沉稳谨慎。他行至熙来攘往的人群之中，面色凝重地四下打量。

正如阜成门与西直门西市那个鱼摊老板所说，整个京城，似乎只有东直门内的百姓街才可买到新鲜稀有的水产。

唐伯虎刚一走进津海坊，便有伙计殷勤上前，点头哈腰地问道："客官，需要些什么，小的也好给您介绍。"

唐伯虎闭口不答，只是随意走动。伙计见他衣着华贵，心中虽有怨愤不满，面上丝毫不动声色，紧紧跟随。

津海坊虽只有一层，但左右两侧三进三出，十分宽广。木架错落有致，整齐划一，上面摆放着大小不一的木盆，里面盛着清水，各色鱼种鲜美活泼、摇尾游动。越往里走，水产价钱越为高昂。比起西市各色鱼摊，这里不仅品类丰富，而且颇为新鲜。

唐伯虎身后的伙计絮絮叨叨，从鱼的种类到什么季节吃什么鱼，甚至连一些鱼类会引起身体不适，都面面俱到地讲了出来。

"我们津海坊是京城老号，自然对来客知无不言，否则有客人吃了不喜欢，或者吃坏了身子，那岂不是得不偿失，连招牌也砸了。"伙计巧舌如簧，生怕唐伯虎空手而归。

与津海坊相比，晋醋坊的确寒酸了一些。唐伯虎举目望去，来此的客人有布衣百姓，也有官差富商，差不多每一拨人旁边都站着一个伙计，满面堆笑，殷勤备至。他驻足而立，兴致盎然地低头看向木盆中的两尾墨鱼，细细打量起来："这墨鱼新鲜吗？"

"客官这说的什么话！"伙计打趣道，"您有所不知。我们这津海坊的总号在天津，京城的只是个分号，每日都有专人从天津将刚打捞的海产送至这里。您吃的墨鱼，保管是全京城最新鲜的。"

"每日如此？"唐伯虎扭头看向伙计。

"每日如此！"伙计赔笑道。

唐伯虎面露犹疑，接着道："据我所知，从天津到京城，怎么也要半日车程，来回差不多也需一日。而且，城门戌时五刻关闭，进入宵禁之后，你们这津海坊又到哪里去做生意？"

伙计见来了一个挑刺的主，心中虽有不悦，但却不形于色，低声道：“这京城水产本就属此处种类齐全，很多朝中官宦、皇亲贵胄若想夜里喝口新鲜鱼汤，即使过了宵禁，也会差军爷来此买去一些。”

唐伯虎似有所悟，压低声音，问道：“那其余人呢？是否也有在夜里来买水产的？”

“当然有！”

“他们就不怕被巡夜军卒看到，受那杖笞之苦？”

伙计抿着嘴，一副事不关己的样子，哼道：“津海坊只管做买卖，那些闲事可就管不到了。”

“也是！”唐伯虎若有所思，点头问道，“那小哥可还记得，昨夜是否有人来买过墨鱼？”

伙计一愣，不假思索，问道：“客官如何得知？”

“那就是有了？”唐伯虎双眸闪烁起来。

伙计耐着性子点头道：“这水盆中本有三尾墨鱼，昨夜的确有人买走了一尾。因为买墨鱼的客人很少，所以小的记得十分清楚。”

“那小哥可认识那个人？”

“这……”伙计一下子警惕起来。

唐伯虎悻然一笑，从怀中掏出二两碎银，放在伙计掌心：“适才小哥也说，你们津海坊只是做生意的，其他就莫要多问了。”

伙计小心将银两揣入怀中，这才附在唐伯虎耳边低声说了几句。

唐伯虎听得又惊又喜，对方所言与自己心中猜测大致吻合，等伙计说完，他陷入沉思，似要捋清脑海中盘根错节的思绪。

“客官，那这墨鱼……”伙计一脸贪婪。

“劳烦小哥，这两尾我都要了！”

唐伯虎这一声答得极为敞亮，透着拨云见日的意味。

3

浮萍客栈坐落于东直门百姓街的第一个巷口，比起宣武门内街的那些客栈，陈设虽然简单一些，但价格低廉，对于远道而来的书生，再适合不过。

天色已晚，伙计秦二正忙着打烊，老板沈念则站在柜台后拨弄着算盘，拿着账簿算账。

这时，门外急匆匆走进了两名男子。

“老板，请问还有客房吗？”中年人身材适中，但却肥头大耳，显得极不协调。一个略显年轻的男子拎着一个长方黑木盒，默不作声地站在他身后，右眉尾端的黑痣格外显眼。

“有！”沈念上下打量二人一番，昏黄灯光下，他的面颊忽明忽暗，殷勤的笑容中还夹带着几分警惕。他一边抽出籍簿一边问道：“不知两位尊姓大名？”

“在下鲁亚夫，这是表弟白日西。”中年人回头看了一眼同伴，盯着沈念笑道，“我二人在天津稍有耽搁，险些无法进城，在这条街寻来寻去，觉得老板这里远离街市，比较安静一些。”

短暂寒暄之后，两人交了三日宿资，便由伙计秦二带着，走到二楼上房入住。

行至回廊尽头，秦二推门而入。屋内漆黑一片，他轻手轻脚地走到中央方案旁，用火折点燃灯柱，这才走到门外，笑道：“两位舟车劳顿，好好歇息，如若有什么吩咐，唤小的便是。”

待秦二退出屋门，白日西将内里门闩插紧，提起随身的黑木盒子，双手同时按下两侧盒角底部的隐秘机关。只听“咯噔”一声，盒盖应声弹开，一沓叠放整齐的衣物露了出来。他将木盒放到桌案上，右手勾动四角锁簧，一个嵌套在黑盒中的方格倏然弹出了寸许。他双手拽住方格两侧，向上一提，将方格提了出来，放到一旁。原来这竟是个没有盖子的小盒，所有衣物行囊都是盛在这小盒之中。此时黑盒中一眼见底，空无一物。白日西将手伸到盒内底部，轻轻一拉，霍然弹出了三层窄矮的长格。最上层空空如也，中间一层却堆着长短、形状、色泽各异的胡须，最下层中间部分又分成了一个个小方格，放着各色彩砂，两侧则是装满毫笔的细长凹槽。右侧以粗毫为主，左侧的毫笔更为细小精致。

两人右手不约而同放于脖颈咽喉处，轻轻一掀，似乎露出一角，然后在摇曳昏暗的烛光中，缓慢而有节奏地将整张脸皮拿了下来，顷刻之间，变幻成另外两个人，赫然便是文徵明和祝枝山。

文徵明将面皮放在桌上，倒了一杯已然凉透的茶水，不声不响地轻呷了几口。

祝枝山坐在对面，盯着好友，问道："想什么呢？"

文徵明低声道："我总觉得，适才晋醋坊的费度声音似曾相识，但却始终想不起来何时何地听到过。"

"哦？"祝枝山反问道，"有这等事？"

"而且，你觉没觉得，他看我的眼神有些怪异？"

祝枝山脑海中不由得浮现出费度那张清癯谦卑的面颊，并未觉得有什么不妥之处。他觉得这些天好友整日心中愁郁，对陌生人心生警惕也在情理之中，安慰道："会不会是你多想了？"

文徵明叹息道："唉，也许吧！"

祝枝山也有些身心俱疲："真没想到，伯虎此番来京竟是为了替宁王作仿画。"

文徵明一听到"宁王"二字，就不由得想起那个助朱棣谋朝篡位的宁献王朱权，心中除了先入为主的厌恶，还隐隐有些莫名的恐惧与不安。他嘴角牵起一抹意味深长的苦笑："真正让我感到意外的是那幅《桃女图》。”

文徵明在天津听徐经谈及这幅短画时，面露惊诧，似乎联想到什么。祝枝山与其相交十余年，从未见过好友如此恐惧，一路上如同丢了三魂七魄，却也不好多问。

他隐隐觉得，就算是问，面前这个向来无话不谈的好友，也不会将心中所想尽数告知自己。

就如同，他也在保守一个秘密。

“如若《桃女图》真是伯虎所作，那处世外桃源也就是真实存在。”与其说祝枝山心中充满疑惑，倒不如说是觉得匪夷所思。

文徵明笑容苦涩，打趣道：“你如今难道还以为，那些只单单是梦境吗？”

祝枝山也露出同样笑意，点头道：“是啊！你我曾经还不止一次揶揄伯虎，说那只是他的臆想。”他眉头再次凑到一起，问道，“但为何我们找遍那处密林，都未曾见到伯虎口中的世外桃源呢？”

“这也是我最为不解，觉得最为可怕之处。”

“也许，等见到伯虎就能理出些头绪。”祝枝山再次叹息，心中充满感慨，脑海中浮现出他们三人昔日饮酒赋诗、宵旦畅叙的惬意时光，“你觉不觉得这些年，发生了很多事？像是老天在故意刁难，先是伯虎，如今又是你，接下来会不会轮到我，甚至是昌谷？”

“还记得伯虎经常说的那句话吗？”文徵明望向祝枝山，自始至终凝重的神色稍稍舒缓，幽幽说道，“世间所有巧合，再是匪夷所思、光怪陆离，都跳不出因果之理。”

“你的意思是……”

“如若这一切并非巧合，而是某件事必然的因果延续的话……”文徵明盯着摇曳不定的烛光，接着道，“一切就可说通了！”

祝枝山思忖片刻，似有所悟，看着好友明暗参半的双颊，不寒而栗，就连声音都微微发颤：“你是说，文大人的失踪与伯虎所经历的这一切有所关联？”

文徵明深吸一口气，自顾自道：“正如你适才所说，一切等见到伯虎后，自有定夺。”

“时辰不早了，先睡吧。”文徵明说道。

祝枝山微微点头。他们将那两张白日西和鲁亚夫薄如蝉翼的面皮轻轻放在最上层的窄矮方格上，然后向左右两侧走去。

那两张面皮的双眼和鼻孔处都已被掏空，但惟妙惟肖的色泽、须毛、骨架，还有左侧面皮右眉尾端那粒黑痣，都像是马上复活一般，发出阴沉低语……

4

午时刚过，随着滚滚春雷，京城迎来入春后的第一场雨。雨点细密，在空中织起一道密不透风的薄纱。百姓久旱逢甘露，迎面而行，感受滴滴雨丝轻抚面颊时的那股凉爽惬意。入夜之后，雨丝变为豆大玉珠，淅淅沥沥地击打着地面和房瓦，街市行人愈来愈少，两侧店铺老板顾不上撑伞，踩踏着积水，忙着打烊。

莫小棋只穿着一件锦色对襟襕衫，风势倾斜而过，被雨水浸湿的地方不免传来阵阵凉意。她站在一处巷口外的屋檐下，双臂交叉，紧紧包裹住纤瘦娇小的身体，不时抬眼向右侧街尾看去，像是在等什么人。眼见天色越来越暗，却始终不见对方身影，不禁暗含怨怒。

她本以为戌时三刻过后，百姓忌惮宵禁，会变得愈来愈少。在京这段时间，只要时辰一过，她就会与徐祯卿赶回悦来居。但今日却有所不同，起初行人稀少，过了一会儿，竟又逐渐多了起来。他们手里撑着油纸伞，或是独自而行，或是三五成群，不约而同向身后那条巷子走去。

眼前这些人以年轻书生居多，大多穿着华丽，个个面色白净，长衫平整，帽巾方正，笑盈盈、乐哈哈，像是赶着去参加重要聚会。

“这位兄台，”莫小棋好奇之下，拉住了其中一人，故意将声音变得粗哑，问道，“请问这巷子里发生了什么事？”

那人对莫小棋上下打量一番，问道：“听你口音，是从外地而来吧？”

莫小棋干咳一声，局促地点了点头。

他不住向巷子瞭望，生怕错过了什么，急忙说道：“今夜是花满楼一年一度的夺魁大赛，谁要是能拔得头筹，就可与歆瑶姑娘共度良宵、饮酒畅谈！”说罢，便拱手作别。

这么说来，那个歆瑶定是花满楼的所谓花魁！莫小棋心中暗忖。她之前就听说过，此类比试大多涉及琴棋书画，想必汇聚了京城的行家里手。别人都说京城实乃藏龙卧虎之地，连莫厉都总是唠叨，山外有山人外有人，唐伯虎等人不过是坐井观天，比起京城才子，还差得很远，莫小棋却偏不服气。便在此时，一个人气喘吁吁跑到莫小棋面前，喊道：“莫公子，伞我买来了，咱们走吧！”

莫小棋缓过神，面色微变，正要出口斥责徐祯卿去得太久，却见满脸麻子的徐祯卿左右手各一把油纸伞，衣衫尽湿，发丝上沾满水珠，贴在面颊上，看起来就像刚从水塘里爬出来似的，言辞瞬间温柔了许多：“你怎么才回来？”

“这个时辰，大部分伞铺都打烊了。”徐祯卿用袖子抹了抹脸，憨笑道，“找来找去，幸好街尾还有一家尚未关铺，就耽搁了些时间。不过不要紧，我们快些走，赶在宵禁之前回悦来居还来得及。”

莫小棋猛地从徐祯卿手中夺过一把油纸伞，笑道：“我们先不回去。”说完，她撑起油纸伞，向身后巷子走去。

徐祯卿一头雾水，愣神之际，看到莫小棋早已挤进人群，急忙追上去，问道：“我们这是要去哪儿？”

"适才听说，这里的花满楼举行什么夺魁大赛，闲来无事，本公子就想去看看。"莫小棋拧眉笑道。

自从上次她拜托王守仁打听刘勇后，两人一直在京城等候消息，但连着过去几日，对方始终没来。莫小棋坐不住，又到王家府邸询问，王守仁却说近日有要事给耽搁了，打探到线索会第一时间到悦来居通知二人。但不知不觉又过去两天，还是没等到任何消息。

这段时间，莫小棋带着徐祯卿逛遍京城的大小店铺。有些时候，还会到说书坊去听几段来消磨时间。比起寻找唐伯虎，在徐祯卿看来，莫小棋这等大小姐更喜欢畅游京城的繁华闹市，所以，对于此次前往花满楼，他也觉得只是对方一时兴起好奇所致。

莫小棋本就任性不羁，见夺魁大赛吸引了这么多人，必然充满趣味。除此之外，她还推测，唐伯虎对书画那般痴迷，如若进京听到这个消息，就算不去参赛，也会去一探究竟。她甚至觉得，比起平日里呆头呆脑的徐祯卿，自己更加了解唐伯虎争强好胜、在书艺画技上不服输的性格。

徐祯卿听到莫小棋所说，好像的确有几分道理。

此刻，窄小的巷子中人山人海，摩肩接踵，莫小棋和徐祯卿又走了一会儿，隐约听到不远处传来阵阵嬉笑叫喊声。二人走出布满积水、阴暗潮冷的窄巷，顿时豁然开朗，就像闯入了一个灯火璀璨、流金溢银的全新世界。

"唐公子，这里比起你们苏州如何？"朱宸濠撑着油纸伞，走在前面，脸上堆满笑意，像是在炫耀自家宅邸如何富丽堂皇一般。

"自然云泥之别。"

来此之前，朱宸濠特地让下人为唐伯虎准备了一套全新穿戴，使得他整个人看起来英气十足，再加上两鬓一撮撮若隐若现的白发银丝，更增几分不俗之气。

南楼两侧店铺多以经营胭脂水粉、珠宝首饰为主。街道被雨水洗刷后，连脚下平铺的青砖都在灯光下反射出阵阵光华。

两人随着人潮走入南楼深处，举目远眺，不远处一幢幢高楼亭阁在夜色中熠熠生辉，一束束、一点点、一圈圈的各色光晕仿佛将整个黑漆夜空点亮一般。

唐伯虎百无聊赖，左右顾盼。街道两侧每间楼前都三三两两站着各色女子，她们身穿五颜六色的软纱罗裙，让人目不暇接。

翠云竹，凝香涧，凤仪阁，寐春楼……就连每幢青楼的名字都典雅别致，透着缥缈朦胧的神秘感。

这时，人群开始躁动起来。之前他们还驻足不定，寻思到哪里饮酒作乐。此刻却像是要到前方赶集似的，两侧其他青楼女子跺脚努嘴，显得又羞又恼，眉宇之间还透着嗔怒。

"看来时辰快到了！"朱宸濠收起折扇，放入腰间扇袋，向唐伯虎看了一眼，两人也不禁加快脚步。

花满楼楼前门庭若市，完全将与它相邻的几间青楼比了下去。门前姑娘像是过节一般，使出浑身解数，期盼在夺魁之日有所斩获，毕竟今天来花满楼的不是有权有势的官家，就是豪掷千金的富贾。虽然他们均是为了花魁歆瑶而来，但歆瑶只有一个，一旦能借此机会结识一些有头有脸的人物，这一年想必也不用太过拼命，就可衣食无忧，说不定还可跳出红尘，改变今生命运。

文徵明和祝枝山仍以假面示人，若非江湖中的易容高手，绝对看不出丝毫破绽。

天还未亮，两人早早赶至宁王府，自始至终不见唐伯虎的身影。直到半个时辰前，才看到唐伯虎与一个陌生的年轻人并肩走出王府。两人便远远跟上，紧随唐伯虎来到了这里。起初他们也心中疑惑，为何戌时五刻将近，这里的人却越来越多了起来。竖耳闻听，这才得知花满楼夺魁大赛的消息。

“看样子，他们也要去花满楼。”祝枝山撑着伞走在文徵明身后，边说边向远处望去，人山人海，再加上都撑着油纸伞，已经完全看不到唐伯虎的身影了。

文徵明若有所思，想起唐伯虎对那个年轻人举止殷勤，心道八成是宁王世子无疑了。真要如此，他更加无法近身，将文林失踪的前后经过吐露，也不可当面质问唐伯虎有关《桃女图》的疑惑。此次进京，他就隐隐感觉到危机四伏，所以才与祝枝山易容改面。再加上这几天所见所闻，心中这份不安和担忧更为强烈。

到底如何将一切告知伯虎？想着想着，文徵明终于看见了唐伯虎，与那个年轻人走进一座青楼，抬头一看，楼檐下中央牌匾赫然写着“花满楼”三个金漆大字。

相较于其他公子、老爷的奢华锦衣，两人穿衣打扮稍显寒酸，姑娘们无意上前献媚取宠。在她们眼里，客人纵有潘安之貌，也不如百两金银来得实在。

花满楼下庭十分宽广，是其他青楼三四倍都不止，放眼望去，五颜六色的软纱青罗像是林中飞舞的彩蝶，使人眼花缭乱。胭脂水粉的香气充溢着每个角落，仿佛空中还可隐约看到袅袅香烟。地上由透亮的琉璃铺就，琉璃下还散落着许多金粉彩珠。

穹顶中央垂吊着一盏水晶琉璃灯，金黄光华将整个花满楼照得通亮。四周还有二十四盏小型彩灯，隐约可见的七彩华光就像是天边彩虹。椭圆形的穹顶上画着九个横身飞舞的女子，绸缎绫罗与朵朵白云交相辉映，仿佛花满楼幻化成了天庭仙隅，让人产生一种误入仙境的惬意。粗细不一的廊梁庭柱都由檀木支就，并雕画着许多香艳妙笔，虽不刻意露骨，但朦胧之美更加使人心驰神往。

文徵明和祝枝山似于密林中迷途，站在中央，看着前方那长长的木梯，半途一分为二，向左右两侧延伸而去。

戌时五刻，从木阶最上方走出一个四十岁左右的中年妇人，她身后还跟着四个女子，身穿黄、蓝、青、紫四色轻纱，个个身姿婀娜，仪态大方却不失娇媚。

顿时，适才嘈乱的下庭变得异常静寂。那些与来客嬉戏欢闹的女子纷纷起身，乖乖站在回廊两侧。分散各处的来客均向中央聚拢，一言不发地看着木阶之上的妇人——花满楼老板娘杜秋红。

她的穿着打扮比姑娘们都略显庄重，举手投足也多了几分傲气。

“多谢诸位公子老爷前来捧场，”杜秋红声音洪亮，眼眸闪烁，视线从左至右，依次向众人扫去，像是在谋划着什么，“今夜是每年一次的夺魁大赛。众所周知，我们花满楼向来不堪俗流，不论是美人，还是美酒，在京城都首屈一指。歆瑶姑娘才貌双绝，她闺阁之中的醉生梦死佳酿更是千金难买，每年世间独此一瓶。正所谓各家有各家的规矩。所以，不论您是王侯将相，还是富商巨贾，既然来到花满楼，就要遵照花满楼的规矩来。”

唐伯虎对杜秋红一番说辞充耳不闻，环顾四周，无意看到左侧站着两个与自己年龄相仿的年轻人。一个浓眉亮眸，气定神闲，青色锦衣边沿细处用金线缝制，手握一把折扇，腰间还挂着一枚晶莹剔透的玉佩；另一个一身青色襕衫，向唐伯虎微微颔首。他正要回头，却感到脖颈一凉，只见二人身后赫然站着一个三十岁左右的男子，正朝自己怒目而视。

“今夜老奴受歆瑶姑娘所托，向诸位公布比试题目，分别是诗书和诗画。”杜秋红笑道。

顿时，人群开始低声议论。

杜秋红又是一笑，补充道：“所谓诗书比试，就是诸位写下各自所作诗句，由老奴和身后四位的女儿进行品鉴。”这时，她向左右顾盼一眼，接着道，“想必在场各位公子老爷中，不少人是初次来到花满楼。这下庭两侧有四扇大门，出了门，是四处院落，分别为春亭、夏庭、秋阁、冬院。”

说到此处，那些初来乍到者，不禁透过人群看去。四扇大门紧闭，每扇门上各有一块鎏金长匾，分别写着春亭、夏庭、秋阁、冬院。

“过会儿，老奴的女儿们会为诸位分组。每处院落中有十张长案，最多可供十组进行诗书比试。”杜秋红言辞温雅，但说到此处，难掩得意，仿佛她的一句话就可决定众人去留。

她竖起一根手指，继续笑道：“每处院落的优胜组将进入下一轮的诗画比试。也就是说，进入第二轮比试的，只有四组才俊。每组人数不限，诸位可独自完成，也可与好友协作。”

说到此处，有些人心中打鼓，为何比试诗画，还可与好友一同完成?

这也就是杜秋红高明之处。她看准来此参赛者中，不免有只为博取虚名、滥竽充数之辈，但这些人中，又不乏非富即贵、豪掷千金之主。杜秋红开设夺魁大赛，无非变相牟利，满足众人的爱慕虚荣之心，越是无法得到，越是趋之若鹜。看着所谓翩翩公子大谈文雅书画，说到底也只为佳人美酒，她就打心眼儿觉得好笑。很多上了年纪的官宦巨贾，都是与其幕僚一同而来的。自己若没本事拔得头筹，就由身边人代为完成，不但可以尽享欢愉，也能证明自己礼贤下士，有慧眼识珠之能。

说到底，杜秋红不过是投其所好而已。她居高临下，从众人脸颊一一扫视而过，接着说道：“至于诗画比试，则要劳烦各位画出心中所想，并以诗作题在侧，诗与画的意境必须契合。到那时，歆瑶姑娘自会现身，亲自从四组才俊之中选出鳌首。”

杜秋红继续寒暄说辞，下庭众人却一片嘈杂，人人笑容灿烂。唐伯虎侧耳一听，才知道他们听说第二轮歆瑶亲自选鳌，即使自己不能技压群雄、与花魁饮酒畅聊，也可目睹歆瑶姿容，总算没有白来。

“一群粗野莽夫！”要不是朱宸濠这句讥讽，唐伯虎都忘记对方的存在。

这时，唐伯虎肩头一沉，转身看去，正是之前站在自己左侧的年轻人。那个三十多岁的大汉站在对方身后，一双凌厉的双眸仍然死死盯着自己，仿佛两人有什么天大仇怨似的。

“在下尚玉。”那年轻人站直身子，介绍了一句，继而闷声对两位同伴说道，“你们也介绍一下自己吧！”

朱宸濠并未回头，但余光却不动声色地瞟向几人。

“在下王守仁。”尚玉身侧的公子向唐伯虎微微躬身行礼。他看似秉性平和，眼神却咄咄逼人，不闪不避，傲气十足，似是不把任何人放在眼里。

“牟斌。”那三十岁的大汉声音像是从胸腔发出一般，低沉有力。

唐伯虎对三人无甚好感。他在苏州见过太多像尚玉这种纨绔子弟，身边要么有几个王守仁那般攀附权贵、溜须拍马的狐朋狗友；要么就是像牟斌这样四肢发达、头脑简单的莽夫仆从。

“不知公子如何称呼？”

尚玉谈吐儒雅，唐伯虎却总感觉对方暗藏几分戏谑。

“在下唐伯虎！”

“什么，你是唐伯虎？”王守仁只闻其名，却从未见过。他受莫小棋所托，打听刘勇下落，知晓对方最终无非是想得知唐伯虎居于何处。当王守仁查到刘勇是宁王府家兵之后，怕此事有所牵连，莫小棋引火烧身，索性一直避而不见。但他万万没有想到，机缘巧合之下竟会在此处遇到唐伯虎本人，心中惊诧可想而知。

而且……他不由看向一直不动声色的朱宸濠，心中暗忖：而且还与此人一道出现在这里，难道这唐伯虎，已经成了宁王府的幕僚？

唐伯虎嘴角牵起一丝意味深长的笑意，不禁问道：“王公子认识在下？”

牟斌和尚玉不约而同向王守仁看去，连朱宸濠都不禁扭过头来。

王守仁窘迫道："在下在苏州有些远亲故友，逢年过节、游历踏访时，也会回去几趟。"他暗暗也在为之前太过显山露水叫苦不迭，此时才表现出应有的老成，接着说道，"在苏州，唐公子可谓无人不知无人不晓的江南第一才子，没想到，在此有幸结识！"

"哦？"尚玉有些激动，拱礼道，"江南第一才子？幸会！"

站在一旁的牟斌却时有时无地向朱宸濠瞟去，见对方看向自己，就急忙将视线收回。

唐伯虎也从未听莫小棋提起王守仁，自然也是第一次见到。他就算未听出对方言辞间的戏谑，但听到"江南第一才子"六个字，仍然有种被揭开伤疤之感。顿时，整个人散发着一股愁郁苦涩，淡淡说道："年少轻狂罢了，不值一提！"

"不知唐公子此次进京，所为何事？"王守仁话有深意，却见尚玉充满埋怨地看向自己，急忙低头无语。

尚玉瞬间变了一副面孔，看着唐伯虎，却向旁边的朱宸濠瞟去："不知这位公子是……"

"在下之名，不值一提！"朱宸濠头也不回，冷冷婉拒。

尚玉面对尴尬境地，不卑不亢，展开了手中折扇。唐伯虎定睛一看，扇面上只写着"安危"两字，无落款，也无鉴印。这两字粗笔重墨，行书写就，用笔豪迈不羁，一气呵成。但在他眼中，虽还算行云流水、酣畅浑厚，却远不如祝枝山的笔法，甚至比起自己也相较甚远。

就连唐伯虎都未发觉，以《桃女图》出现为始，到入京这些时日，自己也变得多疑起来，对于尚玉无故上前与之攀谈、寒暄，心存疑惑。但转念一想，似有所悟，不论是王守仁和牟斌，还是面前这位举手投足气度不凡的尚玉，看向朱宸濠时的眼神均暗藏隐晦。所以，与其说三人是想结识自己，不如说是想以此来接近朱宸濠。但究竟出于何种目的，唐伯虎自然不得而知。

尚玉轻摇折扇，爽朗笑道：“也不知这歆瑶姑娘，是不是真如传言那般倾国倾城！”他转向唐伯虎，问道，“唐公子可曾有幸目睹芳容？”

唐伯虎稍稍存着警惕，摇头道：“在下这是第一次来南楼，正巧碰上这夺魁大赛，好奇之下，才来领略一番。”

“闲话少说，述归正题！”这时，传来杜秋红高声亮喝，她居高临下地笑道，“今夜比试，现在开始。奴家在这里祝愿在场的每一位公子、老爷，技压群雄、拔得头筹。”

说完，两侧的四扇大门应声开启。春夜凉风习习，众人精神不由为之一振。

5

徐祯卿本性单纯，听到杜秋红所说，更是对这场玩趣浓厚的书画斗墨充满好奇和期待。而且，他自从相继拜祝枝山、文徵明和唐伯虎为师后，平素只在埋头苦修，很少与人切磋。前些年，看着三位师父在许多茶会酒场技压群雄时，心中就憧憬着，有朝一日自己也能成为人人称赞的才子。比起苏州小城，天子脚下更是人才济济，如若在此拔得头筹，暂不论什么佳人美酒，日后将此事告知三位师父，他们也定会骄傲宽慰。想到此处，徐祯卿更为技痒难耐，跃跃欲试。

与徐祯卿不同，莫小棋之所以来到花满楼，只为寻找唐伯虎。适才杜秋红介绍参赛规则之时，人群拥挤，根本无法挪身。此刻开始分组，人群慢慢分散开来，透过人与人之间的缝隙，她一眼认出了两鬓银丝的唐伯虎。喜出望外之下，都顾不得通知身边的徐祯卿，就急着想要前去相认。

不料，刚迈出两步，却被一人生生挡住了去路。莫小棋抬头看去，居然是王守仁。

“守仁哥哥……”

不等莫小棋把话说完，王守仁面色严肃，打断道：“小棋子，你现在不能去找唐伯虎。”

“为何？”莫小棋之前还一脸欣喜，瞬间变得愁眉不展。

王守仁似是有意回避她不解的目光，低头暗叹道：“我现在只能告诉你，那个刘勇似已牵入某些凶事之中，其中牵连甚广，也许唐伯虎事先知道什么，所以才不辞而别，离开了苏州。你现在去找他，很可能会害了他。”

莫小棋低下头，之前那分公子翩翩的风度荡然无存，惊慌失措下，不免想到唐伯虎看到那幅《桃女图》后的忧心忡忡，暗忖道：正如王守仁所说，唐伯虎之所以来京，也许并不只是为了找到那图中女子，说不定另有内情。如若自己不听王守仁劝说，执意去与唐伯虎相认，陷他于险境，怕是要后悔一辈子。

王守仁见她不再说话，似已相信自己所说，转头一看，尚玉和牟斌已经向冬院走去。他急匆匆道：“小棋子，你放心，等到打探到详情，我再通知你。”见莫小棋微微点头，他这才放心离开。

莫小棋内心如同被一只冰手紧握，不禁抬头又去找寻那个身影。透过人群缝隙，竟见到一人正呆站原地，怔怔望向自己，正是唐伯虎。

几年前莫小棋就曾女扮男装出现在唐伯虎面前，再加上徐祯卿的存在，会被唐伯虎识破，也就不足为奇。但是，他却始终没有向莫小棋走来，而是朝她微微摇头，似有深意。莫小棋情不自禁迈出的右足，又收了回来。她此刻，对王守仁所说更加笃信不疑。

唐伯虎移开眼神，与朱宸濠一道进入秋阁之中。

“莫公子，你可看到了三师父？”徐祯卿之前只顾着打量女婢男仆如何分组，倒把正经事忽略了。不管是王守仁，还是唐伯虎，他都没有留意到。

“嗯……”莫小棋嗫嚅道，简单点了一下头。

徐祯卿大喜过望，一边问，一边向人群扫视：“在哪儿呢？”

“我们现在还不能去找他。”莫小棋似是将前后因果捋顺之后，想到了一个万全之策。

“这是为何？”徐祯卿现在才注意到有些奇怪的莫小棋。找到了三师父，莫小姐不应该高兴才对吗？但此刻，她却细眉紧缩，神情严肃，就像变了一个人。

“过一会儿再和你解释，现在你要……”

这时，一个紫衣姑娘手中拿着名录，微微抬着尖细的下颌，高声问道：“还有哪位要参赛的吗？”

话音刚落，莫小棋抬起手，答道：“本公子也要参赛。”

徐祯卿惊喜交加，痴痴望着她。他不由自主地向人群扫去，心想定是之前自己错过了什么。

刚才还熙熙攘攘的下庭，此刻变得有些冷清，寥寥几个对夺魁无甚兴趣的客人，正揽着心仪的姑娘向二楼缓缓走去。原来，参赛者和观看之人均被分了组，安排到两侧的院落中。

“请问公子尊姓大名？”紫衣姑娘名唤婉儿，眼里透着调皮，倒与莫小棋气质有些相仿。

“莫小棋！”她一扫之前愁郁，满脸自信，鼻下的两撇胡须也变得灵动起来。

“是公子一人参赛，还是……”婉儿颇有兴趣地打量着面前的莫小棋，心中暗忖：长得倒是俊，就是个子有些矮。当她看向徐祯卿时，却是一脸嫌弃。

“和我的书童徐祯卿一道参赛。”莫小棋抽出折扇，在胸前轻摇。

“还有我？”徐祯卿手指着自己，更为疑惑，到底怎么回事？

婉儿在名录上记下两人姓名，尴尬地笑了笑，似是对莫小棋与满脸麻子、五官窄小的书童参赛心存芥蒂。她微微欠身：“请与小女一同到春亭。”

春亭中最显眼的莫过于庭中的那个正方石亭。听闻此亭是一个金发碧眼的异邦人所建，比起一般石亭，的确别具匠心。整个石亭纵横二十丈有余，均以汉白玉修葺，由四根圆柱支撑，分设四角，半圆拱顶，正方亭面，契合天圆地方之意。每两根圆柱中间有一排长阶，所有人可从四个不同方位随意进入。拱顶镂空雕琢，最上层由一块定制的五彩琉璃铺就，在灯光映衬下，流光溢彩，将亭中众人照耀得红一块蓝一块、紫一块黄一块，煞是精彩。

在如此深沉夜色中，整个石亭犹如出淤泥而不染的白色荷莲，甚为扎眼。

十张长案整齐地排在石亭中，每列分设两张。莫小棋和徐祯卿被分在最后两张长案的左侧。

长案上放着文房四宝，虽比不得朱宸濠赠送唐伯虎的珍稀，但也绝非普通货色。如若放在之前，徐祯卿定会激动不已，他本就想借此机会参赛，查验自己书画技艺到底几何，但此次进京，主要是为了找寻三师父，孰轻孰重，他还分得清楚。对于这等变故，在进入夏庭的时候，莫小棋已将王守仁所说告知于徐祯卿。听后，对于唐伯虎来京的真实目的，徐祯卿又多了一层疑虑和担忧。但是他却不知道，莫小棋来参赛，和这些又有什么关系？

“无论如何，你必须进入第二轮比试！”莫小棋低声嘱托，更像是命令。

“你这么做到底为何？”徐祯卿皱眉问道，“王公子也说了，我们现在去见三师父，也许会将他推入险境。”

“我自有分寸！”莫小棋狠狠瞪了他一眼，声音压得很低，但却无法掩盖那份焦虑。她觉得对徐祯卿发泄不公平，这才平复情绪，自顾自地呢喃道:“就算不能与他相认，听他说句话看他点下头也是好的。而且，我希望他知道我会一直在京城，如若真遇到什么危险而走投无路，还可以来找我。”

莫小棋一向骄横不羁，这番不计后果的行动，的确符合她的作风，徐祯卿不禁对她的这份敢爱敢恨深感钦佩。

“怎么？没信心？”莫小棋着急之下，对徐祯卿的犹豫不决微微感到不快，嗔怒道，“之前你不是一直说，此次来京都用我的钱，却帮不上什么忙，觉得愧疚吗？正所谓养兵千日用兵一时……平日里说自己诗书画如何了得，到关键时候却这般怯懦！”

徐祯卿听着莫小棋毫无由头的责怪，非但没有动怒，反而挺直了腰背，自信地轻笑道:“放心！我定让你见到三师父！”

莫小棋与他四目相撞，内心竟感到一股暖流，凉风更紧，却没有丝毫寒意，不由心忖：他看来也并没那么丑！

随着身后的两扇朱漆大门“吱呀”一声轻轻关闭，两人才急忙收回眼神，不约而同向站在最前列的婉儿看去。

夏庭在春亭上首。正如其名，这里只是一个宽广庭院。雨已停歇，潜藏在深夜中的花草树木阒声不语。

庭院中央放着十张长案，参赛者各站在长案后，有的独自一人，有的则三五成群簇拥在一起低声讨论，像在出谋划策。而周围则站满了看热闹之人。

文徵明和祝枝山是以白日西和鲁亚夫之名参赛的，被分到了第三排右侧长案。

十组参赛者神情各异，就等着走在他们身旁的那个黄衫女子一声令下。

黄衫女子名唤秋菊，她信步查验各个参赛者是否有夹带事先做好的作品，作弊者会被立刻取消资格。不过，历届夺魁大赛倒是从未发生过这种事。

这时，她走到文徵明身旁，刻意短暂停留，抬起一双杏眸向他看去。比起之前的面容，文徵明此刻浓眉变为细柳，高挺鼻梁也变得有些圆润，但冷漠双眸中闪出的坚决却不曾改变。他冷傲面颊上似挂着冰凌，愈发显得他难以琢磨，拒人千里。但是，秋菊却不知为何，第一眼看到文徵明，就想着多看他几眼，多说几句话。

“白公子，一切准备妥当了吗？”有人说，花满楼如若没有歆瑶，秋菊就是花魁。她对琴棋书画，均有所通。在气质风韵，也不输歆瑶。但周身散发出的那份傲气，却使有些客人觉得她不易亲近。

文徵明欠了欠身，微微点头。

秋菊如遭冷壁，香袖挥舞，转过身子，悻悻走向前方。

文徵明见秋菊走远，看向祝枝山，言辞颇有几分不解，甚至埋怨：“你适才说的方法，就是参加夺魁大赛？”

祝枝山笑得颇为神秘，低声道：“我见伯虎与那个年轻人走进了秋阁，也就证明，他们到花满楼也是为了夺魁大赛。”

“那又如何？”文徵明一头雾水。

“还记得你和伯虎八岁那年，我给你二人出的那个考题吗？”

“八岁？考题？”文徵明低声呢喃，思绪似是回到了十七年前。那时他与唐伯虎均是乳臭未干的少年，仗着有几分天赋，志骄意满，神气活现。

突然，文徵明黯淡的双眸中闪过一丝兴奋，慢慢展露笑颜。

这时，秋菊站在前方，扫视一圈众人，朗声说道：“诸位，比试现在开始！”

第一轮比试为“诗书”。对于文徵明和祝枝山来说，简直是上天庇佑。文徵明诗文书画，无一不精，但在四艺之中，尤以诗文最值夸耀，享誉苏州。他笔下诗文多借景抒情，点墨之间，伤感忧郁呼之欲出，使人欲罢不能。而祝枝山更无须赘述，他的书法造诣在江南地界首屈一指，与岳丈李应祯浸淫书法十余载，自成一体，笔法精湛，妙入毫颠，直追“二王”。

两人暗暗商议，京城人才济济，切不可自负轻敌，定要全力以赴，兴许才可进入下一轮比试。

只有如此，才能让祝枝山那个计划得以顺利实施。

文徵明双眸紧闭，还在思忖最佳诗句。祝枝山虽然焦急，但也不敢出言凌扰，只能安静站在长案后，提笔等待。

诗文绘心，才可见情。

文徵明每每作诗吟赋，都要将自己心境嵌入其中。

“桂花浮玉，正月满天街，夜凉如洗。”文徵明双眸闭合，终于开口，“风泛须眉并骨寒，人在水晶宫里。蛟龙偃蹇，观阙嵯峨，缥缈笙歌沸。霜华满地，欲跨彩云飞起。”

夜风徐来，祝枝山全身一阵颤抖，感到一股秋夜悲凉。他万万没想到，文徵明在紧要关头，会以词换诗，而且选择《念奴娇》添赋。转念一想，或许他是故意为之，除却抒发心境之外，如“蛟龙偃蹇，观阙嵯峨，缥缈笙歌沸”这些繁难字体，也更能凸显祝枝山的笔力之精。

如今的祝枝山尤擅楷书，但听到好友所吟之赋，心潮澎湃之下，却改为更加豪迈不羁的草书。所以，他急忙将小毫放下，换成一支大毫。蘸上黑墨，在面前无瑕的画纸上，写下文徵明所吟字句。

文徵明嘴角终于浮现一丝笑意，双眸微合，脑海漾现出祝枝山挥毫泼墨时的那股万钧豪气，宽袖挥动间，劲风汩汩吹拂。阵阵墨香，如同丝丝幼虫，钻入鼻息。他更加信心倍增，词句随性而起，大开大合：“记得去年今夕，酾酒溪亭，淡月云来去。千里江山昨梦非，转眼秋光如许。青雀西来，嫦娥报我，道佳期近矣。寄言俦侣，莫负广寒沈醉。”

秋菊见许多人都已写好，趁着间隙挪动玉足，不动声色地进行品鉴。其中不乏上乘之作，但也不免难脱樊笼，显得有些情意未尽。而且，在书法造诣上，也很少有让她眼前为之一亮的。比起诗文，对于饱览历朝历代名家之笔的秋菊来说，书法更为直观，要求也更为苛刻。

她故意绕了一大圈，最后才走到文徵明和祝枝山所在长案前。低头看去，两人作品还未写就，但一席白纸上那犹如虬龙盘卷的字迹，使她心神恍惚。

秋菊向文徵明瞟去，不知何时，他有了笑意，自信满满地看着好友挥毫，就像沉浸在街边目睹不相识的名家一般。她顾不上欣赏所作诗词，首先入眼的是祝枝山收则急敛锋芒、放则飘然无羁的草书，像是深深透过纸背，入木三分。更让她纳罕的是，眼前这个其貌不扬的胖子右手居然有六指。那根又细又短的手指，犹如一副笔架，稳稳扎根纸面，似是这样才使得这幅形如缥缈的草书更加稳如泰山，没有出笔散笔之差。

秋菊喉咙微微抽动一下，才对诗句开始细细品味。虽写“秋月”，但整首词浮想殊奇，造语浪漫，对月之人似亲临月宫的仙人，却仍洗不尽尘世烦恼。词的主旨全在上下两结拍，上结“欲跨彩云飞起”，有超俗之想；下结“莫负广寒沈醉”，又显感伤，大起大落中，将矛盾的心态淋漓吐出。

一时之间，她真就觉得，此等精品，只应天上有！

祝枝山挥毫写就，将粗毫稳稳放在方砚之上，深深呼出一口气，抬头看到背后站着的秋菊，微微躬身。而文徵明则以一种感激涕零的神情望着多年好友，仿佛只有祝枝山如此凌厉大气的笔法，才配得上这首辞赋。

唐伯虎怎么也不会想到，莫小棋胡闹到如此境地，竟然追到京城。更加不可理喻的是，她还一并拉上处世懵懂的徐祯卿。如今他已不知不觉陷入纪辰与宁王两派波谲云诡的阴谋之中。为了达到目的，抽身之机已过，再难回头。对此，他也无怨无悔。但是，一想到因自己行差踏错，导致身边人也牵扯进来，他就不由得心生烦恼。

对于此次夺魁大赛，唐伯虎一直认为，是朱宸濠对自己的一道考验。所以，无论如何，定要拔得头筹，使以睥睨俯瞰之姿，再次拿起毫笔，书写作品。

是福是祸，尚且不知，但他面对久违的书画比拼，恍如隔世。

秋阁建在两扇朱漆大门外院落东侧的假山之上。整座假山造型怪异，黢黑斑驳的石面上大小孔洞、断垣虬痕纵横交错，中央有一道石阶，远远望去，众人行走此间，如入墨黑恶兽之口。整座假山比寻常装点园林的假山大出五六倍。通过蜿蜒曲折的山腹石阶，尽头是一片空地，向下望去，花满楼尽收眼底。再往前走十步之距，就是秋阁之门。

进入秋阁，首先映入眼帘的是地上如铜镜琉璃一般透亮的木板，顶部一盏盏琉璃灯将其映照得极其亮丽，十张长案整齐地摆放于中央，黑色檀木相得益彰。最为称道的是，秋阁两侧阁壁上镂空出一扇扇造型独特、雕琢精致的各式窗棂。正如适才杜秋红所说，透过秋阁窗棂，可以望到整个南楼。

远处各条街市，漆黑一片，唯独南楼犹如京城的一颗夜明珠，遗世独立，熠熠生辉。穿梭其间的红袖绿罗，芬芳馥郁，那种别样心境，只有身临秋阁，才能体味一二。所以，在众人比试诗书过程中，很多围观之人，不由得倚窗而立，目睹南楼风采。

秋阁比试，杜秋红带着身边的蓝月姑娘亲自压场。比起老板娘一身庄重典雅的红纱，蓝月的一身蓝色绫罗别有韵味，与她名字也甚为贴切。对于平日慈眉善目的杜秋红，她心中充满感激与钦佩。与其他青楼老板娘不同，杜秋红对待所有姐妹，一视同仁，赏罚分明，难能可贵的是，她懂得作为一个红尘女子的那份不易和苦楚。也许，这与杜秋红出身青楼，一步步擎掌花楼的坎坷人生不无关系。但是，关于她的往事，仿佛随着岁月洗淘，鲜有人知。

每年的这个时候，杜秋红总会想到一个人。这个人是她一生中最为痛恨的人。她还记得，对方像一条泥犬匍匐在自己脚边，乞求得到她原谅的场景。她本不想给他机会，但是那一刻，杜秋红心软了，或者说看着对方摇尾乞怜，心中更加愤恨起来，想出一个让对方穷极一生偿还自己过错的方法。那个人没有丝毫迟疑，对杜秋红连连磕头拜谢。

杜秋红从未想过，救赎的魔力可以让一个人卑躬屈膝至何种地步，犹如蜉蝣。

已经过去几年？她忘记了，但那个雨夜，对方如获新生的笑容像是梦魇，使她日夜难寐、魂牵梦萦。

“红娘！”蓝月的声音很轻，比起五官，她的双手更加美丽。很多金主来到花满楼，为的就是亲眼看她用那双纤纤玉指拨弄琵琶，聆听她那宛转悠扬的歌声。

杜秋红缓过神，蓝月轻轻一笑，接着道：“诸位公子作品已就。”

这时，观看南楼夜景之人，也围了上来。

杜秋红从长案中间开始移足品评，起初有两人所作诗词实属上乘，一个气势磅礴，一个情境幽雅，而且，两人书法造诣也不俗。在走到最后一张长案之前，她心中已想着从二人作品中选出一幅，进入下一轮。

但当她拿起唐伯虎所作诗书之时，双眉轻轻一皱。身后蓝月见老板娘神色有变，也向诗作看去。突然，她双眸微微闪亮，再次看向唐伯虎。全程比试，她从未见站在一侧、摇着洒金折扇的朱宸濠动笔，断定这幅诗作全由唐伯虎一人写就。

“敢问唐公子是哪里人？”

“在下苏州人氏。”

杜秋红见唐伯虎风度翩翩、面色俊秀，只是笑意间夹杂着一股忧郁愁绪，她不由得想到铜镜中的自己。杜秋红觉得，只有经历过生离死别的人才会将这份忧郁如此深刻地灌入血肉。而且，唐伯虎看起来不过二十五岁左右，但两鬓生出银丝，黑亮眼眸也隐隐闪过灰白阴沉，她十分好奇，唐伯虎到底承受了什么。

“杜老板，十幅作品都已品鉴，是不是该公布结果了？”这是朱宸濠第一次来花满楼，杜秋红自然无法知晓他的真实身份。但是，见他穿戴华贵，手中洒金折扇更显奢靡，身份地位定然不俗。杜秋红在花满楼，见过许多王公贵族，朱宸濠在她眼中，不过一个纨绔子弟，心中不屑之余，虽对他些许忌惮，但也不至于失了气度与姿态。

“金公子不必着急，老奴自有分寸！”杜秋红不卑不亢地说道。朱宸濠为了掩其身份，只告诉杜秋红，自己姓“金”。

唐伯虎在苏州也曾出入烟花之地，大多老鸨都是趋炎附势、逢迎谄媚之流，而杜秋红举手投足、一颦一笑，却透着本不属于红尘之所的无畏气度。

杜秋红与蓝月低声耳语。唐伯虎抬头向二人看去，不料与蓝月四目相撞，对方只是轻轻浅笑，却让他心里更加发慌起来。朱宸濠将一切看在眼内，笑意悠长，似是在看一出好戏。

“诸位，老奴手中有一幅诗。正所谓独乐乐不如众乐乐，老奴这就念出来，与诸位一同品评。”

杜秋红此言一出，在场众人自知深意，有的不服，有的则想探个究竟、弄个明白，不由将她围在中央。

杜秋红朗声道：“《把酒对月歌》。李白前时原有月，唯有李白诗能说。李白如今已仙去，月在青天几圆缺？今人犹歌李白诗。明月还如李白时；我当李白对明月，月与李白安能知？李白能诗复能酒，我今百杯复千首。我愧虽无李白才，料应月不嫌我丑。我也不登天子船，我也不上长安眠。姑苏城外一茅屋，万树桃花月满楼。”

“好诗啊！”

“万树桃花月满楼……这不正在隐喻花满楼吗？”

有些人低声议论，有些人陷入深思，体味诗句意境。起初听来，辞藻简俗，但再次回味，又觉雅俗兼得。特别诗句中的看似“不如李白”，却夹杂冲天傲气。这也正是杜秋红不解之处，试想如此一名阴郁公子，却下笔不计世俗冷眼，与李白并论还不算，居然有一种以退为进的不屑。而且，“李白能诗复能酒，我今百杯复千首”此句，不就是在说，自己还要胜却李谪仙吗？

“此轮比试为诗书，即使诗句作得再好，也只是其一，书法又如何？”说话之人，正是刚才那二人中的一位。他站在人群之外，没看到唐伯虎手笔，心有不甘，固有一问。

别说其他书生公子，就连朱宸濠都觉着，对方是在自取其辱。

杜秋红微微一笑，仿佛这幅作品是她所作。她轻轻将书作铺在长案之上，说道：“诸位品鉴即可。”

就如唐伯虎百花之中独爱桃花一样，在历朝历代的诗作大家中，他也唯独对李白的诗词情有独钟。受其影响，唐伯虎所作诗词豪迈高远，又不失细腻烂漫。所以，在书法造诣上，也有意效仿唐人之风，用笔凝重，圆硕多肉，结体偏于长方，雄强茂密，点画横细竖粗，并吸纳隶法。同时，在他勤笔苦练之下，横笔收尾似蚕头，捺笔收笔中途之顿近燕尾，力度适中之余，更加灵动十足。

杜秋红扫视众人，或垂头丧气，或心悦诚服，再没有人提出异议，对于秋阁比试的结果，想必他们也心中有数。

过不多时，秋阁大门轻轻开启。秋菊和婉儿并肩走了进来，两人将名录交到杜秋红手中时，身穿青色轻纱的绿萝也随后而至。所有人目光尽数投在她身上。绿萝的裙摆很长，险些摔倒，眉宇间透着羞赧和无措，比较调皮的婉儿扑哧笑了出来，蓝月佯装瞪她一眼，婉儿吐了吐舌头，似是故意站得更直了。

唐伯虎之前听朱宸濠说起，花满楼除了有歆瑶花魁之外，还有镇楼四宝，分别就是春亭婉儿、夏庭秋菊、秋阁蓝月、冬院绿萝。

在唐伯虎眼中，四人不论身姿，还是样貌，的确出类拔萃，百里挑一。短短几个时辰，她们脾性特点也一一闪现：婉儿精灵古怪，秋菊处世精明，蓝月稳重内敛，唯独绿萝看起来不像混迹红尘的烟花女子，倒像久闭闺阁的黄花闺秀，甚至有些笨手笨脚。

“果然如传闻无异。”朱宸濠轻摇洒金折扇，笑着说道。

杜秋红一袭眨眼红纱站在中央，婉儿、秋菊立其左侧，蓝月、绿萝立其右侧，五色交相辉映，形成一道亮丽风景。杜秋红虽然已近中年，但面容姣好，身姿婀娜，整个人风韵犹存，别有一番媚态。她手中拿着四册名录，第一轮比试优胜者，已用朱笔勾出。

“第一轮诗书比试已有了结果。”杜秋红声音清亮，下巴微微扬起，朗声说道，“能进入下轮书画比试的公子分别是，春亭的莫小棋和徐祯卿，夏庭的白日西和鲁亚夫，秋阁的唐伯虎和金公子，还有冬院的尚玉和王守仁。请诸位移步花满楼正厅，观看第二轮诗画的比试。”

话音刚落，人声嘈杂，人们从秋阁大门鱼贯而出。

朱宸濠刚走两步，发现唐伯虎未跟上，扭头看去，见他面色煞白，双眸圆睁，似是见到了鬼物一般。他走上前，问道：“怎么了？”

唐伯虎缓过神，喉咙微微抽动，尴尬笑道：“没、没什么……”

6

花满楼木阶下庭中央横陈四张长案，文房四宝摆放在右上角。易容后的文徵明和祝枝山站在前排左侧长案后面，莫小棋和徐祯卿则站在他们二人前方那张长案，尚玉和王守仁站在后首右侧长案，唯独前排右侧长案空缺。

第二轮比试将决定此次夺魁大赛的鳌首之选，其作品更是由歆瑶亲自品鉴。所以，两侧围观人群满满当当，翘首以盼。这时，秋阁两扇朱漆大门应声开启，杜秋红与四美走在前面，而后则是摇着洒金折扇、闲庭信步的朱宸濠。唐伯虎始终低着头，混淆在人群中，丝毫没有成为入选者该有的欣喜。

唐伯虎此刻的心境如同浑浊泥潭，潜藏其中的福祸分不清，更是看不穿。在与莫小棋和徐祯卿擦肩而过时，甚至不敢向二人望上一眼。他浑浑噩噩走到前排长案后，向左侧的白日西和鲁亚夫看去。

不料，那两人也在看着自己。

唐伯虎知晓文徵明精通易容之术，两人相貌已由面颊外那层薄如蝉翼的假面遮掩，但身材体型却丝毫没变，他心中的猜想更重了一分。刚听到白日西和鲁亚夫的名字时，唐伯虎首先想到了文徵明旧作《石湖》中所写的“凉风枭枭青苹末，往事悠悠白日西”。而祝枝山精通机关锁簧，对鼻祖鲁班近乎痴迷，所以当年喝醉之后，好友曾醉言，如若再有来生，希望名唤鲁亚夫，也就是仅次于鲁班之意。

世间巧合必有规律可循，唐伯虎绝对不相信，自己心中所想只是妄测。当他看到鲁亚夫竖在身侧右手的第六指时，更加笃信不疑。两人向他躬身行礼，唐伯虎在回礼时，从对方眼中看到了关切与无奈。对于莫小棋和徐祯卿来京，他能猜测一二，但对于两位好友为何出现这里，则一无所知。

他们绝非像莫小棋那般鲁莽罔顾之辈，那到底是因为什么？

人在面对未知事物的时候，心中都会存有莫名恐惧。唐伯虎恨不得将所有事与两人的出现联系在一起，但都太过牵强。

朱宸濠表面镇定自若，却将所有一切尽收眼底。从他与唐伯虎出现起始，不论是莫小棋和徐祯卿，还是旁边的白日西和鲁亚夫，甚至站在尚玉身侧的王守仁，神色都不同程度地出现了微妙变化。

但是，他万万没想到，在场这几人，之后会是名满天下的四大才子和理学泰斗。

同时，对于唐伯虎、文徵明、祝枝山、徐祯卿来说，他们也不曾料到，这场比试也算是之后身为四大才子的第一次真正对决。

抛却各自肩头责任和此次进京的目的，对于他们四人来说，此次夺魁大赛不失为一次最为公平、公正的诗书画较量。平日里的闲情雅致，仿佛只是木剑瓦釜，而接下来的诗画比试，才是真刀真枪。眼前的状况下，他们都需拼尽全力，拔得头筹。

无奈、不解的同时，心中不免有些激动和兴奋。

其中，徐祯卿最甚。对于年仅十六岁的他来说，不清楚唐伯虎已深陷莫名势力的明争暗斗，更不知道白日西和鲁亚夫就是自己的两位师父。所以，他把此次比试，看作与当年江南第一才子的正面较量。就算无法胜过三师父，却不失为一种历练考验。

相较之下，王守仁最为轻松。面对唐伯虎，他想法最为单纯，像是以莫小棋的长兄，来检验对方是否具备配得上自己妹妹的实力。

“恭祝诸位顺利通过第一轮诗书比试。”杜秋红神采奕奕，她身后的四美已悄悄坐在圆凳之上，手中各拿着箜篌、排箫、古筝、琵琶，每个人朱唇轻合，面露娇笑，纤纤玉指放在乐器之上，就如同一幅静态四美图。

“接下来则是诗画比试，规则我之前也说了，诸位随性发挥。至于拔得头筹者，就不是由我说了算，全由歆瑶姑娘一人品定。”说到这里，她白皙面颊上居然露出一丝调皮，“那……就开始吧！”

顿时，人群一阵骚动。站在长案后的八人却气定神闲，不慌不忙地开始研磨铺纸。

祝枝山为了给文徵明打气，笑着充当下手，一边研磨一边笑道：“你只管去画，题跋部分交给我！”

就连朱宸濠都收起洒金折扇，拂袖为唐伯虎研磨。

莫小棋从未见过如此阵仗，努着小嘴，依样画葫芦，小心翼翼地将黑墨倒入砚台。徐祯卿也不阻拦，只是呆呆盯着她鼻下那两撇精致假须。

尚玉将折扇放入扇袋，也在做着同样的事。王守仁却大惊失色，急忙道：“不……不可……”

尚玉轻轻推开王守仁右臂，笑着道：“别人都在做，我却孤零零站着，岂不落人口舌，再次来花满楼，定成为众人笑柄！”

“可……可是……”王守仁向站在人群中的牟斌看去，对方仍然一副冷峻模样，根本无法琢磨他此刻心中所想。

“没什么可是的，”尚玉四下环顾，最终将视线落在朱宸濠身上，“你只管如何拔得头筹即可。这次来，真是来对了。”

表面的玩世不恭，在王守仁听来却暗含深意，即使心中有所顾虑，但还是收回心神，深思比试题材。

这时，一曲《高山流水》响起。婉儿轻抚箜篌，秋菊微捏排箫，蓝月拨弄古筝，绿萝竖撩琵琶，四美笑颜顾盼，琴音起伏，低微沉醉，四种古乐器配合天衣无缝、相得益彰。虽无唱词，但婉转音色犹如涓涓细流，悄悄淌入众人心窝，清亮舒滑，恍如隔世仙境，对唐伯虎等人的创作，颇有裨益。

适才的嘈杂动瑟，消绝湮灭，不似南楼红尘，更像处在古树参天、满眼葱郁的幽静密林。

其余人都已提笔，唯独唐伯虎还在闭目深思。身旁的朱宸濠气定神闲，只是静静看着。

这种情景到底应画什么？

短短一年多的时间，眼前的绚丽烂漫变得阴暗污浊，本来明亮的人生，却被蒙上一道厚重黑纱，波谲云诡、充满未知，隐隐觉得会从此牵绊一生。

唐伯虎内心从未如此镇静。江南第一才子的名誉、三五好友的雅聚，明争暗斗的巍峨朝堂，血雨腥风的杀伐战场，似乎都成了心中挂碍与足下牵绊。

他多么希望终此一生，粗茶淡饭，妻女相伴，雅静而处，倒更为轻松自在。最好还有一缕芬芳，缠绕鼻息。

这时，《高山流水》至第六段。音律骤变，旋乐跌宕起伏，滑音忽上忽下，连续的猛滚、慢拂的流水之声不绝于耳。真似极腾沸澎湃之观，具蛟龙怒吼之象；息心静听，宛如坐危舟过巫峡，目眩神移，惊心动魄，几疑此身已在群山奔赴，万壑争流之际。

其余三组，画幅已然近半。

朱宸濠也有些按捺不住，正要询问，却见唐伯虎双眸圆睁，看向人群之中的一个青楼女子，没有提笔，而是朝对方走去。杜秋红和众人向他望去，均感疑惑。只见他与那女子耳语几句，重新返场，脸上露出一抹自信的微笑。

《高山流水》的传说最早始于先秦，描写琴师伯牙与樵夫钟子期相知相识之情。这则典故逐渐发展出七十余个典型和乐曲高妙、相知可贵、知音难觅、闲适情趣等典义。本属一曲，到了唐朝，又分为《高山》《流水》二曲，却不分段数。时至明朝初期，《高山》又被分为四段，《流水》则为八段。

夺魁大赛重在比试诗书画三绝，曲音时而婉转，时而高亢，通曲描写知音难求。用在此处，倒也十分契合。

眼看天色蒙蒙发亮，在场所有人却毫无倦意。整晚驻足翘盼，为的就是目睹花魁歆瑶一面，其间不知不觉也被唐伯虎等人的高超技法所吸引，粗略一瞥，实难分出孰优孰劣。就连一向果断理智的杜秋红，都不由犯难。

第一组完成者为尚玉和王守仁，而后是徐祯卿和莫小棋，再之后就是白日西和鲁亚夫。杜秋红像是怕惊扰到唐伯虎，从未在他身边经过，仿佛想在最后一刻看到成品，以免少了今夜最大惊喜一般。

终于，唐伯虎站直腰身，将笔毫轻轻放在砚台之上。与此同时，四美曲音停歇。杜秋红看在眼里，也长舒一口气，拍了拍手，笑着道：“诸位公子，作品可都已完就？”

八人谁都未说话，各怀心事地站在原地。杜秋红微微一笑，说道：“好！那就请歆瑶姑娘对诸位画作亲自品评！”

话音刚落，木阶上方最中央那间屋舍的房门应声开启。过了一会儿，花魁歆瑶款款从右侧木阶走下，身后还跟着名唤小翠的丫鬟。

在场所有人，不由得抬头看去。

只见歆瑶身材高挑，一袭粉纱，腰间系着一根金丝软烟罗，胸前罩着一件宽片雪白锦缎裹胸，亮丽灯光映衬之下，肌肤白嫩玉滑。细看她淡妆铺面，粉里透红，娇艳欲滴的红唇紧闭，额头上用红脂描画着一朵五瓣梨花。

唐伯虎远远望去，心头一怔，暗忖：居然是西域人？

相较大明女子，歆瑶双眉既黑又粗，鼻梁也更加高挺，尤其那双杏目，圆而黑亮。再加上她那一袭微微发红的长发，的确透着神秘的西域风情。

歆瑶像是从天而降的仙女，又像是百花之首。她缓缓走下木梯时，四美与杜秋红皆退至两侧，让出一条空道。

“果然是一个美人儿！”尚玉微微一笑，嘴上虽然如此夸赞，但神色却很平静。王守仁附和着点了点头，牟斌虽自认一向镇定，但见到歆瑶之时，心头也怦怦乱跳，双颊微微发热。

徐祯卿年幼单纯，对待歆瑶纯属爱美之心，笑意越发灿烂。身旁莫小棋却不屑一顾，狠狠瞪了他一眼。

文徵明和祝枝山也不禁纳罕，没想到世间居然有如此佳人。

“小女歆瑶拜见各位公子！”她站在前列两张长案前，微微欠身，朱唇微微一动，尖尖下巴越发显得诱人，“小女子才疏学浅，待会儿对诸位作品进行品评，如若有说得不对的地方，还望各位公子莫要怪罪。”

杜秋红走至歆瑶身边，低声道："我们先对尚公子和王公子的诗画进行品鉴。"

歆瑶微微颔首。

尚玉摇着写有"安危"的折扇，一动不动地盯着歆瑶。旁人也许觉着太过孟浪，但他心中所想，却绝非美色情欲之事。

王守仁久居京城，也见过西域异邦人氏，但大多身材粗犷，肌肤黝黑。歆瑶却像此间异类，绝非身边莺莺燕燕可相媲美。

歆瑶站在王守仁左侧，身上阵阵幽香向他袭来。

歆瑶低头向画纸看去，中央一位老翁盘膝端坐一块青石之上，头戴幅巾，髯须缠面，双眸矍铄和泰，似是不为情欲所动的参禅者。他身周则是一片竹林，妙处也正藏于此。竹林下怪石嶙峋，瘦劲孤高的竹竿从石缝间挺然而立，依于石而不囿于石，一股豪气扑面而来。竹叶看来随性，但却浓淡有质，相互交叉却杂而不乱，极富立体感。

画卷左上角题有一首名为《山石》的五言诗：

山石犹有理，山木犹有枝。
人生非木石，别久宁无思。
愁来步前庭，仰视行云驰。
行云随长风，飘飘去何之。
行云有时定，游子无还期。
高梁始归燕，鹈睃已先悲。
有生岂不苦，逝者长如斯。
已矣复何事，商山行采芝。

笔法凌厉，就似王守仁笔下那片片竹叶，犹如刀剑雕刻而成。

"好诗好画。"歆瑶看毕，抬头向王守仁看去，浅笑道，"尤其这一句'逝者长如斯'。"

王守仁躬身道:“姑娘谬赞!”

“公子如何称呼?”

“在下王守仁。”

“王公子可是崇尚理学?”

王守仁猛地抬起头,看着歆瑶,问道:“姑娘如何得知?”

“南宋朱子以二程理学为基,并吸取周敦颐太极说、张载的气本论以及佛教、道教的思想,形成独树一帜的‘格物致知’之说。朱子之理,为万物之理。时至今日,大明科举还以朱子传注为宗。”

歆瑶字字珠玑,对朱子道义如数家珍,王守仁眼前一亮,像是遇到知己,他毕生所学,就是希望可将朱熹理学发扬光大,再创自己之“理”。歆瑶一语道破,他起初以为对方只是寻常青楼女子,不想却有如此高深见地。

歆瑶见王守仁呆呆出神,轻轻一笑,接着说道:“我见公子并未为此图题名,小女子不才,觉得《格物图》甚为贴切!”

王守仁躬身施礼,他身侧的尚玉收起折扇,对眼前这个女子更加来了兴趣。

歆瑶移步至莫小棋和徐祯卿所在长案。

徐祯卿从未见过西域人,看着歆瑶,心中暗忖:西域人莫不是都生得如此模样?

莫小棋却把他的好奇看作痴态,在旁嗔怒。

“在下苏州徐祯卿,见过歆瑶姑娘!”

歆瑶见他不过十五六岁的模样,虽样貌粗鄙,言语投足仍散发着一股天真烂漫,拂袖先是轻轻一笑,然后低头向画卷看去。

徐祯卿所作为幅横轴,也许由于时间仓促,用笔难免随性不羁。即使如此,画中所绘秀丽景色,仍是布局疏密有致,变幻无穷,笔墨清润,山川浑厚。山间中央有一处茅舍,被苍松翠柏环绕,里间坐着四人,醍醐畅饮。

画卷左上方题一首《将进酒，将进酒》辞赋，密密麻麻，岂止百言，均由徐祯卿如今最为擅长的隶书写就。

“字数多了些！”徐祯卿尴尬笑道，“有劳歆瑶姑娘了！”

歆瑶秀眉紧皱，抬头先看了一眼莫小棋，然后又盯着徐祯卿问道：“此词此画，均是徐公子一人所完成？”

莫小棋以为歆瑶有意揶揄，沉着脸问道：“是又如何？”

歆瑶笑道：“没想到徐公子年纪轻轻，就有如此鸿鹄抱负，小女子实在佩服！”说完，对着徐祯卿微微欠身施礼。

杜秋红从未见过歆瑶如此，便跟了上来，向画卷左上方看去，默默念道：

将进酒，乘大白。
砗磲为罂锦作幂，燕京杜康字琥珀。
朱缗三千酒一石，君呼六博我当掷。
盘中好采颜如花，鸳鸯分翅真可夸。
壶边小姬拔汉帜，壮士失色徒喧哗。
拉君髯，劝君酒，人间得失那复有。
男儿运命未亨嘉，张良空锤博浪沙。
秦皇按剑搜草泽，竖子来为下邳客。
一朝崛起佐沛公，身骑苍龙被赤舄。
灭秦夒项在掌间，始知桥边老人是黄石。
狂风吹沙涨黑天，天山雪片落酒筵。
锦屏绣幕不觉煨，齐讴赵舞绕膝前。
人生遇酒且快饮，当场为乐须少年，何用窘束坐自煎。
阳春岂发断蓬草，白日不照黄垆泉。
君不见刘伶好酒无日醒，幕天席地身冥冥。
其妻劝止之，举觞向天白：妇人之言不足听。

又不见汉朝公孙称巨公，脱粟不舂为固穷。
规行矩步自衒世，不若为虱处裈中。
丈夫所贵岂穷苦，千载倜傥流英风。
人言徐卿是痴儿，袖中吴钩何用为。
长安市上歌击筑，坐客知谁高渐离。
我醉且倒黄金罍，世人笑我𫗦糟而扬醨。
吁嗟！屈原何清，渔父何卑？
鲁连乃蹈东海死，梅福脱帽青门枝。
明朝走马报仇去，襄子桥边人岂知！

杜秋红念毕，现场一阵哗然，都对年纪轻轻的徐祯卿赞不绝口。

徐祯卿何时有过如此礼遇，赶忙对着众人一一行礼。

他身后的文徵明、祝枝山，还有唐伯虎，都不由得春光满面，心中满是欣慰。

王守仁万万没有想到，这个其貌不扬的年轻人在诗词上居然有如此功力。相较之下，也觉得自己的诗句当真显得小家子气。这首《将进酒，将进酒》中那份满腔为国的抱负一望而知，尚玉的眼中，露出了欣赏之意。

“唐公子，你莫不是认识那徐祯卿？”

朱宸濠轻描淡写的一句话，使得唐伯虎一怔，继而淡淡一笑：“此子不过束发之年，诗文画技却有如此造诣。我久居姑苏，从未有幸相识。适才激动之下，心想如若重回姑苏，定要将他收为弟子，再不济也可成为好友。”

这番话透着文人雅士之间的惺惺相惜，在朱宸濠看来，的确符合这些书生平日的处事风格。但是，他心中还是不免存有一丝疑虑，对着唐伯虎一笑了之。

文徵明和祝枝山见歆瑶款款而来，躬身施礼，对方稍稍欠身，这才移目至长案画卷。与徐祯卿不同，这幅《江南春图》为纵轴，大体分为上中下三部分。上部着重体现高耸群山，寥寥翠柏点缀；中部湖岸春柳垂绦，一株杨树枝叶饱满、郁郁葱葱；下部岸边则绘有三株纤瘦高槐，横生枝叶犹如数顶油纸绿伞。一位老者正襟危坐于湖中扁舟上，五官分明，面色忧郁，与周遭春色形成鲜明对比。

当时画技之中，属工笔最难。而如此短暂时间，能作出此等纵轴精品更非常人之所及。时至明朝，很多文人雅士都认为，工笔一般出于女子之手，男子画出，显得小气。歆瑶平日里最喜工笔，写意之余，实景不失。所以，她看文徵明所作这幅《江南春图》笔意细秀，设色古雅。画山仅画轮廓，稍用干墨擦之，皴笔绝少，但觉山痕树影，无处不是早春景象。笔墨固佳，而章法似又胜之；章法固佳，而意象似又胜之，甚为喜爱，像是遇到知己一般。

“不知画作是哪位公子所绘？”歆瑶黑亮圆眸扫视着文徵明和祝枝山二人。

文徵明施礼道：“正是在下白日西！”

歆瑶生就一双又大又圆的双眸，不由得多看了文徵明两眼。见对方面色凝重，似有什么心事，而且始终不敢抬眼看向自己，心中暗自发笑，点了点头，又移目群山上方。

画卷上部绘有群山，空白处题着一首词。

字迹飘洒不羁，属于小型草书，笔意顿宕纯和，行间茂密，亦复丰致萧远，实属大雅之作。虽说第二轮比试为“诗画”，但歆瑶却对这书法心生庆喜。她识书无数，从未见过如此干净洒脱的小草。泼墨草书随性大为，比起小草，简易许多。能将小草写到如此纯熟，却又不失那份干云豪气，没有二三十载浸淫，再加上过人天赋，绝对无法做到。虽然有几个字用墨重了一些，却瑕不掩瑜。

而且，歆瑶觉得书法笔迹倒与徐祯卿有些相像，但是又有所不同，徐祯卿笔法如软剑，此处则笔法如钢刀。她却不知，徐祯卿起初师承祝枝山，笔法定然有同，只是前者年纪尚轻，再加上本心单纯，所以笔法更为柔情内敛。

“这书法定是这位公子代写！”从古至今，书画不分家。歆瑶看白日西书法细腻，决然写不出如此不羁的书法。所以，她不由得向鲁亚夫看去。

祝枝山微微施礼，道：“在下鲁亚夫，见过歆瑶姑娘！”

“那这词作又是哪位公子所作？”歆瑶接着问道。

祝枝山答道：“自然是白公子。”

歆瑶轻声吟道：“象林凝寒照蓝笋，碧幌兰温瑶鸭静。东风吹梦晓无踪，起来自觅惊鸿影。彤帘霏霏宿余冷，日出莺花春万井。莫怪啼痕栖素巾，明朝红嫣鏖作尘。春日迟，春波急，晓红啼春香雾湿。青华一失不再及，飞丝萦空眼花碧。楼前柳色迷城邑，柳外东风马嘶立。水中荇带牵浮萍，人生多情亦多营。”

唐伯虎之前认定白日西和鲁亚夫是两位好友易容所扮，至于来京目的，他却一无所知。如今画技笔法呈在眼前，更是笃信不疑。他也看出词作中有几个字有不妥之处。祝枝山笔法淳厚娴熟，绝对不会犯下这等错误。而且，那几个字似有规律可循，他觉得定然有什么深意，便将那些字牢牢记在心中。

歆瑶读毕词作，会心一笑，看着文徵明道：“小女子见白公子未给词作命名，小女子不才，觉得不如就叫《追和倪元镇先生江南春》可好？”

文徵明猛地抬起头，看向歆瑶，顿生相见恨晚之感。这首词作正是他追和倪瓒所作《江南春》。此词牌鲜有人知，却不想被歆瑶一语道破。历朝历代诗词如天斗星辰、浩如烟海，如此短时间窥其关节，可想歆瑶诗词造诣之高。

在场众人以文人雅士自居，却只有寥寥数人看出这个白日西的词作是追和倪瓒词牌。

莫小棋见徐祯卿呆呆望着白日西和鲁亚夫，嗔怒道：“怎么？适才还说定会拔得头筹，现在觉得不如人家？”她冷哼一声，低声道，“唐大哥还说你诗书画三绝，我还以为有多厉害呢！”

徐祯卿对她的冷嘲热讽不予理睬。他对文徵明和祝枝山的画技笔法再清楚不过，所以当画卷绘就，他一眼就认出是两位师父笔迹，心中存疑。这时，方才从二人名字中顿悟，再加上知晓文徵明精通易容改面，诸多巧合，他隐隐觉得两人肯定有什么难言之隐，才不便当众相认。想到莫小棋之前所说，徐祯卿不禁心中暗忖：难道三位师父同时来京，都为同一目的？

“你到底怎么了？”莫小棋接着问道。

徐祯卿附在她耳边，低语几句。莫小棋大惊失色，不约而同向白日西、鲁亚夫，还有两人旁边的唐伯虎看去。

7

歆瑶见众人议论声稍稍停歇，唯独白日西怔怔地望着自己。她接着说道：“倪元镇先生所作《江南春》词作清丽婉约、柔美凄楚，寂寥情愫充溢字里行间。而白公子所作，并无萧瑟寂寥的空旷之感，取而代之的则是逍遥之外留以温和生活的恬静。”

文徵明生性冷漠，平日里寡言少语，只有面对祝枝山、唐伯虎等好友时才推心置腹。对待女子更加不知所措，但听歆瑶一席话，心明亮阔，有一种想与对方彻夜长谈的冲动。

“歆瑶姑娘年纪轻轻，博古通今，在下实在佩服！”他微微躬身施礼。

“白公子言重了！”歆瑶欠了欠身，接着道，“这些都是小女子微末愚见，如有冒犯，还请白公子多多担待！”

“姑娘……”文徵明正要继续倾露，却见对方已经向唐伯虎的长案移步而去。

歆瑶对王守仁诗画品评，只字片语就将朱子理学提纲挈领归纳概括，而后又从文徵明词作中悟出是鲜有人知的倪瓒《江南春》追和词牌。唐伯虎见对方不过二十岁左右，诗文书画造诣颇深，有些敬服。怪不得被尊为花魁，除却沉鱼落雁之貌和异域风情之外，这博古通今之能必不可少！

他不禁对慢慢向自己走来的歆瑶微微有些心动。

经过三幅诗画的品评，歆瑶心中已有高低。王守仁所作《格物图》，不论是瘦劲墨竹，还是那首五言诗，虽处处透着明志言理，确为上乘之作，但却太过正统刻板，少了玩味。相较之下，徐祯卿的无名画作笔墨清润、意境简远，松石沙丁映衬在浩渺朦胧之中，使人有种身临其境之感。特别是他所作那首《将进酒，将进酒》诗，虽也为明志，却豪气干云、磅礴壮阔，实属难得。不过迄今为止，最让歆瑶为之倾心的当属白日西那幅《江南春图》，词作与画作完美契合，是她见过工笔画作中最为纤细精密的作品，鲁亚夫潇洒不羁的小草更是为整幅画作锦上添花，近乎完美。

所以，她认为，当前排名依次为白日西，徐祯卿，最后是王守仁。

歆瑶见摇着洒金折扇的朱宸濠一副玩世不恭、纨绔子弟模样，身旁唐伯虎面貌俊秀，轻微含笑，这样的组合，她实在看不出何德何能去超越白日西和鲁亚夫。

“诗画均是公子一人完成？”歆瑶还未低头去看画作，笑容却比对白日西和徐祯卿时多了一分敷衍。

“是！”唐伯虎躬身施礼道，“在下唐伯虎！”

歆瑶应了一声，低头看画。

画中女子体态婀娜，面如芙蓉，眉似青柳，细长双眸点睛之下，慧黠转动，透着几分调皮，微微紧闭的樱桃小口娇艳欲滴。风髻雾鬓斜插着珍珠琉璃簪，簪尾宝钻白皙照人，仿佛散发着耀眼白光。一袭赤红轻纱，白皙肌肤若隐若现，内衬裙摆像是绽放荷花，自然随性。细长腰肢仿佛不盈一握，越发衬托着女子丰润而高挑的身姿。纤如葱削的玉指轻轻捏着一朵海棠。那海棠粉红透亮，朵朵花瓣就如同女子娇艳双颊。

画中女子身后站着一个潇洒俊秀的年轻男子，一身锦色长衫，双手轻轻放于女子肩头，笑容缱绻，眼神游离，像是在欣赏美丽女子，又像是在目不转睛地看着女子指尖轻轻捏起的粉红海棠花。

歆瑶见整幅画作衣纹细劲流畅，服饰浓艳，显得绮罗绚烂。娇嗔情态刻画得生动入微，笔墨灵动爽利，转笔方劲，线条抑扬起伏，由工丽变为简逸，敷色妍丽，气象高华，果然是一等一的上乘之作。

这时，清风徐来，唐伯虎长案上画作轻微动了一下。

突然，歆瑶仿佛察觉什么，眉头先是紧蹙，而后舒展，低头向那粉红海棠轻嗅，真真切切闻到一股浓郁的海棠香气。

“这……”歆瑶双眸圆睁，满脸惊诧不解。

身后杜秋红好奇之下，照着样子低头轻嗅，双眸瞪得又大又亮，不由得惊呼出声：“好香的海棠！”

顿时，全场哗然。适才清风徐来，所有人都以为那海棠香气定是从花满楼院庭中传来，听到杜秋红如此说，心怀讶异，难道这香气竟是唐伯虎所画的海棠发出的？

尚玉更是激动难耐，收起折扇，第一个向唐伯虎长案走去，王守仁也跟在身后。而后，众人也慢慢围了上来，圈子越挤越小，徐祯卿、文徵明、祝枝山和莫小棋站在人群前列。这种玩趣十足的画技，在四人心中，也只有唐伯虎才能想出，不禁满脸笑容，却并不像其他人那般惊讶。

尚玉一把将唐伯虎的画作夺过，身后站着的王守仁和牟斌，还有其他围观人群都心生期待。

“果然是海棠香气！”尚玉抬起头，一脸好奇地看着唐伯虎。

这时，又一阵清风吹拂，画中海棠微微一颤，仿佛活物一般。

“唐公子真乃神乎其技啊！”杜秋红面如少女，起初就对唐伯虎寄予厚望，此番看来，更是对其才华甚为倾慕。

围观众人也不禁低声议论。之前，徐祯卿先以一首《将进酒，将进酒》震慑全场。而后白日西所作《江南春图》更是词作与画作的完美契合。如今唐伯虎剑走偏锋，使海棠香气扑鼻、风中摇曳，可谓灵气十足。一时之间，他们心中也不知到底谁的诗画更胜一筹。踌躇之余，更为今夜能欣赏到如此难分伯仲的对决而暗自激动、庆幸。同时，更想快些知晓画中那朵海棠花为何能散发出幽香。

但是，歆瑶却并未急着发问，暗自长吁一口气，抑制心中激动。见画作左侧下首题着“拈花微笑图”五个大字，后面还题一首诗，她便轻声吟道：

昨夜海棠初着雨，数朵轻盈娇欲语。
佳人晓起出兰房，折来对镜比红妆。
问郎花好奴颜好，郎道不如花窈窕。
佳人见语发娇嗔，不信死花胜活人。
将花揉碎掷郎前，请郎今夜伴花眠。

歆瑶语毕，全场寂静无声，仿佛唐伯虎所作的诗画，将他们带入到了与世隔绝的世外桃源，而那里生活着一对璧人。

夫妻二人一问一答之间，各尽其妙。美妇人的自信喜悦，与郎君的诚心打趣形成比对，透着另一番玩趣；相比刻意乖讨欢心，这种写照，更加有声有色，将两人轻松惬意的感情生活描写得入木三分，陡增真实。

起初，歆瑶以为唐伯虎不过与大多数所谓才子一般，依附钱财权势，凭着胸中点墨，恃才傲物、目中无人。如今看来，不论是书法，还是画作，抑或诗文，都称得上才华横溢、技压群雄，同时又横生妙趣、玩味十足。而且，她觉得这幅《拈花微笑图》只有将诗、画融在一起，方显神韵。

与此同时，婉儿、秋菊、蓝月和绿萝，甚至其他花满楼女子，都有同感。她们自问一生命运颠沛，平日里锦衣玉食，但内心深处那抹孤寂又有几人可以体味？如若上天庇佑，有朝一日可像唐伯虎笔下那对夫妻一样，柴米油盐、嬉笑怒骂、郎情妾意，一生也就足矣！

歆瑶看着唐伯虎，轻声问道："敢问唐公子，是如何使这海棠花香味扑鼻的？"

唐伯虎欠了欠身，刻意含情脉脉地看向人群中，之前曾与之耳语的那个青楼女子，笑道："这也多亏了那位姑娘！"

所有人目光游移。那个女子慌乱之余，又甚是开心，脸上带着一丝娇羞，双手拿着一个胭脂盒，将它轻轻举于胸前，笑道："唐……唐公子所说是这个吗？"

"正是！"唐伯虎嘴角上扬，温存一笑。

"胭脂？"所有人都大惑不解，一脸期待地看着唐伯虎。

"唐公子，您就别再卖关子了，快给大家说说其中玄机！"杜秋红在旁催促。

唐伯虎说道："雕虫小技，称不上有什么玄机！之前，我拜托那位姑娘去寻一盒海棠香气的胭脂。然后，将粉砂与稍许胭脂融为一体，加水均匀调和。所画出的海棠花，自然带着胭脂香味。"

"原来如此！"尚玉双眸比之前更加明亮。

谜题解开，所有人不由得低声议论。有些人显得甚为不屑，觉得不过是哗众取宠之技，而有些人却觉得玩味之中不失机敏。

表面玩趣，却暗藏才情。而且，唐伯虎诗文、书法、画作，均是歆瑶所见过的不可多得的上乘精品。她心中暗道：眼前这个男子到底经历了什么，让与之才情相合的豪气变得这般内敛和隐忍，又为何会附势在那个人手下？想来他与我一样，也有万般不为人所道的苦楚吧！

杜秋红见歆瑶望着唐伯虎发愣，未免尴尬，急忙从旁催促道：“女儿，诗也读了，画也看了。你心中可有定夺？”

歆瑶顾盼生辉，点头道：“四位公子诗画各有千秋，不相伯仲。历届夺魁大赛，当属今夜最为激酣。若非要论出当中精妙，小女子不才，认为诗词与画作最完美契合之品，当属白公子的《江南春图》和唐公子的《拈花微笑图》。”

尚玉轻轻拍了一下王守仁肩头，以示安慰，他本身来花满楼就不为博名，看到如此酣畅淋漓的诗画对决，也不枉来此一遭。王守仁来参赛，也权当为讨主子欢心，没想会碰到唐伯虎。此刻情绪慢慢平复下来，觉得唐伯虎在诗书画上的造诣，的确不凡。

至于徐祯卿和莫小棋对于唐伯虎可以重新拿起画笔，绘就如此作品，更是甚感欣慰。文徵明和祝枝山也有同感。回想几个月前，唐伯虎整日买醉、颓丧狼狈，平日里只靠画制仿作、与莫厉进行地下交易度日，真怕好友一蹶不振，浪费才华。但今日所见，唐伯虎像是变了一个人，背后到底有何隐秘，二人不得而知。不便相认之下，只能想出以书画传信的方法，期盼唐伯虎能看出其中关节。

在场众人纯属出于书画爱憎，对四幅作品，仁者见仁，智者见智。所以，对于歆瑶品评有些人不予苟同，有的人觉得王守仁理学和大义互有兼顾，考取功名为大明效忠，这才是读书人的最终归属；有的则认为徐祯卿年纪轻轻，诗词气势澎湃，洋洋洒洒，难能可贵，而且书法画技也相当了得，应给予鳌首鼓励。

当然，绝大部分人与歆瑶一般看法，《江南春图》和《拈花微笑图》在意境方面的确略胜一筹。但按照夺魁大赛事先的说法，到底最终哪一幅可拔得头筹，全由歆瑶一人定夺。

杜秋红和四美则对唐伯虎的《拈花微笑图》情有独钟，盈盈望着歆瑶。

“一入红尘深似海，心囿冷暖谁人知。”歆瑶轻声呢喃，双眸中似乎夹杂着一丝晦涩，她环顾众人，视线最终落在唐伯虎身上，“秦皇汉武再是千古风流，江南春色再是多姿烂漫，对于我等羸弱女子来说，都只是可望不可即的海市蜃楼。我等生似蜉蝣，去如草芥，自然也没有诸位公子的宽广胸襟与鸿鹄抱负，国祚山河更是虚无缥缈，所以，当下的生计琐碎，情爱相守，才更加简单珍贵。正所谓，桃李不言，下自成蹊……”

说到此处，歆瑶双颊难掩落寞。很多人不由得唏嘘，就连莫小棋也听出弦外之音，身为女子，曾经再光彩照人，也终归不敌岁月。

杜秋红更是感同身受，想到那个人，恨意似乎更加深了。

一旁的尚玉和朱宸濠却面色严肃，冷冷看着歆瑶，似乎窥探到了其他人看不出、读不到的细枝末节。

歆瑶在金客面前，从未有过这般的多愁善感，只是看到唐伯虎画中那对璧人，心中徒增憧憬和向往。待缓过神，觉得言多必失，神情瞬间恢复如初，看着唐伯虎笑道：“恭喜唐公子拔得头筹！”

莫小棋虽不能在花满楼当面质问唐伯虎，但却想着从文徵明和祝枝山口中套出一些线索。但是，她与徐祯卿追出来之后，始终未曾见到二人。此刻天色已逐渐发亮，许多男子醉眼迷离、摇摇晃晃朝着巷首走去，皆有失魂落魄之感。

“大师父、二师父为何也来到了京城？”徐祯卿喃喃自语，心中除了不解，更多充溢着万分担忧。

突然，有人将二人拉入旁边的小巷之中。

莫小棋正要喊叫，面前两人不约而同竖起食指，放在唇边。她与徐祯卿透过清晨薄雾看去，居然是之前的白日西和鲁亚夫。

“大师父，二师父。”徐祯卿欣喜若狂，就像见到久别的亲人。

“昌谷，你……你为何来京？”祝枝山还挂着假面，但双眸闪烁的关切之情却异常深重。比起文徵明和唐伯虎，他与徐祯卿相识最早，与其说是师徒，不如说更像父子。

相较祝枝山，文徵明平日里对徐祯卿颇为严格。此刻，他也一脸凝重地盯着两人，似还夹杂着几分责怪。

徐祯卿怯生生地望向莫小棋。

此次进京确实是她的主意，为了弄清唐伯虎到底陷入什么危机，她胆子也逐渐大起来，当即捋顺思路，将前后经历细细地说了一遍。

文徵明和祝枝山面面相觑，虽早已从徐经口中得知《桃女图》的线索，但万万没想到其中还暗含诸多曲折巧合。而且，这样一来，他们对《桃女图》就是当年唐伯虎亲笔所作更是笃信不疑。

莫小棋见二人并未如想象中那般惊讶，抬头质问：“那你们又为何在此？”

祝枝山正要开口，文徵明已经急忙插话道：“莫小姐，不论是伯虎之事，还是我等为何入京，说到底都与你无关。在下觉得，你与其在此与我等兜兜转转，不如早日回到苏州。否则，若要有个三长两短，依照尊父为人，别说我等性命，说不定还会殃及家人。”一席话掷地有声，像是不容莫小棋有丝毫反驳。

祝枝山也学着文徵明样子，向她躬身施礼，倒像是劝谏一样。

“本小姐也不会理会你的那些破事，只在乎唐大哥安危。我千里迢迢来京，可不是你三言两语就能打发走的。更何况……”莫小棋一边冷笑一边背过身子，她从未做过这等坏人，生怕对方看到自己失望惊慌的样子，“我还认识那个王守仁，他父亲可是皇帝身边的高官，如若你执意不让我插手，本小姐就将你们这些事通通告知守仁哥哥，让他去定你们的罪！”

“你……”文徵明再如何冷漠，面对莫小棋的刁蛮任性，也是无可奈何。

徐祯卿也想知道三位师父为何会不约而同来到京城，除了不解，更多则为担忧，也想略尽绵薄之力。他知晓文徵明不信任莫小棋，但这段相处时间，他能看出，对方是全心全意担心唐伯虎的安危，不由得大着胆子，对一向严厉的文徵明说道：“二师父，不如……不如就让莫小姐跟着咱们吧！”

文徵明先是看向徐祯卿，而后又见祝枝山露出默许模样，再加上莫小棋的恐吓，不得不答应道，“好！不过……”他面颊阴沉，暗含不甘，“莫小姐今后一切举动都要谨慎。还有，那个王守仁如若问起，也不可透露一丝一毫！”

“哼，谁愿意和守仁哥哥提到你！”莫小棋嘴上不饶人，心中却万分欢喜，像是从此找到依靠，比起自己拉着徐祯卿如无头苍蝇一般东奔西跑，有文徵明和祝枝山帮忙，定会事半功倍。

“枝山兄，我们接下来又该如何？”文徵明心中有些患得患失。

祝枝山笑道：“先回客栈！”

“伯虎真能勘破其中玄机？”

莫小棋和徐祯卿如听天书般看着两人。

比起文徵明，此时的祝枝山显得成竹在胸，轻轻一笑，道：“嘀，只要他是唐伯虎，就一定能看得出来！”

8

唐伯虎依稀记得，那年他与文徵明都只有八岁。正在自家后院玩耍，唐广德带着一个年轻男子走了进来。当时的祝枝山身材纤瘦，但面颊圆润，整个人看起来平易近人，时刻挂着温存笑意。

原来，祝枝山科考不第，到南京游玩散心，偶遇李应祯之女，两人一见钟情。而后，他到李府拜访。当时的李应祯为南京兵部郎中，见祝枝山不过一介布衣书生，心中难掩失望。但李氏却对他情真意切，为了此事还与父亲吵闹过几次。祝枝山听闻父女因自己反目，于心不忍，再加上科考不第，相形见绌，认为与李氏交往实属高攀，于是洋洋洒洒千言书信寄与李应祯，信中言辞推心置腹，同时又谦而不卑，对李氏真情更是透彻纸背。

当时李应祯在书法造诣上本就享有盛誉，见到祝枝山书信，一是被其真心打动，最为重要的是，信中每个字娟秀齐整，又不失风骨烂漫，能将传统楷书写到如此境界，实属不易。所以，他便收祝枝山为徒，至于与李氏的婚事，日后再提。当时祝枝山只求能见到李氏，就答应李应祯的要求，每日到李府与之习字。半年之余，祝枝山书法造诣日益精进。李应祯相见恨晚，对这个徒弟愈加喜爱，便答应了祝枝山与李氏的婚事。

祝枝山不想依仗李应祯权势，与李氏回到了苏州。对此，李应祯虽然对女儿心有不舍，但他也绝非保守顽固之人，相反对于祝枝山此举甚为赞赏。

祝枝山回苏州之后，平日里靠售卖自己书画为生，偶尔也答应一些好友请求，到家中教授对方儿女习字作画。

他平日里经常光顾唐广德的酒馆，也因此与唐广德结识，顺理成章被唐广德请去，向唐伯虎传授书法。第一次相见时，看到年仅八岁的唐伯虎和文徵明正在蹴鞠，祝枝山有心考验，心生一计。

“我们来次寻宝如何？”祝枝山笑盈盈对面前两人问道。唐伯虎不言不语，眼珠转个不停，文徵明却挺直胸膛，点了点头，大声答道：“好！”

“可否借你们的鞠一用？”

唐伯虎将鞠拾起，面无表情地递给祝枝山。

“你们可不许偷看！”祝枝山打趣道。

“哼！如此行径，我们才不屑于计较！”说着，文徵明双手交叉胸前，背转身去。在此之前，唐伯虎也早早背过去。

祝枝山将鞠藏在唐广德书房中，见书桌上摆放着文房四宝，就随手画了一幅小画，并题小诗一首：

春风入芳壶，吹出椒兰香。
累酌无劝酬，颓然倚东床。

“好了！你们可以转过身了。”祝枝山将画卷递到唐伯虎手中，“画与诗中隐含鞠之所在，只要解开谜题，就能寻到至宝……但是，你们只有一次机会。”

文徵明斜眼向画卷看去，中央画着一个少年，对窗端坐，桌案上放着文房四宝、书籍杂物，还有一面铜镜。少年注视着铜镜，不知为何而欣喜若狂。

唐伯虎默念诗句，反复思量。身旁文徵明思维机敏，自信对唐伯虎说道：“我解出来了，你呢？”

“我也是！”唐伯虎眼珠子微微转动着，“那就由你先来。”

唐广德与祝枝山并肩而立，他虽知对方有意考验两子，但又怕二人无法解出，祝枝山会挥袖而去。

文徵明走进书房，三人紧随其后。他环顾四周，低头去看画纸诗句，心中暗忖：春风入芳壶？显然房中并无“壶”之类的东西。而后一句，“吹出椒兰香”中的“椒兰”不论是在《荀子·礼论》，还是杜牧所作的《阿房宫赋》中都泛指香气。所以，文徵明一下子将视线落在矗立在床榻东、西两侧的镂空香炉之上。心中认定，所谓“芳壶”定然是指香炉，而最后一句“颓然倚东床”更是直接指出，就在床榻东侧那盏香炉中。此时直至夏季白日，香炉中未焚任何香物，而香炉大小也适中，塞入一只鞠绰绰有余。

文徵明正要打开东侧香炉，身后唐伯虎却一把抓住他的手腕，摇了摇头，说道：“不在东侧。”

“怎么会？”文徵明心有不服。

唐伯虎不予理论，直接将西侧香炉打开，竹编的鞠果真就藏于其中。文徵明大惊失色。唐广德则松了一口气，心中甚感欣慰。

祝枝山对两个少年才思均感赞叹，蹲在唐伯虎身前，问道：“你为何断定至宝不在东侧香炉，而在西侧？”

唐伯虎从文徵明手中拿过画卷，指着画中那面铜镜，笑道：“这少年看到铜镜发笑，定然是看到了至宝。但镜中所象，实为相反。所以诗中所说是倚在床榻东侧，其实为西侧才对！”

祝枝山站起身子，哈哈大笑。

此次小小考验，书与画都隐藏线索，只有将两者结合一起，才可猜出谜底。文徵明有些争强好胜，激动之下自然忽略画中所隐。相较之下，唐伯虎更为冷静，认定祝枝山所画绝非闲笔，定然不会那般简单。

文徵明从小与唐伯虎玩耍，知晓对方鬼灵精怪，这次定然又是一样，先让自己尝试，反衬他技高一筹。想到此处，略有埋怨，努着嘴低声道：“哼！你早早知道，怎么不早说？”

“是你要第一个去猜的，关我何事？”唐伯虎一副理所应当的姿态。

事后两人才得知，其实祝枝山在诗句中也做了手脚。“芳壶”“椒兰”“东床”的字迹都与其他字有些不同，墨色稍稍偏重，本欲考验两人对书法有无悟性天赋。没想到，文徵明和唐伯虎小小年纪，却对四书五经已有如此造诣，实属不凡。随后，就将二人都收下，教授书法。

“唐公子，你也喝一杯！”

唐伯虎缓过神，先是看到朱宸濠端着鎏金酒盏，一边意味深长地看着自己，而后又看向坐在朱宸濠右侧的歆瑶。在灯光映衬下，歆瑶白皙面颊上笼罩着一层氤氲红霞。

朱宸濠酒酣低吟，放下酒盏，点头道："对啊！唐公子，今夜……不，应该是今日，你可是主角。"他面前是一张铺着红色毛毯的横案，毛毯上绣着金丝碎花祥云图案，摆放着各色瓜果点心，还有几盘下酒小菜。最中央的那个金缕玉壶格外亮眼，相较一般酒壶，壶颈更为细长，壶肚也更为圆润。玉为上等蓝田玉，晶莹剔透，可以清晰看到壶肚中的酒水。

朱宸濠拿起金缕玉壶，倒入旁边的一个玉杯中，递到唐伯虎面前："我与歆瑶姑娘都是托唐公子的福，才能品尝到如此香滑的美酒佳酿！"

唐伯虎颔首示谢，接过玉杯轻呷一口，幽香在舌尖溶动，十分浓稠，入嗓却又如清泉干亮。紧接着脾胃犹如被炙炎灼烧，五脏炸裂。转瞬之间，脑袋一沉，心头空阔，眼前迷离，再看不清朱宸濠与歆瑶的样貌。但再次睁开双眸，又无比清亮起来，仿佛之前所睹都隔着一层薄纱，现在才算真正眼明心晰。

正要开口说话，那酒香却仍像在舌尖跳动，有一种口吐幽兰之意境。

"果然是好酒！"起初，唐伯虎一直认为，醉生梦死酒之所以被众人趋之若鹜，一是每年世间仅此一瓶，物以稀为贵；另外一个原因，不外乎在场所有人，都为博取虚名而来，这瓶醉生梦死酒不过锦上添花的道具罢了。直到适才轻呷一口，才觉出妙不可言，干烈之余，浓香溢鼻。只此一杯，就感到脑袋和身体轻飘飘的，如坠梦中。

"哈哈！"朱宸濠三杯下肚，双颊绯红，眼神飘忽，已有了些许醉意。他揽住歆瑶的纤纤细腰，用力向左侧一拥。歆瑶猝不及防下，低声轻吟，被迫坐在朱宸濠与唐伯虎两人中间，低眉暗黛，脸露羞赧。

之前，唐伯虎就听说，歆瑶虽为花满楼花魁，但从来只是卖艺。而且，杜秋红起初看上她时，也有意如此，毕竟得不到的总是最好的。唐伯虎认为，在经营花满楼方面，杜秋红的确能看透人心，投其所好，怪不得生意如此红火。

“不如小女子轻弹一首曲子，为二位公子助兴。”说着，歆瑶便欲起身。

不料朱宸濠一把将她拉回榻凳之上，笑着说道：“你就陪着唐公子说说话就好，我这次来……只为美酒。”

歆瑶微微颔首，低眉抬眸瞟向唐伯虎。两人四目相撞，唐伯虎面对充满异域风情的歆瑶，也不免为之动容，坐在榻凳上有些无措。

“不知姑娘是哪里人氏？”他见朱宸濠真是只顾着饮酒，完全一副孩童模样，未免尴尬，首先挑起话题。

“小女子祖上一直生活在哈密城，父亲年轻时，牙兰人与大明开战。为了避难，父亲只身一路逃到这里。”

唐伯虎见歆瑶眼神躲闪，显得有些局促。

“那你……”他抬起食指，指着歆瑶面颊。歆瑶起初还以为双颊上沾了什么东西，见他又指向自己的眼睛，才明白其意。

只此一笑，的确可让无数男人为之倾倒：“唐公子的意思是，我的眼睛为何是黑色？”

唐伯虎实在不知要说些什么。

“我母亲是中土人氏。”

“原来如此！”唐伯虎不禁猜想，歆瑶的父亲定然面相俊秀，而母亲相貌定也不俗，才得以将两人最为卓尔不群的特质延续在她身上。

至此之后，两人聊起均感兴趣的诗文书画。歆瑶虽为女流，却对历朝历代名人字画如数家珍。而且，对于疏理达德的传统文章也颇有几分独到见解，从适才夺魁大赛的惊鸿一瞥便可见端倪。

两人慢慢熟络之后，歆瑶幽幽谈起这些年的经历。她出身于一个贫穷之家，很多不明就里的百姓看到西域人总生出疏离之感。很多迂腐之辈还认为哈密人即为鞑靼人，西域人即为蛮敌，对歆瑶的父亲少不了嘲讽唾骂。京城各家店铺，都不愿雇他当伙计。为了维持生计，只能参军，一年之后却死在边关。母亲伤心欲绝，一病不起，年仅五岁的歆瑶只能沿街乞讨。之后因为请不起郎中，没过多久母亲也病亡了。

六岁那年，杜秋红看到歆瑶孤苦伶仃，将其收留在花满楼。很多青楼女子与歆瑶人生经历如出一辙，唐伯虎也并未感到惊讶。

歆瑶十三岁时已然亭亭玉立，俨然一个小美人。杜秋红存了心思，看中她的异域之美，坚信如若严加调教，势必艳压群芳，于是重金请人教授歆瑶琴棋书画。

杜秋红深谙青楼之道，不管是达官贵人，还是富商才子，他们对歆瑶这种女子定然心中满是爱慕。如若逼着歆瑶卖身，暂且不说她是否会誓死不从，就是逆来顺受，也会得不偿失。所以，自始至终，歆瑶在花满楼只卖艺不卖身，成为花魁之后，更是如此。后来也多亏了歆瑶，花满楼才得以力压群芳，在南楼首屈一指。

歆瑶虽想过为自己赎身，离开花满楼，但杜秋红仗着那纸卖身契，就是不肯放过。使得歆瑶在花满楼度日如年，夜深人静的时候，时常以泪洗面，自叹造化弄人。但时间一长，反而释然，比起小时候的凄惨潦倒，如今的生活锦衣玉食，不过是陪着客人喝酒谈笑。歆瑶知足之外，还有些麻木了。

一番推心置腹之后，歆瑶询问起了唐伯虎的境况。由于其中牵扯太多，唐伯虎并未全盘托出，只是简单叙说自己一年多以前，父母和妹妹相继病亡，对苏州再无留恋，才到京城谋生。歆瑶见他诸多闪避，猜到定有难言之隐，也就不再追问。

这时，朱宸濠斜卧在榻凳上，轻微发出鼾声，似是睡着了。

“醉生梦死酒虽然酒香四溢，入口细滑，但后劲极大，酒量不好的话，十杯之内，必然醉得不省人事。”歆瑶看了朱宸濠一眼，扭头看向唐伯虎，笑道，“看来这位金公子酒量也不太好！”

唐伯虎双眉紧蹙，抬起右手轻轻抚动上唇，似在思考什么。

歆瑶暗自心忖：适才一番话，他是不是自始至终都未听到？于是身子向唐伯虎挪了挪，笑问道：“唐公子，你怎么了？”

唐伯虎置若罔闻，良久，双眸闪过一丝兴奋之色，脑中豁然开朗。

“唐公子？”歆瑶再次试探性地轻声唤道。

唐伯虎缓过神，直接站起身，不管不顾就向门外走去。

“你这是要去哪儿？”歆瑶云山雾罩，只觉得唐伯虎在敷衍自己，未免心生不快。

唐伯虎想到这样离开，的确有失礼数，回头先是看了一眼酩酊大醉的朱宸濠，然后向歆瑶躬身赔礼道：“歆瑶姑娘，实在对不住，在下还有要事在身，就不能久留了！告辞！”

歆瑶从未受过如此冷落，往常不论何人，都嫌与自己同处的时光太过短促，而唐伯虎却这般着急离开，她虽懂得矜持自重，但眼眸中却充斥着疑惑。

她正要再说什么，唐伯虎突然再次扭过头，嘱咐道：“哦，对了。等我家公子醒来，姑娘就说那件事限期将到，我不得不先行回府，晚些时候他自会知晓！”

歆瑶眼看着唐伯虎夺门而出，悻悻坐在榻凳上，一副楚楚可怜的模样，但脑中却鬼使神差地浮现出那朵芳香四溢的海棠花。

9

唐伯虎越行越急。昨日大雨倾盆，致使清晨街市陷入一片氤氲之中。好几次，他都险些摔倒。

文徵明和祝枝山所作的那幅《江南春图》的确暗藏玄机，在歆瑶与众人眼内的瑕疵，却是两人刻意为之。

唐伯虎第一眼看到，已察觉其中关节。按照他所猜测，这个主意也许出于祝枝山，与他八岁那年解开字画谜题，找到藏于香炉内的鞠如出一辙。

《江南春图》所题词作：

象林凝寒照蓝笋，碧幌兰温瑶鸭静。东风吹梦晓无踪，起来自觅惊鸿影。彤帘霏霏宿余冷，日出莺花春万井。莫怪啼痕栖素巾，明朝红嫣鏖作尘。

春日迟，春波急，晓红啼春香雾湿。青华一失不再及，飞丝萦空眼花碧。楼前柳色迷城邑，柳外东风马嘶立。水中荇带牵浮萍，人生多情亦多营。

其中，第一句“象林凝寒照蓝笋”中的“林”字，还有“东风吹梦晓无踪，起来自觅惊鸿影”两句中的“无踪”和“自觅”，之后“青华一失不再及”中的“一失不再及”，再之后“柳外东风马嘶立”中的“东”字，最后则是“水中荇带牵浮萍”的“浮萍”二字。

这些字词用墨都稍显浓厚，而且看似笔法一气呵成，实则稍有偏斜。如若不是与祝枝山相交十几年，唐伯虎也看不出其中端倪。即使像歆瑶那般精通书画的行家里手，也认为这几处不过是笔迹瑕疵。

但是，他与文徵明八岁那年解开字画谜题，找到藏于香炉中的鞠之后，祝枝山还向二人指出那首诗中，每个字迹的不同之处，这也不失为一条线索。所以，唐伯虎将这些所谓瑕疵组合在一起：

林无踪，自觅一失不再及，东浮萍。

之前，令唐伯虎百思不得其解的是文徵明和祝枝山为何来此。他觉得如若两位好友是因寻自己入京，又何必易容改面？而且，关于《桃女图》和那处世外桃源，二人还停留在“梦境”一说，更加无法窥其波谲云诡的冰山一角。

唐伯虎因此推断，二人进京另有原因。

直到看到这首画卷题词后，他终于察觉了什么。

“林无踪”，他在心中暗忖：这“林”字到底代表什么？

如若文徵明和祝枝山真想借当年之计，用书画给他传达信息线索，那诗与画必须两者兼合才行。他还清晰记得，八岁那年，文徵明先猜出书法玄机，自己却觉得祝枝山所画那个少年对着铜镜憨笑，才是关键提示。事后证明，果然不出所料。

突然，唐伯虎发现，画卷中坐在扁舟上的那个老者，竟与一人样貌颇为相似。虽是几笔点缀，其特点却呼之欲出。

正是文徵明父亲文林！

解开“林无踪”的含义后，再去想“自觅一失不再及”的语意，就更好理解了：我们自己找到只此一条线索，就再也无计可施。

二人来京，难道是因为那唯一的线索事关京城？唐伯虎继续暗自推测。

按照之前得出的思路，他大胆猜想，两位好友一个不近女色，一个对发妻情深意切，又是在这种情况下，绝不会轻易将时间浪费在夺魁大赛上。应该是两位好友在京城遇到了麻烦，易容改面之下，不便当众与他相认，这才寄希望于夺魁大赛。只要进入第二轮诗画比试，就可利用画作暗藏信息，让他勘破。按照唐伯虎的性格，定会去寻文徵明和祝枝山，一问究竟。

至于“东浮萍”，谜底昭然若揭。

走到百姓街街尾，初晨旭日慢慢从东方升起，百姓逐渐多了起来。由于刚刚开铺，浮萍客栈的伙计秦二正在打扫地面桌椅。老板沈念从后堂走了出来，打着哈欠伸着懒腰，显然刚刚睡醒。他径直走到进门右手边的高柜前，一边翻看账簿，一边拨弄算盘。

唐伯虎正要向沈念走去，突然又停下脚步，继而转身看向秦二。见两人中间被一根廊柱遮挡，他便存了一份心思，走到伙计身旁，低声问道：“这位小哥，请问你可记得，白日西和鲁亚夫是否在此留宿？”

秦二先是一脸厌烦，当见到唐伯虎从怀中掏出一两碎银后，神色才逐渐平缓，将碎银攥在掌心，点头如捣蒜。

唐伯虎心头暗喜，回头见沈念还在埋头拨弄算盘，接着问道：“那小哥可知是哪间客房？”

如若换作别人，秦二不定记得，但对于白日西和鲁亚夫印象却很深刻。除却那晚快要打烊才入住的缘故，还有就是两人房门始终紧锁，昨天更是整日未归，今早回来，身后还带着两个年轻人，个个面色憔悴，像是整晚并未睡过一般。

秦二带着唐伯虎蹑手蹑脚沿着右侧木梯来到二楼回廊尽头，扭头低声道：“就是这里！”

唐伯虎躬礼道：“多谢小哥！”

等到伙计匆匆离开，唐伯虎驻足停留于门前，迟迟未叩动门扉。

这时，房门突然开启，女扮男装的莫小棋出现在眼前。

“你……”唐伯虎见莫小棋刚好开门，有些惊讶，难道是听到了脚步声?

猛然，莫小棋娇小的身躯将他紧紧抱住，她轻微啜泣，嘴角却露出笑容:“唐大哥，我好想你……我就知道是你！”

唐伯虎印象中的莫小棋，一向专横刁蛮，来的时候还想着责骂几句。但想到入京之路千里迢迢，又暗藏凶险，她却为了见自己，罔顾一切，这份情意再是如何，也无法视而不见。

他抬起头，向房内看去，文徵明和祝枝山站在徐祯卿两侧。三人面颊笑容浅显，却如春风化雨，拂过唐伯虎苦涩忧郁的心头。两位好友仍然以假面示人，在他眼中，却分明就是文徵明和祝枝山的音容笑貌。一时之间，四人心中的汹涌波澜，逐渐趋于平静，相顾无言，却胜似千语。

唐伯虎走进房门，莫小棋回身将门轻轻闭合。

“伯虎,好久不见！”文徵明冷峻的脸庞上这抹笑容显得格外温柔。

“我就说，伯虎一定能解出来。”祝枝山轻摇折扇，拍打着微微鼓起的肚子。

“三师父！”徐祯卿声音很轻，唐伯虎却听得格外清晰。

父母和妹妹双双病亡之后，在场四人，始终对狼狈颓丧的自己不离不弃。或是劝慰，或是接济，抑或当作什么都未发生，依然在大年三十那个特殊夜晚，陪自己促膝长谈。而唐伯虎面对好友的关心，故意装作视而不见，刻意冷漠。对于其他人，却强颜欢笑，像是自己煞费苦心构建起的铜墙铁壁，只在亲人与好友眼中不堪一击。他害怕被其攻破，让他们看到懦弱颓丧、一蹶不振的唐伯虎。

他万万没有想到，与好友会在眼下这样的境遇重聚。

欣喜、无奈，五味杂陈，之前心中所想竟然一个字也说不出口。

“你们要看到什么时候?”

他们四人险些忘了，还有一只鬼灵精怪的小妖精在场。

“对对对！我们坐下说！”祝枝山急忙附和道。

五人围坐在圆桌旁，面面相觑，却又不知从何说起。

唐伯虎思忖片刻，打破尴尬气氛，稍稍抬起双眸，看着满脸阴郁的文徵明，问道："徵明，那首诗句中所说的'林无踪'指的是否就是文大人？"

文徵明点了点头。

"也就是说，"唐伯虎接着道，"你们此番进京，为的就是寻找文大人的下落？"

徐祯卿和莫小棋早已听过文徵明、祝枝山二人的前后经历，所以神色并未有丝毫惊诧。

唐伯虎双眉紧蹙，心中惊惧绝非在场所有人可以想象。来京之后所经历的一切，看似毫无关联，又隐隐觉得之间盘根错节，存有千丝万缕的联系。但是，要想将这些形形色色的人、事完美契合，还需最为重要的一环。

这也是他迟迟未下决心，孤注一掷的原因。

如今，文徵明和祝枝山的出现，似乎使隐没在暗处的那一环逐渐变得清晰起来。但是唐伯虎未有丝毫欣喜，相反，一股莫名的千钧之力压在心口，甚至期盼着最后真相与自己所猜想的大相径庭。

"伯虎，"文徵明神色愁郁，似也夹杂着一丝无法使人轻易察觉到的羞愧，"那幅《桃女图》是真的吗？"

祝枝山在旁解释道："我与徵明路过天津时，遇到了徐经，他说曾看到你对着《桃女图》发呆。"

唐伯虎似有所悟，微微点头，仿佛这才将文徵明和祝枝山出现在花满楼的前后因果厘清、摸透。

"会不会那幅《桃女图》是一个与你一样的仿画高手所作？"祝枝山明知这番猜测有失逻辑，太过牵强，心中却仍旧抱有幻想。

唐伯虎摇了摇头，苦笑道："不可能！再高明的仿作，与真迹还是有稍许差异。如若只是仿作，我在第一时间就可辨识。"

《桃女图》是伯虎亲手所绘，再加上他精通临摹仿古，又怎会认错呢？祝枝山暗自心忖，脸上被愁云覆盖，感叹道：“也就是说，这一切都是真的！”

唐伯虎神色苦涩，呢喃道：“是啊，一切都是真的。”

莫小棋之前也从徐祯卿口中得知关于《桃女图》和唐伯虎梦境的前后因果。牵绊十几年的亦真亦幻，突然被证实真实存在过，换谁都会惊讶万分。更何况，还可能牵扯唐伯虎的身世，这份匪夷所思就算想一想都能令人窒息。

“徵明，枝山兄，你们来京之后，可查到什么线索？”唐伯虎觉得此刻谈论《桃女图》有些本末倒置，当下之重就是找到文林。

文徵明始终低着头，叹息道：“没有！我们从衡父口中得知，你乘坐晋醋坊老板费度的车辕来京，所以就试着到那里打听你的下落。结果问出你身在宁王府，本想着等你现身，将此事告知于你，然后借助于宁王权势，在京城试着查探一番。可当时那个金公子在场，所以我和枝山兄心存警惕，一路跟随，准备趁你二人分开之后，再上前相认。之后到了花满楼，被逼无奈之下，枝山兄就想到借助于书画传信的计策。”

唐伯虎苦笑道：“那个金公子正是宁王的世孙朱宸濠。”

除莫小棋和徐祯卿之外，文、祝二人似乎早已猜到对方身份。

“你们还记得我当年所说的那处莫名落水之地吗？”唐伯虎视线落在文、祝二人脸颊之上。

文徵明心头微颤，祝枝山则想到当年揶揄唐伯虎梦境的场景，惆怅万千，慨叹不已。

“此番来京，一是为了那幅《桃女图》。”唐伯虎接着道，“二是被莫厉举荐，到宁王府进行仿画。”

莫小棋和徐祯卿自始至终没有机会插话，只得乖乖坐在一旁，听三人一问一答，仿佛对这一路走来的疑惑进行抽丝剥茧。

“这幅画作多处已被烧毁，但是，我对所画景致记忆犹新。”

这时，文徵明终于抬起头，充满恐惧和不解地盯着好友。祝枝山心中也万般疑惑，隐约觉得唐伯虎所说似与文林失踪有所牵连。

唐伯虎深吁一口气道：“画作所绘，正是十年前我落水之处。”

比起文徵明、祝枝山和徐祯卿的惊诧，莫小棋双眉微蹙，脸上写满担忧，纤纤小手来回摩挲，像是有数条蚁虫爬过般瘙痒难耐。同时心中进退两难。

“会不会与你我一样，作画之人正巧也到白云山游历，”祝枝山在旁插话道，“误入那条咱们无法寻出的秘境，有感而发，所以作了此画？”

“枝山兄，伯虎所说重点并非这幅画作。”文徵明似是彻悟，抬头说道，“而是与《桃女图》一样，这些都可证明，那处秘境的确存在。所以，伯虎落水之后被神秘女子带至的那处世外桃源……也都是真的。”

唐伯虎充满欣慰地望着文徵明，两人心照不宣。

“如若真是这样，为何三位师父始终无法寻到？”徐祯卿抓着后脑，不解道，“三师父曾说那里景致如画，现在看来我却总觉得透着几分神秘，甚至……”

他怯怯懦懦地扫视众人，接着道：“还有些诡异！”

莫小棋涉世尚浅，但也能明白，神秘诡异之事，往往都暗藏凶险，里面夹杂着欲望与阴谋。所以对方才费尽心机、想方设法使其不露于表象，加以掩盖。

“在宁王府我遇到一个人，名叫王申。”

起初，文徵明等人对唐伯虎所说，有些云山雾罩，甚至觉得他答非所问，但到最后，却又与他们心中所想汇聚一处，使谜底和逻辑更为清晰。

“比起宁王，他似乎对这幅被烧毁的画卷更为重视和熟悉。”

唐伯虎言道，“前几日，一个黑衣人夜闯宁王府，为的就是刺杀王申。”

莫小棋一直沉浸在自己的所想所思中，当她听到“刺杀”二字，全身一怔，下意识地望着唐伯虎，夺口而出：“为……为何？”

唐伯虎一向心思缜密，见莫小棋神色异常，也不道破，自顾自说道：“为了躲避宁王府兵卒的围堵，黑衣人躲入我房中。之后，我得知他名叫纪辰。当时，我突然想到《桃女图》和被烧毁画卷的相似之处，正在查看。当纪辰看到画作之后，果然面色大变，我觉得，他之前定是见过此画。”

祝枝山将唐伯虎所说在脑海中慢慢捋顺，唐伯虎、《桃女图》、被烧毁的画卷、那处世外桃源、纪辰，他似有所悟道：“难道纪辰出生于那处世外桃源？”

唐伯虎点头道：“不仅如此！他还说王申也曾在那个地方生活过。我还从宁王府总管杨伯口中得知，王申与那幅被烧毁卷轴出现的时间基本吻合。”

文徵明听出好友言语似有深意，问道：“你怀疑纪辰出现在宁王府，是为了那幅被烧毁的画卷？”

唐伯虎先是摇头，而后又点头道：“这只是其中一个原因。之后，我问纪辰自己是否也曾在那处世外桃源生活过，他不置可否。”

四人齐齐抬头望向唐伯虎，如今《桃女图》似已变得没那般重要，他们无法想象唐伯虎此刻心境，其中暗含着太多有待查证的缘由和隐秘。

如若换作自己，是否会像他这般镇定，就算刻意伪装，难道就能轻易做到吗？文徵明暗自思忖，脑海中浮现出这一年多来唐伯虎独自承受伤痛的画面，心头不禁苦涩难当，仿佛感同身受到那份无法言喻的孤寂与落寞。

人非铁石心肠，如何才能做到这般默默隐忍？

唐伯虎深吸一口气，面颊上再无轻浮不羁，取而代之的是凝重肃穆，他声音更轻更低："纪辰看出我有所求，就想利用我在宁王府的身份之便，暗地打听那个女子下落。如若可以助他找到这个女子，他就会将我的身世之谜告知。"

"那个女子到底是什么人？"祝枝山有些语无伦次，幽幽说道，"还有一人之下万人之上的宁王，为何对那幅被烧毁画卷如此重视？对了，还有那紫色桃花。即使这一切都能说得通，但是世间又怎会有紫色桃花呢？"

徐祯卿天真无邪，在旁点头附和。

"她叫林奴儿。"唐伯虎的声音像是挤出来似的。这些天，这三个字无数次在脑中萦绕。

"这是画中那个女子的名字吗？"相较其他线索，莫小棋似是更加在意这三个字。

"嗯！"唐伯虎点头道，"是纪辰离开前告知我的。"

林奴儿……莫小棋心头默念起来。

"那么，"文徵明显得很小心，问道，"你答应了纪辰的请求？"

唐伯虎笑意苦涩："嗯！我来京本就是想顺着刘勇这条线索找到林奴儿，从她口中问出真相。但是，凭我区区一介布衣，想在这鱼龙混杂的京城找人，犹如大海捞针。既然如此，又何必多此一举？只要从宁王府探听到林奴儿的线索，告知纪辰，至于如何营救，我也就不用去管，倒也省去了许多麻烦。"

"话虽如此，但你又如何确保纪辰事后不会反悔？"文徵明蹙眉道。

唐伯虎意味深长地看着文徵明，苦笑道："事已至此，难道我还有其他选择吗？"

文徵明像是心中有鬼，被对方眼神盯久了，浑身不适，急忙刻意避开，再次低下头。

"也就是说，只要找到刘勇，说不定就能找到林奴儿？"徐祯卿在旁道，“只要三师父将这条线索告知纪辰，对方就会告诉三师父真相，是这样吗？”

文徵明和祝枝山也似有所悟，齐刷刷向莫小棋看去。

徐祯卿看着满脸疑惑的唐伯虎，笑道：“三师父有所不知！刚刚入京那天，我和莫小姐去找了一个名叫王守仁的公子。莫小姐说，他也许能查出刘勇的行踪！”

莫小棋缓过神来，狠狠看了一眼徐祯卿，嗔怒道：“丑八怪！你不说话，没人把你当哑巴！”

“莫小姐，这到底是怎么回事？”唐伯虎急忙问道，“昌谷所说王守仁不正是在花满楼参加夺魁的公子吗？他是什么人，为何能查出刘勇的下落？”

莫小棋撇着嘴一副委屈模样，点头道：“守仁哥哥他爹叫王华，是当今皇上的日讲官！”

“日讲官？皇上？”唐伯虎陷入深思。如果是这样，那这个王守仁的确有可能查出刘勇的身份。他心中暗忖，却又觉得其中隐含着更为重要的线索。

莫小棋接着说道：“在花满楼时，守仁哥哥说，那个刘勇牵连甚广，唐大哥也许就是因为知晓什么，才离开苏州，匆匆进京的。比试之前，我早已认出唐大哥，本想着上前与你相认，但你却装作不认识我。那个时候，守仁哥哥也告诫我说，如若当时就与唐大哥相认，势必会害了你……”

文徵明和祝枝山从她言辞之中，方能感受到她对唐伯虎的那份挚情与担忧。

“我想到一个人。”唐伯虎脑海中那个人，衣着朴实，却不失华贵，举手投足之间时刻透着非常气度。那人折扇上所写的“安危”二字，挥毫重墨，用笔粗狂不羁。还有王守仁和牟斌，两人对此人毕恭毕敬，还暗含几分忌惮，就与他当日初次接触朱奠培时略微相似。尤其是牟斌，像是一把冰冷彻骨的利刃，眼神时刻透着警觉，右手始终藏在衣袖之中。现在想来，难道是担心有人威胁到他的主子，所以时刻都握着兵刃？

“伯虎，你想的那个人到底是谁？”祝枝山心急如焚，催促道。

“尚玉！”唐伯虎扫视众人。

“就是那个与守仁哥哥一起参赛，阴阴冷冷的男子？”莫小棋见四人眉头紧锁，却不知唐伯虎为何面露恐惧，“那个人怎么了？”

从未有过的恐慌袭遍全身，文徵明没去理会莫小棋，而是抬头向好友看去：“伯虎，你想说的是，尚玉即为皇上，皇上即为尚玉？”

“那……那个人是当今皇上？”平日里天不怕地不惧的莫小棋，第一次体味出惊慌失措的滋味。她面色呆滞，一屁股坐在圆凳上，不禁向四人投去求助的眼神，但她发现，每个人好像都与自己一样。

这时的文徵明顿觉口干舌燥，脑袋重若千钧，不禁低头幽幽说道：“伯虎，我记得你曾说过，世间没有纯粹的巧合，到头来都有因果可循，是吗？”

莫小棋、徐祯卿和祝枝山都对他这句不合时宜的问话充满不解。只见文徵明双眉紧蹙，一副不敢直视唐伯虎的样子，始终低着头。

唐伯虎却已猜透对方心思，点了点头：“嗯。”

“那……”文徵明突然抬起双眸，怔怔望着唐伯虎，“我爹的失踪是否也绝非巧合？”

唐伯虎答非所问：“徵明，你之前到晋醋坊见到费度时，可察觉有何不妥之处？”

祝枝山心头一怔，唐伯虎所说与之前文徵明的疑惑不谋而合。

“他看我的眼神很奇怪，”至于如何奇怪，文徵明却说不出来，“而且，我像是在哪里听到过他的声音。”

初次进京时，唐伯虎就发现费度似有隐瞒，但那时觉得事不关己，再来如何可疑，也轮不到自己将其拆穿揭破。直到纪辰出现，他才隐隐觉得，费度的出现绝非偶然。所以，为了弄清事情真相，他亲自造访晋醋坊，希望能查出一些蛛丝马迹。他坚信，只要对方与自己心中所想有牵连，即使伪装得再天衣无缝，也会在细节处露出马脚。果不其然，种种细微线索和迹象表明，费度此人绝非只是晋醋坊的老板，他很可能与纪辰相识。只是，他还缺少最为主要的一环，除非将此解开，才能使整起事件完完整整地联系起来。

这也正是他迟迟未向费度挑明的真正缘由。

直到文徵明和祝枝山的出现，抑或是说，直到他得知文林失踪的消息，真相才慢慢浮出水面。

“你确定是他？”唐伯虎面无表情，声音同样低沉。

文徵明摇头道：“起初并未回想起来，直至适才枝山兄提到了白云山。”

莫小棋对白云山的理解只停留在普通山川之上，而其余四人都知这三个字所隐藏的过去。

“如若是梦境，就另当别论。”文徵明神色凝重说道，“但是，这一切都是真实的。前几日，我碰到衡父，得知《桃女图》之后，心中就突然冒出一个想法。那时你莫名落水之后被带到那处世外桃源真是巧合吗？还有，如若通往那里的秘境就隐藏在白云山密林，为何我们当年又恰巧到那里游历？更加巧合的是，我第一次听到这个声音也是在十年前。”

祝枝山终于明白为何文徵明在进京路上，始终沉默寡言。同时，似也窥探到文林想要保守的那个秘密是什么。正因如此，文林才不早早留下书信，还心存侥幸，如若此次劫难可以避过，文徵明就不会试着去解读卦象，继而也不会牵扯出那愧于提及的往事。

“还记得我与你们说过，”唐伯虎面露苦涩，说道，“从十年前开始，我就一直觉得有人在监视自己。”

唐伯虎在苏州刚得到《桃女图》时，就不禁心中打鼓：那个神秘女子将此画塞入刘勇包袱中，是心存侥幸，还是另有深意？起初云山雾罩、难以揣度。经历这一切之后，他内心却渐渐明晰，怀疑林奴儿定是无意中知晓刘勇回乡探母，所以才将《桃女图》暗度陈仓，夹带至苏州。为的就是有朝一日被潜伏在苏州的某人看到，勘破玄机之后，循着线索将她救出。所以，唐伯虎才怀疑，林奴儿与监视自己之人有所牵连。

又是十年前！徐祯卿再是天真，也明白三位师父所指，原来如今经历和发生的一切，早在十年前就已埋下种子。

莫小棋心中却一直隐藏着秘密，她不愿透露给任何人，原以为不过是那个人危言耸听，故意说这些让自己知难而退。现在看来并非如此，她也不知应该感到庆幸，还是懊恼。

“他们为何要这么做，到底想从你身上得到什么？”祝枝山有些气急败坏地从旁喝道。

唐伯虎连连摇头，心中同样有此疑问。但是，对方如此煞费苦心，连续监视十年之久，觊觎之物定然非比寻常。难道是它？唐伯虎不禁用手紧紧攥住藏在衣襟中的白虎吊坠。不可能！如若那个东西这般显而易见，早已被他们夺了去。到底是什么呢？他越想越是心慌，莫名的恐惧袭遍全身。

徐祯卿插话道：“还有，宁王这样的人物为何如此在乎那幅被烧毁的画卷？”

唐伯虎收回心神，苦笑道：“种有紫色桃花的桃花树，本就充满诡异。那处所谓世外桃源，表面风平浪静，实则暗藏隐秘。这个秘密，恐怕就连宁王都想破解……”

“伯虎，你的意思是……”祝枝山皱眉道，“你所作的那幅被烧毁的画卷，隐藏着进入那里的秘境？”

“除去这个理由。我实在想不出，纪辰和王申为何反目成仇，宁王又为何煞费苦心，千叮万嘱让我按照原作临摹，一丝一毫的差错都不允许出现。”唐伯虎字字珠玑，“除非，那秘境就隐藏在画作之中。”

这时，他又看向文徵明，神色缓和，温言道：“而且，我怀疑这也正是文大人被掳到京城的原因。”

文徵明神色愈加黯然，虽早有心理准备，但当唐伯虎如此笃定地说出父亲失踪与这一切有所关联时，他还是不由悲从中来，低声问道：“伯虎，现在该怎么办？”

“徵明，”唐伯虎身子微微前倾，温声说道，“现在这些都只是你我猜测，文大人之所以那么做，肯定有不得已的苦衷。当务之急，我们要尽快想办法救出文大人。你先告诉我，是如何得知文大人身在京城的？”

文徵明像是用尽最后一丝力气，才将文林失踪前卜出的凶卦，以及之后自己从卦象中猜测父亲身在京城的前后经过详细叙述一遍。

“原来如此！”唐伯虎若有所思道，“坤卦非吉非凶，实属平和之卦，文大人说六爻皆凶，的确似在刻意提醒。他不愿说出当年之事，将此藏于卦象之中，事后真要遇到凶险，料定徵明会深究而思，破解其中不解之处。如若相安无事，徵明也就不会放在心上。”

祝枝山知晓唐伯虎始终对堪舆卜筮心存迟疑，不相信世人会对未发生之事未卜先知。但适才文徵明并未说到坤卦细节，他却一语道出关键，可见平日对其籍载要理也有涉猎。

唐伯虎深知失去亲人的痛苦，看着日渐消瘦、满面憔悴的文徵明，不免悲从中来。他浅浅一笑，拉住好友横在桌案上紧握的右拳，说道：“徵明，你放心！这一切若真如你我所推测，现在文大人性命无忧，定是被关在京城某处。”

文徵明眼圈微红，怔怔望着好友似曾相识的坚决与自信，不知为何，心生坦然，认定唐伯虎所言非虚，定是查到什么，不便当下透露。

“三师父，你是如何知晓的？”徐祯卿呆头呆脑的模样，实在让人哭笑不得。连莫小棋都有些听不下去，这等不合时宜的追根究底想必全天下只有这个丑书生才问得出来。

唐伯虎为了缓和气氛，勉强笑道：“现在还不能说。有件事，我需要再去确认一番，兴许就可查到文大人下落。”

“如今看来，牵连此事之人盘根错节、势力庞杂，仅凭你我文弱书生，又如何将文大人救出呢？”祝枝山凡事看得通透，思虑周全，事关众人性命安危，所以就算有些泼冷水之嫌，也不吐不快。

文徵明只想着如何救出文林，站起身子，冷然道：“枝山兄放心，到时我文徵明定当独自前往，就算是龙潭虎穴，大不了和我爹死在一起就是，绝不连累诸位。”

祝枝山深知文徵明脾气，也不回嘴，在旁连连摇头。

徐祯卿盈盈笑道：“嘿嘿！我想三师父既然有办法查到文大人下落，肯定早已想好了营救之策，保准我们可以全身而退……三师父，我说得对吗？”

唐伯虎不置可否，浅笑过后，再次神色凝重地看向两位好友：“徵明，枝山兄，你们面颊上的假面可否借我一用？”

四人面面相觑，不知唐伯虎意欲何为。

文徵明和祝枝山不约而同撕下假面。别说莫小棋，就连徐祯卿也从未见过这等诡谲场面，好奇之余，看着两人一点点将薄如蝉翼的假面撕下时，徐祯卿头皮不禁一阵发麻。

唐伯虎接过两片假面，环顾四周，朝角落一个盛满清水的水盆走去。其余人不知其意，紧随他来到水盆前。

唐伯虎小心翼翼地将两面大小、面貌各异的假面相继放于清水之中。莫小棋细眉微蹙，略显厌恶地盯着漂浮在水面上的两张面皮，只觉得细腻惨白，双眼空洞，越看越是心惊，甚至感到一阵恶心。

过了一会儿，唐伯虎察觉到水面泛起一粒粒气泡，小得几乎可被忽视，但却非常密集。莫小棋和徐祯卿身上同时泛起一层鸡皮疙瘩。

又过去片刻，唐伯虎这才微微弯下身子，鼻尖马上就要贴到水面。

三师父不会是要饮了此水吧？徐祯卿皱紧了眉头，莫小棋则再也看不下去，跑到一侧，险些呕了出来。

文徵明和祝枝山也觉得唐伯虎太过古怪，又怕惊扰到好友的思绪，只能默默站在旁边，压抑着心中的好奇。

突然，唐伯虎猛地抬起头，长长呼出一口气，将四人吓了一跳。

“时辰不早了，我要速速返回宁王府。”唐伯虎扫视一圈满脸困惑的众人，笑道，“如若不出现什么意外的话，明日这一切就将尘埃落定，到那时，我们一起回苏州。”

余下四人先是微微一愣，适才疑惑瞬间烟消云散，变得再没那般重要。看着唐伯虎充满自信的笑意，他们脑海中不禁浮现出之前那个手摇折扇、风流倜傥的江南第一才子。

我们一起回苏州！

这句直白简单的话语，像是春风化雨，将笼罩在四人心头的愁云吹散，似是撕开一道金灿灿的口子。

第四章
桃花坞

1

明月圆如玉盘，高悬在墨蓝色夜空中，银光沿着幽暗秘境缓缓延伸。宁王府除了东厢之外，所有房舍的灯烛均已熄灭，夜色更加深沉静谧。偶尔清风吹拂，屋外桃花簇拥摇摆，飒飒作响。

屋门被推开了，一股湿气薄雾汹涌而出，浓郁的草药和纸浆味道互相交融，将阵阵桃花香气压了下去。

唐伯虎宽衣解带，黑白相间的长发披在身后，他右手拿着酒葫芦，左手倚着门框，大口吸气，肆意感受着阵阵凉风。

过了一会儿，等到汗渍干了，他坐在石桌旁边的圆凳上，打开酒葫芦的盖子，仰头直饮。他看到团团黑云悄悄飘移，横跨墨蓝色的夜空，从圆月旁边擦肩而过。

唐伯虎放下酒葫芦，发出一阵低声叹息。

这时，朱宸濠从暗处走出，踏着石径，缓缓向唐伯虎走去。

唐伯虎身子微微摇晃，似是喝醉一般，酒葫芦立在身前圆桌之上。他抬头呆呆望着一轮明月，仿佛有所悟，有所感。

“唐伯虎！”朱宸濠的声音如同一席狂风，将这番良辰美景一并吹散。

唐伯虎看向对方，微微一愣，还是站身施礼：“拜见世子！”

朱宸濠自顾自坐在对面，问道：“唐公子果然雅致，如此深夜，也不忘赏月喝酒。只是独自一人，岂非寂寥无趣？”

“世子说笑了，适才作画憋闷，才出来透透气，没想到……”他再次望向被黑云稍稍遮掩的圆月，话中充溢着使人无法捉摸的伤感，“今夜的月亮居然如此又圆又大！”

“那幅画作画完了吗？”

唐伯虎点头，语气平淡，丝毫不见大功告成的喜悦：“嗯……刚刚作就。”他看向朱宸濠，反问道，“不知世子为何深夜造访？”

“讨酒喝。”朱宸濠笑容时刻透着神秘，“仅此而已！”

“讨酒？”

朱宸濠视线落在酒葫芦上，笑道：“还有桃花酒吗？”

“世子稍等！草民这就去盛！”

唐伯虎正要起身回屋，朱宸濠却直接将酒葫芦拿了过来，打开盖子，直接对口直饮。他呆望着，想到与对方年龄相仿的徐祯卿，还有来京时乌篷船上的徐经。

“好酒！”朱宸濠意犹未尽地抿着嘴，似是回味舌尖上那缕淡雅幽远的桃花香气，说着再饮一口，这才放在身前，笑道，“桃花酒与醉生梦死酒一柔一刚，是我喝过最香的酒。”

唐伯虎面对朱宸濠，嘴角第一次洋溢着真挚笑意。他重新坐在圆凳之上，道：“如若世子喜欢，等王爷看毕那幅仿作之后，草民为世子再酿制一些。”

朱宸濠击打了一下石案，显得无比欣喜：“好，一言为定！”

唐伯虎看着他饮酒的样子，觉得今夜与以往不同，对方言辞之间似乎更为直爽豁朗，便不动声色顺着话题说下去：“那位王申公子到底是什么人？”

朱宸濠举着酒葫芦的手突然停顿，将桃花酒送入喉咙后，这才轻轻将酒葫芦放在石桌上：“唐公子什么时候开始关心与你无关的事了？”他的神色和双眸之中充满着失望与落寞，却被阴影淹没。

“并非无关！”唐伯虎预料到对方的反应，并未表现出慌张，而是从朱宸濠手中拿过酒葫芦，轻呷一口道，“草民已将那幅仿作完成，也助世子在夺魁之夜拔得头筹。按照与王爷约定，之后恐怕会留在王府，成为您的伴读。”

“是又如何？”朱宸濠挺直身子，似是想让自己看起来更加轻松一些。

“草民一介书生，从苏州入京的时候，碰到一个人。”唐伯虎接着道，“那人是京城一家醋坊的老板。他告诉草民一件事，说京城虽是天子脚下，但比起其他州县，不管是王公贵族，还是巨商富贾，抑或平民百姓，他们心思更难琢磨，人性更加复杂，多变无常。”

朱宸濠一边听，一边夺过桃花酒，仰头直饮，生怕今后再也无法喝到似的，喉咙抽动之间，传出咕咚咕咚的声响。

“草民见王爷对那个王申甚为赏识，在王府却鲜有出现，只是前几日有一面之缘，之后再未见过。”唐伯虎所说那天，正是纪辰深夜潜入王府刺杀王申那日，“草民之前虽只是一介书生，但也懂得些在鱼龙混杂的京城得以立足的生存之道。试问，如若世子是草民，又怎能不提防这个今后会影响自己前程的陌生人呢？”

朱宸濠冷哼一声：“没想到唐公子也是这般趋炎附势的小人。”

唐伯虎脸上的笑容更多苦涩：“草民孑然来京，无依无靠。比不得世子，有王爷和朱将军给您撑腰。现在得到的一切，说不定明日就会化为泡影。甚至，一步走错，还会成为别人的替死鬼。如若性命都没了，又何谈什么小人和君子？”

“他只不过是爷爷身边的一条狗而已。”朱宸濠眼神不知落在何处,冷冷说道,“有用的时候,会让他像个人活着,没用的时候……”

他扭过脸颊,笑意诡邪:“就会将其宰杀,省得放出去乱咬人!”

唐伯虎脊背一阵冰凉,对方与徐祯卿年龄相仿,但给人的感觉却截然相反,一个温暖如春,一个寒气彻骨。有那么一瞬间,他真的有些被朱宸濠的气势吓到了。

“万物都有生存之道,狗亦如此。”他故作镇定道,“那天王爷与王公子一同来查验草民作画进度,比起王爷,王公子像是对那幅莫名画作了解得更多,不对……应该说,似乎只有那个王公子才知晓画作烧毁处应该补画些什么。”

“唐公子过谦了。”朱宸濠似笑非笑地说道,“除了王申,你现在不也知晓了那幅画作的全貌吗?”

“所以……”唐伯虎笑得更加自然,“草民才想成为这世上唯一的那个人。”

“你想取他而代之?”

唐伯虎身体前倾,低声道:“草民斗胆说一句!如今王爷年事已高,您父亲朱将军也近五旬。两人百年之后,这宁王之位定由世子您世袭。到那时,世子想身边是王申,还是草民呢?”

“嘿,你还真是爱主心切。”朱宸濠言辞之中充斥着不屑。

“错!草民这样做,无非还是为了自己。”

“哦?”

“草民觉得,世子将来并非池中物。”唐伯虎坦然笑道,“良禽择木而栖的道理,草民不会不懂。”

朱宸濠深思片刻,将面颊别了过去,又陷入阴影,让人无法看透他的神色变化:“你想问什么,不妨直说。”

“草民只想知道,那幅莫名画卷之中,到底隐藏着什么秘密,王爷为何如此在意此画?”

“你……”朱宸濠突然站了起来，面露怒意。

唐伯虎急忙跪倒在地，低头轻声说道：“世子恕罪！”他抬头殷切地望着对方，言辞真切，“适才您也说，王申不过是王爷身边的一条狗，当用则用，无用则杀！那草民呢，结局岂非也是一样？所以，草民为了活命，只有知晓画中秘密，成为世间唯一可以助王爷解开画中之谜的人，才能保全性命，望世子体谅成全！今后，草民定当赴汤蹈火，以报王恩！”

朱宸濠低头向唐伯虎看去，对方脑门贴着冰冷青砖，身体似乎正在瑟瑟发抖。有一瞬间，他真的动了恻隐之心。没错，比起王申，他的确更喜欢唐伯虎。不论是桃花酒，还是他身上散发出的那股飘然之气，都是他在京城所有书生身上不曾看到的。但是，他却只能舍车保帅。

我成全你，谁又来成全我呢？他暗自心忖，一边将唐伯虎轻轻扶起，深深叹息道：“我想告诉你，但是……”他又望了一眼面色上充满期待的唐伯虎，接着道，“我真的不知道那画卷中到底隐藏着什么秘密。”

唐伯虎盯着他，只觉不像在说谎。但万事俱备，就此作罢又心生不甘，如今看来，唯有孤注一掷。他思忖片刻，说道：“这些时日，草民对那个王申多少有些了解。此人行事谨慎讲究，平日穿戴也鲜亮整洁。但是，每每出现在王府时，鞋沿上就会沾着厚厚的黄泥。”

朱宸濠一头雾水，不知唐伯虎为何话锋突变，嘟囔着：“黄泥？”

唐伯虎露出一抹浅笑：“我听东直门外的茶棚老板说，从去年伊始，宫中修葺城墙，隔三岔五会派遣兵卒到狮子山挖采那里的黄土。久而久之，使得东直门官道一旦刮起大风，便漫天黄尘，两侧茶棚老板和入城百姓苦不堪言。”

朱宸濠身为宁王世孙，周遭自然会多一些趋炎附势的狐朋狗友，他们坐在一起，多以宫中趣闻、风花雪月为主。所以，对此也略有耳闻，皇帝下令要在西暖阁东面建一所新的别苑，至于目的是什么，他就不得而知，但是……他紧紧盯着唐伯虎，两人四目相撞，对方却不闪不避，眼含苦笑。

“草民听闻，狮子山黄土名为狮壤，经过清水拌和后的黄泥，黏性极强。”唐伯虎见朱宸濠面色沉重，他的笑意反而愈加鲜明，“自从当年成祖迁都之后，皇亲贵胄就不再饮用民间之水，而是每日派遣兵卒到东直门外十里处的玉泉山取水。这之后，玉泉山被官兵围守起来，寻常百姓不得擅取那里的泉水。时间长了，百姓索性称那里的泉水为‘御水’。”

朱宸濠似有所悟的同时，心中对唐伯虎细致入微的观察极为钦佩。

“御水在每日戌时左右会从东直门运入宫中。”唐伯虎语气平和，就像是在月下与好友对饮畅谈一般惬意，“那日草民正巧遇到运送御水车队经过，大约有三十乘之多，每乘车辕后都载有二十余个水桶。虽盖着桶盖，但郊外官道颠簸，致使许多御水淅淅沥沥洒在布满狮壤的官道之上。”

这时，他微微抬起双眸，笑道：“而草民从杨伯口中得知，王申每次回府都会很晚，通常在城门将闭之时赶回。那个时候，也是运送御水车辕进城后不久，如今天气和爽，官道上的黄泥并未干涸。之后，草民还特意与王申留在地上的黄泥进行了对比，的确是狮壤无疑。”

朱宸濠心里暗骂了杨伯一句，而后冷哼一声，看向唐伯虎，接着道：“你说了这么多，就是想证明王申每日都会到东直门外？”

“是！”唐伯虎微微颔首道，“京城城门各司其职，除却皇族御用城门之外，像阜成门、西直门这些贫瘠之门，要么是运送煤石，要么就是运送粮食。王申若是从东直门进城回府，势必会经过阜成门和西直门。”

这时他的双眸更为闪亮："所以，除却黄泥之外，一些谷物和煤渣也会嵌在沾满黄泥的鞋底。"

唐伯虎所言丝丝入扣，朱宸濠极想要反驳，思前想后却未发现任何漏洞，他的笑意略显僵硬："你适才说正巧遇到运送御水的车队，难道……真是巧合吗？"

唐伯虎不置可否，盈盈笑道："不管是不是巧合，最终都可证明王申每次回王府之前，都会到东直门外某处，至于干些什么，难道世子您就一点都不好奇吗？"

"你是说他意图不轨？"

"想必世子也知晓，王申是聪明人。既然您都说，王爷不过当他是一条尚且能用的狼犬，像他这么聪明的人又怎会看不透这些？"

朱宸濠面颊阴沉，一句话都不说，似在想着什么。

唐伯虎趁热打铁道："而且，草民还听杨伯提到，王申和那幅被烧毁画卷是同时出现在王府的。草民妄自揣测，定是王申拿着画卷投奔王府，告知王爷画卷中藏着某个秘密，但画卷多处被烧毁，只有将其原貌毕现，才可窥其真相，这才有了草民到王府仿画这趟差事。"

朱宸濠双拳紧握，白皙的面颊像是罩上一层浓重黑云，仿佛在下什么决心。

"来京前，草民与一个好友在苏州欢聚，那晚喝得有些多了，他显然有了些许醉意。"唐伯虎神色和语气镇定自若，就像真有其事一般，"草民这位好友名叫刘勇，老母病故，回乡奔丧。他之前是苏州城守军，之后军籍被迁至京城。巧合的是，他说在宁王府当差。但来到王府之后，却始终不见他踪影。这时，草民才想到那晚刘勇似是醉酒失言，神色也显得有些后悔。在问及具体干些什么时，均敷衍搪塞，直接岔开话题。莫不是他虽为王府编军，却驻守在王府之外的其他地方？"

“嗬！”朱宸濠一脸阴狠地看向唐伯虎，站起身子，怒喝道，“唐伯虎，你胆子也真够大的。知不知道你说的这些话，就算死一百次都担不起？”

唐伯虎非常失落地跪倒在朱宸濠身前，双眸死死盯着冰冷地面，沉声说道：“匆匆一生，草民不想成为歆瑶姑娘口中的蜉蝣草芥。比起苟延残喘，不如放手一搏，造就一番作为。如今草民至亲相继病故，对这尘世本生无可恋，直到遇到世子。”

“唐伯虎，亏你当年还自诩江南第一才子。”朱宸濠漠然道，“难道也就仅仅会说这些陈词滥调吗？”

唐伯虎缓缓抬起头，正色道：“世子可曾想过，那个王申现在不过是想借助于王爷权势，达到自己的目的而已。事成之后，怎能保证他不会生出二心？”

朱宸濠傲然而立，冷笑道：“之前我认为你与他不同，如今看来不过是五十步笑百步罢了。”

“就算我与他是同一类人。”唐伯虎嗓音低沉，接着道，“世子将我这颗棋子放入其中，也有备无患，总好过坐以待毙吧？”

这一番话似是说出朱宸濠心声，等这一切过去，王申来个螳螂捕蝉，黄雀在后，又当如何呢？来此之前，朱宸濠早已想好应对之策，但与唐伯虎一席谈话过后，心中那抹不忍似是更为沉重。

他不甘心，就与唐伯虎一样，费尽心机走到这一步，又怎能半途而终，轻言放弃？

“起来吧！”朱宸濠转身背对唐伯虎，冷冷问道，“就算你知道了王申的去处，又当如何？”

“这也只是草民猜测。”唐伯虎站起身子，仿佛眼前横陈着一道万丈深渊，向前一步玉石俱焚，但却可摆脱身后追兵。“对于那幅被烧毁的画卷，单靠王申决然无法解开其中暗藏的隐秘。他之所以频繁出入东直门，定是去做什么事，或者去见什么人。”

“接着说！”朱宸濠面颊隐没于暗处，无法分辨表情变化，但声音却如同冬夜寒风。

“按照草民之前的推断，刘勇很可能驻守在东郊外某处，也许……”唐伯虎停顿一下道，“也许那里关押着某个人，而此人正是解开画卷之谜的关键。”

“就算如你所料，又能如何？”朱宸濠转过身子，神色平和，无法猜透他到底在想什么。

唐伯虎情绪激动，上前两步，低声道：“只要草民能见到那个人，就有把握先王申一步，得知那幅画卷暗藏的秘密。”

朱宸濠盯着唐伯虎看了良久，脑海中浮现出朱奠培的一句话：聪明人，往往会被自以为是蒙了心智和双眼。他此刻有些不忍直视对方，再次背过身去，长长吁了一口气，终于下定决心，轻声说道：“之前爷爷在东直门郊外三里处建了一座土窑酒窖。由于皇上登基，猜疑心颇重，那里也就荒废了。一年前，府上的确换了一批兵卒，连我也不知他们的去向。而且，从那之后我的确也曾听王申和爷爷提到一个女子。”

唐伯虎暗自松了一口气，欣喜之余，心跳不止。他不知前方等待着自己的是吉是凶，但现在已无退路。更何况，文徵明等人的希冀与安危都扛在自己肩上，他没得选择，只能硬着头皮走下去。

“我不知这些是不是你想要的线索。”朱宸濠举头望向夜空，想到在江西时，听闻过一种名曰金蚕蛊的蛊毒，将一百只金蚕放于器皿密封，任凭其自相残食，最后唯一幸存的金蚕，就为“蛊王”。他猛地转过身去，像是斥责，又像劝慰，甚至还夹杂着威胁：“但是，如若你无法在王申之前解开画中之谜。到那时，这世间就再容不得你了。”

唐伯虎嘴角那抹笑容极为苦涩，心中充斥着唏嘘与惆怅。他抬头看向朱宸濠，良久没有说话。他庆幸无法看透对方心中所想，这样还能留下一分冷静。

朱宸濠摆了摆手，拿起酒葫芦，笑容僵硬道：“这桃花酒全当谢礼吧！我也困了！”说着，转身向幽暗的石径走去。

2

林奴儿透过头顶铁窗，望着一抹皎月，脑海中不禁浮现出王启周身被火焰吞噬的场景，惨叫声像是利刃划过石壁，刺耳揪心、不寒而栗。她似乎直到现在方才明白王申的苦衷。同时心中对那时族人们一哄而上，不为救人，单单只为争抢对方手中那幅画卷而感到迷惘，甚至羞愧。

王申几乎每日都会前来看望她，锲而不舍地想从她口中得到那个秘密，但林奴儿知道，这一切都只是徒劳，她不会告诉王申任何关于那个地方的事。

大约十天前，她听到另一个人的声音从厚厚石墙那面传来，似是一个老者。会是他吗？林奴儿再没有轻举妄动的勇气。她觉得之前的自己太过肆意妄为，说是为了族人，却一错再错。

这时，她想到《桃女图》，继而又想到紫色桃花。

林奴儿清楚记得，那年她只有九岁，终于鼓起勇气，到鬼斋拜访在族人口中有些怪异，却又无所不能的鬼医。

鬼斋坐落在桃花山西面最为陡峭的崖壁上，在所有屋舍中，最高最险。一个小小的身影站在陡崖边，四处张望，仿佛从没见过如此壮阔美丽的景致。氤氲密布、连绵起伏的桃花山如同一道碗形屏障，将族中的一切都围护起来，漫山遍野的桃花影影绰绰，像极了点缀在夜空的粒粒星辰。年幼的林奴儿心想，怪不得父亲总说，比起“鬼医”这个名号，他觉得楼伯伯更具有仙风道骨的气质，住在如此仙境的人，又怎会是“鬼”呢？她暗下决心，长大之后，也要在崖壁另一侧，建一所只属于自己的茅屋，就起名为“桃花庵”。

想着想着，她脚下一滑，险些摔下山崖，幸亏一个人从身后将她拽住。林奴儿回身看去，发现正是楼伯伯。听父亲说，楼伯伯已五十岁了，但看起来却如同三四十岁般年轻。他声音爽朗细腻，笑起来的时候，双眸矍铄。

鬼斋很宽广，到处堆积着陈旧的书籍。除此之外，更多的是长短高矮的瓷罐，两面墙壁被掏凿出密密麻麻的方形格子，放置着许多小黑盒。

“楼伯伯，那些盒子里面放的是什么？”

“都是些药材。”

整间屋子光线昏暗，还充斥着一股浓重呛鼻的药草味。

这时，楼伯伯好像想到什么，将其中一个小黑盒递给她。

“楼伯伯，这是什么？”

“打开看看！”他的面颊上充满期待。

在盒子开启的瞬间，林奴儿真切感觉到一束旖旎的紫色柔光划过双眸。一粒晶莹剔透的紫色珠子，仿佛水滴一般，安静平和地躺在盒子中的红绢之上，神秘而可爱。她呆呆地笑着，用双指小心翼翼拿捏起来，仿佛真怕将那粒水滴捏破。

“是不是很像桃核？”楼伯伯笑着问道。

桃核？林奴儿见过不计其数的桃核，但它通体紫色，表面细嫩平滑，像水滴、像眼泪，像紫色宝石。现在被楼伯伯这么一说，刨去色泽和平滑表面，它的确像极了一粒桃核。但是，世间又怎么会有紫色的桃核呢？

“奴儿，它是你的了！”他笑得那般幸福，像是终于物归原主。

“真的吗？”林奴儿再次端详一番，越看越是爱不释手，她抿着双唇，轻轻将其放在红绢上，盖上盒子，放入怀中。

这时，楼伯伯再次埋首忙碌起来。百无聊赖，林奴儿慢慢靠近那张残破不堪的长形桌案。只见右上角有个竹筒，里面插着数十根木杆，旁边还放着一个龟壳和三枚铜钱。

好奇之下，林奴儿小指头放在木杆顶端，挨个点数，整整五十根。

“楼伯伯，那这又是用来做什么的？”

楼伯伯正在剖解一尾鲈鱼，从鱼身内掏出一个鼓鼓的长形薄囊，轻飘飘，鼓胀胀，亮丽剔透。

林奴儿喜上眉梢，一双大眼扑闪扑闪：“鱼鳔！”而后，她又看到长案另一角放着瓷碗，里面盛着黏稠的蜡黄汁液，不知其解，努着嘴问道，“那这个呢？”

楼伯伯将鱼鳔扎破，平铺在长案上，抬头看了一眼林奴儿。她努起嘴的时候，嘴角两侧酒窝忽隐忽现，甚是可爱。

“这是树胶！”然后，他拿起一把木勺，仿佛近无旁人，舸出一些黄色黏稠汁液，均匀涂抹在鱼鳔表面。

突然，林奴儿又想到父亲说的话：“你楼伯伯不仅精通医术，还可用鱼鳔和树胶做面具呢！”

她一个机灵，笑道：“我知道了，楼伯伯定是在做面具！”

他将木勺放在一旁，慈眉善目地看着林奴儿，问道：“奴儿，你想不想看看那些面具？”

“想，当然想！”她激动得快要跳了起来。

他走到角落，从木柜的最底层抽出一个暗格，里面放着一只铁箱，通体墨色。他将铁箱放置在长案上，轻轻掀开，里面赫然是一个老者的面具。塌陷的鼻梁，布满褶皱的双颊红润细腻，就连眉毛和髭须都恰如其分地粘在上面，只有双眸和鼻孔处，深邃黑漆。

林奴儿第一眼看到，顿觉周身阴冷，但心中不安很快被好奇与兴奋掩盖……

寒风袭来，林奴儿紧了紧身子，她还清楚记得，那天自己吵着闹着让楼伯伯收她为徒，将医术和做假面的方法倾囊相授。她也想像楼伯伯那样，可以救治族人。楼伯伯却说他之前已经有了一个弟子，发誓以后不再收徒。

也许是为了弥补缺憾，他从长案下面端起一个木盆，里面有一尾墨鱼，轻松惬意地在清水中畅游。

“奴儿，我现在教你如何让笔迹消失的本事，怎么样？”

“放我出去！”一声嘶厉的喊叫将林奴儿的思绪拉了回来。

“文大人，您就别白费力气了。”她听出是刘勇的声音，“你能不能出去，我们做不得主。而且，王公子还说，这是最后一夜。所以，明日你是生是死，就全看你自己了！”

林奴儿再不敢冒险，怕这些都是王申的诡计。所以，她这些日子，始终独自缩在铁牢角落，仿佛这偌大的地牢仍旧只关押她一个人。

突然，脑中一道白光闪过，她依稀记得，那次离开鬼斋时，自己特意还问了楼伯伯一句：“您那个徒弟是谁，叫什么名字？”

林奴儿终于想了起来。

楼伯伯背对着她，背影透着一分落寞：“他叫文林，已早早离开了这里！”

与宁王府其他院落不同，朱宸濠屋前没有种植任何花草，取而代之的是西南角那片挺茂密的竹林。王申穿过拱门，远远就看到一个人，身子站得笔直，似在门前等候什么人。

“你来了！”朱宸濠声音慵懒，未向对方看一眼，推门走进房中。

王申一双窄小的眸子瞟向朱宸濠手中的那个酒葫芦，浅浅一笑，跟在他身后，抢先拿起中厅圆桌上的火折，点燃烛台，这才转身将房门关合。

“坐吧！”朱宸濠坐在圆桌旁，拿起酒葫芦，先为自己倒了一杯。思忖片刻，又拿起一个瓷杯，放在王申身前，为其倒入桃花酒，苦笑道：“这是唐伯虎自酿的桃花酒，不妨尝尝。”

王申心头微颤，双手从宽袖中掏出，轻轻拿起瓷杯，呷了一口。他双唇紧闭，将酒含在口中，过了一会儿，才慢慢下咽，意味深长道：“好酒！醇而不烈，甘香柔滑，怪不得世子如此珍惜了。”

朱宸濠眼中确实充斥着一分落寞：“怕是今后再也喝不到了。”

王申将双手重新插入宽袖中，身子坐得更加挺直了一些，嘴角笑意始终未曾褪去：“看来唐伯虎还是问了。”

“嗯！”朱宸濠将杯中桃花酒一饮而尽，脸上再次显出苦涩的笑容，“只不过言辞更为婉转一些，说得我……险些不忍而告诉他。”

王申尖瘦的下巴微微缩了一下：“唐伯虎是个绝顶聪明的人，说得如何声泪俱下，都不过只是想博世子同情而已。”

“我知道，他是在利用我。”朱宸濠端起瓷杯，停在半空，向王申瞟去，“与你一样，但却比你聪明和诚挚许多。”

王申笑意转瞬即逝：“世子所说，属下不敢苟同！属下所做，说是为了王爷，说到底，为的却是朱家的宏志。”

“啧，你说的话倒与唐伯虎有些相似。”朱宸濠莫名觉得今夜的桃花酒有些发苦。

“人生在世，多则百年，少则数十载。”王申侃侃而谈，“尤其是在这京城，可以说每个人都是别人的棋子。就连那位高高在上的皇帝，有时也会沦为很多大臣手中的棋子。”

朱宸濠揶揄道：“王公子果然胆大，敢拿皇帝打趣。”

“属下说的不过是事实罢了。”王申眯起双眼，“说到底，过程并不重要，重要的是结果……胜者王、败者寇的道理，我想世子不会不明白吧？”

朱宸濠对王申这种拐弯抹角的说话方式有些厌烦，重重放下瓷杯，问道：“唐伯虎身份确定了吗？他真的出生在那个地方？”

“是！”王申说话时总是充满自信，对朱奠培还有几分忌惮，但面对眼前这个年轻人，却不用时时刻刻都考量对方的心思。

“你怎么发现的？”

“夺魁之夜第二天，他去了浴房。”王申应道，“属下看到了他脖子上那个白虎吊坠。这吊坠世间仅此一件，极其珍贵，我曾在那个地方见过。而且，唐伯虎名讳、年龄也与属下的猜想基本吻合。”

朱宸濠心中最后一丝希望被对方无情剪断，他又饮了一杯桃花酒，接着问道：“那我托你查的那件事呢？”

“也查了！”

朱宸濠也不知是该庆幸，还是沮丧，此刻对于王申滴水不漏的办事能力又爱又恨：“说！”

“这几人当中，如今名气最盛的，当属祝枝山的书法。”王申说话声音很轻很慢，但极具条理，“所以，京城中很难找全他们的字画作品。但经过属下查找，在一间名叫‘忆江南’的书画作坊，搜出了几幅祝枝山的书法作品和文徵明的画作。而且，忆江南的老板极其配合，还告诉属下一些事。”

朱宸濠心中冷笑：你所说的“配合”，不过是威逼利诱而已。

“他们都是苏州沈周所开设的聚贤会馆中的弟子。”王申接着说道，“而文徵明、祝枝山和唐伯虎又都是徐祯卿的师父。”说到此处，他身体微微前倾，盯着朱宸濠笑道，“世子果然生得一双慧眼。属下仔细查看了杜秋红送来的《江南春图》，其笔迹与祝枝山的真迹极为相似，画风则与文徵明的画作相近。属下将《江南春图》拿给京城名家鉴赏，对方也确认了这一点。”

“你是说，”朱宸濠不禁惊诧，问道，“那白日西和鲁亚夫……”

“世子也许对江湖涉猎不深。人不仅可以易名，还可换面！”王申点了点头，嘴角牵起一丝诡笑，“说来也是属下疏忽。万万没想到，文林那老贼这么不配合。所以，属下就想将文徵明一并带来，以其性命作为要挟。但却迟迟没有找到他的所在。时至此刻，才想透其中关键。看来，那夺魁之夜的白日西就是文徵明，而鲁亚夫则是祝枝山。”

朱宸濠只在一些小说怪谈中听闻过易容改面之术，没想到，这技艺却是真实存在。而且，就发生在自己身边。

“说来也有迹可循！”王申站起身子，双手插入宽袖，在房中来回踱步，“属下在桃花坞认识一个名叫楼华的人，此人天赋异禀，不仅精通医术药理、堪舆卜筮之术，就连易容改面亦为其所长。”

与王申不同，朱宸濠亲眼见到唐伯虎他们四人在花满楼的精彩比试。诗书画各具千秋，都可谓是难得一见的奇才。但是不久后，他们却都要死。朱宸濠慨叹之余，心中也觉得万分可惜。

王申再次坐到朱宸濠对面，笑道：“也多亏了世子，得以让属下和王爷在计划顺利施行的同时，有此意外之喜。”

“本世子这么做，可不是为了你！”朱宸濠眼神中略微带着怒意，狠声说道，“而是为了我们朱家，为了天下！”

“当然！”王申点头，将身子收了回来，表情还如适才那般镇定，“属下明白，世子和王爷都觉得他们四人才华横溢，杀了实在可惜！”

突然，他身子猛地前倾，笑意全消，脸色凝重铁青，由于太过突然，吓了朱宸濠一跳：“属下也请世子牢记。如若将那个地方比作一只沉睡的猛虎，那这些人就是猛虎千千万万的子嗣后代，后患无穷！此等妇人之仁，遑论朱家，何谈天下？”

王申这句话字字铿锵，振聋发聩，从他的双眸中，朱宸濠似乎看到了爷爷的影子。人们都说，爷爷生了一副鹰视狼顾之相，但面前的王申却更为凌厉，更使人惧怕。

“时候也不早了！”王申站起身，双手仍然插于宽袖之中，走到门前，背对着朱宸濠，冷冷说道，“如今就等着这些虎崽往坑里跳了，还请世子以大局为重，收起妇人之心。属下告退！”

说完，王申推门而出。

3

宁王府正厅厅堂开阔，布置陈设却寥寥无几，显得有些空旷。脚下全由巨大正方的青砖铺就，洁净明亮，如同一面面镜子。下首两侧各置六把太师椅，两两之间有一个小方桌。周围栽种着几盆绿树翠柏，枝叶丰茂，有型有意。

梁柱中央有一块长方黑匾，上书“文治武功”四个金漆大字，向落款看去，居然是大明成祖朱棣亲笔题跋。正面墙上中央画着一幅山川图，笔法虽无甚特别之处，但构图饱满，磅礴大气，似是将大明江山尽收笔下。画作两侧有一副楹联，纵长与前者分毫不差，用行书写就：

上联：风声水声虫声鸟声梵呗声，总合三百六十天击钟声，无声不寂。

下联：月色山色草色树色云霞色，更兼四万八千六峰峦色，有色皆空。

唐伯虎脚步轻盈，神色笃定，白色长衫平整利爽，头上那顶黑色四方巾衬托得他的双颊更为白皙，两鬓银丝若隐若现，周身被窗棂射入的阳光所笼罩，透着一股脱俗的气质。

朱奠培坐在上首左侧太师椅上，一身锦衣大气威严，布满皱纹的右手轻抚白须，笑意深长，双眸微微眨动望着唐伯虎。王申站在宁王身旁，小眼眯起，神色漠然。

“草民见过王爷！”唐伯虎看了王申一眼，“王公子！”

王申这才勉强笑着欠身回礼。

朱奠培视线落在唐伯虎手中那两个一模一样的卷轴盒之上，双眸越发有神，言道：“唐公子，这几日在府上住着还习惯吗？”

“一切都好，多谢王爷盛情。”

唐伯虎也不知是太过紧张，还是心生错觉，分明感到一股肃杀之气裹挟而至。他抬头看去，朱奠培和王申正朝他慢慢走来。

“如若老夫没有记错的话，”朱奠培声音轻了一些，“按照你我约定，今日就是交画之期吧？”

“是。”唐伯虎双手将两个卷轴盒平托过头，察觉到王申眼中闪烁着的兴奋之色，接着道，“昨夜终于完就，前来交于王爷审阅。”

朱奠培用眼神示意，王申这才接过两个卷轴盒，径直向上首两把檀木太师椅中间的茶桌走去。

他轻轻将两个卷轴盒放在茶桌上，依次打开中央竹扣。由于画轴卷在一起，看不到内里烧毁之处。朱奠培和王申都很少去南方，更不曾看过上乘仿作，见两幅卷轴纸色一致，就连散发出的幽幽古香也丝毫不差，颇为意外。

王申小心翼翼将两幅卷轴拿出，并列铺陈于桌上。展开画卷之时，再次闻到一股淡淡的古朴味道。

这时，两幅画作不同之处显而易见。

上面那幅多处烧毁，下面这幅古色古香，焕然生机。如若只是大致审阅，但从画作的纸张成色、景致构图来看，根本无法分辨孰真孰假。

宁王心头甚慰，他仿作此画，不过想修补画中缺失，但王申不通画技，脑中所想无法跃然纸上。而其中隐秘，说不定就藏于烧毁之处。所以，才让莫厉从江南一带物色仿作技师。万万没想到，唐伯虎居然还可将纸张成色一并模仿至以假乱真的程度。

王申一向遇事镇静，适才惊鸿一瞥，极为惊艳，但立刻屏息凝神，专注于画中的关键景致。他右掌临空慢慢横移，一处细节都不愿放过。目光游移，不时拿起两幅画作上下比对。

如此枯燥过程，三人都未曾有一丝厌烦，像是各怀心事，正厅上空充斥着一股凝重压抑之气。

大约半个时辰之后，王申终于直起腰身，长吁一口气。

“如何？”朱奠培一脸焦急。

唐伯虎同样心存暗忧，但也绝对自信，因为之前仿画从未返工，莫厉为此极为满意。

王申先向朱奠培点点头，宁王转忧为安，捂着心口仰天大笑。

“唐公子神乎其技，妙入毫颠。”王申躬身道，“在下佩服！”

“哈哈，本王就知道，莫老板介绍的人，绝错不了！”朱奠培悠悠转向唐伯虎，再次大笑，用布满褶皱的右手重重拍着对方肩头，由衷夸赞道，“唐公子后生可畏，果然没让本王失望！”

“食君之禄，担君之负。”唐伯虎拱手道，“草民还要感谢王爷和莫老板赏识，给草民这次机会才是！”

“唐公子过谦了。”朱奠培眼中先是闪过一丝落寞，接着道，“昨日听濠儿说起夺魁之夜，你能技压群雄，拔得头筹，可见在诗书画上的造诣非凡。如今更是让本王大开眼界，竟可将画作临摹到如此臻境！不凡，不俗，不易啊！”

唐伯虎正要开口，王申急忙打岔：“王爷，您忘记了吗？世子说唐公子那晚之所以能拔得头筹，全靠他才思敏捷，妙笔生花。”

“对对对！”朱奠培显得甚是开心，“那朵散发出香味的海棠花！哈哈！妙，实在是妙！”

“王爷和公子谬赞，”唐伯虎谦恭道，“雕虫小技，不值一提！”

朱奠培摆了摆手，喜悦之情，无以言表：“如若唐公子不嫌弃，从此就留在王府，教授濠儿书画诗文吧！”

唐伯虎急忙跪倒在地，说道：“多谢王爷！”

“起来吧。”朱奠培道，“本王还与王公子有要事相商，唐公子就请先回去。答应你的赏银，到杨伯那里受领即可。”

“是，草民告退。”

唐伯虎转身离开之时，似乎还能感觉到两道冰冷的目光急速袭来。但是，他丝毫不惧，相反，眉宇间还藏着一丝笑意。

他匆匆迈下石阶，没走几步，见杨伯站在不远处，微微一愣，脚步也逐渐慢了下来。

“唐公子，如何？”

看着杨伯满脸期盼，唐伯虎点头，轻描淡写道：“成了！”

“哈哈！说来你也不信。我这心里一直认为以唐公子的才华，定然十拿九稳。”杨伯正色道，“不，应该是十拿十稳才对！”

杨伯身为王府管家，却平易近人，还投其所好，将东厢桃花林处的屋舍收拾出，给初来乍到的唐伯虎居住，日常起居也多有照料，唐伯虎确实对杨伯心存感激。

“杨伯说的哪里话！”唐伯虎笑道，“今后在下如若有何不妥之处，还望您多多指正才是。”

“好说，好说！”杨伯似是想到了什么，“哦，这是我刚才在账房支来的八百两。”

唐伯虎从杨伯手中接过一叠银票，想到对方之前所说，看来杨伯是真心觉得自己可以顺利通过，这才事先从账房支取了那八百两赏银。

短短一个多月，发生了太多事。直到今日，他才真切感受到山雨欲来时的惶恐。起初，他来京城除了为找到林奴儿的下落外，最主要的，更是为了逃离苏州，靠着这八百两赏银在京城苟延残喘，了却一生。但是，他万万没想到，一幅《桃女图》居然牵连出这一连串的事情。他的命运似在十年前，不，也许早在他出生之时，就已注定。

天地为局，众生为棋。如今看来，我唐伯虎也不过是棋盘上的黑白一个棋子，他暗道。脑海中浮现出文徵明、祝枝山、莫小棋和徐祯卿的盈盈笑脸，又不禁想到了至亲相继病亡后的自己。自始至终，他一再逃避，从未停下脚步看看周遭，真的是恋无可恋，依无可依吗？

也许一切未变，改变的只是自己。

他不想再怯懦下去，兴许唯有孤注一掷，才能柳暗花明，得到前所未有的解脱。

唐伯虎将银票揣入内衫，向杨伯点头致谢后，匆匆走出宁王府。

此时的唐伯虎就像行走在一片漆黑混沌之中，只能隐约看到不远处闪烁着的银光一隅。虽然前方生死未卜，但他心中却多出一分兴奋与激动，就连脚步也变得更加轻盈。久违的那份傲气与自信失而复得，心境恰似十五岁那年参加府试般坦然平和。

昨夜他一直在想，文林将坤卦留给不甚精通堪舆卜筮的文徵明，除去暗藏线索之外，是不是还有其他目的？

唐伯虎虽对占卜之术心存疑虑，但还是觉得，《易经》八卦博大精深，从三皇五帝时的巫祈延伸到如今的堪舆卜筮，几千年来，不知多少人为其着迷沉醉，定然有它的道理。所以，早在多年前，他已将六十四卦卦象烂熟于胸。

正如文徵明和祝枝山从古籍查询得知，坤卦实属平和，不凶不吉，文林之所以说六爻皆凶，想必料到若自己日后身遭不测，文徵明定会想到这个细节，企图破解卦象。相反，如果只是自己杞人忧天，一切安然无恙，文徵明就绝不会放在心上，进行深究。

即使如此，只是单从暗含的线索来说，唐伯虎也觉得这般解释太过牵强。

按照文徵明当日所说，他之所以与祝枝山得出“京城”线索，是六四爻卦象“括囊无咎，慎不害也”，及六五爻卦象“黄裳元吉，文在中也”所示。这两句爻数卦象的确符合文林卜筮当晚的“不说不动”和日后穿了一件黄衫的行为。同时，也是六爻之数中最为浅显易懂，易被外人看出端倪之处的。所以，文林才选择坤卦。

那其余四爻卦象，文大人又想要透露些什么呢?

换作之前，唐伯虎定然不会猜出其中缘由，但将这些天所破解出的线索略加思悟,就会发现,文林之所以选择坤卦,实乃用心良苦。

坤卦是六十四卦中第二卦，总义大致可理解为：君子为人处世，当与雌马般柔顺，修己身正其德，用身德包容世间万物。

除却暗藏线索的六四爻和六五爻之外，其余四爻都在对“君子”与“德行”进行阐述。

想通这一切之后，唐伯虎心中充满惆怅。

文徵明对朝堂纷争，始终嗤之以鼻，从未试图考取功名。所以，唐伯虎觉得这四则卦象，更像是文林对儿子的一番开导。

唐伯虎不禁感同身受。几年前，他也如文徵明一般，厌恶朝堂官宦，立志一生与诗文书画为伴。但是，唐广德执意让他考取功名、位列朝堂、福泽百姓。甚至，还提到文林出淤泥而不染的丰功灼迹。

因为那件事，文大人心怀愧疚，所以才留下“京城”线索，希望日后自己与徵明可从中查出真相。唐伯虎甚至觉得，文林平生坦荡,却不敢面对儿子的埋怨与斥责,这才出此下策,以卦象代替书信。

这番良苦用心更像是一位父亲料定自己不久于人世之后，对儿子的临终遗言。同时，文林也希望借此赎清犯下的罪过。

不知不觉，唐伯虎已走到晋醋坊门前，那块招牌显得更为陈旧。他正要抬步进入，就见一个肥胖男子从大厅大摇大摆走了出来，还不住骂骂咧咧：“哼！老醯儿都不知何意，挂的什么晋醋坊的招牌。偌大的京城，连正儿八经的山西陈醋都吃不到，真是倒灶！”

唐伯虎与他擦肩而过，未作理会，嘴角牵起一抹苦笑。他走进大厅，见寥寥无几的客人还在窃窃私语，伙计连忙在旁解释着什么，但对方却不以为然，摆摆手，径直走了出去。

“这都什么事儿啊！”伙计抱怨道，“也不知哪来的疯子！”

费度刚要劝慰伙计，正巧看到唐伯虎一脸殷勤地向自己走来。他眉头先是微微一皱，而后换了一副笑颜，从柜台后走出：“哟，这不是唐公子吗？”

旁边的伙计看来倒是气性颇大，殃及池鱼之下，对唐伯虎也是不冷不热，只顾忙着手里的活儿。

“费大哥，刚才发生了何事？”

听费度说，原来适才走的那个胖子是山西人，来京城的这些时日，觉得客栈中的醋都没什么味道。得知晋醋坊有卖地道山西陈醋，就前来询问，但期间一直称呼费度和伙计为“老醯儿”，伙计却觉得是对方仗着有两个臭钱，辱骂他二人。

“之后他就说‘连老醯儿都不知，这里的陈醋铁定也不是山西的’。”费度叫苦不迭，连连摇头，“他这一闹不要紧，其他客人觉得我卖的是赝品，也都离开了。”

“哈哈！这可冤死我费大哥了！”唐伯虎打趣道，“费大哥，你这些醋是从哪里运来的？莫不是被人骗了？”

费度干笑一声，摆摆手道：“都是我从天津总铺拉来的，怎会有错？”

唐伯虎若有所思地点了点头，接着道：“我听费大哥说，早在您父亲那代，就定居在了天津？”

费度眉头紧蹙，不解道：“是啊，怎么了？”

“这也就说通了。”唐伯虎没心没肺笑着，“以此看来，费大哥不知老醯儿为何意，也在情理之中嘛！”

“难道唐公子知晓？”费度说完，伙计也兴致勃勃向这边走了过来。

“汉朝史游撰写的《急就篇》中就有‘芜荑盐豉醯酢酱’的说法。所以，当时人将酿醋称之为‘酿醯’，而吃醋不叫吃醋，叫‘吃醯’或‘吃酢’，因为两个字都是醋的意思。”

费度神色微变，干咳两声。伙计兴趣更为浓厚，并口问道：“也就是说，老醯儿是特指山西人之意？”

唐伯虎含笑点头，不住瞟向费度。

“那为何不叫老酢呢？”伙计不解问道。

唐伯虎笑着接道：“因为‘醯’与山西的‘西’同音，再加上山西人嗜醋如命，所以很多外省人就尊称山西人为‘老醯儿’了！”

“原来是这样啊！”伙计低下头，觉得自己错怪那个胖子了。

唐伯虎见两人默不作声，摆了摆手，装作一副打抱不平的样子，说道：“说起来也不能怪你们。京城如今的醋坊都以天津独流老醋、保宁醋、红曲米醋或者镇江香醋为主，确实要比从山西运来方便太多。再加上费大哥从小定居天津，对‘老醯儿’这等旧称不知其意也在所难免。怪也怪适才那人脾气太过暴躁。”

伙计郁闷道：“他这一闹，今后所有人都以为晋醋坊的山西陈醋是假的了。”

唐伯虎在旁安慰：“酒香不怕巷子深嘛！”

“你去忙吧！”费度没头没脑说了一句，伙计这才怏怏走开。他抬头看着唐伯虎，双眸闪烁着警惕之色，说道：“唐公子果然博古通今，对这些琐事如数家珍，在下实在佩服。”

“费大哥言重了！”唐伯虎微微感到一股莫名寒意，但心中所思却愈加明亮，迫不及待想进入此行正题。

“话说，唐公子此番来访所为何事？”

“今日小弟找人卜了一卦，但是那些江湖术士对卦象的解读模棱两可，一看就是为了骗取钱财，没有真才实学。所以……”唐伯虎抬头看向费度，笑道，“此番来，就是想让费大哥帮我看看，这卦象到底是凶，是吉？凶在何处，吉又在哪里？”

“唐公子真会说笑。”费度不动声色，“我一个卖醋的，又怎懂得卜卦呢？”

唐伯虎见伙计向这里不住观望，这才附在费度耳边，轻声低语，道：“那费大哥可认识一个叫纪辰的人？”

4

两人穿过晋醋坊后堂甬道，进入院落中的那间主屋。与之前相比，唐伯虎觉得这里愈加阴暗。此时只有他与费度两人，心中生出些许惶恐与担忧。

费度坐在太师椅上，倒了一杯热茶，轻呷一口，抬头看着坐在对面左顾右盼的唐伯虎，轻笑道：“唐公子，我这间陋室有什么不妥之处吗？”

唐伯虎扭过头，揶揄道：“费大哥精通堪舆卜筮，又何必问我这个外行呢！”

“你是如何知晓的？”费度实在想不透，面前这个书生到底看出了什么破绽，居然有信心到这里与自己对峙。

“说来也巧！”唐伯虎说道，“那日在下无意闯入这间主屋，看到桌案上有个盒子，就打开看了看，发现里面放着数十根草秆。”

“你认得那些草秆？”费度双眼瞟向对面书房桌案上的黑盒。

唐伯虎点头道：“见过一次，不只样式长短极为相似，就连数目也一样。不多不少，整整五十根。”

“你看一眼就知其长短？”费度冷笑道，“又有谁会注意到这等细节？”

“费大哥有所不知，”唐伯虎用手指摸着上唇，接着道，“在下有一位好友，其父精通堪舆卜筮，家中也有这等草秆，称为‘蓍草’。在下也因此知道，卜卦之人对于草秆的长短也极为讲究，可以说不同人，所持蓍草长短也不尽相同。如若在下没有看错，费大哥家中蓍草均为八尺三分，与好友家中蓍草长短分毫不差。”

费度觉得这等解释有些牵强附会，端起身旁热茶：“兴许只是巧合罢了！”

唐伯虎像是早已料到对方会矢口否认，苦笑道：“巧合之外再横生出诸多巧合，那就不是一个巧合能说得过去的了……”

费度对唐伯虎打哑谜一般的说话方式颇为厌烦，放下茶碗，沉声道：“我不像唐公子能言善辩。但就算我会一些卜筮之术，那也只是我的事，不愿透露他人知晓也在情理之中，实在不知为何会使唐公子生出诸多猜忌。至于你所说的纪辰这个人，我更加不曾见过。”

“既然费大哥说不认识纪辰，那在下就将心中不解之处一一罗列而出，如有不妥之处，还请逐一解惑。”唐伯虎仍然一副彬彬有礼的姿态，似是不愿轻易打破两人之间那份心知肚明却不愿揭开真相的默契。

费度冷哼一声，索性别过脸去，内心却波涛汹涌，在不知唐伯虎到底知晓多少的情况下，只能选择缄默其口。

“在下还是从好友的父亲说起。”唐伯虎站起身子，像是在说一件奇闻，一边踱步一边道，“他叫文林，致仕南京太仆寺丞，居于南京。为人和善平易，为官更是清正廉洁。这样的朝廷命官，除去精通堪舆卜筮之外，还知晓早已在江湖失传的易容改面之术，难道不叫人匪夷所思吗？”

听到此处，费度心头一怔，却故作镇定，冷哼道：“这与我有何瓜葛？”

“费大哥听到易容改面一点都不惊讶？”唐伯虎打趣之后，接着道，“在下好友文徵明与文林是父子，与我一样，对堪舆卜筮之术不予苟同，却从文大人那里学到易容改面之奇术。所以，在下对于假面的制作方法与材料略知一二。其中最为重要的东西有两种，一则是硬骨鱼的鱼鳔；二则是桐树树胶。而且，在下也有幸见过徵明制作假面，当时有一个细节记忆犹新……”

费度双眼闭合，心境比之前更为平和坦然，也不知是欣喜，还是懊恼。

“徵明曾说，假面需遮于脸部两到三天，摘下后必须在清水内浸泡，为的就是避免出现异味，或者发生细微变形，被外人看出破绽。”唐伯虎接着说道，“那天徵明的假面浸泡在清水中时，我闻到一股异味，很像……很像柿子腐烂后的气味。”

费度心中打鼓：我怎会从未察觉？

唐伯虎不动声色地走到木架旁，上面摆放着一个木盆，里面盛有清水，他用手轻微撩动，笑道：“那天在下进入主屋，看到木盆的清水中浮着很多细小气泡，不禁想到在下当年第一次看到假面时，也是这般境况。所以，就低头闻了闻。”

“唐公子言下之意，是说我这张脸面是假的？哈哈！”费度大笑起来，指着自己的脸颊道，“之前我只知唐公子博学多闻，没想到竟已异想天开到如此地步。简直荒谬！”

唐伯虎不作理会，重新坐在费度对面，拿起茶碗，虽然凉透，但也一饮而尽。他看着对方，笑得更为自信：“在下从小与徵明一起长大，文大人待我亲如己出。所以，从他口中听到许多逸闻趣事。我记得当年只有十三岁，与文大人到玄妙观去听一出《妙手回春》的戏本，那是一个药王孙思邈将死去多时之人救活的故事。”

费度神色阴晴不定，暗忖唐伯虎怎会对如此久远之事记得这般清楚，不知不觉竖起耳朵。

“当时我和徵明都说，那则戏本戏说过重，真要如此，孙思邈岂不成了云中上仙？”唐伯虎似对往日时光充满感慨，“文大人却说，‘世上也许真有此等神人。’之后，他就说自己曾见过一位世外高人，尝遍天下药草，精通起死回生之术。文大人还打趣说，那人右手中指和大拇指十分平滑，丝毫不见指线纹路。我和徵明好奇之下，问其缘由。原来，常年摘采药草之人，要对药草进行捻摸，药物草汁侵入肌肤就可导致那两指纹路尽消。”

原来如此！费度真想大声笑出来，他脑海中不由得浮现出不久前与唐伯虎进京时的场景。对方眼神充满不解，死死盯着自己的右手。当时，他还心存困惑，如今看来，唐伯虎对这等细致入微的观察显然已成家常便饭。难道在那个时候他就怀疑上了自己？费度暗自心忖：不对！单凭此节，他决计无法猜透我的身份！想着想着，他将右手轻轻攥起。

唐伯虎像是看穿费度心事一般，笑道："起初发现费大哥右手拇指和中指没有丝毫纹路，我也单单只是好奇，并未多想。毕竟人人心中都有各自的秘密，在下也不会如此唐突地去揭穿……直到纪辰的出现！"

费度发出一声沉闷叹息，胸脯上下起伏，显得极为无奈。

"那晚纪大侠到宁王府行刺王申，闯入在下屋舍。当时桌子上放着一幅《桃女图》，正是在下十年前亲手所作。"唐伯虎说了这么多，已从费度的神色和沉默中证实了自己之前的推测。所以，更加笃信不疑，也就不故作神秘，索性开门见山，接着道，"纪大侠看到《桃女图》后情绪激动，还问我此画从何而来。对于我的身份，似也没有那般惊讶。再加上之后，我与他达成交易，就更是怀疑，他此番来到宁王府除刺杀王申之外，还有其他目的。比如，探听我的下落，或是想摸清我在宁王府意欲何为。"

费度知晓纪辰行事鲁莽，但在众人之中，武艺剑法最为高强，为了尽快找到林奴儿下落，他只能派纪辰前去逼问王申。同时，他又觉得唐伯虎突然到了宁王府，事有蹊跷，就派于绝一并紧随。让两人获得林奴儿的线索之后，再试着去打探唐伯虎居于何处，并嘱咐他们切莫打草惊蛇，别与对方正面对峙。但他万万不曾想到，纪辰擅作主张，自以为是地与唐伯虎进行交易。前些天，唐伯虎突然造访，费度已有怀疑，但没料到他竟看得这般通透。

“所以，我猜测，纪大侠闯入我房中并非巧合，而是刻意为之。那么，他又是如何得知我在宁王府的呢？”唐伯虎侃侃而谈，不知不觉已将之前些许惧意抛诸脑后，仿佛已窥探到费度那层假面后的真容，“在下是初次进京，没有任何亲朋好友，更无人知晓我身在宁王府，但费大哥却是例外。”

他见费度面带笑意，默不作声，索性接着往下说道：“纪大侠那天身穿黑衣，上面残存着一丝浓郁的醋味。正如在下之前所说，如今京城醋坊，大多以镇江香醋和天津老醋为主。南方醋系和北方醋系香味略有不同，而山西陈醋的刺鼻酸味更加浓郁。纵观整个京城，只有寥寥几家店铺售卖山西陈醋。也许由于皇家之前在南京定都，食惯了南方醋系，对酸涩浓稠的山西陈醋多有抵触。所以，京城百姓家也很少食用。”

“唐公子是说，那个纪辰身上有山西陈醋的味道？”费度像是终于找到一处破绽，问道，“你就推断他出入过晋醋坊，和我有所牵连？那如果他一身醋味，是从别家沾上的呢？你适才也说，除我晋醋坊外，京城还有其他几处也在售卖山西陈醋。”

“所以，在下那天才会亲自登门拜访。”唐伯虎面对费度逼问，丝毫未乱方寸，甚至略含挑衅，“纪大侠那天遭到宁王府兵卒围堵，身受重伤。当晚离开后，已过了宵禁。他如若逃至此处，亟须止血医治，但费大哥想要隐藏身份，在这房中又没有存放药物，要如何为其止血呢？”

费度一脸不可思议地看着唐伯虎，与其说是惊叹，不如说是对对方抽丝剥茧的推断感到一股由衷的惧怕。

“费大哥既然精通药理医术，自然知晓将新鲜墨鱼墨囊内的鱼骨取出，进行烘烤，干涸之后，研碎成粉末状，然后过网筛取，倒入清水均匀调和，轻抹在伤口处，即可达到止血功效。”唐伯虎转身望向一侧书房，幽幽说道，“那天我在放有蓍草的黑盒之上，看到少许白色粉末，由于只隔了几个时辰，粉末还残存着墨鱼气味。为了更加确信，同时，我也的确需要一尾墨鱼。索性在离开晋醋坊之后，去了一趟津海坊。同处一条街，费大哥定然与那里的人有过接触。所以，那里的伙计记得很清楚，宵禁之后，你的确在深夜去那里买了一尾墨鱼。”

经过唐伯虎一番分析后，用巧合解释这一切，的确太过牵强。而且，费度觉得对方定然还有更为有利的说辞来驳斥自己。想到此处，又何必自取其辱。

唐伯虎语速极快，仿佛每字每句早已烂熟于胸，他接着说道：“那日我看到主屋一侧还有一个狭小偏厢，里面酱醋的香味十分浓郁，猜测定是仓库。而且，房门门槛上的确沾附着些许血迹。这时，纪大侠身上为何会挟带那般浓郁的醋味就好解释了。说不定那一袭黑衣就存放其内。仔细想想，的确没有比存放货品的仓库更好掩藏扎眼的黑衣了。”

他端起茶碗，才发现茶水早已喝尽，只剩下几片绿叶。他神色凝重，收起之前的乖张，叹息道：“以在下对费大哥的了解，绝对不会将纪大侠，甚至我的性命陷入危境。所以，我就妄自推断，那日纪大侠到我房中，绝非费大哥指派，定然是他一意孤行。他将与我所说告知费大哥后，你定然不知是福是祸，就习惯性想要拿蓍草卜筮，就是在那个时候，墨鱼骨粉末附着到了装有蓍草的黑盒之上。”

费度哀叹一声，低头不语。

唐伯虎从怀中掏出那幅《桃女图》，平铺在两人中间的茶案上。费度熟视无睹，也并未看向对方。唐伯虎语带苦涩：“这些年，我始终被梦境所困扰，梦境与这幅图中所画极为相似。但当看到《桃女图》后，难免怀疑这一切都是真实的……”

他缓缓扭头看向费度，仿佛瞬间苍老了许多："所以，我就不禁要问，自家爹娘为何对此只字不提，还要刻意隐瞒？自那次在白云山密林中莫名落水之后，我便始终感觉有人在暗中监视自己。起初认为只是错觉，但现在又不禁想到，费大哥为何会恰巧出现在天津？如今看来，这世间真的没有任何巧合可言。费大哥，你知道吗？文大人很可能也被宁王囚禁了起来！"

"什么？"费度整个人猛地站了起来，"怎、怎么会这样？"

此刻所说，才是唐伯虎真正的撒手锏。他暗自苦笑，接着道："前面那些不过是我的一番推测，只要费大哥矢口否认，我毫无办法。但是，前些天我遇到徵明，他与我的另一位好友来京的目的，正是为了寻找失踪多日的文大人。"

"你快说，到底怎么回事？"费度隐隐感觉到前所未有的不安。

唐伯虎将文林失踪前后经过详细叙述了一番。费度重重坐到太师椅上，双眼不知看向何处，夹杂着迷离和惊恐。

"当时我就在想，文大人失踪是不是也与这一切有关，还是说单单只是巧合？"唐伯虎轻声说道，"十年前，我与好友商议到何方游历，文大人提议白云山。我们三人知晓白云山景致瑰丽，还有许多历朝历代的崖山碑刻，所以就一拍即合。前几日，徵明听到《桃女图》之事后，惊诧万分，他与我一般想法。如若一切都真实发生的话，那为何我会莫名落水？为何我们进入密林，就再也无法找到那处世外桃源？"

他看着费度神色有变，似乎夹杂着些许愧疚，笑道："最为重要的是，那处世外桃源真在白云山的话，我们又为何会恰巧出现在那里？"

费度仿佛极其不愿提到此节，双眸闭起，低声长吁。

"只有一个可能，这一切的巧合不过只是你们步步为营的安排与布设。"唐伯虎站了起来，面色铁青阴冷，俯视费度，像是对犯人兴师问罪，斩钉截铁接着道，“也是在十年前，你从文大人口中得知我与好友要出门游历，就请求文大人从旁协助，提议我们前往白云山。至于为何将我推入水中，又为何将我救起，带到世外桃源，则是我百思不得其解的。而且，也是从这件事之后，我总是感觉到有人在暗中监视。现在看来，想必也是你们所为。费大哥，到底为什么？你们这般煞费苦心，到底想从我这里得到什么？”

费度仍然双眸紧闭，默不作声，他心中思忖，应该从何说起，才能将这一切说通、说透，以至于不伤害到唐伯虎。

“难道为了保守住这个秘密，你们连林奴儿的性命，还有文大人的安危都不顾吗？”唐伯虎的声音越来越大，到最后甚至发展成怒吼。他怒不可遏，报复似的说道：“这些你们全然不顾的话，那幅被烧毁的画轴又当如何？”

费度猛地睁开双眼，满脸惧色，声音略微颤抖着：“你说被烧毁的画轴？”

“在费大哥眼里，两条性命居然抵不过一幅被烧毁的画轴，可笑，可悲。”

“住口！”费度一下子站了起来，疾步走到唐伯虎身前，周身充斥着冰冷彻骨的杀气，“快说，那幅画轴到底画着什么？”

唐伯虎面对对方的威视未有丝毫退却，他明白，这一切只能靠自己去终结。同时，也需借助于费度等人的势力。所以，必须将所有筹码，甚至将自己性命压上，与王申、宁王、纪辰，甚至眼前的费度来一场置生死于度外的豪赌。

“正是我十年前莫名落水之处！”每一个字像是从他牙缝间挤出来似的。

“你在什么地方看到过？”费度步步紧逼。

“费大哥有所不知。”唐伯虎面露邪笑道，“在下此番进京，正是受宁王之托，对那幅画轴烧毁之处进行重新补画，再临摹出一幅一模一样的画作！”

“什么？”费度大惊失色。

唐伯虎之前所说就算再过跌宕起伏、丝丝入扣，惊讶程度都不及此时万分之一。费度心中适才对唐伯虎的愧意，似也化作刻意隐瞒此节的愤怒，双眼那团怒火像是要将他整个吞噬一般。

“唐伯虎！”

空旷阴晦的大厅回荡着一声怒喝。不属于费度，不属于唐伯虎，声音之大，震耳发聩，像是要将屋顶整个掀翻似的。

这时，三个身影矗立在不远处的书房之中，由于光线昏暗，唐伯虎无法看清对方样貌，但却听出适才那声怒喝来自纪辰。看来书房内定有暗门，他不由暗自心忖：书房位于主屋右侧，而那个存放货品的仓库也在主屋右侧，如若两个空间相互打通，作为藏身之处，岂不完美？

三人慢慢向唐伯虎走来，掠过从窗棂外射进的光束。纪辰身后两人，一个精壮魁梧，一副老实憨厚的样子；另一个身体纤瘦，走起路来轻盈如羽，面颊上挂着不羁而古怪的窃笑，正是鲁源和于绝。

突然，纪辰化作一道疾风，猝不及防之下，转瞬即至，右手紧紧抓住唐伯虎衣领，临空提起。唐伯虎感觉全身向后倒去，眨眼之间，脊背重重撞在墙壁之上，身体一阵剧痛，面颊也憋得青紫，整个人像是悬挂在墙上一般。

唐伯虎鼓着双腮，看着怒不可遏的纪辰，喉咙不断发出喘息之声。

纪辰见他非但毫无惧色，嘴角居然还牵起一抹浅笑，咬牙切齿道：“你到现在还笑得出来？”

唐伯虎看向费度、鲁源和于绝，三人冰冷如霜在旁观望，丝毫未有阻拦之意。这份世间冷漠，他仿佛早已麻木，笑得更为肆无忌惮。

“作画之事，为何那晚你不说？”纪辰狠声问道。

“纪大侠，如……如若换作是你，不明敌友的情况，会将手中的生死底牌尽数交与对方吗？”唐伯虎每说一个字，都像是用尽了仅存的力气。

“你知不知道，”纪辰咬紧牙关，双颊微微凸起，愤然说道，“如若你当晚将卷轴交给我，很可能会救了我们全族人的性命。相反，你这样做，很可能会使一切毁于一旦，你这小人……”

说着，纪辰双眸仿佛喷出噬人火焰，五官扭曲，右手力道不由加重几分：“我现在就要杀了你！”

“放开他！”费度知道这样下去唐伯虎势必会被活活勒死，见纪辰充耳不闻，走近几步，怒喝道，“我说放开他！”

纪辰缓过神，暗自不忿，右手松开之后，唐伯虎跌坐在地上，不住咳嗽。过了一会儿，面色才逐渐恢复如初。

“我当时如若把卷轴交给你，你可想过我的后果？”唐伯虎铿锵有力地说道，“即使纪大侠不在乎我的性命，那林姑娘和文大人呢？没了画轴，我又如何打探到他们二人下落，又如何告知于你？即使宁王少了卷轴，你觉得他和王申会善罢甘休吗？”

他厉声喝道，视线依次扫视对方四人：“更何况，当时一切尚未定论，我又怎会知晓那幅画轴中暗藏玄机？”

纪辰凶光未散，冷哼一声：“唐伯虎，别把自己说得那般好心。你做这一切，不过是为了你自己。”

唐伯虎丝毫不惧，狠声回斥：“你们不也同样如此吗？”

费度和纪辰面色沉重。鲁源和于绝面面相觑，似对唐伯虎还略显同情。

“直到现在，我也无法猜透，那幅画轴中到底隐藏着什么。”唐伯虎索性盘膝坐在地上，幽幽说道，“但是，王申和宁王对其极为重视，还让我分毫不差地修复仿画，想必玄机定然藏在景致的细节中。而且，画中所画与我十年前落水之处一模一样。我就不禁推测，那个地方是不是就是进入那处世外桃源的秘境？今日提到此节，费大哥神色异常，我就更加肯定心中所想。”

此时此刻，整个厅堂如一间冰窖，仿佛唐伯虎在自言自语，其余四人只是一尊尊石像，安静倾听。

“所以，我才猜测文大人的失踪定然也与宁王有关。”他重新站起身子，对纪辰咄咄逼人的眼神视若无睹，走到费度身前，接着道，“易容改面之术早已在江湖失传，甚至说已经成为坊间传闻。但是，我见过徵明制作出的假面。那盆带有异味的清水证明费大哥也精通此术。再加上文大人和你又都用蓍草占卜，蓍草长短分毫不差。这么多相似之处，难道通通都只是巧合？”

唐伯虎摇了摇头：“不，绝对不是！你和文大人之间定然有所关联，至于是师兄弟、师徒，甚至是父子，都不得而知。他十年前答应你，将我引至白云山，需要极大的信任。王申既然曾与你们生活在一起，想必也知晓文大人和费大哥之间的关系。如果进入那个地方的秘密确实藏于那幅画轴中，而费大哥又知晓如何勘破其中玄机；那么，王申与宁王一定顺理成章地认为，先将文大人囚禁起来，等我将其仿画作就，就能勘破画中玄机！”

“那幅画轴在哪儿？”纪辰终于开口，还是那般冷如冰霜，仿佛对唐伯虎所说之人之事完全不放在心上。

“不久前，我已将原作和仿作一并交到宁王手中。”唐伯虎说完，再次看向沉默不语的费度，“费大哥，如今宁王势必会逼迫文大人破解画作。所以，我此番前来，就是想请求费大哥出手相助，救出文大人！”

“我们为何要答应你？”纪辰在旁一脸漠然。

“你知道文林被囚禁之地？”费度终于开口。

“不仅如此，我猜测文大人和林姑娘被囚禁在同一个地方。”唐伯虎像是在同时回答费度和纪辰。

纪辰转过头，语气不知不觉温和许多：“你可查到奴儿被囚禁在何处？”

奴儿？唐伯虎不动声色，意味深长地看着纪辰：“我之所以未按纪大侠所说，在宁王府后巷留下桃花记号，怕的就是留下线索会被对方察觉。此次前来，一是为了求助；二是为了与纪大侠完成交易。”

“既然如此，我也没什么再好隐瞒了！”说着，费度抬起右手，就如文徵明前几日一样，用指头轻轻捏住脖颈处一角，缓缓将那张遮掩真相的假面掀开，一张与“费度”大相径庭的面颊映入唐伯虎眼帘，“在下真名楼华，如唐公子所料，文林正是老夫唯一的弟子。”

“弟子？”唐伯虎上下打量着楼华，见他双手、脖颈肌肤虽有褶皱，却不像宁王那般松垮，略有黄斑，心中满是讶异。除此之外，楼华的身体也显得极为硬朗，双眸炯炯有神，比起刚过五旬的文林更加年轻一些。他不由得猜测：这些定与楼华精通医术，善用药理驻颜有关。

“老夫早知唐公子机敏过人，今日当真开了眼界。”楼华捻着下颌苍须，嘴角牵起笑意，乍看慈眉善目，却暗藏着一股莫名威严。

“前辈过奖！”唐伯虎深吸一口气，“我……”

楼华抬起右手示意，打断道：“唐公子想必还有许多困惑。但如今奴儿和文林生死未卜，不如等救出他们二人，再作计较如何？”

纪辰、鲁源和于绝齐齐望向唐伯虎，早已迫不及待。

“而且，比起老夫，奴儿更适合向你道明一切。”楼华所言也在情理，叫人无法驳斥。

“可是……”唐伯虎犹豫再三，长呼一口气，说道，“好吧，我相信前辈。但是，前辈必须答应我一件事。”

“你说。”楼华道。

纪辰在旁心急如焚，一副埋怨架势。

“前辈必须保证我们周全，事成之后，负责将我们带出京城。”

“我们？”

唐伯虎点头道：“现在城中还有晚辈的四位好友。”

楼华笑道：“唐公子有情有义，老夫又怎会不答应呢？”

“现在可以说了吧？”纪辰上前一步，面色铁青，沉声问道，“奴儿到底被囚禁在什么地方？”

“东直门外三里处的一座土窑。”唐伯虎听到屋内传来一记炸雷。

5

一阵激灵，文林从梦魇中惊醒，浑浊不堪的双眸中充斥着疲惫与绝望，身上那袭黄衫布满褶皱与污垢。本就清瘦的面颊深深凹陷，发丝凌乱而干枯。身后铁窗吹进的夜风，使他被汗水浸湿的脊背散发出阵阵寒意，也使他逐渐变得清醒。

文林的视线落在牢门前的木盘上，木盘中放着酒菜，他却毫无食欲。

他艰难站起，再次环顾四周，这是一间冰冷潮湿的牢房，地板上只铺着杂草，身后墙壁上方的小窗吹进阵阵阴风，盖上残破被褥，也难以抵御寒夜。

那天是正月十四，一个穿着白袍的神秘年轻人来到文府。当天，文徵明和祝枝山恰巧也在府上。只是，当那个人在文林耳边说出“楼华”二字之后，他就决定避开儿子，带着神秘人走进书房。

整整十年，文林寝食难安，心中默默问过无数遍，始终看不透真假对错。十年前，面对恩重如山的师父和儿子的挚友，他左右为难之下，始终避不开凡世私欲，最终还是向儿子文徵明提议，应与唐伯虎去往白云山游历。

虽说之后三人平安归来，但当文徵明提到唐伯虎被梦境困囿时，文林仿佛能窥探到暗藏于平静江面下的波涛汹涌。

所以，神秘人说出“楼华”之时，他已经略微察觉到这份暗藏的汹涌终于还是来了。

只是，他万万没想到，神秘人手中会有那幅卷轴。到底发生了什么，使得如此重要之物多处被烧毁？文林离开那个地方已经太久，费尽心思才回忆起那幅卷轴暗藏的奥秘。

神秘人看起来二三十岁，双手总是喜欢插于宽袖之中，面颊始终暗含笑意，浑身散发着一股阴邪之气。接下来一番话则充斥着威胁，神秘人想让他破解画中玄机，如若不答应，就将文府上下杀个鸡犬不留。

此人如此胆大妄为，想来定是有备而来。同时，文林也看透神秘人意欲何为——通过画中秘境，进入那个地方，将那里的一切据为己有。更为恐怖的是，当他提到那个地方时，神秘人眼中逐渐充斥着怨恨。

文林提出给自己三日时间，神秘人居然爽快答应了。

那三天，他始终在思忖，与那里的人相比，自己的性命无足轻重。他料定此番进京凶多吉少，也不敢奢望全身而退，但唯一放心不下的就是文徵明。同时，他冷静分析：这么重大的事，师父不会不知，肯定也在想方设法找寻这幅画轴的下落。而且，文林料定楼华迟早会察觉到对方会利用他来勘破画中玄机。

思来想去，他并不知道神秘人名讳和身份，单单只有“京城”这条微乎其微的线索。

这时，他看到了桌案上的蓍草，认定文徵明对堪舆卜筮从未染指，即便能看出一些迹象，也无法完全解开谜底。楼华找到此处时，定会向文徵明询问他失踪前有何反常之处，到时谜底自然迎刃而解。

经过彻夜深思，六十四卦之中，只有坤卦最为符合。而且，也能使文徵明在自己失踪之后察觉出不妥之处。

同时，作为父亲，文林也想对自己的儿子进行最后一番嘱托。

正月十七戌时刚过，他随神秘人出城。之后，脑后像被什么重物击打了一下，眼前一黑，不省人事。

第一次醒来后，他的眼睛被黑纱蒙着，嘴巴被一个布团塞堵，无法开口，更不知身在何处，只能闻到淡淡的海水味道。也不知过了多久，文林再次听到那个声音。

“文大人，吃些东西吧！”神秘人的声音很细，也很轻，但却透着几分嘲弄与揶揄，单单从声音，文林就能想象到对方嘴角此刻正扬起一抹诡异笑意。

“但你可不能乱叫，否则我这些兄弟们烦躁起来，那可是要杀人的。”

也不知过了多久，终于结束了水路行程。短暂上岸后，文林又被一群人架着进入一辆马车之中。四周阵阵嘈杂的叫卖声传至他的耳内，似是进入了城镇。

经过半日颠簸，夜色黑沉，徐徐清风吹在身上，带来无尽寒意。四下极为安静，可以闻到一股枝叶、草丛散发出的幽幽清香，偶尔还能听到几声细微低沉的夜禽叫声。

“文大人，咱们到了！”

下了马车，文林在两个大汉的搀扶下，走进一间土腥气的建筑。这里有石阶，透过眼前黑纱，他依稀看到团团火光，似是架在墙壁上的火把。走了一会儿，一股阴冷之气扑面而来。

“在此之前先委屈文大人了。”

随后，传来两个男人的声音，都称呼神秘人为“公子”。文林推测，神秘人应该是这些人的头目。

“这些天，好酒好菜伺候着文大人。”神秘人的声音难得透出一丝狠劲，“如若文大人有丝毫何闪失，唯你们是问！”

“是是是……”

“那，文大人应该住在左牢，还是右牢呢？”

短暂的沉默后，那个声音像是长长呼出一口气："还是将他们二人分开吧！文大人就住在左牢！"

随后，铁锁和钥匙碰撞着，发出阵阵叮当声响。

文林茫然移步。这时，他感觉脚踝处被套上了沉重而冰冷的脚镣，呆呆站在原地，不知如何是好。他想要询问，但嘴巴仍被布团塞堵着。

"文大人，在下告辞！"

随着铁牢门关闭，神秘人似是离开了。

短暂的寂静之后，那两人去而复返，打开铁牢门，走进来的时候，双脚似乎踩着杂草，发出阵阵窸窣声响。

突然，文林眼前的黑纱和嘴上的布团被猛地摘去。久未见到亮光的文林，极不适应，未等开口，便脑袋晕眩，响起阵阵耳鸣。

"文大人，丑话说在前头。你若是乖乖听话，我保证每日好酒好菜伺候着。而且事成之后，你也会平安离开这里。但是，你若和某些人一样，有什么不轨企图，可就休怪我等对您不客气。"

文林摇着脑袋，对方的声音模糊不清，显得鼓胀而低沉。

经过长途跋涉，文林面目更加憔悴，黄色衣衫褴褛残破，发丝也比之前更为凌乱，就像赶赴刑场的罪人一般落魄。

终于，他看清了对方两人，一个纤瘦细长，另一个低矮肥胖，看他们穿扮应该是这里的看牢兵卒。文林一把抓住那个纤瘦男子，问道："这是什么地方，你们又是谁？为何带我来此？"

积压心中多日的疑问如连珠炮似的一涌而出。

清瘦男子面露厌烦，甩开文林，说道："问那么多干吗，好好待着！"

说完，他与肥胖男子并肩走出牢房，将铁门重重关闭，还将铁锁锁上。

文林情急之下，向前冲去，却被沉重脚镣所困，一个踉跄摔倒在地，看着两人面露鄙夷，他大声叫喊着：“老夫可是朝廷命官，你们这么做难道就不怕王法吗？”

“王法？”那个肥胖男子转过身来，冷哼道，“在这里，我们就是王法！”

从此之后，他再未见过那个神秘人。之后，他得知两个兵卒分别叫张弓和刘勇。而且，除了他之外，这个空旷的牢房似乎还囚禁着一个女子。比起自己，张弓和刘勇对她更加严苛和不满。

牢房中间有一堵高高的土墙，看上去十分厚实坚固，将牢房一分为二。文林从那个神秘人之前的言辞中推断，自己应该是在左牢，那个女子则是被囚禁在右牢。

起初面对文林的质问和谩骂，张弓和刘勇还会规劝两句。之后，似乎已然厌倦，文林再如何叫喊质问，他们二人始终一言不发。

这些时日，神秘人每日都会前来，低声询问画中细节，试图从文林口中套出线索。如今的文林已将生死置之度外，他只要再看到那幅卷轴，定会将其完全撕毁。所以，他期盼对方早日将画轴交给他。但神秘人却说，他知晓那个秘密就藏在所画景致之中，如今多处烧毁，只有将其补完，才能勘破其中玄机。

他到底是什么人？为何知道得这般详尽？文林暗自思忖的同时，只能编排出一些无关痛痒的言辞来敷衍对方。

又是一阵寒风，将文林思绪拉了回来。他隐隐感觉到，今夜的梦境似是在预示着什么。

这时，空旷铁牢中响起女子的呐喊声：“放开我！你要带我去哪儿，放开我！”

还不等文林反应过来，张弓就阴气沉沉地向他走了过来。

“文大人，这一天终于还是来了。”他摇晃着手中两把黄铜钥匙，依次插入长方铜锁的两个锁孔之中。这时，文林才发现这个细节，原来这个铜锁只有两把钥匙同时插入才能将其开启。张弓打开牢门，诡笑道："你等得急，我也等得不耐烦了！今天过后，你有你的结果下场，我则有我的富贵荣华！文大人，请吧！"

说着，张弓将一条黑纱蒙在文林眼前，并给他套上一副沉重的铁铐，硬生生拖拽着他走出铁牢。

文林没有像那个女子般挣扎叫喊，也许张弓说得对，他等这一天已经有些厌倦了。与其这般度日如年、战战兢兢，还不如来个痛快。他跟着张弓走过几条昏暗的甬道，那份地牢独有的阴冷和潮湿并未消失，也就是说，他们没有离开多远，要去的地方也在地牢之内。

过了一会儿，随着一声沉重闷响，似是一扇厚重石门开启，一股浓郁的麝香味扑鼻而来。起初，弥漫的香气有些呛鼻，时间久了，也并没那么难闻，而且还起到了醒脑提神的功效。文林察觉那个女子就站在自己身旁，隐约能听到她发出轻微的喘息声。

这时，好像有什么人离开，又是"轰隆"一声闷响，石门再度关闭。顿时，四周陷入死寂。

很快传来窸窣脚步声，一个稍重，一个很轻。片刻之后，前者的声音消失，而后者声音却愈来愈清晰，似是不紧不慢向他走了过来。

突然，文林眼前的黑纱被扯了下来。抬起头看去，正是之前那个神秘人。紧接着，对方又将旁边那女子眼前黑纱扯下。

女子看起来不过二十几岁，面色憔悴，长发凌乱，由于光线有些昏暗，她面颊上又片片黑污，一时之间无法看清样貌。

"你这个卑鄙小人，总有一天，你会得到报应的！"女子看起来身体十分虚弱，双眸却仿佛能喷出火来。

那神秘人身穿灰色圆领长衫，头上用一根玉簪插入发髻，似笑非笑。他对女子的谩骂似乎早已习惯，挪步走到文林身前，躬身说道："文大人，在下王申，是王启的儿子。"

文林思忖片刻，脑海中浮现出一个皮肤黝黑，脸上整日挂着笑容的中年男子。他依稀记得，自己离开那个地方的时候，王启并未生子，那肯定是自己离开后的事了。难道谋划这一切的就是王启？透过昏暗沉闷的光线，他看到上首高阶之上坐着一个人，只是隐没在暗处，根本无法看清样貌。

他就是王启？文林胡乱猜测起来：难道……我又回到了那里？

“文大人……”王申一声呼喝将文林拉回现实。

文林看向王申，言辞冷漠问道：“这到底是什么地方？”

比起王申，文林更愿意让坐在高阶上的人回答自己的问题。

“文大人，你可知她是谁？”王申绕着文林身旁的女子来回走动，嘴角隐没诡笑。

“不知。”文林颓然答道。

“文大人记得林天佑吗？”王申笑意中透着不屑，“他现在已经成了族长，而她就是林天佑的独女，林奴儿。”

时过境迁，文林终于回忆起好友林天佑的音容笑貌。两人年岁相差无几，但性格迥异。文林少年时，活泼好动，鬼灵精怪，八岁那年，楼华将他收作弟子。而林天佑从小脾气暴躁，为人耿直，眼里揉不得半点沙子，整天一副天不怕地不怕的样子。

他暗自心忖：这么说来，秦恕已然不再是族长，取而代之的居然是林天佑。他不由得望向故人之女，感慨万千的同时，也对此等相逢情形充满悲怆与无奈。

“老夫与你同朝为官这么多年，居然不知道你还精通堪舆卜筮和易容改面这样的江湖奇术。”这时，坐在高阶太师椅上的人终于开口了。声音浑厚有力，像是寂静空音中的一记重锤。

文林似是对这个声音非常熟悉，但一时之间又无法完全想起。

那人走下高阶，步伐厚重，他的面容渐渐从阴暗处显现，头发与虬髯虽然已显苍老，但那双明眸却使文林记忆犹新。

“宁王！怎……怎么是你？”

“哈哈，没想到这么多年过去，一向刚正不阿的南京铁判官文大人，依然还记得老夫。不易，不易啊！”

文林辞官前，是南京太仆寺丞。因掌管牧马政令、皇帝出巡等重大事宜，所以经常要到京城皇宫奏表。再加上太仆寺隶属兵部，当时朱奠培也在兵部任职，两人免不了经常碰面，自然互为熟识。

林奴儿虽不知宁王到底为何人，但也能猜到对方肯定手握重权。她想到此处，浑身一凛，心道：如若宁王真被王申蛊惑，族人岂不是要遭受血雨腥风？

她恶狠狠地看着面前的王申，重重喘着粗气。只要有一线希望，她真想与在场所有人同归于尽。

王申像是受够了林奴儿的怒视，有意躲闪。这时，他的嘴角再无那般诡笑，似乎比起对方，自己更有权去怨恨和报复。

“宁王，你意欲何为？”文林一向对朱奠培心存芥蒂。说起来，也都是因为朱奠培的爷爷，宁献王朱权。朱权当年与燕王朱棣一道举兵造反，并将建文帝朱允炆烧死，篡夺皇位。此等有违天理伦常的不义之举，怎不遭天下人唾弃？

如今看来，对方身上的确流淌着朱权的那股反叛逆道之血。

“很简单。”朱奠培笑着从怀中掏出一个卷轴，卷轴两侧的楣杆向内合在一起，中间雕刻着“桃之夭夭”四个字。每个字都苍劲挺拔，一笔一画犹如刀刻般遒美。

林奴儿不由心头一紧，随后不禁生起一丝疑惑。眼前的卷轴虽说纸色和长短与原画均无差别，却透着细微怪异，似乎更为崭新一些。

文林早料到会有今日，只是万万没想到，王申背后的始作俑者居然是宁王。如今看来，师父十年前所担心的事真的发生了！

“文大人，不要……”林奴儿心急如焚，言语中充满恳切。面对此等境地，她再无怀疑，面前这个老者就是楼华的弟子。

文林的眼神落在高阶下那两盏布皮灯笼上，在想如何才能将王申和宁王摆脱，夺过卷轴，将其付之一炬。

“文大人，您不会是想说自己解不开画中玄机吧？”王申在旁揶揄道，“我可听说，文大人从小天赋异禀、聪慧过人。所以，鬼医这才看上你，并尽传其术。自文大人之后，鬼医没再收过一个徒弟。”

“小人！”林奴儿在旁冷笑道，“当年你三番五次、恬不知耻想要拜楼伯伯为师，却连遭拒绝。如今看来，嗬……”

她像是终于抓到一雪前耻的机会，嘲讽道：“楼伯伯早知你心怀叵测，是大奸大恶之人，不收你为徒，真乃明智之举。”

王申面对其他人的冷嘲热讽都可付之一笑，但却对林奴儿所言有种本能的敏感，他走到她身前，恶狠狠说道：“别自以为是了，我虽不是君子，但你们也绝非善男信女！”

“那也比你这等小人强过太多！”林奴儿出言恶斥，还不忘朝着王申面颊啐了一口。

王申忍无可忍，先将脸上唾液抹去，然后甩开肉掌，重重扇向林奴儿。只听一声脆响，林奴儿应声倒地。

“林姑娘……”文林唤道。

林奴儿身体本就虚弱，这一巴掌使她眼冒金星、头晕目眩，趴在地上不住喘着粗气，一时无法站起。

朱奠培从未见过王申如此暴躁，在他印象中，对方像是寒冬中厚厚的冰层。不管遇到何事，都异常冷静，同时心思缜密，将前后得失一窥千里，相识至今所有计划有条不紊，从未出现任何纰漏。

就像今日，朱奠培还想着不如派人尾随唐伯虎，或许就能将其一网打尽。王申却不假思索地分析道：“在城里动手肯定会惊动巡城兵卒，到时候，就算想要斩草除根，说不定也会有漏网之鱼。如若被宫里知晓一切，那王爷岂不是为他人做了嫁衣？倒不如在人烟罕至的郊外，神不知鬼不觉，要杀要抓，全由王爷您一人说了算！”

有时，就连朱奠培都能感受到王申身上散发出的阴邪。

王申适才过于用力，原本齐整的发丝垂下一缕挂在脸颊右侧，他怔怔看着趴在地上气若游丝的林奴儿，眼皮微微跳动了一下。他自己仿佛都能感受到此刻的狼狈，猛地转过身去，怒视文林，冷冷说道："文大人，我不管你从鬼医那儿学到多少能耐，也不管你愿不愿意，现在摆在你面前的只有两条路，要么解出卷轴中进入秘境的方法，要么就与你那好儿子共赴黄泉！"

文林双眉紧蹙，面色凝重，盯着宁王手中的《桃之夭夭》一动不动。

王申冷哼一声，说道："你以为我是在危言耸听吗？"他再次看向林奴儿，在摇曳昏黄的烛光下，他的面颊黑红相间，诡异狰狞，"想必你们二人还不知道吧？唐伯虎、文徵明，还有那个纪辰，现在都知晓你们被囚禁在此。试问，他们会如何做？"

"小……人！"林奴儿柳眉倒竖，低声咒骂。

文林听到此处，面色极其难看，恐惧如惊涛骇浪般席卷："怎……怎么会这样？"

朱奠培只是静静看着。面对如此窘境，他坚信，王申是处理这一切再合适不过的人选。

"文大人，"王申情绪稍稍缓和，距离文林不过咫尺，浑身散发出森严鬼气，"您三十年前离开之时，就与那个地方再无瓜葛，何必为了他们，葬送你们父子二人的性命？您已年过半百，但文公子正是实现胸襟与抱负的大好年华，敢问他是否愿意为了这些陌路之人枉送性命？您这样做，不觉得太自私了吗？"

文林双眸暗淡，看不到任何光亮，心中隐隐觉得，无论如何不该让儿子深陷危境。也许人在面临生死抉择之际，就会变得如此不堪一击。

王申见文林有所动摇，立刻从朱奠培手中接过卷轴，趁机放在文林身前。

文林呆呆看着两侧楣杆中间的那四个字，渐渐变得模糊，嘴里不停嘀咕："怎么会这样……"片刻之后，他下意识地从王申手中接过了卷轴。

"文大人，不……不要……"林奴儿匍匐在地，低声央求。

朱萸培和王申对视一眼，满脸挂着胜利者的微笑。王申将发丝顺在耳后，双手再次插入宽袖，腰身比之前挺得更加直了。

文林布满脏污与褶皱的双手紧紧抓着卷轴两侧的楣杆，颤颤巍巍地向左右缓慢展开。

突然，林奴儿无神的双眸充满了疑惑和惊诧。之前，这幅卷轴一直由她代为保管，还曾想着摸清作者笔法走势后，将其烧毁各处补画。所以，这幅卷轴，她看过不下百遍。但是，此刻文林手中的画背崭新如初，丝毫看不到之前被烧毁的地方。这就代表着，解开其中暗含的隐秘，文林又少了一层阻隔。如若他真精通楼伯伯的妙术，岂不是……

然而当文林将卷轴完全展开之后，他却微微一愣，而后突然纵声狂笑，笑声响彻大厅。

文林手一松，卷轴在空中飘荡片刻，掉落在距离林奴儿不远处。她满腹怀疑向卷轴看去，只见被楣杆夹封在中间的画纸，居然是空的！

6

浓稠夜色如一展巨大帷幕将整片密林临空笼罩。皓月在那团团黑云的映衬下，显得黯淡无光。清风像是裹挟着丝丝鬼魅气息，茂密枝叶与齐腰野草在它的吹动下沙沙作响。偶尔传来的虫禽叫声，窸窸窣窣，使毫无生气的静谧显得更加诡异而狰狞。

沿着不规则分叉的草尖向前望去，可以看到密林深处有一座被古树与野草簇拥着的圆拱形土垛。它如同一个巨大土冢，周身灰色的外表在夜色中显得死气沉沉。方正而窄小的方孔散发出影影绰绰的细微光亮，像是巨兽猩黄的双眸。

土垛前有十几个身披铠甲的兵卒持枪守候，在方寸之地来回踱步，聚精会神地注视着四面八方。

突然，右侧出现一道黑影。铠甲铿锵作响，枪尖在黯淡的月光下寒光忽闪，他们不约而同地叫喊道："谁？"说罢纷纷从腰间抽出钢刀，严阵以待之下，不免透着几分惧意。

还没等他们缓过神来，便一个个脑袋一歪，倒在了地上。一声声闷哼在如此寂静的深夜中也显得微不足道，而利刃划过脖颈和颈骨断裂声反倒听上去更加干脆、清晰。

兵卒尽数倒下，取而代之的则是十几个身穿黑衣的神秘人。其中一人身高七尺有余，他如同巨蟒般的右臂紧紧钩着最后一个幸存兵卒，沉声道："把土窑门打开，老子放你一条生路。"

兵卒点头如捣蒜，抬起右手指向土窑。

"啥意思？"

其中一个最为精瘦的黑衣人低声说道："蠢货！他肯定是想让你先把他带过去。"

"哦！"魁梧大汉右臂用力，钩着兵卒脖子，临空提起。兵卒双颊通红，有些窒息，但性命攸关，顾不了许多，颤颤巍巍提起右掌，在平滑齐整的土墙深深按下，听到叮当声响后，又在之前那处的左侧按下，又是叮当一声。

精瘦黑衣人和魁梧大汉站在身旁，面面相觑，其余黑衣人则手持钢刀，站在土窑前，环顾四周，双眸中透着警惕。

兵卒又一次向右侧，还有再靠下的地方左右两侧，各按一下，共五处，五声叮当之响像是从土墙厚实的土层中闷声传出似的。

“在下可否与您做个交易？”

不得不承认，朱奠培的确小瞧了眼前这个落魄书生。唐伯虎身上那种掌控一切的能力，远不止诗文书画。若不是所为殊途，兴许两人还能成为忘年之交。他望着唐伯虎面对千百兵卒的冷静镇定，心中竟有些对俗世的厌倦与失望。

王申欲要阻拦，朱奠培却拂袖示意，朗声说道：“唐公子请说。”

“在下跟王爷走，任凭处置。”唐伯虎视线先落在文林身上，而后又看向似乎陌生的林奴儿。脑海中瞬息之间，浮现出孩童时的嬉戏与十年前的相遇，印象最深的那两个酒窝似是被满脸脏污所掩盖。明媚阳光下银铃般的声音与温雅的样貌却在他心中愈加清晰。他收回心神，嘴角那抹笑容更加苦涩，接着说道：“但是，还请王爷高抬贵手，放过文大人和林姑娘。”

“唐大哥！”

“伯虎！”

莫小棋、祝枝山、文徵明和徐祯卿的叫喊声从背后传来，唐伯虎却没有勇气转身。

楼华、纪辰等人心中也似是明白了什么，眼中充满着愧疚与悲哀。

“唐伯虎，你觉得现在你们这群乌合之众配与王爷讨价还价吗？”王申一副胜券在握的模样，声音穿过阴冷湿潮的空气，听上去更为可憎。

“王申，你这个小人。”纪辰高声道，“总有一天，我定将你碎尸万段。”

“哈哈！”王申细小的双眸中迸射出两道寒光，狠声说道，“我怕你已经等不到那一天了。”

楼华走至唐伯虎身旁，笑容坦然道：“唐公子，宁王与王申不过一丘之貉，都是为餐腥啄腐的小人。这种人又怎会在此等情况下，放过我等。与其白费口舌，倒不如听天由命罢了。”

“楼先生说得对！大不了和他们拼了，兴许还能活着走出去几个！”于绝整日一副吊儿郎当的姿态，没想到面对千百兵卒时，却丝毫未显惧色。

这时，一道黑影从众人身上掠过。鲁源如同一座小山，站在唐伯虎等人身前，右手拎着重若千斤的流星锤，全身筋骨咯咯直响，一言不发。随后，莫小棋、文徵明等人也不约而同走上前来。每个人脸上均带着肃杀之气，虎视眈眈地望着王申与朱奠培。

“唐公子，王申说得没错！事到如今，你们的确没有与老夫还价的资格。”朱奠培双手背在身后，鹰隼般的眼神中暗含坚决与果敢，“如若想要活命，即刻束手就擒，老夫定当既往不咎，如何？”

“死老头，你别得意太早！我……我……”莫小棋一边说着，一边神色忧虑地看向那黑幽幽的密林。

“莫小姐放心，”朱奠培笑道，“至于你，老夫会将你毫发无损地送回苏州的。”

楼华等人不知其中事由，不解地看向莫小棋。

朱奠培举起右手，轻轻一动，千百兵卒持枪缓慢前行，铠甲碰撞声与密集脚步声在深夜振聋发聩。

纪辰、鲁源等人将唐伯虎一众围在小圈内，手持武器严阵以待。

“于绝，你身法灵活，稍后趁乱之际，先去救奴儿和文大人。”纪辰黝黑的面颊更加铁青，犀利双眸中杀气越发浓重，剑眉紧皱，低声嘱咐道，“鲁源，你负责带着楼先生和几位公子离开，我与其他兄弟给你们掩护。记住！能跑多远就跑多远，千万别再回来！”

“纪大哥，那你呢？”于绝怔怔望着纪辰。

“我什么时候用得着你来操心？”

“不行……我……留下来！”鲁源眉毛短小浅淡，皱在一起时，像是消失了一般，“纪大哥，你带着楼先生他们离开！”

“少废话！”纪辰狠声怒道，“能走一个是一个！”他声音充斥着落寞，“无论如何，只要将奴儿平安无事带离此地就好！”

“哈哈，还愣着干什么？”王申像是疯了一般，高声喊道，“给我杀！”

千百兵卒距离众人不过咫尺，虽然人多势众，但见鲁源如同一头愤怒巨兽，心中仍是略有忌惮，谁都不愿做出头鸟。

“那是……”徐祯卿呆呆望着天际，之前一席黑幕，此刻却零星点点，越积越多，仿佛密林中的萤火虫般集结而出，以迅雷不及掩耳之势向土窑飞驰而来。

同时，大地震颤，密集的马蹄声从四面八方响起。

“啊……”还未等所有人反应过来之时，惨叫声便此起彼伏。

如天降流星般的火箭一支接着一支，射向最为密集的兵卒阵营。

“百虎齐奔！”朱奠培呆呆望着夜幕，一根根火箭仿佛将整个夜空炽燃似的。他心中一直以来的自信与傲气瞬间偃旗息鼓，愤恨与不甘交杂。到底是谁？他眼神黯淡，像是已看到漆黑暗夜的尽头。

“保护王爷！”兵卒头目吕达高声呐喊，抽出钢刀，站到朱奠培身前，肆意挥舞，将身边飞来的火箭尽数砍落在地。

王申急忙拉着被绑的林奴儿和文林站到军阵后方，怯生生看着从天而降的火矢箭雨。

突生变故，军阵涣散。鲁源挥舞着手中流星锤，站在楼华、唐伯虎等人身前。硕大的流星锤夹带着呼呼劲风，形成了一道屏障。其余人则四面围护，对企图乘虚而入的兵卒连砍带杀。

喊杀声、惨叫声不绝于耳。转瞬之间，尸横遍野。唐伯虎心中一阵震颤，那份猜度与怀疑似乎向真相更近了一步。

箭雨似是稍有缓和，突然从四面密林中传来一声暴喝——“杀！”

一个个面戴黑纱、身穿黑衣铠甲的杀手从黑暗深处蜂拥而至，有的手握钢刀，有的挺着长枪，如同一席铺天盖地的巨浪。

刀枪阵营后方，又冲出一队兵卒，每人手中都握有一根铜杵。

突然，“砰砰”之声炸响，蓝烟弥漫，所到之处，宁王兵卒无不惨叫连连，挣扎片刻，便一动不动倒在了地上。

眨眼之间，整个战场被一层浓重烟雾所包裹，所有厮杀中的兵卒形如鬼魅，影影绰绰中，仍能清晰听到适才那“砰砰”的炸响声。

这就是火铳？唐伯虎略有耳闻，却从未亲眼看到，对这些杀手的身份更加存疑。

楼华等人不知来者是敌是友，各个严阵以待。

这时，一匹黑色战马率先冲出敌阵。马上坐着一个身披重甲、头戴银盔的魁梧大汉，他手中那把斩马刀比普通男子的个头还要高。火光照耀下，锋利刀刃熠熠生辉。所到之处，如同席卷天地的飓风。

随后，又出现一人一马，那人冲入杀阵之后，对唐伯虎等人视若无睹，看到宁王手下兵卒，就是一顿乱砍，似有不放过任何一人的架势。

战局，瞬息反转。

“纪兄弟，你和鲁兄弟先去救奴儿和文大人。”楼华始终盯着马背上那两个神秘人。

纪辰和鲁源不再多问，与五个族人，看准不远处的朱奠培，挟怒火疾驰而去。

王申、朱奠培身前有两百名兵卒，正分成两层围圈守护。他们见鲁源挥舞着流星锤，如入无人之境，不由心头发颤。

朱奠培见大势已去，除去恐惧，心中更多的是不甘与愤恨。王申被浓郁的血腥气憋呛得呼吸困难，方寸大乱，斜眼看去，正与林奴儿幸灾乐祸的眼神相撞。

她在笑，笑得那般肆意。

这时，第一层兵卒已被纪辰和鲁源击溃。

“王申，今天就是你的死期！”纪辰满面血污，如同杀神，异常狰狞可怖。

突然，硕大的流星锤像是飞在空中的圆盘，向王申面门袭来。王申身体一沉，摔倒在地，竟是吕达在千钧一发之际，救了他一命。

“王公子，你带着王爷从土窑密道先行离开！”他蹲到王申身边低声嘱咐道。

王申惊魂未定，仓促点了点头，急忙起身走到朱奠培身边：“王爷……”

“兄弟们，杀！”纪辰和鲁源慢慢逼近，吕达举起钢刀，大喝一声。身后五十名兵卒如同打了鸡血，一副视死如归的架势，向二人冲杀过去。

“王爷，再不走就来不及了。”

朱奠培目光如炬，紧绷的身躯似在一瞬间崩塌：“走吧！”

王申转身狠狠向林奴儿和文林望去，虽有不甘，但他知晓如若带着二人，势必将延误逃离时机。

“于绝，杀了王申，夺回卷轴！”纪辰只顾着厮杀，猛地看到王申和朱奠培正弯着身子，试图趁乱向土窑跑去，急忙出声提醒。

于绝站在战场中央，周围人头攒动，再加上连绵不绝的喊杀惨叫声，哪里能注意到战局外围的情形，待听到纪辰高喝，才看到已接近土窑石门的王申和朱奠培。

突然，唐伯虎等人感到一道黑影闪过，衣衫和发丝都被劲风席卷。只见于绝身法飘逸，穿梭人群如履平地。众人哪里见过这等身法，不由得心中称奇。

但于绝身法再快，还是晚了一步。当他到达土窑，石门早已随着“咚”的一声闷响，紧紧关合。他学着之前那兵卒的样子，在石门上按了五次，却未听到任何一声锁扣开动的声音。

于绝看着之前被自己一刀毙命的兵卒，面露苦笑：“早知如此，适才就该听鲁大哥的话，放你一马！”

虽然关上了石门，王申仍然能听到土窑外的阵阵惨叫声，脑海中浮现出刚才的惨烈景象，还有那充斥在空气中浓郁而刺鼻的血腥味道。他紧紧跟在朱奠培身后，沿着蜿蜒曲折的石阶向下走去，行至一半之时，宁王突然停了下来。

石阶两侧的墙壁上有一盏盏火台，里面插着火把。朱奠培驻足而立，将面前火把从火台上抽拽而出。

“轰隆”一声，二人身前的一处墙壁向两侧缓慢移动，赫然出现一条深不见底的甬道。

朱奠培一言不发，举着手中火把，走进那狭窄冗长的甬道。

王申走在身后，看着笼罩在光晕中，颓丧落魄的宁王，之前的霸气已经变得荡然无存。

甬道密道不透风，越往深处走，越加觉得憋闷。这时，朱奠培剧烈咳嗽起来，全身都在打战。回荡在甬道中的粗重喘息声，将王申心头最后一丝侥幸彻底击碎。

人是会变的。王申不禁想起父亲的话。

记得与朱奠培第一次见面时，王申被对方的凌厉霸气所震惊。恐慌之余，心中十分欣喜。他不需要什么仁德之主，只期盼自己辅助的是一个为达目的不择手段的当世枭雄。

他的路还很长，但是，王申却仿佛看到朱奠培的终点近在咫尺。

在他眼中，不管是对林奴儿，还是对唐伯虎，外人眼中宁王的大奸大恶，还是太过仁慈，缺乏果敢决断。

对！这次失败与我无关，全是他的错！从适才到现在，宁王始终一脸冷漠，甚至带着一丝因失望而生出的杀气。王申的恐惧与不甘滋生出更为自私的怨愤。他不会再重用我，更加不会留我活口，因为我知晓太多秘密……一定是这样，一定是！

发丝凌乱的王申，紧紧盯着宁王的脊背，额头布满汗珠。

唐伯虎，要不是你，我又怎会沦落到如此田地？王申心中发出阵阵低吼。他不管不顾，笃信如今的宁王定是希望用唐伯虎来取代自己。

王申盯着甬道尽头的一架木梯，露出一抹捉摸不定的笑意。

“你帮我拿着！”朱奠培将火把递与王申，在昏暗的火光下，沿着木梯向上攀爬。

王申面颊一明一暗，狰狞阴森。他将火把换至左手，顺着木梯紧随其后。

“王爷！”

“嗯？”

王申不假思索，从黑靴一侧掏出一把明晃晃的匕首，使出全身力气，抡起右臂，将利刃插入宁王右肋。

“你……”宁王的苍眉瞬间紧缩。

不等他把话说完，王申便抽出了利刃！

宁王左手扶梯，右手捂着伤口处，殷殷鲜血从指缝间溢出，滴落在深不见底的黑漆空间，泼洒在王申白皙细长的脸颊上。

王申能清晰地感觉到，那鲜血还是热的，甚至有些发烫。

宁王从高处向王申看去，满脸血污之下，对方仿佛一只饮血狂魔，面露狰狞诡笑，甚为享受。宁王还来不及反应，腰部又传来一阵钻心剧痛。

王申抡起右臂，一下、两下……像是发了疯似的，痛快淋漓地乱插乱刺。

血雨越来越急，越来越密，如同倾盆一般。

转瞬之间，王申如同血人。

宁王怒目圆睁，面色煞白，一句话也说不出，显然已经死透了，但左手却紧紧抓着扶梯。

“老东西，休想挡我去路！”王申将沾满鲜血的匕首重新插入黑靴，抬起右臂，先从宁王怀中掏出那幅被烧毁的《桃之夭夭》，放入自己衣衫内里。然后，用力拉扯着僵硬的朱奠培。

终于，宁王如一粒黑色棋子，慢慢消失在火光中，坠入黑暗深渊。

密林上空一片氤氲，蓝色烟气与血腥掺融出一股难以忍抑的腐烂气味。土窑前横陈着密密麻麻的尸体，血水慢慢流淌，在低洼处形成一摊墨黑的血河。一张张脸颊呆滞僵硬，仍停留在死亡前一刻的悲怨。

莫小棋、徐祯卿、文徵明和祝枝山从未见过如此真实血腥的战场。惊惧之余，则是满心厌恶。唐伯虎怔怔地望着距自己不远处的一具尸体。他觉得似曾相识，想了一会儿，觉得与家乡刘猛的长相有些接近。

宁王与王申的临阵脱逃，宣告了这场战役接近尾声。

纪辰和鲁源轻而易举地救出了林奴儿、文林，他们与楼华等人站在一起，看着神秘来访者继续对最后的残兵进行屠杀。

空中飘起蒙蒙细雨。之前喊杀震天的战场，顷刻变得异常安静。

楼华看着衣衫褴褛、发丝凌乱的林奴儿，老泪横流，愣了片刻，才急忙将她口中那根布带解开。

她就是林奴儿？唐伯虎打量着林奴儿，暗暗想到。

林奴儿只顾着与纪辰、鲁源和于绝寒暄，完全感受不到唐伯虎的目光。

文徵明也为文林摘下口中布条，转身看向祝枝山道：“枝山兄，有劳了！”

祝枝山直到现在，脸上依然毫无血色，他摇摇晃晃地走到文林身边，看向文林脚踝与手腕处的铁镣。每个铁镣上均有两个锁孔，祝枝山认出这是连环锁，从怀中掏出两根细小的钢扦，蹲下身子，在锁孔上来回转动。

这时，林奴儿等人方才发现，祝枝山右手居然有六根手指。

普通人一只手只能拿捏一根钢扦，祝枝山却大拇指和食指拿捏一根钢扦，无名指和小拇指旁的第六指又捏着另外一根。四根手指就像两双手掌般相互配合，丝毫没有停滞。众人啧啧称奇之下，却也觉得略显诡异。

两根钢扦同时插入锁孔，祝枝山屏气凝神，四指一点点试探性地挑动着铁镣中的锁芯。

突然，“咯噔”一声轻响，文林脚踝铁镣上的铜锁应声开启。

“看不出来，这胖子简直天赋异禀啊！”于绝暗含揶揄。

祝枝山全然不理，接着又打开了文林手腕处的铁镣铜锁。

文徵明扑上前去，父子两人九死一生，时隔多日再次相聚，免不了一番唏嘘。之后，文林又看向站在一边的楼华，微微点头道：“师父！”

“没事就好！”楼华声音温存，心头却升起一抹亏欠，暗忖：当年是否不该将他牵扯进来？

祝枝山转身走到林奴儿身边，躬身道：“林姑娘，多有得罪！”

“有劳公子！”她的声音如温泉一般柔滑。

祝枝山这是第一次见到她，却有一种尤见故人的错觉。细想之下，唐伯虎之前不知多少次形容过他梦境中的女子，仿佛一颦一笑都透着神秘。他与文徵明也曾以唐伯虎的描述在脑海中勾画林奴儿的样貌。

但是，却与此刻所见大相径庭。

祝枝山收起心神，依次将林奴儿手腕和脚踝的铁镣铜锁打开。

唐伯虎目不转睛地看着身披重甲、头戴银盔，将整个面颊遮掩起来的神秘巨汉。巨汉将那把斩马刀抡起，顺势悬挂在马鞍一侧。这时，两人四目相撞。唐伯虎只能看到银盔两个黑漆方孔中似是闪过一道寒光。

另一个神秘人骑着马向那巨汉走去，两人低语几句，不知在说些什么。唐伯虎见巨汉微微点头，隐约露出肌肤的地方布满烧痕，触目惊心。

巨汉又望了唐伯虎一眼，这才骑马转身离开。同时，那些黑衣兵卒也鞍前马后，进入密林。

另一个神秘人像是众人头目，他身下那匹黑马的毛发在丝丝细雨的冲刷下，更显得黝黑发亮。

在场所有人都充满警惕地望着慢慢行至他们身前的神秘人。

唐伯虎却十分镇定，同时觉察到一股熟悉气息，尤其是神秘人眼神中的那抹仿佛睥睨万物的不屑与冷漠。

突然，他翻身下马，环顾四周之后，慢慢走到莫小棋身前，拉下面前黑纱："棋儿！"

是他？唐伯虎心头一凛。

"莫老板？"徐祯卿也不由得惊诧万分。

楼华等人均未听过莫厉名号，但经历适才一战，心中断定，此人绝非寻常人等。

"爹！"莫小棋身材娇小，紧紧抱着莫厉宽硕的腰身，喜极而泣。她从小就喜欢快意恩仇的江湖生涯，特别对杂记小说中描写的生活充满向往。但真正面对血雨腥风，跃然纸上的烂漫都变得不再真实可信。她始终藏在徐祯卿身后，不敢直视，随时都要哭出来似的。如今见到莫厉，像是终于寻回昔日庇护下的安然。

原来，真正的持棋人却是从未露面的莫厉！唐伯虎发现自己自始至终都太过天真了。

文徵明心直口快，冷哼道："看来莫小姐早已知晓莫老板到了京城，却只字不提，将我等蒙在鼓里，是何居心？"

莫小棋笑意全消，怏怏低下头，不敢看众人一眼，再没有之前的蛮横骄纵。她秀眉紧锁、薄唇闭合，恨不得全身都要缩成一团。

莫厉温柔挣脱女儿，径直走向唐伯虎，面色冷清，双眸凶光闪烁，说道：“唐伯虎，你可别会错了意。我此次前来，全因棋儿以死相逼，这才答应事先埋伏在土窑四周，等待时机将其一举歼灭。”他又扭头看向文徵明，怒意更甚，“哼！到头来你们却埋怨棋儿没告知尔等，简直不知好歹。早知如此，适才就该只救我女儿，任由你们自生自灭，倒落个耳根清净！”

“莫老板，你是如何得知莫小姐身在京城？”唐伯虎语气平淡，死死盯着莫厉。

对此，徐祯卿也同样不解。他记得莫小棋曾说，此次进京，并未告知莫厉。但如今莫厉却凭空出现，而且对此莫小棋也未觉惊讶。她为何要这么做？

“你和棋儿能从阿炳、刘猛口中套出线索，你觉得老夫就不可吗？”莫厉揶揄道。

唐伯虎暗想，那天在别离楼，莫小棋情急之下说出小偷阿炳的名字时，莫厉也在场。莫小棋不知去向，莫厉自然会想到这一节。凭借他的威望与势力，顺藤摸瓜找到京城简直易如反掌。

“那莫老板来京之后，又是如何找到莫小姐的？”徐祯卿不明所以之下，鼓足勇气对莫厉质问。

“老夫自问在京城还有些人脉，再加上棋儿脾性我最为了解，定然不会住在寻常客栈歇息。所以只要派人到宣武门内街进行查探，找到你们落脚之处也不是什么难事。”

莫厉所说丝丝入扣、合情合理，并未有任何欠妥。但唐伯虎却发现莫小棋始终低着头，不发一言。按照他对莫小棋的了解，面对众人不分青红皂白的苛责与怀疑，莫小棋定是要大闹一通，此刻却安静得有些异常。

徐祯卿心想，自己一直与莫小棋各住其屋，如若父女二人深夜密会相见，倒真无从知晓。

“不想打草惊蛇，老夫也就一直未曾露面。”莫厉接着道，“为的就是等待时机，好趁其不备，来个措手不及。”

“莫老板，在下还有一事不明。”唐伯虎语气冷漠，似对莫厉说辞仍旧无法信服。

“何事？”莫厉沉声问道。

“之前你举荐我入宁王府作画，真就只是巧合吗？”

文徵明、祝枝山只顾着生气，对这个关键缘由有所忽略。按照唐伯虎之前所说，莫厉和宁王是多年故交，难道会仅仅为了莫小棋，就将多年情谊抛诸脑后，痛下杀手？楼华等人也不禁惊诧万分，心中大致猜出事情经过，细细琢磨，的确有违常理。

“唐公子言下之意，是说老夫此举还有其他企图？”

唐伯虎皮笑肉不笑道：“在下只是觉得，适才莫老板威风八面，不像是对待一位多年故友应有的姿态。”

“唐大哥，别再说了。”莫小棋在旁急得几欲落泪，生怕莫厉一怒之下，将唐伯虎一并杀了，所以紧紧握着父亲的右臂，“起初我爹劝我离开，是我执意不肯的。他只好说宁王生性谨慎，不知底细之前，只能先在密林周围埋伏，才好趁机一并将所有人救出。”

说着，她内心充斥着自责与委屈，低下头，两滴泪珠挂在下颌上。莫小棋拭去泪痕，接着道：“唐大哥，我知是我欺你在先，是我的错，但请你相信我，我做这一切，真的只想你好，你能平安无事！”

不知为何，唐伯虎总觉得莫厉似有隐瞒，但对方矢口否认，当前又无法找出任何线索进行反驳。再加上莫小棋一番肺腑之言，他感觉双颊通红炙热，嘴角的自信笑意荡然无存，就连看向莫小棋的勇气也没有，只能别过脸去。

“唐伯虎，即使你是江南第一才子，那又如何？在老夫眼里，你不过就是一介书生。要不是棋儿，老夫怎会多看你一眼？”莫厉将抽泣着的莫小棋揽入怀中，双眸微眯瞪向唐伯虎，狠声道，“举荐你入宁王府作画，也全然是看重你的画技，想指一条明路给你。至于我这个傻女儿尾随你入京，甚至深陷如此危境，还有……”

他说着环顾一周，接着道：“宁王到底密谋什么、你们又与宁王之间到底有何仇怨牵扯，老夫没有丝毫兴趣。”莫厉轻轻将莫小棋推开，移步至唐伯虎身前，每一字都烙印着怒火，“所以，从今往后，你要记住。你唐伯虎这条命，是我女儿给的，要不是她，这地上躺着的人，其中一个就是你唐伯虎！”

文徵明等人也感同身受，内心之前无尽的埋怨与指责，仿佛瞬间变得轻如鸿毛，比起性命，莫小棋隐瞒的事真就变得不值一提。

不对，他定是还有隐瞒，到底是什么呢？唐伯虎猛地抬起双眸，与莫厉犀利的眼神撞在一起，似要看透对方心中所想。

莫厉冷哼一声，拂袖而去，重新回到莫小棋身边。

“先生，此地不宜久留。”这时，纪辰低声说道。

楼华摆了摆手，凝重的面色上现出一抹淡然笑意，似在刻意打破尴尬：“在下楼华，想必莫小姐已与莫老板提起过。”

莫厉更加冷傲，挺直腰身，目视他方。

楼华接着道：“在下先替我等谢过莫老板的救命之恩。”

“不过顺手为之，要谢就谢棋儿。”莫厉摆了摆手，一副事不关己的模样。

“是！”楼华点头附和，“敢问莫老板，适才那个手持斩马刀、头戴银盔之人又是谁？”

“不过老夫在京城的一个好友罢了！”

“看来您这位好友定在神机营身兼要职。”楼华不紧不慢，却暗含肃杀之气，眼露凶光，“否则也无法带动朝廷的火铳队，并使用‘百虎齐奔’这般霸道的火器。”

神机营！唐伯虎知道神机营是京城三大御营之一，创建于永乐年间，营中兵卒大多配备犀利火器，肩负“内卫京师，外备征战”之重任。但是，他从不曾想过会与神机营有任何交际。

“哈哈！”莫厉扬天大笑，猛地扭头向楼华看去，说道，“楼先生果然见多识广，居然连‘百虎齐奔’都知晓。”

“也只是略有耳闻罢了！”

两人说话语气平淡，众人却感到他们身上都笼罩着一阵异样。

楼华解释道:“莫老板不要误会，在下也只是担心朝廷追究起来，连累了您那位好友。”

“先生放心。”莫厉坦然道，“宁王私自在郊外屯兵，老夫那位好友不过偶尔发现，进行围剿。不料，宁王誓死抵抗，所以双方才兵戎相接。”

“是！在下也听说当今皇上对宁王多有戒备和防范。”

楼华此言一出，唐伯虎终于明白夺魁之夜，王守仁为何劝诫莫小棋不要在那个时候与自己相认。也许王守仁早就认出了朱宸濠的身份，再加上刘勇是宁王名下兵卒，他隐约感觉到了其中暗含的凶险，这才有了那日的一番劝告。

楼华又看向唐伯虎等人，接着道:“也正因如此，那宁王才不会在城中跟踪唐公子，将我等尽数擒获。为的就是不惊动朝廷，以免自己谋反的计划败露，这才将我们引诱到这处土窑，进行埋伏。”

“楼先生看得果然通透，老夫佩服！”莫厉似有深意地说道。

“比起莫老板和您那位老友着眼大局、窥睆朝堂内外的广阔眼界，在下自愧不如！”楼华深深躬身作揖。

唐伯虎觉得两人这一席话像是对他与文林等人所说，为的就是安抚众人心中隐忧。

“先生，我适才听说土窑中有处密道，王申和朱奠培定是从那里逃走的。”纪辰冷若冰霜的面颊也罩上一层忧虑，问道，“现在我们该怎么办？”

“尽快离开此地。”

楼华话音刚落，一旁的莫厉就急忙附和道：“楼先生所言极是。以防宁王逃而复返，速速离去才为当务之急。”

众人也是一般想法，只有唐伯虎暗含焦急，向林奴儿望去。

“老夫已事先在林外准备了四辆马车，为免诸位打扮遭人怀疑，车中也备有衣物。”莫厉言语之间，略微有些得意，“等到我们一同到达天津之后，再各自乘船分道扬镳即可！”

楼华再次躬身施礼，笑道：“莫先生果然想得周全。”

7

四辆车辕夹道而行，土道两侧古树参天，齐膝野草在劲风吹打下沙沙作响。车厢中散发出昏暗光束，疾驰之下，仿佛雨夜中穿梭林间的鬼火。

楼华、纪辰、于绝、鲁源，还有林奴儿坐在第二辆马车上，莫厉准备的马车车厢宽大，恰好能坐下他们五人，还有两名族人身披蓑衣、头戴斗笠，坐在车厢外持缰赶车。

之前，林奴儿已先独自进入车厢，将残破不堪的衣衫脱去，换上莫厉备好的布衣。虽是普通质料，但穿在身上已暖和许多。面颊也已清洗一番，露出残留着的几处浅显疤痕。

此刻的林奴儿眼神灰蒙，整个人坐在车厢一角仍瑟瑟发抖。一根根发丝散落在面颊两侧，更显得狼狈憔悴。

“奴儿，你怎么哭了？”纪辰坐在林奴儿身边，一直在暗暗留意着林奴儿的举动。

“对不起，这一切都是我的错！”林奴儿轻声啜泣，嘴角两个酒窝在昏黄烛光下忽隐忽现，蜷缩在车厢角落的身躯在愧疚下轻轻抽动着。

楼华和纪辰看在眼里，越发觉得她比一年前瘦了好多。

“奴儿，这不是你的错。”纪辰冷如冰霜的面颊像是罩上一层明媚，黑亮的双眸中闪烁着温存与怜惜，就连声音都温柔了不少，“一切皆因王启、王申父子而起！”

“如若不是因为我的疏忽，王申就不会得到《桃之夭夭》，也就什么都不会发生。”林奴儿双眸闪烁，泪珠挂在她尖细的下颌。想到躺在细细碎雨中的族人尸体，她心如刀绞，更加泣不成声。

纪辰突生出一股将她拥入怀中的冲动，但他知晓两人心间隔着一堵无法逾越的石墙——那个人。那个就连他都不知真实身份的人。奴儿喜欢的是他！想到此处，他结冰的心窝似裂开了一道隙缝。

于绝和鲁源一个生性懒散，一个纯良憨厚，对情爱之事，完全不挂在心上，更加不知如何安慰林奴儿。看到她哭成泪人，也只能呆呆坐在原处，暗自叹息。

“奴儿，对于王申来说，他会想尽一切办法得到《桃之夭夭》的。”楼华膝下没有一子半女，看着林奴儿一点点长大，平日里视其如亲骨肉般。他挤出一抹微笑，接着道：“而且，如今看来，发生这一切之后，我们却有意外收获。”

这时，林奴儿抬头望着楼华，之前心中的百般疑惑仿佛在此刻会得到答案。

“收获？”纪辰问道，“先生所指是？”

“唐伯虎。”楼华面色在烛光映衬下，似不再那般祥和平易。

唐伯虎……林奴儿心中默默呢喃。她眼前浮现出适才那张满是悲戚的面颊，比起十年前，简直判若两人。

她还清晰记得，十年前在白云山，她看到唐伯虎呆站在岸边桃花树下，举手投足之间透着一股傲气与自信。

说来讽刺，每隔十年，她再看到他，都是另外一番模样。

“楼伯伯，他为何会与你们在一起？”

“这多亏了那幅《桃女图》。”楼华看着林奴儿，将唐伯虎如何得到《桃女图》、如何来到京城找到自己的前后经过，细细讲述了一遍。

林奴儿万万没想到，那幅寄托着渺茫希望的《桃女图》，竟会落在唐伯虎手中。也就是说，我之所以能得救，全都因为他？想到此处，她没有丝毫欣喜，取而代之的则是恐慌，甚至愧疚。

“说起来，”鲁源由于太过魁梧高大，只能弯着脖颈说话，“之前纪大哥的确错怪唐公子了，他并没有将《桃之夭夭》画出……”

鲁源还未说完，于绝像是终于找到自己喜闻乐见的话题，笑道：“对对对！啊，你们说那小子是怎么做到的？王申刚才那副气急败坏的样子，真是解气。他还说唐伯虎定是用了什么妖法。哈哈，笑死我了！没想到一向诡计多端的王申也会有今天，真是应了那句话，一物降一物啊！”

“嘿嘿！”鲁源也跟着咧嘴憨笑。

就连楼华也心生钦佩，轻抚下颌苍须，点头道：“唐伯虎此人的确鬼灵精怪！”说完，他脸上又罩上了一层阴郁。

“我看他这么做，不过是为了保全自己性命。”纪辰始终都觉得唐伯虎和王申是同一类人，仗着有几分小聪明，就想将所有人玩弄于股掌之中。

“他与咱们本就毫无瓜葛，首先想到进退之策是人之常情。”楼华说道，“在如此危难之际，他居然能想到如此以进为退的两全之策，难能可贵啊！”

林奴儿清楚记得，在地牢时，王申和朱奠培自信满满地将《桃之夭夭》交给文林，想必卷轴烧毁之处，定然被尽数补画。但文林展开，画中却没有一滴黑墨色泽。她与文林暗自庆幸之余，也对作画之人如何瞒天过海充满疑惑。

“《桃女图》！”林奴儿一怔。在地牢时，她还不知《桃女图》辗转数人，最终落入唐伯虎手中。如今一想，如若唐伯虎成功破解出《桃女图》画中玄机，那他使《桃之夭夭》变为白纸也就不足为奇了。

想到此处，林奴儿嘴角露出一抹浅笑。

鲁源和于绝面面相觑，大眼瞪小眼。

“奴儿，怎么了？”纪辰已经很久没看到林奴儿笑得这般安闲惬意了。

“楼伯伯，您怎么糊涂了？”林奴儿打趣道，“当年还是您教我如何使墨迹消失呢！”

楼华看着她，似有所悟，也不禁笑了起来，想到唐伯虎之前所说，摸着下颌苍须，大笑道：“哈哈！他果然是用了墨鱼！”

林奴儿脑海中再次浮现出那个流着两溜鼻涕的四岁孩童。那时的他，走路都困难，没想到如今却变得这般聪颖。但她却无法分清，这对唐伯虎来说是祸是福。

这时，楼华脸色一沉，看着林奴儿说道：“奴儿，老夫有一事相托！”

“爹，十年前，向孩儿提议前去白云山游历的并非您，而是那个楼华，是吗？”如今一切尘埃落定，但文徵明心中那抹愧疚仍旧无法消散。他始终低着头，声音微弱得险些被车轱辘声淹没。

祝枝山与文林坐在一侧，唐伯虎、文徵明和徐祯卿坐在另一侧。

车辕内狭窄的空间上方仿佛笼罩着一层寒气，挥之不尽，落在五人心窝。

当文林在密林第一眼看到文徵明与唐伯虎、楼华在一起时，心中已大致推测出，众人很可能已知晓十年前的真相。此刻亲耳听到文徵明的质问声，惊诧之余，更多的则是羞愧。

“嗯！”他微微点头，身子紧紧缩在车厢角落。

“为何？”文徵明一脸不解，茫然地看向父亲。

祝枝山和徐祯卿面面相觑，不知如何劝慰。唐伯虎甚至觉得文徵明太过苛责，对文林也有些残忍和不公。他抬起双眸，见文林仿佛一下子苍老了许多，脸上藏着太多无奈与悔疚。唐伯虎觉得与其刻意回避、妄自猜测，倒不如借此良机，听听文林亲口坦言，说不定有更为隐秘的事情流出。

更何况，他的确有一件事要询问文林，始终不知如何开口。

文林苍眉紧锁，幽幽道：“十年前师父突然出现，我也颇为惊讶。几句寒暄过后，他就说全族人深陷危境，需要我做一件事，至于细节，并未向我透露。”

说到此处，他眼神充满悔悟地向唐伯虎和文徵明扫去，叹息一声，接着道：“唉！我知晓师父有所隐瞒，一定有他的道理。而且，他也保证，不会让你们三人出现丝毫意外。所以，我这才让璧儿向你们提议，到白云山游历。”

唐伯虎事后想来，楼华此计的确万无一失。三人都对历朝历代的摩崖石碣真迹充满神往，却又对各地名山大川涉猎甚少，所以远在贵州金竺的白云山，的确是一处不可多得的游历之所。

“也就是说，文大人您事先根本不知楼华让我们三人到白云山的真实目的？”唐伯虎追问道。

文林苦笑着摇头，说道：“当时我也有所顾虑，但师父始终闭口不谈，再加上他满脸忧色，仿佛大难临头一般，见我有意推脱，一下子就跪在了地上，求我答应他。”说着，他紧闭双眸，如鲠在喉，叹息道，“当时算起来，我虽然离开那个地方已有十五年，但师父待我如同己出，还倾囊所授，每个族人在我眼内就同亲人无异。再加上师父坚决说，只是想确定一下你的身份，定然不会伤及你们分毫。至此一点，虽然我不知事情全貌，又有何理由再去拒绝？”

文徵明、唐伯虎等四人细想当时文林处境，的确进退两难。如若换作自己，面对至亲之人，不明就里之下，定会做出与文林相同的抉择。

“十年前，从你们离开后，我每日如坐针毡，好在你们最后平安归来，我这才终于心安。”说到此处，文林不禁长长吁出一口气，“万万不曾料到，我会种下此等危患，还将你们都尽数牵连进来，真是悔不当初。”

一边是相识相知十几年的好友，一边则是将其养大成人的父亲，文徵明左右为难，情绪始终无法平静。多愁善感的祝枝山更是只能沉默，一会儿欲言又止，一会儿望向三人，最后视线落在徐祯卿身上，与徒弟四目相对。

“但是，我还是不明。”文林终于抬起头，看着唐伯虎，皱眉问道，“伯虎，师父为何要证明你的身份，你和那个地方又有什么牵连？”

唐伯虎摇了摇头，叹息道：“现在还无从知晓，楼华答应我，事后林奴儿会向我告知一切。”

他见时机成熟，望着文林，问道：“文大人，你口中所说的那个地方，是否就是那处种满桃树的世外桃源？”

文林一直以“那个地方”代称，并非刻意闪烁其词，仿佛三十年来，那三个字已变得不再真实。追根究底，也许只因三十年前他离开那个地方时，楼华的再三叮咛：“文林，切记，你从未到过这里，也从未见过我和这个地方的任何人！”

他扫视四人，想到自己不说，唐伯虎之后定会询问林奴儿，再要遮掩也没有意义。而且无论如何，他的确对唐伯虎和文徵明有所亏欠，于是重重叹息，点头道：“桃花坞……那个地方叫作桃花坞。”

文徵明、祝枝山和徐祯卿都不禁低声呢喃。回想起来，整件事情都充满着神秘，归根结底都因众人对那个地方全然不知。当文林说出“桃花坞”三个字时，仿佛谜底终于要揭开，捋清千丝万缕的线索后，最后一层面纱也被无情扯下。

唐伯虎感慨万千，眼前似乎重新浮现出绚丽烂漫的朵朵桃花，漫山遍野的茅屋船坞，尘封的记忆似是撕开一条口子，逐渐变得清晰。

“文大人，当年你离开桃花坞之后，是否来到了白云山？”唐伯虎初得《桃女图》时，不禁想到大年三十与徐祯卿所说的章园。画中景致与历朝历代文人墨客对昔日“桃坞”风采描述极为相近。如今听到文林所说，就连名字也不过一字之差。若非十五岁有过白云山一番遭遇，他甚至怀疑历史所载的章园是不是就是真正的桃花坞。所以，唐伯虎觉得眼下只有文林才能彻底消除自己心中的疑虑。

文林略微迟疑，但还是点了点头。

“那你之后就没想着重回桃花坞？”唐伯虎穷追不舍，想趁着文林心中游移，一探究竟。

文林脸上充满苦涩：“离开桃花坞就不再是那里的族人，不是桃花坞的族人，纵你有通天之能，也休想踏入桃花坞半步。”

祝枝山忆起当年境况，也不禁感慨道：“十年前在白云山时，伯虎提到的失足落水之处，岸上也种植着四株桃花树。我与徵明还随他一同到密林寻觅，却始终未曾找到，当真匪夷所思！”

唐伯虎猜测其中玄机必定藏于《桃之夭夭》之中，但对桃花坞的向往似乎也让他忘记了其中暗藏的波谲云诡。他望着有些疲倦的文林，问道：“文大人，那您可曾看过那幅《桃之夭夭》的画轴？”

文林摇摇头：“我只是听师父提起过，从未有幸目睹。而且，师父还说，关于卷轴中暗藏的秘境，只有像桃花坞族长、军师等寥寥几人才知晓。”他接着苦笑道，“说起来，要不是伯虎急中生智，使画轴变为空白，恐怕我再是解释，王申和宁王也绝不会相信，身为师父唯一的弟子，竟也无法勘破《桃之夭夭》中玄机，指出秘境。”

唐伯虎双眉紧蹙，脑海中不由浮现出当年落水之处：“文大人，那楼华可曾与您提过，通往桃花坞的秘境有几处？”

“两处！”文林斩钉截铁道。

果然！唐伯虎暗自思忖。

“我明白了！”一直倾听的徐祯卿，似乎终于悟到什么，笑道，“如若将白云山那处密林的玄机勘破，就可进入三师父当年落水之地，也就是第一道秘境。而《桃之夭夭》画轴所画正是此处，所以画中景致隐藏的玄机，则是通往真正桃花坞的第二重秘境。”

文徵明在旁点头附和，道：“无法进入落水之处，就无法进入桃花坞。”

祝枝山也提起兴趣，用第六指轻抚鼻下杂乱髭须，问道：“伯虎，你当年是如何进入那处落水之地的，真就一点也想不起来吗？”

唐伯虎手指轻抚双唇，缓缓摇头，道：“我猜测当时楼华等人定然早早开启了第一秘境，我才得以误入。”他双眉紧蹙，接着道，“文大人，你适才所说的那个族长和军师又是谁？”

“我离开桃花坞时不过二十出头，与其他族人并无差别。”文林接着说道，“所以，不知军师名讳，但大家都称他为方先生。不过，我在地牢之中听王申说起，那个林奴儿的父亲叫林天佑，他如今就是桃花坞的族长。”

“怪不得那些人费尽心机、不顾性命定要救出林奴儿了。”徐祯卿在一旁插话道，“原来是族长的女儿！”

方先生？唐伯虎脑海中浮现出桃花坞诸人的样貌。剑法高强的纪辰、身轻如燕的于绝、力大无穷的鲁源，还有那个精通堪舆卜筮、易容改面，医术精湛的楼华，如今又多出一个方先生。从文林言辞可知，此人地位似乎仅次于桃花坞族长林天佑。

“说起来，那个桃花坞真够诡异的。”祝枝山稍稍歪着头，纳闷道，“王申之前也算桃花坞中人，他离开之后，定与文大人一样，会路过白云山，想必也曾试探劝谏宁王到白云山寻觅桃花坞秘境。但如今看来，肯定是毫无线索，不然也就不会煞费苦心地想要破解那幅《桃之夭夭》卷轴了。”

接着他猛地抬起头，向四人看去，像是发现什么重大宝藏似的：“你们有没有觉得，这桃花坞和一处传说的地方很是相像。”

“桃花源。”唐伯虎脱口而出。

一旁的徐祯卿突然开口念道：“‘太守即遣人随其往，寻向所志，遂迷，不复得路’，与桃花坞秘境给人的感觉确是十分相近……”

唐伯虎重新望向文林，问道：“文大人，那您可知《桃之夭夭》卷轴是何人所绘？”

也许知晓卷轴作者，顺藤摸瓜，就能解开其中隐秘。

文林却摇了摇头，说道：“不知道，但是……我听师父曾经说过，《桃之夭夭》中的画作和诗句，均由一位得道高僧所作！”

得道高僧？唐伯虎四人不禁心中默念。

车厢内再次陷入阒寂，呼呼冷风挟着细雨从布帘缝隙间悄悄飘入。五人像是陌生人，缩在各自位置，相顾无言。

徐祯卿咽喉微微抽动，眼神相继扫视四人，他性情活泼，最受不得相处一室却彼此有忌，浑身觉得不自在。他干咳两声，笑问道：“三师父，你临摹的那幅《桃之夭夭》为何会一片空白呢？看王申和宁王甚是惊讶的样子。”

对此，文林同样疑惑不解。听到此，他也不禁抬头怔怔望着唐伯虎。

“墨鱼汁！”唐伯虎有些倦困，轻轻靠着车厢，轻描淡写道。

“墨鱼汁？”

文徵明和祝枝山思忖片刻，嘴角不约而同牵起久违的笑意，连连摇头，似是已知晓谜底。

唐伯虎心领神会，也不由笑了起来，车厢内凝重的氛围亦稍显缓和。

“为何是墨鱼汁？”徐祯卿追问道，“三师父，你快说啊！”

“其实与在花满楼的那幅海棠花一样，谜底揭晓，就显得不值一提了。”唐伯虎想到那夜夺魁对决，心中仍有一丝兴奋和激动，“我也是在参破《桃女图》玄机之后，才想到故技重施，用在《桃之夭夭》上。说起来，倒要感谢林奴儿。”

说到此处，唐伯虎面露苦涩：“首先将墨鱼汁晾晒干涸，再碾磨成粉，倒入黑墨与彩砂之中，依据所需时间长短进行调和配置，不管是字迹，还是画作色彩，都会在一定时间内消失。”

徐祯卿博览群书，仍是第一次听说此事。听唐伯虎解释之后，仍然将信将疑，问道：“墨鱼汁真的有此神效？”

文徵明笑了笑，补充道：“墨鱼又称为乌贼。从体内喷射出的汁液如黑墨一般，时间久了就会失色，实乃自然特性。所以，就有人通过这一点来行骗取巧。”

“行骗？”徐祯卿仍然一知半解。

文林似也想到了什么，黯然灰冷的双眸也稍露光彩。

“宋人周密所编撰的《癸辛杂识续集》有这样一则故事。”一旁的祝枝山也提起兴趣，笑着说道，“一个年轻人生活在琼州府，靠打鱼为生，但生性好赌，总是与左邻右舍借钱凑足赌资。起初都能按时拆补，但也不知是中了赌坊诡计，还是那段时日运气太差，在赌桌连连失利。他想着东山再起，但又恐借了银钱，也一并输了出去，无法偿还。所以心生一计，他向别人借钱时，用墨鱼的黑汁写就借据，且久拖不还。这种黑汁初时很鲜明，几日后则淡然无迹。年轻人熟知墨鱼汁特性，算准时日，这才出现。当债主拿着借据来向他讨债的时候，打开一看，却是白纸一张。无以为凭，年轻人就可以赖账不还了。”

“好狡猾的计谋。”徐祯卿瞟向唐伯虎，轻声笑道。这一切说来简单，但当时唐伯虎深陷危境，还能随机应变，当真才思机敏。而且，从唐伯虎和祝枝山所说不难看出，墨鱼汁的浓淡程度与字迹画作隐形起到关键作用。也就是说，唐伯虎必须精准地拿捏好分寸，才能达到王申口中所说的“妖法”奇效。

文徵明笑着总结道：“所以，当时人们就将那些借墨鱼汁液行骗的狡猾之人称为‘乌贼’。”

说到此处，徐祯卿、文徵明、祝枝山和文林齐齐抬头向唐伯虎看去，真的就似在看一条喷射黑汁的“乌贼”一般。

五个人不约而同发出了笑声。

这时，徐祯卿仿佛想到其中破绽，歪着脑袋道：“不对！如若三师父借用墨鱼汁使《桃之夭夭》的画中景致消失无形，那《桃女图》呢？我听莫小姐提起过，阿炳说起初只是一纸空白，不知为何画作自行显现而出，这又作何解释？”

文徵明和祝枝山也面面相觑，同时看向困倦靠着车厢的唐伯虎。

九死一生之后，唐伯虎嘴角难得牵起笑意，说道：“所以你们之前只猜对了一半。《桃女图》所用黑墨不但掺杂了墨鱼汁，还加入了鱼骨胶。鱼骨胶干燥后就会失去黏性，笔迹自会消失。但是在湿润之后，黏性则会失而复得，只需在上面铺撒一些土粉灰尘，画作就会重新显现。我猜测林奴儿被囚禁之时，定然遭遇了对方搜身。京城气候干燥，所以当时的《桃女图》不过是一张白纸，才没被搜去。而后，她在画后写下‘救我’二字，施计藏于刘勇的包袱之中，期盼被人看到，然后顺藤摸瓜救出自己。刘勇长途跋涉，包袱一般会挎在腋下，再加上苏州那些时日气候湿润，空气中伴有雨雾。所以，《桃女图》变得湿软之下，就会恢复黏性。阿炳想从包袱中得到银钱，画作就在机缘巧合下沾上了尘土，画作自然逐渐显现，也就不足为奇了。”

原来是这样！其余四人恍然大悟。

“三师父果然博学多才！”徐祯卿嘴上不停，只顾着兴奋发笑，“单单只是听一听，都觉得有意思！”

唐伯虎连连摇头，道：“当时我也只是偶尔想起徐经曾提到一位好友，对方参加府试之时，正是用此法作弊，才被知府大人取消了毕生参试资格。”

所有人都知徐经平日里对鬼怪传说、奇闻逸事痴醉着迷，所以唐伯虎说从对方口中听来，也就见怪不怪了。

“可是，”祝枝山又习惯性地摸着鼻下卷须，不解道，“十年前伯虎作《桃女图》只是随性而为，如若所用墨汁掺杂了墨鱼汁和鱼骨胶，就说明当时林奴儿定是想用此法在画作中隐藏什么，不料却被伯虎无意间捷足先登！”

他抬头扫视众人，接着道：“她当时到底想做什么呢？”

是啊，她当时到底想做什么呢？唐伯虎想到此处，越发急切地想与林奴儿当面对峙。

8

宽敞车厢中只坐着莫厉和莫小棋，莫文和莫武则坐在车厢外冒雨持缰赶车。

自始至终，莫小棋始终低着头，一句话未说。

“怎么？还在生爹的气？”莫厉坐在女儿身旁，面露慈笑，时刻笼罩在周身的那股威严气势荡然无存，再加上一身简单布衣，看起来就像一个普通人家的老父亲，正在哄慰任性骄纵的女儿。他看着充满委屈的莫小棋，想到这些日子所发生的一切，心生怜惜，欲要用宽厚的臂膀将她拥入怀中。

莫小棋却欲挣脱，一对蚕眉微微紧皱，气鼓鼓、眼神幽怨地看着父亲，开口道：“你之前为何要以真面目示人，救完人离开就是了！”她低下头，愤懑之下，右手一直去拽左手手指，“现在可好，唐大哥心中定然想着我心怀不轨，意有所谋，今后肯定再也不会理我了。”

到此处，莫小棋一双杏眸中泪光闪闪，充满悔恨。

“他敢！”莫厉情急之下，声音不由得略大了几分。

“你……”莫小棋见父亲此时又一副平日里唯我独尊的姿态，不免更加怨恨，狠狠瞪了莫厉一眼，转过头去。

莫厉面颊褶皱稍稍舒缓，温言道：“女儿放心！这次要不是你和爹，他们早已成了宁王刀俎之肉。再大的事，难道还能大过自己的性命？而且，唐伯虎绝非那般忘恩负义之辈，对此他只会心存感激，又怎会不理你呢？”他挺直腰身，一副理所应当之姿。

莫小棋虽然性格大大咧咧、骄纵蛮横，但心思单纯。即便如此，她仍然知晓父亲所说，不过只是为了宽慰自己，丝毫不为所动。她努着嘴说道：“你来到京城那一晚，要不是你说唐大哥深陷危境，整个京城只有你能救他，我又怎会和你里应外合陷害唐大哥？”

“女儿，爹并未骗你！”莫厉劝慰道，“你也看到了，若不是爹的出现，你觉得凭那几个虾兵蟹将，能与宁王的百千兵甲相抗？”

“哼！假惺惺，伪君子！”莫小棋嗔怒之下，小声嘀咕。

“棋儿，你怎么能这样说爹？”

莫厉话音刚落，莫小棋猛地转过头，怔怔望着父亲道：“你做这一切，不过是想让我继续帮你打听唐大哥与桃花坞的关联罢了。”说着，两行清泪划过她那圆润娇小的双颊，“爹，你可曾想过，你这样做，会让女儿沦为您手中的一颗棋子，一颗四面为敌、身处险境的棋子。如若你晚来片刻，或是宁王更胜一筹，反遭埋伏，我就有可能丢掉性命。”

她越说越是委屈，泣不成声，别过脸去，轻轻拭去双颊的泪痕，低声呢喃道：“如若娘还在世，绝不会同意你这样做。”

莫小棋说得不错，凡事再如何筹谋，都很有可能因细小变故而发生天翻地覆的变化。此刻想来，莫厉心有余悸，他不敢再去看莫小棋。适才那一刻，他仿佛看到发妻任氏抽泣着责怪自己如此狠心，为了心中霸业，将女儿也推进这波谲云诡的旋涡之中。

莫厉低着头，咬紧牙关之时，双腮像是鼓起两座小山。

“爹，你这样做，到底为了什么？”莫小棋转身看向父亲，看到其身上散发出的无奈，声音也变得温柔许多，轻声问道，“是不是与桃花坞有关？”

莫厉听到“桃花坞”这三个字，颓丧之气尽消，重新坐到莫小棋对面，沉声说道:“棋儿，爹做的事，今后莫要再问。知道得越少，对你来说就越为安全。”

莫小棋低头沉默片刻，一直以来心中那抹疑惑始终困扰着她，虽然也害怕知晓真相，但娇小的身体却无法承受谎言背后的千钧之力。

“爹，你举荐唐大哥到宁王府作画，并非只是巧合。”她怯生生轻声问道，“从一开始，你就早有谋划，是吗？”

莫厉适才也没想明白该如何解释这一切，若不是莫小棋替自己说谎解围，真不知要如何应答唐伯虎才是。

莫小棋见父亲默不作声，更加笃信其有所欺瞒:“是不是当你看到那幅《桃女图》时，已知晓唐大哥与桃花坞有关，所以才故意引他入宁王府？因为你断定唐大哥看到《桃之夭夭》的画轴，定会彻查到底，你就可坐收渔翁之利，借此得到桃花坞的线索……是吗？”

“棋儿……”莫厉伸出宽大手掌，想要劝慰，却被莫小棋用手臂推开。

“不仅如此。”莫小棋悲戚地望向父亲，“也许起初你就知晓，我会紧随唐大哥入京。这样一来，你就可暗中窥探，见机行事，以唐大哥、徐祯卿他们的性命为借口，让我与你里应外合，从而达到你最终的目的。”

“棋儿，不是这样的，爹做这一切，决然没有想到你会入京，更加没料到你会深陷其中。”

莫小棋的泪水在眼眶打转，心头冰凉彻骨，她连连摇头，似乎不愿，更加没有勇气接受莫厉所说的一切：“爹，难道您对现在自己手中的权势还不满足吗？”

经过这些天发生的一切，她虽不知桃花坞中到底藏着什么秘密，但会遭到宁王这等人物的觊觎，定然与权力和钱财脱不了干系。

“一定有什么人指使你这么做，是吗？”事到如今，莫小棋仍然不相信自己的父亲是一个滥杀无辜、权欲熏心的恶魔，“到底是谁？是谁让你杀宁王，又是谁让你杀唐大哥？”

“棋儿，爹求你，别再问了！”莫厉别过脸去，不再说话，心中感慨万千：爹又何尝不想这一切早些结束！

经过半日颠簸，四乘车辕终于到达天津岸头。即便到了辰时，经历昨夜一场春雨过后，天空仍然被团团黑云笼罩。岸头人迹寥寥，远处的零星船只和连绵高山沉浸在一片薄雾之中。

众人走下各自车辕，见到岸边停靠着三艘乌篷船，原来莫厉事先早有安排。

这时，唐伯虎看到其中一艘乌篷船船头站着一个瘦削老者，笑盈盈望了过来。老者手中撑着竹篙，顶部镶嵌着如同鹰爪般的银钩。

徐祯卿也微微一愣，看向唐伯虎，问道：“三师父，那不是别离楼的余伯吗？”

唐伯虎微微点头。

“你去过别离楼？”文徵明和祝枝山异口同声。

徐祯卿急忙低下头，向岸边走去。

唐伯虎看着三人，似是终于摆脱周身重负，难得轻松片刻。但心中那抹隐忧更为刻骨铭心，他知道，还有太多谜团尚未解开。

"唐大哥。"

唐伯虎看到莫小棋怯生生地站在自己身前，双眼通红，显然刚哭过不久。似是就连抬头看他的勇气都没有。

"莫小姐。"唐伯虎微微躬身施礼。

"唐大哥，你相信我，我和我爹做这一切真的只是为了救你们！"莫小棋先是激动，而后又将脑袋低了下去，轻声嘀咕道，"至少……至少我是这样的！"

她眼下决然不会将莫厉所说的一切告知唐伯虎，这对于她来说，无疑是一场灾难。

唐伯虎看着满心委屈的莫小棋，积压在心中的郁意渐渐散去。不论是千里迢迢来京寻找自己，还是为救自己而与莫厉达成的协议，都使得他无法对莫小棋的这份情意视而不见。

唐伯虎温声说道："莫小姐，你是你，莫老板是莫老板，即使我再怎么不通达人情，也知道你的难处。而且，这次也的确多亏了莫小姐和莫老板，我才得以全身而退。这份恩，我唐伯虎定当铭记在心。"

莫小棋还以为他会埋怨自己，甚至会对自己斥责发怒，没想到，却比之前更加温存，不由暗自欣喜。

"唐大哥，你果真这么想？"

"嗯！"唐伯虎面对盈盈笑意、活泼开朗的莫小棋，心中似是升起一种从未有过的情意，就像当年对待屡屡犯错的妹妹唐秀一样。

"谢谢你，唐大哥！"莫小棋那份天真烂漫此刻却被轻声细语所掩盖。

"棋儿！"这时，传来莫厉的声音。

"唐大哥，那我们到了苏州再见。"说完，莫小棋匆匆向父亲走去，仿佛再待片刻，她会忍不住向唐伯虎吐露一切。

两人登上其中一艘乌篷船，慢慢远离。

“唐公子，”楼华笑脸以迎，但他身后站着的纪辰、于绝和鲁源却神色各异，只有林奴儿始终都低着头。楼华接着道，“这次多亏了唐公子，我们才得以顺利救出奴儿，老夫就此谢过。”

“先生言重了！”唐伯虎微微躬身回礼道，“你我不过是各得其所而已。”他虽然知晓自己与桃花坞有千丝万缕的联系，但在心中疑团未解之前，他仍然分不清对方是敌是友。

楼华嘴角牵起一丝尴尬的笑意，抬起双臂施礼道：“我们也该离开了。唐公子，后会有期！”

于绝和鲁源也依着样子与唐伯虎告别，只有纪辰一脸不屑，与之擦肩而过。

林奴儿却怔怔站到唐伯虎身前：“楼伯伯说，你有话要问我……”

唐伯虎看着林奴儿抬起的面颊，虽依旧憔悴颓丧，但经过简单清理之后，已经露出了原本的样子。

不论是十年前，还是现在，林奴儿身上始终散发着一股拒人于千里之外的气息。唐伯虎还记得，在东郊土窑获救之后，她抱着楼华痛哭的场景。比之前者，他更加相信，那个才是在自己垂髫之年，拉着他穿梭于桃花林中的那个小姐姐。

林奴儿见唐伯虎望着自己发呆，双颊显出一朵红晕。她柳眉微皱，薄唇轻合，嘴角两个酒窝若隐若现。

唐伯虎似是再次回到熟悉的梦境中。

“唐公子，你如若再不说，恕本姑娘不再奉陪。”说着，林奴儿欲要离开。

“嘿，身为桃花坞族长林天佑的女儿，这脾气当真了得！”唐伯虎揶揄道。

“你……”林奴儿心生怒意，但想到楼伯伯所说的大局，她只能强行隐忍，“你想问什么？”

唐伯虎向前两步，开门见山地问道：“我是否出生在桃花坞？”

“是。”林奴儿面无表情。

“那当年我爹又为何选择离开呢？”

“与文林一样，”林奴儿道，“也许是厌烦了桃花坞，想要换个环境生活吧。”

唐伯虎早知对方会如此敷衍了事，逼问道：“那十年前呢？”

林奴儿神色似有躲闪，像是最不愿唐伯虎提起这件事。

“我清楚记得，在下十年前落水之处，与《桃之夭夭》中所画的景致一模一样，怕是进入桃花坞的必经之地。”唐伯虎双眉紧蹙，朗声道，“起初，因为记忆甚是模糊，我以为这一切都是梦境。我与好友再次进入密林，也始终没有找到那个地方。但是，《桃女图》却能证明我落水之后，的确进入过桃花坞。昨日文大人也承认，当年白云山一行，正是你们所安排。现在看来，为的就是将我带入桃花坞。”

林奴儿不置可否，自始至终一言不发，也不去看他一眼。

“而且，我入京之前，楼先生又恰巧出现在天津，甚至易容改名……”唐伯虎冷笑道，“如此看来，不论十年前还是现在，你们都在暗中监视我。另外，听说楼先生不仅精通堪舆卜筮、易容改面，对医术药理也颇有钻研。那我就不得不怀疑十年前，我对桃花坞的记忆之所以变得零零散散，也与他有关。”

“唐公子，你知道你与你父亲哪里最像吗？”林奴儿猛地抬起头，表情冷漠，笑得意味深长。

“我爹？”唐伯虎不禁愣住了，盯着似笑非笑的林奴儿，不知该说些什么。

“你与你父亲都太过聪明，还自以为是。”也许是幻觉，唐伯虎感觉她面颊上挂着戏谑与嘲弄，“往往这种人会遭人嫉恨，使自己和身边人陷入危境……唐广德并非你父亲的本名，他的真实身份，则是前朝成化年间的神机营左提督冷夜蝉。”

“什么？”唐伯虎顿时觉得口干舌燥，双眸忽闪不定。他想到自家后院那个平日里紧锁的房门，铜锁锈迹斑斑，门缝间略微弥漫着几分火药气息。每每靠近，都会换来唐广德的斥责：“和你说过多少次，不要靠近这里！”

他的这份怀疑终于得到证实，原来桃花坞监视的人并非别人，而是自己的父亲！

神机营！这是唐伯虎第二次听到这三个字。他脑海中不由浮现出如星斗坠地的百虎齐奔，在漆黑密林闪耀着电光石火的火铳，还有那个手持斩马刀、头戴银盔的神秘巨汉，甚至高深莫测、自始至终一副带头人架势的莫厉。

唐伯虎再是无知，也知晓想要调动大明三大营之一的神机营，若非位高权重，绝无可能。他隐隐感觉到，隐没在莫厉背后的那股强大势力，超乎想象，甚至足可毁天灭地。这也就说得通，为何莫厉在江南地界可以肆无忌惮、只手遮天。

最为重要的是，林奴儿坦言，唐广德本名冷夜蝉，是前朝神机营左提督，难道莫厉与唐广德早已相识？

“而且，楼伯伯还曾提起，你祖上皇恩颇为荫泽。”林奴儿说道，“你始祖早在初唐就被赐予国姓，单名一个辉，官拜前凉凌江将军。自此你唐家郡望日隆，福荫延绵，加官晋爵自是不在话下。”

唐伯虎精目圆睁，神情恍惚，仿佛周遭过往尽数崩塌。唐广德从未向他提起先祖事迹生平，只说是吴县乡隅的市井布衣。

“那、那为何我爹又要改姓呢？”唐伯虎声音急促。

林奴儿摇了摇头，接着道：“关于此节，你爹从未吐露。但楼伯伯猜测，定是与英宗时期的土木之难有关。”

“土木之难？”

“那时唐泰为兵部车驾主事，命殁土木。之后，你唐族家脉近支迁徙至白下桥李间。至于你爹为何易名冷夜蝉，又是如何成为神机营左提督的，我就一概不知了。”林奴儿冷笑道，“想必也是为了躲避什么灾祸，就如他当年离开桃花坞之后，又改回祖姓一般。”

唐伯虎对于林奴儿的冷嘲热讽置若罔闻，他万万不曾料到，平日里质朴的父亲居然藏匿着如此多不为人所知的隐秘。最为恐惧的是，土木之难、神机营都与遥不可及而又险象环生的大明朝堂紧密相连。

这个唐家似已面目全非，让他不寒而栗。

林奴儿见唐伯虎面色煞白，心中不免生出几分怜悯，但她还是选择继续说下去：“当年，你父亲精通火器制造，甚得宪宗皇帝喜爱。但是锋芒太露，引得神机营右提督周灿忌恨。恰巧那时宦官向皇帝进言，欲要将神机营进行整编，左右提督合二为一。你父亲不论是资历，还是技艺，均为首选。但周灿心怀不甘，与朝中佞臣合谋，欲将你父亲置于死地，从而得到神机营总提督之位。被逼无奈之下，成化六年，你父亲带着怀有身孕的夫人逃到桃花坞境内，被我族人看到。当时你娘快要临盆，族人只能带着他们进入桃花坞。”

唐伯虎不由得想到，父亲那时严令斥责自己骄纵任性、自以为是，当时觉得小题大做，现在想来，难道父亲是怕今后自己会因为性格跋扈而遭人忌恨，甚至追杀？

他满脸惊愕地望着林奴儿，蹙眉道：“我爹娘既要逃亡，为何偏偏选择白云山？难道他们起初就知晓桃花坞的存在？”

“是！”林奴儿一副无甚隐瞒的口气。

“那你可知……”唐伯虎追问道，“我爹娘与桃花坞之间到底有何关联？”

林奴儿像是怀有歉意地摇了摇头：“楼伯伯并未细说，只是简单告知我，你爹与他一样，都是桃花坞的族人。”

唐伯虎更为疑惑：听楼华口气，能以族人称之，那父亲与桃花坞之间的关系绝不简单。林奴儿所说每一个字、每一句话，都是一个更为神秘的天地。他之前还天真地以为，自己在这场波谲云诡的阴谋对弈中占据绝对主动，甚至靠着追查已将神秘面纱渐渐掀开。此番与林奴儿对峙时，却发现一切不过是自己的一厢情愿。

想到此处，他觉得身心俱疲，很可能自以为是的结束，不过只是更为神鬼莫测的开始。

片刻之后，唐伯虎才轻声问道："我爹娘进入桃花坞之后又发生了什么？"

林奴儿接着道："第二天你便出生了，当时是二月初四，寅年寅月寅日寅时，你的名字'寅'也是由此而来。我爹觉得你的出生年月和时辰极为罕见，便将一枚白虎吊坠送给了你。他听说你父亲正被追杀，又拖家带口，就决定留他们长住桃花坞。"

说到此处，唐伯虎将右手放在胸前，他似是能清晰摸出那枚吊坠的形状和纹路。他万万没想到，陪伴自己二十载的传家宝玉居然来自桃花坞。

"在你四岁那年，你父亲决定离开桃花坞。我爹和族人虽有不舍，但也不便阻拦。"林奴儿仿佛照本宣科般说出一切，"而且，他还要求楼伯伯为他们夫妇二人易容改面，希望今后远离朝堂和江湖纷争，过普通人的生活。"

"易容改面？"唐伯虎惊诧而又充满不解地看向林奴儿，问道，"怎么会……我与爹娘生活二十余载，他们如若戴着假面，我不可能没有察觉。"

"因为他们并非只是戴着假面，而是真正的易容。"

"难道是'分筋错骨'术？"

唐伯虎曾听文徵明提到过，此术需对人之面颊皮肉骨骼进行取舍和调整，使五官各处发生细微的改变，继而达到眉骨、颧骨、双腮、鼻梁等部位发生偏差，形成一张全新的面貌。说来简单，却对医者技艺要求甚高。而且，此等技艺早已失传，如若只是依照浅显的道理进行，势必造成无法弥补的后果。

“嗯！”林奴儿点头道，“分筋错骨后，骨骼肌肉会随着时间推移，达到再生。虽不至将面貌整体改之，但不知其理的人，绝对无法认出。所以，从此之后，就如换了一个人似的。”

唐伯虎眉头微皱，只是粗浅听来，对易容改面时的痛楚仿佛感同身受。更令他痛苦的是，自己脑海中爹娘的音容笑貌居然全是假的。他们到底是谁？想到此处，唐伯虎不寒而栗，他颤巍巍地看着林奴儿，问道：“那……那文大人呢？”

林奴儿再次投来同情的目光，她相信如若换作自己，兴许早已不知所措：“族人如若不想留在桃花坞，我们绝不加以干涉。文林自小生活在桃花坞，离开为的只是过寻常人的生活。而你的父母则不然。当时朝廷鹰犬众多，你父亲身为神机营左提督，他们绝不会善罢甘休，定会在各州各县进行搜捕缉拿。所以，他才会求楼伯伯将其易容改面。为的就是让你们一家人今后远离江湖纷争，过上普通人的生活。”

唐伯虎暗自心忖：当时爹娘离开桃花坞，是在我四五岁之时，娘应该正怀着弟弟。也许他们就是为了我们兄弟二人，才想要离开桃花坞。继而，他脑海中浮现出唐广德平日里的严令叱喝和孜孜教诲，为的就是唐伯虎有朝一日可以高中状元、位列朝堂。但朝廷那般坑害他们，爹又为何如此执着，岂不自相矛盾？

“你的父母离开桃花坞之后，音信全无，我们怀疑他们定然是更换了姓名。直到成化二十一年，你参加府试，拔得头筹，名声大噪，唐寅这个名字才意外传入我等耳内。”

“天下单名为‘寅’之人何止百千，你们又是如何断定我唐伯虎就是你们要找的人？”

“因为有人怀疑，你就是我们要找的冷夜蝉之子……”

唐伯虎嘴角冷笑消失，不解道：“是谁？”

林奴儿摇头道：“楼伯伯并未向我透露，只说他离开桃花坞后，一直生活在苏州。你府试夺魁之后，他将这个消息带到白云山。守护秘境的族人看到此人，便带着他去见楼伯伯。”

唐伯虎脑海浮现出一张张和自己有过交集的面颊，但一无所获。

“所以，十年前，你将我推到河中，果然全是你们桃花坞早已策划好的，为的就是通过白虎吊坠来确定我的身份。”

林奴儿眉宇间透着愧疚与寂寥，似是想到多年往事而撕去了早已结痂的心头疮疤：“当时我们也只是怀疑，所以就想着先从那枚白虎吊坠入手。”

“就算你们料定我们会去白云山观景。但我与好友喝醉，甚至进入密林，都是你们所无法掌控的，又怎能保证所有这一切都依照你们所想进行？”

林奴儿苦笑道：“唐公子，难道你觉得就算你不走进密林，我们就没办法将你带到桃花坞吗？”

唐伯虎不禁想到楼华、纪辰、于绝、鲁源等人。

“相反，你走进密林之后，我们才故意将秘境开启，将你推入河中！”林奴儿双手不自觉地摩挲起来。

“如若你们只是为了我所佩戴的白虎吊坠，只需将我三人击晕，或者可更为强硬一些。”唐伯虎想到那晚纪辰的刺客行径，与江洋大盗一般无二，但他只是心中暗忖，并未说出口，“又何必大费周章，将我带到桃花坞呢？”

“很简单！”林奴儿不假思索道，“为了让你忘记。”

果然如此！即使如今一切都早被唐伯虎猜到一二，且一一印证后，却未有丝毫欣喜。

林奴儿接着道：“我们之所以将你带入桃花坞，一是为了确定身份，二是想让你忘记那天所经历的一切。楼伯伯用白花曼陀罗、颠茄和忘忧草等八种药草，调制出可使人短暂失忆的‘海市蜃楼’。

它会对大脑造成损伤，还可能使多年前的记忆淡忘，甚至会让人上瘾，从此变得暴躁易怒，所以……”

唐伯虎满眼困惑，看着林奴儿双颊红晕，脑海中浮现出那所茅屋缭绕的烟雾，还有冒着热气的紫砂壶，滚滚声响散发而出的刺鼻药味，里面定然是煮沸的“海市蜃楼”。

“是你？”唐伯虎苦笑，“这么说来，我那些残存的记忆片段，多亏了林姑娘！”

当年，林奴儿听到“海市蜃楼”很可能将唐伯虎多年记忆完全抹去，实在于心不忍。更何况，那时他在府试中独占鳌头。想到昔日视作弟弟一般的玩伴，很可能因此失去本属于自己的光明人生，她更加心怀愧责。所以，才将药量减少了一半。

“起初，我们并不想出尔反尔，干涉你们的生活。”林奴儿别过脸去，接着说道，“后来族人一个接一个地离开，让我们觉得桃花坞不再安全。恰在此时，得知了你父亲的下落，那些年，我们只是一直在关注你的父亲，生怕他再次搬离，断了联系。后来王申带走了《桃之夭夭》，我们才不得不决定，对唐家进行不间断的监视。也是那个时候，我才知晓你父亲不幸病故的消息。”

“你们为何要这么做？”唐伯虎迫不及待想要知晓答案，提到王申，他又想到另一个谜团，“还有，《桃之夭夭》事关整个桃花坞安危，为何会在王申手上？你又为何会被囚禁在土窑之内？”他明白，只有摸清整件事的来龙去脉，才可判定敌友。

“王申父亲名叫王启，”林奴儿重新面对唐伯虎，幽幽道，“两年前，王启心怀不轨，就曾谋划偷走《桃之夭夭》。而《桃之夭夭》之中，则隐藏着进入桃花坞秘境的线索。他想以此出卖族人，飞黄腾达。”

说到此处，她咬牙切齿：“幸亏我参料到王启的企图，及时与族人一道阻止了他。王启那厮却不知悔改，以死相抗，最后葬身火海。”

唐伯虎不由得想到那幅被烧毁的画卷，以及画卷两侧清晰的楣杆压痕。

“庆幸的是，卷轴只是有几处略有烧毁。”林奴儿接着道，“之后我爹将那幅卷轴交给我，希望能完成修补临摹，再造幅一模一样的卷轴。”

这时，林奴儿微微皱起细眉道，“可恨的是，王申趁我不备，将卷轴偷走。还扬言要借此灭掉桃花坞和所有族人，以报杀父之仇。”她望着唐伯虎的眼神充满了寂寥和落寞，“唐公子，你可还记得你在桃花坞中所作的那幅《桃女图》吗？”

自始至终，唐伯虎一直想不明白，林奴儿为何要带着《桃女图》离开桃花坞。如今看来，他与林奴儿不过幼时玩伴，经过多年沉淀，记忆变得模糊同时，仅存在心中的那丝青梅情意，想必也早已被风雨岁月冲刷殆尽。所以，林奴儿带着《桃女图》离开，这其中定然有更为阴暗的秘密。

林奴儿看着意志消沉的唐伯虎，接着说道：“王申当年不只想着得到《桃之夭夭》，还想得到那幅《桃女图》。”说到此处，她心中百味杂陈，脑海中浮现出十年前的王申，笑容可掬、为人憨厚，甚至有些内敛，不愿与人多说一句话。那时王申经常到茅舍去找林奴儿。看着她画的那些山鸟虫鱼，他总是一副不可思议的模样，可自从王启死后，复仇的意志彻底将那颗原本纯洁无瑕的内心吞噬了。

唐伯虎不解道：“王申为何想要得到《桃女图》？”

“王申从我手中骗取《桃之夭夭》，我为了将功补过，便独自一人离开桃花坞，就想找到他之后，以《桃女图》为饵引他出来，从而得到《桃之夭夭》。”林奴儿答非所问，像是对自己的愚蠢行为进行无休无止的嘲讽，“没想到，我还未表明交易之前，就被他和宁王的犬牙囚禁了起来。不过，也多亏了《桃女图》，我此刻才能站在你面前说出这一切。”

“你还没回答我，王申为何想得到《桃女图》？”唐伯虎对她避重就轻的叙述极为厌烦，大声重复问道。

林奴儿似有踌躇，低头紧闭双唇，似在思考什么。片刻之后，她抬起头，说道：“《神机谱》，王申真正想要得到的是《神机谱》。”

9

“《神机谱》中记载着冷夜蝉研制新型火器的方法和图解。”林奴儿转身看向唐伯虎，接着说道，“更为重要的是，传说中最为霸道的火器——烽火连天也在其列。”

烽火连天？似是小说杂记中才会出现的传说火器，居然是自己父亲研制而成的。唐伯虎除了震惊之外，也感造化弄人。

“但是，王申既然想从我入手找到《神机谱》，为何舍本求末、大费周章地先要得到《桃女图》呢？”他像是自言自语。

突然，唐伯虎似有所悟，看着林奴儿问道：“难道王申只知其一未知其二，虽知晓我这个人的存在，却不知我和我爹早已更名改姓？所以，才想着得到《桃女图》，依照画中笔迹找到我，继而从我爹手中夺得《神机谱》。”

对于唐伯虎的敏锐才思，林奴儿心头划过一丝宽慰。

“十年前，你被我们带至桃花坞这件事，只有我爹、楼伯伯、方先生、纪大哥寥寥几人知晓。”

“那王申又是从何而知？”

“我猜想，这件事定是让王启有所察觉。”林奴儿提到这个人，脸上总是出现一层浓重阴霾，仿佛还能清晰地听到咬牙切齿的声音。

“王启除了是王申的父亲之外，他到底还有什么身份？”唐伯虎问道，“为何如此隐秘之事，他可以窥其一二？”

林奴儿深深呼出一口，道：“他是族中四大长老之一。”

“也就是说，十年前那件事，你们就连桃花坞的四大长老都要隐瞒？”

“是又如何？”林奴儿听出唐伯虎言带讥讽，“我们这样做，无非也是觉得，知道的人越少，对于你和你爹就越是安全。”

唐伯虎暗自摇头，仿佛受够了桃花坞、宁王，甚至是莫厉的虚假伪善，总是将权欲私念粉饰得冠冕堂皇：“林姑娘，恕在下直言，看来你们族人之间并没有表面那般坦诚和亲近。所谓世外桃源，不过与这俗世一样，都是貌合神离、尔虞我诈罢了。”

“你……”林奴儿怒目圆睁，满脸通红，一副要与唐伯虎理论到底的气势。

“林姑娘，我们还是回到正题。”唐伯虎为免口舌之争，急忙劝阻，“依照你的猜想，王启在桃花坞位高权重，再加上他本就存有私心，四处打探后，得知《桃女图》正是冷夜蝉之子所作，还将此节告知了王申。王启葬身火海后，王申为报父仇，从你手中夺得《桃之夭夭》，逃离桃花坞。同时，他还想得到我爹手中的《神机谱》，但王启之前并未查出我就是冷夜蝉之子。所以，王申只能寄希望于《桃女图》的画中笔迹。是这样吗？”

林奴儿转过身去，狠声道：“是！”

“你适才坦言，你为了弥补自己的过错，亲自拿着《桃女图》去见王申。也就是说，王申离开桃花坞时，并未得到《桃女图》。”

林奴儿双唇紧闭，微微点头。

“为何？”唐伯虎盯着林奴儿的背影，双眸像要喷出火来。

“王申巧言令色，从我手中骗取《桃之夭夭》之后，逼问《桃女图》下落，我料定他是想着得到《神机谱》来对付桃花坞，所以就说不知放于何处。当时，他怕再拖下去会被族人察觉，无法脱身，也就作罢。”

唐伯虎心中暗忖：白云山虎踞龙盘，地势险峻，易守难攻。如若不计后果强势冲锋，定然损失惨重。就算借助于《桃之夭夭》成功进入桃花坞，面临以逸待劳的纪辰等族人，又有多少胜算？但是王申只要得到《神机谱》，靠着图谱研制出霸道火器，即使桃花坞高手云集，在百虎齐奔、烽火连天面前，犹如螳臂当车，铜墙铁壁也不堪一击，定会一举攻破桃花坞！对于王申来说，《桃之夭夭》固然重要，但顺势得到《神机谱》，岂不是如虎添翼？

他强忍心中怒气，移步到林奴儿身前，狠声问道：“所以，起初这一切不过只是你们桃花坞与王申之间的仇怨。要不是因为你怀着一己私利，拿着《桃女图》妄图引王申来见你，继而夺得《桃之夭夭》然后杀死他，我也就不会因此卷入这场纷争，暴露在王申和宁王的刀光剑戟之下，还险些丢了性命！”

说到此处，唐伯虎微微愣神，想到父亲之前说自己任性骄纵、自以为是，最终却害人害己。看着林奴儿双眸中闪烁的泪光，他突然觉得自己有些卑劣。

两人都一样，无法逃脱心中的私欲。不计后果的报复与发泄，美其名曰是为了身边人，说到底还是为了填补心中的欲望。

然而到头来，自己仍无法逃离和救赎。相反，却使一切朝着更为阴暗诡谲的旋涡中越陷越深。

难道这不就是自食恶果吗？我又有什么资格怨天尤人！唐伯虎心中一片悲凉。

“每个人生来都有自己的命运与责任，你的责任是你父亲留下的，而我的责任则是帮助我爹守护桃花坞和所有族人。”林奴儿憔悴的面颊上爬满泪痕，看起来极为虚弱，却又露出一丝坚决果敢，“所以，我觉得我并没有错！唐公子，那你呢？你觉得你错了吗？”

唐伯虎哑口无言。回忆经历的这一切，他分不清是对是错，也摸不透此刻的真实心境。

林奴儿嘴角牵起一丝冷漠而苦涩的笑意，幽幽望着沉浸在氤氲中的江面：“人心不论到什么时候，都不知满足。一个地方待久了，就向往起更为殷实多姿的俗尘繁华。而外面的人，却对那所谓虚无缥缈的世外桃源怀着满心憧憬，想方设法去探寻，以满足自己好奇之心。进来的人想出去，出去的人却又想着进来。”

唐伯虎望着林奴儿落寞背影，心中也有同样感慨。归根结底，这些不过都是人的欲望使然。就连当年父母离开桃花坞的理由，他也心存疑虑。

“所以你们就对我进行监视，将我带到桃花坞，还对我……”说到此处，唐伯虎暗自心忖：如果不是因为她，我会不会忘记更多本不该忘记的事。但是，如若当时完全将这一切尽数忘记，也就不会出现之后的梦境，看到《桃女图》也就不会感到丝毫惊讶，说不定也就不会来到京城，陷入这场无法触及边际的阴谋之中。

他心中充满矛盾与纠结。林奴儿当时那么做，完全出于善意。她又怎能想到十年后会因此而牵连出这一切？

是该感谢她，还是该憎恨她呢？

“我知道你在想什么，”林奴儿转过身，似乎对唐伯虎的怒意不屑一顾，“你肯定觉得，我们如若不出现，你和你那些好友，都不会经历这一切。但是……”

她收起冷嘲热讽，面色凝重，理直气壮说道：“别忘了，当年是桃花坞救了你的父母。当时你娘正要临盆，若不是我们及时将他们带入桃花坞，你觉得你现在还会站在这里吗？”

唐伯虎无法辩驳，当年父母二人正在逃避神机营右提督周灿的追杀，处境可想而知。

“我们一直担心，桃花坞早已不如想象般安全了。”林奴儿幽幽说道，“王启叛乱，王申出逃，不也印证了这份担心吗？”

唐伯虎似有所悟地问道："也就是说，你们想用我父亲手中的《神机谱》保护桃花坞，是吗？"

"防患于未然，总归没错。"林奴儿接着道，"事后我们尾随你回到苏州，楼伯伯顺理成章见到冷夜蝉。你父亲却说不想再与朝廷和桃花坞有任何牵连，所以在离开桃花坞之后，就将《神机谱》付之一炬。"

她步步逼近唐伯虎，问道："唐公子，如若是你，会将付诸一生心血的作品烧掉吗？"

唐伯虎犹豫片刻，与林奴儿四目相视，苦笑道："有何不可？只要能远离这些纷争，我宁愿自己不是唐伯虎。"

林奴儿转过身去，抬头望去，团团浓重的黑云越压越低。

唐伯虎看不到她此刻的神色，只觉得气氛如此刻的天色一般，正在孕育着什么。

"唐公子，你就不觉得你父亲的死，太过蹊跷了吗？"

轰隆一声炸响，浓云密布间划过一道闪电。

闪电仿佛划过天际，不偏不倚地劈中唐伯虎。他感到五脏六腑为之翻滚，身上每寸肌肤都像是有虫蚁爬过。

他一直觉得当年父亲之死，略有蹊跷。事后他一蹶不振，被赌坊暗算，欠下巨额赌债，不得已才用唐宅作赔。赌坊的人将后院那道锈迹斑斑的铁锁撬开之后，发现父亲长久以来保护的那间房舍居然空无一物，早已被搬空。身为仵作的唐申亲自验查唐广德的尸体之后得出结论，确实是无故猝死。所以，大家都将父亲之死怪罪在唐伯虎头上。即使他认为太过巧合，最后还是将自己锁进深不见底、充满罪孽的深渊。母亲和唐秀的相继病亡，也使他的罪孽之路更加深远。就像坠入炼狱，亲尝百万年的钻心剜骨之痛。

父亲为何会将那间屋子搬移一空？唐伯虎当时不解，如今心中却生出连自己都恐惧的答案：难道父亲早已料到会不久于人世，才作此决定，为的就是不想让人知晓他的真实身份？也许就连母亲都被刻意隐瞒，怕的就是我们重蹈覆辙，与桃花坞和朝廷发生牵连，深陷难以预知的危境？

他越想越觉得心惊。三位至亲的性命，仿佛是压在唐伯虎肩头的三座大山。又有谁会知晓，他心中的痛楚到底有多深多疼；又有谁会知晓，他这一年多以来，承受了多少懊悔与愧疚的折磨。

他如同行尸走肉一般，向林奴儿走去，杀意呼之欲出。

林奴儿不禁慢慢向后退了两步。突然，唐伯虎紧紧抓着林奴儿双臂："我父亲到底是怎么死的？是不是你们因为得不到《神机谱》，就怀恨在心，杀人灭口？"

唐伯虎声音越来越大，震耳欲聋。

林奴儿向楼华等人看去，纪辰似有所动，却被楼华制止了。她抬起头，明眸之中丝毫未有惧意，说道："唐伯虎，你真以为你爹是被我们桃花坞所杀吗？他不交出《神机谱》，我们即便杀了他，又有何用？而且，你别忘了，比起桃花坞，还有更多人想得到《神机谱》。甚至你爹的死，也可能是当年土木之难埋下的祸根……"

"是谁，到底是谁？"唐伯虎情绪失控之下，像疯了似的吼道。

林奴儿咬紧牙关，凝声静气道："也许是朝廷，也许是异邦外族，也许是神机营，还有莫厉。比起桃花坞，这些人不是更加可疑吗？"

莫厉！唐伯虎想到土窑外的火铳与百虎齐奔，猛然松开林奴儿双臂，向岸边看去，那艘载着莫厉与莫小棋的乌篷船早已离去。

林奴儿双臂处一阵僵硬，但她不退反进，走到唐伯虎身边，接着道说："对于你父亲的死，我们也只是猜测。"她对唐伯虎所承受之痛，仿佛感同身受，声音不禁温柔许多，"唐公子，如若你父亲之死真的与桃花坞有关，试问我又怎会将这些告知于你？"

唐伯虎低眸冷对，漠然问道："那你为何要说？"

这真的是我想要得到的真相吗？他心中的傲气荡然无存。

林奴儿脑海中不禁浮现出幼年时的点点滴滴，她的声音似乎更轻了：“适才在车辕上，楼伯伯说，你父亲刚刚进入桃花坞时，自己曾见过一次《神机谱》，当时我们并无觊觎之心。他看得真切，你父亲长久以来，一直将重要书信手札夹藏于《神机谱》之中。”

唐伯虎冷哼一声，言语之中夹杂揶揄：“嗬！绕了半天，不过是想让我替你们找《神机谱》罢了！”

林奴儿听着唐伯虎的嘲弄，却未有动怒，双眸紧闭，似是不愿看到。

乌云中一道闪电再次划过，空中坠下豆大雨珠。

唐伯虎看着林奴儿向岸边乌篷船走去，心中还有最后一个疑问。然而良久后，方才落寞地自言自语道：“第一道秘境和紫色桃花……”

雨势骤急，风声呼呼作响。

正欲离开的林奴儿停下脚步，背对着怔怔发呆的唐伯虎，一句话都不敢说，甚至都不敢转身。

唐伯虎双颊沾满玉珠，透过狂风，他作着最后嘶喊：“你们到底是什么人，桃花坞到底隐藏着什么？那紫色桃花又为何物？”

林奴儿转过身子，嘴角牵起一抹笑意，与他脑海中本有的笑意十分契合，就连嘴角那两个酒窝都变得极为清晰亮丽。

她迎着疾风高声喊道：“唐公子，后会有期！”

唐伯虎见她走进楼华、纪辰等人所在的乌篷船，缓慢离开岸边。

他从怀中缓缓掏出《桃女图》，在身前展开，雨珠落在纸面。迤逦连绵的高山、潺潺流淌的桃花河、追打嬉戏的妇孺、错落有致的茅舍，还有一株株绚丽烂漫的桃花树和沐浴明光下的桃女，还有朵朵神秘诡异的紫色桃花……

这时，远处传来文徵明等人的呼喊声。唐伯虎抬起右臂，《桃女图》在呼啸狂风中摇曳飘荡。雨水向纸面慢慢扩散，似是河面那片片涟漪。每一线、每一点逐渐消失，直至化作一张白纸。

10

洪武十五年，马皇后病逝，谥号“孝慈”。九月，下葬其陵，名曰孝陵。洪武三十一年，太祖皇帝朱元璋驾崩，启用地宫，与马皇后合葬。明孝陵坐落于南京紫金山南麓独龙阜玩珠峰下，修建历时共计三十余年，规模空前，厚重雄伟，猩红围墙内享殿巍峨，楼阁壮丽，周长百丈许。

夜空俯瞰，从下马坊到宝城，陵墓神道纵长也有百丈许，如同一柄横陈千里的利刃。周围被松涛林海簇拥环绕，浓重夜色下，清风徐来，仿佛身披墨绿铠甲的汹涌之师。

进入大金门，没走几步，就能看到驮碑龟趺上立着大明孝陵神功圣德巨碑，上书朱棣亲笔洋洋洒洒的两千七百余字，雕琢瑰丽，皆是颂扬太祖皇帝文治武功。此举似是展现他的宽广胸襟，或是告诫天下，他并非离经叛道之辈。

经过御桥之后，神道两侧十二对巨大石兽姿态各异，或跪或立，夹道迎侍。雄狮、獬豸、骆驼、巨象、麒麟、骏马，雕工圆润，风格粗狂，气魄宏大。再往前那八尊阮翁仲石像，相对而立，或身披甲胄、手持金盾威风凛凛，或头戴朝冠、手持朝笏毕恭毕敬，更增庄严肃穆。

巡夜兵卒每每从此经过时，都不禁向石像偷瞄，似乎总怕在夜色下，它们化为血肉灵躯，将自己吞噬一般。

尚铭手中扫帚轻轻划过白玉地面，沙沙作响，落叶一团一簇好不容易聚拢在一起，巡夜的兵卒却若无其事地踩散。他暗自叹息一声，不厌其烦地再将它们慢慢归置一处。

这里应该洁净了吧？他在心中暗自问着自己。蹲下身子，将枝叶扫进簸箕，倒入身旁竹篮之中。竹篮一侧挂着绳索，他挎在肩头，拿着簸箕与扫帚，向下一处行去。

寂静夜色中，沙沙声显得格外清脆。

这时，尚铭扫至阮翁仲石像前，不禁直起腰身。高达丈余的石像在月光映衬下威严赫赫。他嘴角牵起一丝冷笑，脊背靠着石像慢慢下滑，坐在冰冷的白玉地面上，举目远眺，心中更是久久无法平静。

“来这里多少年了？七年，还是八年？都这么久了……”他又扭头看去，透过夜色，在月光照耀下，远处宝顶微露一角，金灿灿的瓦片显得有些黯淡无光。由于尚铭是孝陵司香，所以要负责每日的烧香事宜，他不止一次在这个时候站在宝顶向下望去。目及石像神道，他脑海中总会浮现出“石马嘶风翁仲立，犹疑子夜点朝班”的诗句。

朱元璋，你死都死了，还喜欢这般摆弄权威。

尚铭扶着石像慢慢站起，将竹篮挎在肩上，拿起扫帚和簸箕，嘴里低声嘀咕道：“我要是你！死之前，定然将这一切都毁了！”

今夜，他似是有种预感，有人会在司香房等候，所以，便打消了去宝顶上香的念头。

司香房就在神道东北角金水桥旁。说是司香房，不过就是一件普通茅屋。

尚铭推开篱门，将竹篮、扫帚和簸箕整齐地摆放在角落，拿起水瓢盛了一些清水，走到门前院落左侧的一处菜地。蹲下身子，借着屋内亮光看去，见一株菜苗枯黄发蔫。

“哟！”他暗自感叹一声，急忙在菜苗底部浇了一些水。这时，身后传来窸窣脚步声，很轻。尚铭站起身子的时候，像是很费力，带着轻微的呻吟声。

暗处站着一个人，黑袍将整个身子和脸颊一同遮掩起来。

尚铭未露丝毫惧意，神秘人毕恭毕敬尾随其后，两人一同走进茅屋。

茅屋中陈设简陋，墙壁上挂着斗笠蓑衣，角落放着锄地用的钉耙，木桌上的灯盏摇曳不定，尚铭捻了捻短小的灯芯，屋子里的光线这才亮堂了一些。放眼望去，还以为走进普通农夫的家中。

但是，屋子上空却充斥着一股甜腻的味道，与尚铭身上的味道极为相似。闻久了，使人作呕。

尚铭坐在残破木凳上，倒了一盏苦茶，低头轻呷，示意让神秘人也一并坐下。

“这里没人，不必再这般遮遮掩掩。”尚铭放下茶碗，茶中苦涩似乎使他精神焕发。他腰身挺直，双手放于双膝之上，柔声道：“说说吧，这次进京可有什么斩获？”

“是！”神秘人答应一声，摘下斗袍，赫然是别离楼的楼主——莫厉。

皇宫，西暖阁。

朱祐樘手中的书信冒着朵朵火焰，像在昏暗烛光中跳动的精灵。密密麻麻一行楷书如同爬满纸面的蝼蚁，在炙炎吞噬下，落入铜盆，逐渐化为灰烬。他似乎总怕燃不尽烧不透，蹲下身子，呆呆望着变成灰黑、却仍然负隅顽抗、苟延残喘的火苗。

终于，他嘴角露出一抹邪笑。

锦衣卫指挥使牟斌仿佛一根冰锥，一动不动地站在御阶下。

朱祐樘面颊上挂着一丝顽劣，站起身子，深呼一口气，拍了拍双手，重新坐到以赭黄地毯铺就的御案后，随意拿过一张奏折，提起朱笔，准备批阅。

“说说吧！”他冷冷道。

此时西暖阁只有牟斌一人，他急忙转过身，见铜盆中一团灰黑，开口道：“宁王尸首在土窑一处密道被发现，似是被人刺死的。从横陈在土窑前的尸体来判断，卑职以为，此次叛乱应该涉及三队人马。其中包括宁王所辖兵卒，还有神机营的人，最后一组人马身穿黑衣，并无什么特征。”

朱祐樘将批阅完的奏折放在另外一侧，细长清秀的双颊上露出一抹笑意，问道：“牟斌，你觉得宁王在东郊外建土窑意欲何为？”

“这……”牟斌黝黑铁青的面颊上现出一丝迟疑，“卑职也不知。不论是土窑，还是内里密道，都是那晚逃跑兵卒代为开启的。卑职问他们之前此处关押过何人，尽数不知。”

“真不知？”朱祐樘追问道。

“卑职无能！”牟斌急忙躬身施礼，“卑职以为，他们定然被某些人封了口，所以才不敢如实相告。”他微微抬起双眸，不料却与朱祐樘暗含肃杀之气的眼神相撞，急忙再次将头低了下去。

朱祐樘冷哼一声，继而剧烈咳嗽起来。过了一会儿，他深吸一口气，走下御案，来到牟斌身前，低声道：“你可是锦衣卫指挥使，居然也有你撬不开的嘴？”

“人生在世，有些东西，比性命还重。”牟斌脑海中浮现出，审讯宁王逃跑兵卒时的惨烈场面，有的被活活折磨致死，有的不堪忍受，咬舌自尽。充斥牢狱的那股腐臭和血腥，牟斌现在想起，仍然不寒而栗，直犯恶心。他有感而发，才自顾自言语。突然，他察觉自己言辞之间似有不当，急忙跪在朱祐樘身前，说道：“卑职罪该万死，还请皇上降罪！”

朱祐樘低头看着牟斌，喉间一痒，又想着咳嗽，却被他硬生生压了下去。他扶起牟斌，说道：“你说得对，何罪之有啊……那个王申找到了吗？”

牟斌摇头道：“事发之后，王申不知去向，再未在宁王府出现。”

“看来宁王私下屯兵、意图谋反之罪是坐实了啊！”朱祐樘黑亮的发丝梳理得十分齐整，发髻插着一根玉簪，赭黄御袍在昏暗灯光下如同他的声音一样，模糊朦胧。

“卑职以为，还有一人，也许知道些什么。”

“哦？”朱祐樘转身问道：“是谁？”

“唐伯虎。”牟斌面色阴沉。

“他一个画画的知道些什么。”朱祐樘意兴阑珊地重新坐回凳榻之上。

“卑职认为抓回来详加询问，兴许会问出一些线索。”

朱祐樘摆了摆手，揶揄道：“有些事，不是你抓来严刑拷打之下就能解决的。之前宁王手下那些兵卒可谓前车之鉴。”

“可是……”

“唐伯虎这个人，朕自有安排。”朱祐樘瞥了牟斌一眼，双眸中充斥着不容任何人抗拒的坚决。

这时，门外传来小太监的尖利低语：“皇上，司礼监掌印太监怀恩求见！”

“阿叔，进来吧！”朱祐樘轻咳一声，朗声说道。

牟斌正要回避，却看到皇帝举手示意，这才如往常一样，像一尊泥塑般伫立在一侧。

怀恩身穿青色的内监官袍，苍发盘髻，他身材本来高大，现今却有些佝偻。他脚步匆匆地走到御案前，正要下跪，朱祐樘说道：“阿叔免礼！”

“谢皇上！”怀恩面颊布满褶痕，忧虑与烦闷深深镂刻其中。

“阿叔，有什么事吗？”朱祐樘再次拿起奏折和朱笔。

怀恩看了一眼牟斌，拱手说道：“老奴敢问皇上，宁王土窑谋反之事，可都查清楚了？”

“此事朕已下旨，就不劳阿叔操心了。”朱祐樘似是刻意回避怀恩咄咄逼人的目光，只是低头专心批阅，声音颇为冷淡。

“皇上所说的下旨，是将宁王子嗣贬黜江西南昌吗？”

朱祐樘朱笔停在半空，抬头望向怀恩:“听阿叔口气，是觉得朕这道旨意有欠妥之处？”

“老奴不敢！”怀恩脊背发凉，“但是……皇上，谋反之罪并未完全坐实，罪证和人证不详，在此情况下罢黜，是否过于草率？”

“草率？”朱祐樘身体微微前倾，反问道，“宁王私自在东郊建造土窑地牢，那晚共有不下千名兵卒，朕却丝毫未有察觉。阿叔，你觉得这算不算大逆不道？”

怀恩胸前起伏不定，终于鼓足勇气，直视皇帝，不卑不亢道:“皇上难道也相信市井那些虚言妄语，只因宁王朱权与成祖合谋叛乱，就一口断定朱奠培也同其祖一般，有篡位之心吗？”

朱祐樘狠声道:“劣根难除！朕问阿叔，你可曾想过，当年朱权之所以答应成祖出兵，到底是想让兄弟做皇帝，还是他自己呢？”

怀恩一怔，望着朱祐樘阴阳不定的面颊，心中升起一丝惧意，音量不由得压低了一些:“皇上，您还记得当年将老奴从凤阳接入京城时所说的话吗？”

朱祐樘没有说话，怒火悄悄散去。

“皇上说，想要建立一个长治久安、天下太平的大明朝。”怀恩语重心长说道,“当年，朱奠培驻军江西，形同藩镇。而其子朱觐钧实乃大将之才，所以老奴才斗胆向皇上进言，将宁王召回京城。表面看来是升召，实则是将宁王府上下视作人质，掣肘朱觐钧，让他在边关有所忌惮，一心抵抗鞑靼、牙兰等外族蛮夷。如今，皇上不明不白将宁王上下贬黜，还赐谥号‘宁靖王’。”

说到此处，怀恩面露苦笑。此次罢黜，皆因东郊土窑之事而起。朱祐樘赐死去的朱奠培为“宁靖王”，论谁都看得出其中饱含的嘲弄与深意。

“试问，远在边关的朱觐钧得知这一切，又将作何感想？”

“够了！”朱祐樘大喝一声，将朱笔摔在御案上。

别说怀恩，就连一旁站立的牟斌都惊出一身冷汗。

“他作何感想？”朱祐樘走到怀恩身前反问道，“阿叔，朕才是这大明之主，难道朕做什么，说什么，还需经过他朱觐钧亲允吗？”

怀恩低头，默不作声。

“阿叔，你还记得尚铭为什么会被贬黜到孝陵扫地吗？”朱祐樘的声音如暗藏水面下的狂潮，逐渐大了起来，“还记得你是如何取而代之，成为如今司礼监掌印太监的吗？”

怀恩喉咙吞咽，心中残存的暖意也变为千层冰凌，暗忖：如今皇上居然拿我与尚铭相提并论！他抬起双眸，面对难测的君心，丝毫不惧，而是以一种近乎平静的声音说道：“老奴明白！”

牟斌也清楚，朱祐樘为何如此动怒。明朝建立之后，历朝历代的所有奏折都要经过司礼监掌印太监之手，最后完成批红，手中权力可想而知，满朝文武怎能不以礼相待？而尚铭，则是前朝司礼监掌印太监。正是由于内监干政，才使得前朝妖孽横行、乌烟瘴气。所以，朱祐樘登基之后，第一件事就是将尚铭贬黜到孝陵。之后，召回远在凤阳的怀恩取而代之。但是，对于所有奏折批红部分，自始至终都是朱祐樘亲力亲为，不让任何人染指，以至于这些年，皇帝睡眠从未超过两个时辰。

如今，面对怀恩的咄咄质疑，朱祐樘只觉这些年的努力都付诸东流，形同虚设一般，他又怎能不万分动怒？

怀恩心里明白，如今的皇帝不再是那个初登大宝的懵懂少年了。

雄心壮志有些时候也成为皇帝肩臂上的无形压力。重压之下，难免使自己变得更为坚强壮硕。同时，也更加谨小慎微、诸多猜忌，以至苦口婆心的劝谏会被误读为干涉朝政的谗言。

他，不再需要我了！怀恩心中也不知应该欣喜，还是哀恸，他重重叹了一口气，躬身说道：“老奴告退！”

朱祐樘望着怀恩苍老佝偻的背影，心中生出不忍，继而狠狠压了下去，取而代之的则是无助和悲凉："阿叔！"

怀恩背对皇帝，驻足而立。

"朕想让阿叔明白！"朱祐樘面色冷峻而坚决，"朕，从不是螳螂和蝉。"

怀恩心中品味着皇帝这句意味深长的言辞之后，脑海中浮现出朱祐樘身上穿的赭黄龙袍，幻化成由一片片闪烁金光的龙鳞拼合的丰满羽翼。

他笑了，笑得那般自然而满足。

朱祐樘重重坐回御榻，眼神呆滞，环顾西暖阁，仿佛雕廊画柱之上都罩了一层冰霜，冷得毫无生机。

孤家寡人……他心中暗自自嘲。

朱祐樘站起身，眼神瞥向如同石像守卫般的牟斌："你陪朕出去走走！"

入夜后的皇宫，就像是一个钢铁铸就的巨大牢笼，处处透着阴寒。狂风骤雨终于停歇，石板地面上还残存着些许积水，踩踏声在这死寂一般的深夜清晰可辨。

牟斌和小太监安静地跟在皇上身后，他们绕过西暖阁回廊，通过后院拱门，来到东边的新葺院落。昨日还布满黄土的地面变得一尘不染，比正殿前的御阶还要明净。只是，轻嗅之间，还能闻到空气中弥漫着狮壤独特的土腥气。

四周无房无舍，也没有种植哪怕一株花草树木。院落中央却被汉白玉围绕成一个巨大的正方凹坑。起初，牟斌以为此处会建一座池塘，世间各色鱼种在池水中尽情游动。甚至，他觉得在中间立座巍峨假山更加相得益彰。万万没想到，朱祐樘为的只是一株树，一株就连他看到都会不寒而栗的诡树。

牟斌记得，第一次见到这株诡树，是刚刚加入锦衣卫时的事情，当年自己不过十七岁。那时，它还屹立于慈宁宫大佛堂外的空地上。

一簇簇紫色花蕾交相辉映，粗壮的树干威严挺拔。听说，此树是在永乐年间从南京皇宫搬移而来，最先一直种植在得闲阁前。

如今，树干更为雄壮，枝叶更为繁茂，入春之后，朵朵紫色桃花争相开放，仿佛一夜之间，整个天空都蒙上一层神秘而诡异的紫纱。

“你们知道，它来自何处吗？”朱祐樘幽幽望着紫色桃花在夜风中轻轻摇曳，眼神温存，就像盯着一个身穿紫衣的女子。虽然常年克勤克勉、忙于政务，始终不易入睡，但每每来此，朱祐樘的心中就升腾起说不出的平和静谧，再不用顾忌文武百官之间的尔虞我诈和一叠叠表章奏折。所以，他想为它修一座新宫，就叫“花下眠”。不建任何房舍，不种任何花草，仿佛这一切都只会玷污了它。

见牟斌和小太监默不作声。朱祐樘自顾自说道：“朕小时听母亲说，这株神树来自哈密。此树不仅长有紫色花瓣，而且根须所及之处，不能再种植同一棵。否则，会尽数枯死落败。”

两人还是第一次听到这个传闻，仿佛为这棵所谓神树更增添了几分诡谲。

“如此不顾生死的孤傲，想必从古至今也只有它吧！”朱祐樘言辞意味深长，眼神却极为落寞，神伤之余，又难掩那一丝兴奋。

11

唐伯虎重新回到苏州，就如同他离开时一样，并未引起太多人的关注。直至他高价赎回坐落于阊门内街的唐宅，大街小巷才传出他入京发了一笔横财的猜想。一时之间众说纷纭。

“京城有一家比别离楼还要气派的花楼，名唤花满楼。唐伯虎以一手妙入毫颠的‘海棠生香’之技打败了京城所有画客，不仅受到花魁青睐，还获得巨额赏银，这才有了他重回苏州，赎回唐宅的后话。我可并未胡说，这都是唐伯虎好友徐经所言。”

就在众人将这条流言，传得越来越匪夷所思之时，又发生一件事，使得唐伯虎进京之后的故事更为扑朔迷离。

入冬前，彩云坊突然关门停业。没过三日，许多瓦匠泥工聚集于此，忙碌翻修。起初，大家也并未在意，生意门道本就充满变数，今日还门庭若市，如若遇上天灾人祸，自然要变卖家产，以此来渡过难关。大概又过了半月，这爿店铺却成了一座酒馆，高檐下挂着一块黑底金字的长方牌匾。“桃花庵”三个字铁画银钩、雄健洒脱，有些行家里手认出正是祝枝山笔迹。而且，彩云坊本就是唐广德所开酒馆的故址，很多人都不禁联想到唐伯虎。

腊月十六，桃花庵正式开张。

当天，鞭炮齐鸣之后，人们透过浓浓蓝色烟雾，看到徐祯卿、文徵明、祝枝山，还有专程从江阴赶来的徐经。惊魂未定之际，人群中先是挤进几名衙差，后又跟着曹凤、沈周。唐伯虎、唐申兄弟二人与诸好友站在横阶上拱手相迎。

之后，桃花庵中就很少再见唐伯虎的身影，倒是见唐申和发妻冯氏每日在酒馆里忙前忙后。

市井传言，唐伯虎有能力将唐宅和酒馆一并收入囊中，绝非在花满楼夺魁那般简单。思来想去，有些好事之人就说唐伯虎答应迎娶莫小棋，对于莫厉来说，这爿方寸之地简直九牛一毛，当作女儿的嫁妆又何尝不可；还有人道听途说，唐伯虎在京城偶遇当今皇帝，皇帝对其才情画技钦佩不已，就赠与唐伯虎百两黄金。

而唐伯虎性格的转变，也为芸芸猜测蒙上了一层更为神秘的面纱。

有人亲眼看到唐伯虎将腰间那个酒葫芦怒摔在地上，踩踏粉碎的场景。而且，赌坊花楼也再难寻到他的身影。只是会偶尔撞见唐伯虎与好友雅聚桃花庵，与唐申一同饮酒畅聊。这时，大家就更为不解。到底发生了什么，使得唐家两兄弟冰释前嫌、重归于好了呢？

事实上，苏州城已有很多人从府衙衙差口中得知确切消息，称唐申已再不是府衙仵作，而是子承父业，成了桃花庵名副其实的老板。而且，夫妇二人也搬入阊门内街的唐宅，与唐伯虎生活在了一起。至于酒馆各项事宜，唐伯虎从不过问，全权交于弟弟和弟媳打理，他整日紧闭房门，像是重新拾卷，开始用功苦读。

在此之下，就不免延伸出，唐伯虎做这一切，为的就是三年后会试恩科的猜想。

随着年关将近，尤其腊月二十三过后，筹措年货、祭祀家祖、打扫房屋，大家都为辞旧迎新里外忙碌着。所以，关于唐伯虎摇身一变的街头巷闻，也慢慢在凛冽寒风中消散殆尽。

今天是大年三十，桃花庵虽早早闭门歇业，但透过宽大厚实的门板，仍可清楚听到店铺内一派欢声笑语。

唐伯虎、唐申、文徵明和祝枝山将前厅大部分的桌椅长凳归置到角落，在大厅中央留出一片宽阔空地，再将两张方桌拼在一起，周围放下四条长凳；祝枝山发妻李氏和唐申发妻冯氏则在后堂忙得热火朝天，案头大大小小的碗碟中，盛着刚刚洗摘好的瓜果菜蔬和各类肉食；徐祯卿花着脸，焦急等着滚滚而燃的柴火变为黑色木炭，他五官紧紧凑在一处，表情十分滑稽，引得众人嬉笑不迭。

自从徐敏亡故之后，陈氏只与徐祯卿相依为命，过年时一老一少，颇为冷清，她已经很久未亲临这般热闹与温馨了。她静静坐在一旁，看着这些年轻人忙前忙后的样子，笑得合不拢嘴，面颊上每条纹褶似都烙刻着喜悦。

“准备开饭了！”一声长喝。徐祯卿端着一顶紫砂锅蹑手蹑脚走入前厅，将其摆放在中央桌案之上。他看着锅底方孔内蹿出的朵朵火焰，略带得意。

李氏和冯氏将碗碟一一围笼在紫砂锅周围，然后在锅中倒入早已调制好的酱汤。一会儿工夫，酱汤滚沸，袅袅香味蒸腾而起。唐申掀开身前酒坛的封口，阵阵桃花香气弥漫四散。

唐伯虎夺过酒坛，将桃花酒一一倒入身前横向排开的浅碗之中，再将其递给在座各人。

“这第一碗酒，我唐伯虎当仁不让。感谢各位一年来的帮扶相持。”说完，一饮而尽。

众人脸色各异，五味杂陈。

唐申和冯氏面带愧色，文徵明、徐祯卿和祝枝山感慨万千，只有李氏和陈氏不知其中深意，看着焕然一新的唐伯虎，甚为欣慰。

席间，觥筹交错。酒过三巡之后，众人微微带着醉意，笑着追忆过往，仿佛之前京城那场险象环生的对弈从未发生似的。只是徐祯卿不合时宜提到莫小棋时，弥散在上空的烟气才稍稍凝滞片刻。唐伯虎急忙岔开话题，说是这段时间在书法上遇到诸多壁垒，想留祝枝山今晚与自己彻夜研习。还打趣要向李氏讨假，难为嫂嫂大年三十独守空阁。

喧嚣过后，偌大的店铺只剩唐伯虎和祝枝山。祝枝山一边茗茶，一边安静地看着陷入梦寐的好友。

唐伯虎枕着右拳，嘴角荡漾着与店内昏柔烛光十分相称的笑意。

祝枝山心头不觉地升腾起一股莫名感伤，低声呢喃着：“你这一年真正受累了，好好歇歇吧！”

唐伯虎像是被吵醒，幽幽睁开双眸，看到敞开的门板已经挂上，杯盘狼藉的桌面也被收拾洁净，只剩下一个茶壶和两盏茶碗。

“我还以为你要一觉睡到天亮。”

“之前玄妙观的严立早和我说，梦境比现实的流转要缓慢数十倍。现实只过去一个时辰，在梦境中却是几天几夜。”唐伯虎将茶水倒入面前茶碗，一股幽淡清香扑鼻而来，“上等的秋后雨花！”

祝枝山笑道：“老丈人年前赠与了一些，过年也不知送些什么好，就想着伯虎你之前喜欢南京雨花，权当借花献佛了。”

唐伯虎也未客套，接着道：“枝山兄，如若这世上有一种药物，可使人安然入睡，期间也用不着吃喝进食，那岂不是就可在梦中一直长眠下去，再不用回到这劳累困窘的俗尘。”

祝枝山不以为意，语气颇为冷漠：“美梦也就罢了，如果你喝下药物之后，恰巧进入更为可怕的梦魇，又当如何？”

唐伯虎思前想后，好像在喝下药物之前，怎样都无法确定梦境是福是祸，附和道：“嗯！一向都是枝山兄思虑周全。”

“伯虎，你可曾向唐申兄弟提起桃花坞？”祝枝山声音很轻。

唐伯虎摇头，觉着茶味苦涩。

祝枝山舒了口气，道：“这样看来，唐申兄弟这一年来之所以态度强硬，只是不忍看到你自甘堕落罢了。如今你不仅赎回唐宅，修葺酒馆，还重新闭门苦读，想必他也觉着之前对你的怨愤实在有些钻牛角尖了。”

唐伯虎神色漠然，像在思考心事。

祝枝山瞥了一眼好友，叹息声在胸腔内嗡嗡作响，犹豫片刻，说道：“伯虎，我比你年长几载，倚老卖老说几句。逝者如斯，一切发生了，终究无法改变，还需珍惜眼下。比起江湖朝堂的血雨腥风，现在的生活才真正属于你我。”

唐伯虎自嘲道：“枝山兄，你说我们唐家人是否都有些钻牛角尖呢？”

祝枝山双眉不由得蹙在一起。

“还记得你之前与我提起的‘一线天’吗？”

“一线天？”祝枝山这才发觉，从京城回到苏州之后，他已经好久未与唐伯虎畅聊谈心。隔三岔五的偶聚也极为短暂，很快就各自散去。这些时日以来，唐伯虎在做什么想什么，也只是听得旁人只言片语。想到此处，他心头莫名颤抖了一下。

“当年你缠着我与徵明收昌谷为徒之后，我们四人一同到杭州游历。”唐伯虎嘴角荡漾着无比温存的微笑，“在西湖泛舟而行，夕阳西下时，昌谷与徵明已是醉得不省人事。你我二人坐在船艄，看着火烧的天空与暗影波光的江面连为一线。那时，你第一次与我提到机关术。”

祝枝山听到酒馆外寒风凛冽，肆无忌惮地拍打门板。手心渗出的汗水微微透着凉意。他身体一紧，拿起茶盏时，发现茶水已然凉透。

“机关术有小术与大术之分，而小术中多以暗匣为主。暗匣之术中又以师父祖传的‘一线天’最为烦琐多变。”

祝枝山暗自吃惊，唐伯虎竟回忆得一字不差。

“之后，我与徵明才知你通晓机关锁簧之术，但每每问及你师承何人何处，却都遭你搪塞敷衍。”唐伯虎道，“这世上再是亲近之人，心中难免都藏着难言之隐。所以，我也并未在意。”

“伯虎，你到底想说什么？”祝枝山从未如此心慌意乱。

唐伯虎笑容消失，神色黯淡，视线孤零零落于桌面，声音也变得低沉而悲戚：“我爹很少作诗吟赋，三年前我曾去过一次他的书房。墙壁上没有书画，凌乱的桌子上却单单铺着一张白纸，上面写着十四个字——若将显者比隐士，一在平地一在天。”

祝枝山猛地抬起头，喃喃吐出三个字：“一线天？”

唐伯虎久久盯着面前好友，像在确定什么。过了一会儿，展开笑颜，点头道：“当时无法领会这十四字的含义，如今细想，后绝七字的确与枝山兄口中那‘一线天’有异曲同工之妙。至于前绝七字，如今理解起来就颇为清晰了。”

是啊！不论是前朝神机营的左提督冷夜蝉，还是在土木之难后，突然迁徙至白下桥李间的唐家近支，唐广德的真实身份的确可算得上“显者”，至于“隐士”想必暗指他易容之后，藏匿苏州，靠经营一爿酒馆度日的生活写照。祝枝山暗自思忖起来。

“思及至此，我也单单只是怀疑，枝山兄口中所说的一线天是否与我爹所书那后绝七字有所牵连呢。”唐伯虎道，“桃花庵开张那日，我看到徐经时，突然冒出一个想法。小术与大术的提法，像是似曾相识。仔细回忆才想到，的确与史籍中关于香山帮的一句记载有些类同。”

祝枝山听到“香山帮”三个字，惊诧万分，就连鼻下那两撇虬卷的髭须都微微抖动着。恐慌之余，心想：伯虎定是想到江阴与香山毗邻，才有这份猜疑。

“天下木工巧匠皆出香山，而香山帮木工又分为大木和小木。”唐伯虎为了缓解气氛，语气显得有些轻佻，“大术、小术；大木、小木。一个是隐秘诡谲的江湖奇术，另一个则是正大光明的谋生手艺。那一小点，真可谓画龙点睛、意味悠长啊！”

他看向祝枝山时，神情肃穆，问道：“枝山兄，我只问一句，还望你如实相告，你的师父是否香山人氏？”

祝枝山先是点头，而后神色大变：“伯虎，你是怀疑我师父和你爹早已相识？”

唐伯虎未作应答，站起身走至后堂，返回时双手捧着一个正方的黑匣。

黑匣四周有些许划痕，边角斑驳，通体墨黑，长宽均为七寸上下，高约两寸。祝枝山站起身子，俯瞰之下，看到正面中央有处凹陷，形状扭曲圆润，一时之间却看不出关键。他不禁伸手抚摸那处凹陷。突然，手又立刻缩了回来。这黑匣并非木材所制，通体覆满玄铁！他抬头怔怔望着好友：“这匣内难道装着……”

唐伯虎摇头道：“实不相瞒，我还未打开过。就想着先与枝山兄问个明白，再与你一道开启。”

“你是从哪里找到的？”

“回到苏州，我先是赎回唐宅，继而进入了那间我爹始终不让我涉足的书房，一连月余，一无所获。我就萌生出是否藏匿在酒馆某处的猜想。所以，工匠前期翻修土层时，我都会亲自到酒馆监工。”唐伯虎右手放在于黑匣表面，轻轻爱抚着，苦笑道：“也许这就是所谓宿命吧，纵然你有通天彻地之能，都始终无法逃避，阴差阳错还是会回到原点。”

祝枝山实在没有余力去苛责唐伯虎，这份固执也许真的流淌在唐家每个人的血脉之中。

“枝山兄曾言，此类一线天暗匣内部九曲玲珑、机关重重，如若借助于外力，或是解除不当，匣中所藏定然会被伏火、焰硝、石矾所毁。一线之机，全在于与暗匣相匹配的信物。”唐伯虎一边说，一边从内衫掏出系在脖颈上的纤细红绳。

祝枝山恍然大悟，低头再向那处凹陷形状看去。这一次，谜底昭然若揭。

唐伯虎两指轻捏桃核大小的白虎吊坠，缓缓放入黑匣上方的凹陷处。栩栩如生、晶莹剔透的虎身、虎爪、虎尾、虎耳均严丝合缝地嵌入其中。

匣内传出机关锁簧碰撞旋转的声音。祝枝山隔着墨黑的玄铁表面，脑海中不由浮现出当年“一线天”图鉴中的画面。交错纵横、九曲潆洄的成百上千个细小机簧随着声响活了过来，透着牵一发动全身的精妙。

突然，声响骤歇，屋内陷入死寂。

唐伯虎和祝枝山见黑匣纹丝未动，不由得心慌起来。

只听“咯噔”一声脆响，二人均被吓了一跳。

黑匣匣顶缓缓开启，就如寻常盒子一般。

一本泛黄古旧的线装册子孤零零躺在匣内底部。借着昏暗烛光，依稀还能看到封面残留的水渍油污。边角参差，纸页松垮，显然被人长年翻阅所致。

册子左侧手书三个方正的楷书。

“神机谱！”祝枝山惊惧参半，不禁默念出声。

“果然是我爹的笔迹。”

唐伯虎不假思索，正要伸手将《神机谱》拿出，却被祝枝山制止:“小心！”说完，他拿起桌上烛盏，细细打量匣内四周。怀疑有不妥之处，还会稍加抚摸试探。祝枝山确定再没旁生机关，这才取出《神机谱》，递与唐伯虎。

唐伯虎之前一直在想，如若有天能看到父亲呕心沥血所著的《神机谱》，会是怎样一种心境。但当他真正将其拿在手中时，整个人却出奇地平静淡然。

“嗬！林奴儿说得没错。这般精妙的秘册，我爹又怎会舍得将其毁掉呢？”

白虎吊坠世间仅此一件，唐广德用此作为开启“一线天”的密匙，到底是无意之举，还是未雨绸缪、暗含深意？

祝枝山思忖之际，唐伯虎已轻轻翻开《神机谱》。

出乎二人意料的是，第一页中央单单画着一件类似令牌的物事。由于是手绘而成，所以牌面镂刻的花纹只是粗浅带过。但是，如虬蛇缠绕的线条围在中间的“安危”二字极为醒目。

祝枝山和唐伯虎面面相觑。

从第二页起始，均记载着短小而简易的火器，但比起寻常炮铳之类，又经过一番改良。除了详细制作过程的叙述之外，每一件火器都配有图鉴。画技虽有些粗糙，细枝末节却标注得十分清晰，一目了然。越是往后，火器就越是繁复，以至于篇幅页数逐渐增多。

最后两件火器分别为百虎齐奔和烽火连天，尤其后者，用去二十页之多。

唐伯虎继续向后翻阅，却均为空白。他与祝枝山心头不由得突生出一丝悲戚。

这时，夹在《神机谱》中一张折叠四方的信笺，飘飘然落在地上。

唐伯虎回想起林奴儿曾提过，唐广德会将重要书信手札夹藏与《神机谱》之中，急忙拾起信笺，小心翼翼将其展开。信上寥寥言之：

冷公谋意高深，还望速速归都还京，共襄宏图。

右下角落款赫然写着：弘治七年初秋 尚玉。